SERGE BRU

Le Sourire noir

ÉDITIONS DU MASQUE

Les gens ne devraient pas lire des romans policiers.
C'est malsain.

James Hadley Chase, *Just Another Sucker.*

1

Elle s'appelait Sarah Meads, elle avait trente ans, elle exerçait la profession de directrice artistique chez *Pink Cockades*, les spécialistes de la nourriture pour chat, aujourd'hui elle avait décidé d'en finir avec la peur. Avec toutes les peurs.

D'un coup de pied, elle rejeta le drap qui la couvrait. La chambre d'hôtel avait été décorée dans le style « bûcheron » et les cloisons disparaissaient derrière les lambris de séquoia vernis. La table de chevet se présentait sous la forme d'une tranche découpée à la tronçonneuse dans le tronc d'un arbre centenaire. Au-dessus de la fausse cheminée dont les bûches se mettaient à rougeoyer dès qu'on pressait le bouton de la télécommande, pendait une tête d'élan naturalisée, aux yeux pensifs et tristes comme seuls en possèdent les intellectuels français dans les manuels de littérature. La lumière du jour naissant jouait sur le bois blond, installant dans la pièce une atmosphère chaude ; avec un peu de bonne volonté, on finissait par se croire dans une cabane perdue au fond des forêts et l'on tendait l'oreille pour surprendre le pas sourd des ours en maraude ou les chuintements des putois se battant pour la possession de la remise à ordures.

Sarah se redressa. Trop vite sans doute, car la tête lui tourna et des papillons noirs dansèrent devant ses yeux. C'était une fille longiligne, aux cheveux noirs frisés. Par la porte ouverte de la salle de bains, elle pouvait distinguer son reflet dans le grand miroir collé sur la face interne du battant. Sa silhouette lui apparut dans une sorte de flou artistique digne de la page centrale d'un magazine masculin.

Elle estima qu'elle avait probablement perdu quinze kilos depuis son arrivée à Mother Lode Lake, dix jours plus tôt. Et pourtant elle ne s'était privée de rien. C'était cela l'aspect formidable de la cure. On pouvait manger tout ce qu'on voulait, à satiété, et l'on maigrissait tout de même. Elle ne se reconnaissait plus. Toutes ses détestables rondeurs avaient fondu. Elle qui, jadis, évitait systématiquement de se regarder dans les miroirs, ne se lassait plus d'observer son corps. Au point qu'elle vivait nue en permanence et jouait à se surprendre, se retournant brusquement pour découvrir son image dans la glace de la salle de bains. Qui était cette fille mince, au ventre plat, aux côtes un peu saillantes, qui la dévisageait derrière la surface de verre ? Était-ce vraiment elle, Sarah Meads ? L'ancienne boulotte qui devait discrètement descendre la fermeture à glissière de sa jupe pour se donner un peu d'aisance lorsqu'elle revenait d'un déjeuner de travail ?

C'était incroyable ! À la fin des vacances, quand elle retournerait à Los Angeles, il lui faudrait changer toute sa garde-robe. Désormais, fini les pulls amples, les tee-shirts XXX, les chemises hawaiiennes qu'on laisse flotter pour cacher le capiton de graisse installé à demeure au-dessous du nombril. Ce fichu petit coussin de chair qui vous interdit d'enfiler un pantalon collant ou une robe-tube, et qui fait chuchoter aux mauvaises langues : « Sarah ? Je croyais qu'elle était enceinte de quatre ou cinq mois. Mon Dieu ! Vous voulez dire qu'elle est simplement *grosse* ? »

Elle se leva avec précaution et marcha vers la salle de bains en s'appuyant au mur de la main gauche. Le seul aspect vraiment fâcheux du régime, c'était cette sensation de faiblesse qui vous accablait au réveil, l'impression d'habiter un corps en papier mâché juché sur des jambes de guimauve, mais c'était tout de même un inconvénient dérisoire par rapport aux bénéfices obtenus.

La jeune femme s'appuya au lavabo. Elle tâtonna pour trouver le robinet car sa vision était floue. Elle but au jet, pour se rincer la bouche. Enfin, après deux minutes d'effort, elle réussit à faire la mise au point et à discerner les traits de son visage dans la glace.

Jesus ! Elle était amoureuse folle de sa nouvelle apparence. Où était donc passée la fille capitonnée qu'au bureau on surnommait *Miss Lox and bagels*, parce qu'elle ne cessait de s'empiffrer de saumon fumé et de petits pains juifs ? Envolée, partie.

Déjà, elle flottait dans les vêtements amenés en prévision du séjour au Lassen Volcanic National Park. Elle avait dû tout racheter sur place : des shorts de jogging, des tee-shirts à l'effigie du fameux volcan encore en activité.

Et pourtant ses collègues de bureau s'étaient bien moquées d'elle quand elle leur avait fait part de sa décision d'aller passer ses vacances dans la réserve naturelle.

— Sarah ! avait glapi Mildred Gaunce, tu crois que la chaleur du volcan va te faire l'effet d'un bain de vapeur ? Tu vas mourir là-bas. Il faut être en pleine forme pour affronter un endroit aussi sauvage.

Et les autres filles avaient gloussé de concert. Elles étaient toutes tellement *californiennes*, avec leur peau couleur de miel, leur ventre plat, leurs jambes de gazelle.

Sarah se passa de l'eau sur le visage. Elle aimait ses joues creuses, débarrassées de la bouffissure qui faisait d'elle une adolescente montée en graine, gavée de crèmes glacées et de sodas.

Du bout de l'index, elle caressa le contour de sa bouche. Ses lèvres étaient d'une teinte étrange, un peu cyanosée, comme celles des malades qui souffrent d'insuffisance respiratoire. C'était un autre inconvénient de la cure, mais il suffisait d'un peu de rouge pour dissimuler cette fausse note.

Elle se cramponna au lavabo, affrontant un nouvel étourdissement. Il lui fallait se dépêcher d'absorber la dose quotidienne de produit-minceur, après tout irait beaucoup mieux, elle le savait. Elle tâtonna de la main gauche pour saisir le paquet aux couleurs violentes qui trônait au milieu des affaires de toilette en vrac. *Amazing Diet !* pouvait-on lire sur l'étui, et juste au-dessous *Happy Starving System*.

Sarah entreprit de déchirer avec les dents l'un des sachets afin d'en verser la poudre dans un shaker d'argent acheté pour l'occasion. Elle ajouta l'équivalent d'un quart d'eau du robinet, agita la mixture et la but avidement, à même le récipient. Le produit n'avait aucun goût, à peine un très vague parfum de fruit de la passion.

Puis elle entra dans la baignoire et fit couler l'eau. Elle aimait sentir le liquide clapoter autour d'elle, la submerger, monter vers son ventre et ses seins. Elle cala l'oreiller de bain sous sa nuque et ferma les yeux. Le produit agirait d'ici trois minutes. Il n'y aurait pas de flash, aucun éblouissement artificiel, pas d'images hallucinatoires comme en produit le LSD, non, avec l'*Amazing Diet*, il ne s'agissait pas seulement de transformations superficielles de la perception mais bel et bien d'un changement profond de tout l'être. La chair et l'esprit se métamorphosaient de concert, libérant votre moi caché, vous dégageant de la chrysalide des kilos en trop et des inhibitions.

À présent Sarah gémissait, sans même en avoir conscience. L'eau tiède clapotait autour de ses cuisses et elle dérivait à la surface d'une mer calme et bleue. Son corps ne pesait plus rien, il flottait en tournoyant lentement dans le jeu des courants marins.

« Mon Dieu ! songeait-elle, et dire que j'ai failli annuler à la dernière minute pour aller tout bêtement au lac Tahoe ! Je serais passée à côté de la révélation ! »

Elle en aurait sué d'angoisse si le produit n'avait pas justement annulé toutes les sécrétions hormonales responsables du stress.

« Je vais attendre, pensa-t-elle, et tout à l'heure j'aurai faim. Faim à dévorer un cheval ! Et je pourrai manger sans culpabiliser. Jamais je n'aurais cru ça possible ! »

Car c'était cela la grande force de l'*Amazing Diet*,

elle pouvait désormais dévorer six pancakes arrosés de sirop d'érable, une pleine poêlée de bangers, ces petites saucisses craquantes délicieusement grasses, un bol de céréales au miel, une grosse part de tarte aux noix de pécan, deux ou trois tranches de gâteau à la carotte, et parfois même une tarte aux pommes avec une boule de glace à la vanille ou un gros morceau de cheddar, et tout cela sans prendre un gramme.

— Ma petite chérie, lui avait murmuré le prof de création littéraire, l'*Amazing Diet*, c'est comme la pilule. Jusqu'à présent tu pouvais faire l'amour sans courir le risque de te retrouver enceinte, aujourd'hui tu vas pouvoir dévorer sans grossir. C'est ça, une femme vraiment libérée.

Au début, Sarah crut qu'il plaisantait. Elle avait accepté le coffret du *Happy Starving System* par politesse, pour ne pas avoir l'air trop godiche. Et puis. Et puis il y avait toutes ces filles superbes autour de la piscine, en bikini ficelle *Top Sungaroo*, des filles auprès desquelles elle aurait eu honte de s'exhiber dans son maillot noir une pièce, si strict, avec sa petite jupette destinée à dissimuler l'empâtement du ventre et des cuisses.

« J'y crois pas ! s'était-elle répété avec un entêtement de gamine boudeuse. J'y crois pas. »

Mais elle avait essayé, pour voir.

Non, John Manhood, le prof de création littéraires, n'avait pas menti. Non seulement on pouvait manger tout ce qu'on voulait, *mais on maigrissait !*

Sarah prit un carré d'éponge dégoulinant et le posa sur son visage. L'eau lui arrivait au menton. Elle tâtonna pour fermer le robinet.

Elle avait choisi le Lassen Volcanic National Park parce que la fille de l'agence lui avait fait un rabais de 20 % si elle acceptait de descendre à Mother Lode Lake, une jeune station de vacances ouverte depuis six mois à peine.

En fait, ce qui l'avait réellement décidée, c'était la

présence d'un atelier de création littéraire au sein du groupe d'activités culturelles. Comme tout le monde, au cours des années Reagan, elle avait sué sang et eau pour devenir une louve aux dents longues et s'enrichir en dévorant tous ceux qui se dressaient sur son chemin. Mais s'enrichir était beaucoup moins facile qu'on le croyait, et aujourd'hui, à trente ans, elle réalisait qu'elle avait fort peu de chances d'habiter un jour Bel-Air ou d'avoir une suite à l'année au Château Marmont. Son analyste, à qui elle avait exposé ses doléances, lui avait conseillé de chercher à s'enrichir *spirituellement* ; quant à son gourou sri-lankais, il lui avait ordonné de se détourner des illusions de la richesse matérielle et de « faire éclore la fleur en bourgeon repliée au cœur de son esprit ».

Trente ans. Sarah savait qu'il lui fallait prendre très vite le bon embranchement, après il serait trop tard, elle ne pourrait plus jamais quitter l'autoroute.

Le jour de son entrevue avec le gourou Navijdramandralapourhajansi, en quittant l'ashram miniature qu'il occupait au-dessus d'un restaurant de chili con carne, elle s'était longuement interrogée sur ce qu'elle désirait faire de sa vie. Elle ne trouva qu'une seule réponse : écrire. Oh ! pas des choses à la Marcel Proust, ce Français aux mœurs dissolues, enfermé dans une chambre tapissée de liège, non, plutôt des romans d'action, de mystère et d'angoisse. Instinctivement, elle pensa à David Winston Sarella, et à la série des Conan Lord, qu'elle dévorait depuis des années. À Sweet Briar, déjà, elle introduisait ses romans en cachette, dans le dortoir. Puis, comme une conspiratrice, elle avait tenté de faire des émules parmi les filles de sa sororité. Très vite, elles s'étaient constituées en petit noyau de comploteuses, se passant et se repassant les romans à couverture rouge des éditions du Chat Hurlant.

Les exploits de Conan Lord se déroulaient en Angleterre, en 1945, juste à la fin de la Seconde Guerre mondiale. Conan Lord, c'était ce visiteur nocturne et sans visage, ce fantôme qui signait ses forfaits en rayant les miroirs à l'aide d'un diamant de vitrier, comme s'il ne supportait pas sa propre image.

Ni amateur d'art ni gentleman, précisait la note explicative au dos de chaque roman. *Pour les médecins c'est une « gueule cassée ». Un pilote ayant pris part à la Bataille d'Angleterre et qui, transformé en torche humaine, a sauté de justesse de son Spitfire. Quasimodo coiffé d'un casque d'aviateur, il hante les musées, les bijouteries, les banques. Défiguré, il est là, quelque part, dans ce Londres qui renaît péniblement de ses cendres. Sorti des décombres, portant encore sur lui l'odeur des bombardements, Conan Lord est comme le fog : insaisissable, anonyme, et s'infiltrant par la moindre ouverture...*

Sarah aimait ce parfum démodé et délicieusement *British* qui tranchait tellement sur la pornographie et la violence du roman policier moderne tel qu'il était représenté sur les tourniquets des drugstores. Les aventures de Conan Lord étaient particulièrement astucieuses, remplies de rebondissements et de chausse-trapes défiant l'imagination. Elle les avait lues au collège, à l'université, puis pendant la pause-repas, à son travail. Conan Lord l'avait accompagnée partout, depuis dix ans. Et si parfois elle avait trouvé ses aventures idiotes, elle n'avait jamais pu arrêter de les lire. De l'auteur, David Sarella, elle ne connaissait que la photographie en page 4 de couverture, qui le présentait sous l'aspect d'un homme barbu, aux cheveux rasés très près du crâne, à la façon des militaires. Il avait un air trop sérieux, un peu agressif, qui ne donnait pas vraiment envie d'aller lui serrer la main. Mais peut-être était-ce un cliché pris dans de mauvaises conditions ?

C'était stupide, mais voilà pourquoi elle avait accepté de se rendre à Mother Lode Lake : avec l'espoir que l'atelier d'écriture créative lui apprendrait comment inventer des romans aussi passionnants que ceux de David Sarella. À bientôt trente ans. Était-il permis d'être aussi bêtement romantique ?

Sarah se redressa dans l'eau tiède. Les vertiges avaient disparu. À présent elle avait envie de manger. Pas faim, non. Envie de manger, par gourmandise, pour sentir l'explosion des goûts sur sa langue, son palais.

Elle sortit de la baignoire, passa un peignoir aux armes de l'hôtel, le *Roaring Grizzly*, et décrocha le téléphone pour faire monter son petit déjeuner. Elle se sentait bien. L'esprit aiguisé, d'une incroyable lucidité. Elle avait toujours été un peu myope, mais lorsqu'elle prenait une dose d'*Amazing Diet*, les contours des objets devenaient si précis qu'ils avaient soudain quelque chose de tranchant. Elle n'osait plus les toucher de peur de se couper. Une rose, dans son vase, semblait soudain de fer. Les pages d'un livre devenaient tranchantes comme le fil d'une hache. Elle avait appris à ne pas s'effrayer de ces menues transformations. D'ailleurs, dès qu'elle avait absorbé sa dose matinale, elle n'avait plus peur de rien. Une nouvelle femme émergeait des tréfonds de sa conscience, la femme qu'elle était réellement, la vraie Sarah Meads.

John Manhood l'avait longuement préparée à ces métamorphoses.

— Tu vois, ma chérie, lui avait-il expliqué dès le second jour, tu n'écriras jamais si tu n'entreprends pas de remodeler *à la fois* ton corps et ton esprit. Regarde-toi avec franchise et fais un diagnostic. Qu'es-tu réellement ? Une fille qui aurait pu être jolie mais que la graisse a transformée en poupée trop gonflée. Une créatrice qui s'est contentée de n'être qu'une « créative » dans l'éteignoir d'une grande entreprise. Au fond, tu as honte de toi, n'est-ce pas ? Tu culpabilises parce que tu sais que ta pâtée pour minets c'est en réalité du kangourou, du dauphin, du thon, et parfois même du chat ! Pas vrai ? Si tu veux sortir du cercle infernal, il faut démarrer à zéro. La création c'est une ascèse, remodèle ton corps et tu deviendras autre chose.

C'est à ce moment, au bord du lac, sous les sapins

bleus, que Manhood avait sorti de son sac à dos en cuir le premier étui d'*Amazing Diet*.

— Vous savez, objecta Sarah, des régimes, j'en ai fait des tas. Je n'y crois plus depuis longtemps. Ma mère était un haricot vert le jour de son mariage, à quarante ans elle pesait deux cents livres. Je n'ai qu'à la regarder pour savoir comment je serai dans dix ans.

En réalité elle était terriblement déçue. Elle avait commencé à idéaliser Manhood, et voilà qu'elle découvrait en lui une sorte de représentant *Tupperware* ou *Amway* ! Il allait essayer de lui vendre un quelconque régime de pacotille pour arrondir ses fins de mois.

— Hé ! Tu n'y es pas fillette ! trancha le professeur. Je ne vends rien. Ce truc, c'est gratuit. Tu veux savoir ce que c'est réellement ? C'est une pâte nutritive mise au point par la NASA pour l'alimentation des cosmonautes. Pas question qu'ils grossissent là-haut, dans leurs combinaisons spatiales, tu piges ? Il y a là-dedans un inhibiteur sélectif d'absorption tissulaire.

— Un quoi ? glapit Sarah. Qu'est-ce que vous racontez ? On dirait Monsieur Spock dans *Star Trek* !

Elle eut un rire nerveux, mais, déjà, quelque chose, en elle, avait envie de croire à ce que racontait Manhood.

— Pour parler plus simplement, reprit l'homme, disons que ça fonctionne à la manière d'un filtre, tu vois ? Un filtre qui ne laisse passer que quatre cents calories par repas, et cela, quoi que tu puisses avaler. C'est génial, ça veut dire que même si tu t'empiffres, tu ne peux pas fabriquer de graisse. Ton organisme n'absorbera jamais plus de 1 200 calories par jour.

— Un inhibiteur d'absorption ? répéta Sarah.

Manhood se rapprocha. C'était un bel homme de quarante-cinq ans, aux tempes argentées, au visage de séducteur fatigué. On le disait poète. Ses livres étaient interdits dans deux États. Il vivait dans un camion-caravane et faisait des conférences itinérantes dans les clubs féminins. Il parlait souvent de Kerouac, de Ginsberg et de Burroughs à des mémères qui avaient fumé du hasch et découvert l'amour libre dans les années 60.

— Écoute bien ce que je vais te dire, souffla-t-il après avoir jeté un rapide coup d'œil par-dessus son épaule. L'aspect « régime » n'est pas le seul intérêt du produit. Ça fonctionne également à la façon d'un stimulant psychologique, pour combattre la tendance chronique à la dépression observée chez les cosmonautes en mission prolongée. C'est un tonique de l'esprit, une espèce de survitamine, si tu préfères, mais ici, sur Terre, ça provoque un élargissement du champ de conscience. Ça ouvre les portes, ça fait tomber toutes les serrures. Les blocages sautent et ton cerveau est *décapé*. Tu te vois vraiment dans le miroir, enfin. Telle que tu étais destinée à devenir avant que la société, la famille, ne te rendent infirme. C'est pas des blagues.

— Mais comment vous êtes-vous procuré ce truc ? demanda Sarah, méfiante.

— On a une filière, éluda Manhood. Des scientifiques de la NASA qui veulent empêcher que les militaires ne classent le produit *Top secret*. C'est révolutionnaire, l'humanité peut faire un bond en avant incroyable. Il faut sauter sur l'occasion.

— Mais pourquoi moi ? interrogea la jeune femme en maudissant le ton geignard de sa voix.

— Parce que tu as un sacré potentiel, petite, fit Manhood, je l'ai senti. Je ne te force pas. C'est à toi de voir si tu veux faire partie des élus, c'est tout.

— Il n'y a pas de risque d'accoutumance ? murmura Sarah.

— D'accoutumance à la beauté et à l'intelligence ? dit Manhood d'un ton légèrement méprisant. Si, bien sûr. Mais si tu veux rester grosse et bête, ça te regarde après tout.

Et, comme il se relevait déjà, elle lui avait arraché l'étui des mains.

Voilà, les choses avaient débuté de cette manière, au bord du lac aux eaux incendiées par la lueur du soleil couchant. Sarah avait ri en songeant que la scène évoquait furieusement la couverture d'un roman rose féminin : un quadragénaire aux tempes grisonnantes, serré contre une femme aux yeux brillants, aux lèvres humides, sous les branches d'un sapin bleu. Mais que lui tendait l'homme ? Une bague ? Une lettre d'amour ? Non : une boîte de produit amaigrissant !

À un autre moment, elle aurait haussé les épaules et renvoyé John Manhood à son cours de créativité pour vacancières esseulées, mais depuis quelque temps elle se sentait terriblement vulnérable. Au bureau elle ne pouvait plus s'empêcher de grignoter. Pastrami, BLT, « sous-marins » se succédaient à un rythme effréné. Elle mangeait en cachette, dans les toilettes des cadres, elle mangeait dès qu'elle avait un moment : des chocolats à la menthe, des bonbons anglais. Tout cela en émettant des avis péremptoires sur la nouvelle campagne publicitaire des aliments « light » pour chats castrés. Elle s'entendait déclarer :

— Messieurs, le créneau est terriblement porteur. Une étude vétérinaire récente prouve que les chats castrés sont effectivement sujets à des accès de boulimie qui font d'eux des obèses. Nous connaissons tous ces matous adipeux, avachis sur le rebord des fenêtres, si lourds que leur ventre traîne par terre lorsqu'ils se décident à marcher. Chez nous, en Californie, les propriétaires d'animaux domestiques tiennent à ce que leurs protégés leur ressemblent. Le moment est donc venu de créer une gamme de produits alimentaires de régime, lipo-allégés, pour les chats de toutes races ayant tendance à l'embonpoint. Cette nouvelle ligne s'appellera *Diet-Cat*.

Et, pendant qu'elle prononçait ces mots, une voix sauvage hurlait en elle : « J'ai faim ! J'ai faim ! Quand vas-tu te décider à me donner à manger, pétasse ? »

Elle savait que les cadres masculins la brocardaient en secret à cause de sa silhouette, et que, tôt ou tard, elle serait convoquée à la direction pour un sermon qui aurait valeur de dernière semonce avant licenciement. On ne pouvait pas prétendre vendre des produits de régime avec un bourrelet de graisse sous la ligne du nombril et une figure ronde de collégienne gavée de céréales au miel.

Elle avait déchiré le premier sachet d'*Amazing Diet*, mi-crédule, mi-goguenarde. Et puis...

On frappa à la porte de la chambre. Elle alla ouvrir au garçon d'étage et s'amusa de la lueur de concupiscence qu'elle surprit dans l'œil du jeune homme lorsqu'il lorgna dans l'entrebâillement du peignoir. Être belle était quelque chose de totalement nouveau pour elle. Le gamin entra, portant le plateau surchargé. Il y avait du porridge, des saucisses, des œufs brouillés, du bacon, plusieurs sortes de fromages, des toasts, des bagels aux oignons, du lait glacé, de la compote d'airelles et un litre de café brûlant. Elle s'assit en s'amusant à laisser le peignoir remonter sur ses longues cuisses. Elle avait faim. Les idées se bousculaient dans sa tête, jaillissant de son cerveau en essaim de lames de rasoir virevoltantes. « C'est l'accélération », songea-t-elle en cherchant son reflet dans le miroir. Elle n'aurait pas été étonnée outre mesure de se découvrir les yeux phosphorescents de ces créatures diaboliques des films d'épouvante. Elle aimait cette impression qu'elle avait de pouvoir résoudre n'importe quel problème, d'être capable d'apprendre la Bible par cœur en moins d'une heure, du premier au dernier verset.

Elle comprenait ce qu'avait voulu dire Manhood en parlant d'élargissement du champ de conscience. Le plus grisant, c'était surtout de sentir la peur s'affaiblir puis disparaître tout à fait.

La peur, la fichue peur qui ne l'avait jamais quittée depuis l'enfance. La peur de tout, des autres, de ne pas être belle, pas assez intelligente, de ne pas trouver l'homme de sa vie, de vieillir seule, de ne pas avoir d'enfant, ou d'avoir un enfant mais de ne pas savoir l'élever. La peur d'attraper le sida, la peur de ne pas savoir convaincre les clients japonais. La peur. Toujours et encore.

— Est-ce normal ? demanda-t-elle un soir à

Manhood. Par moments je suis sur le point de me prendre pour Wonder Woman. Est-ce que j'hallucine ?

— Pas du tout, répondit Manhood en lui posant la main sur l'épaule. Tu connais le dicton : bien dans son corps, bien dans sa tête. C'est une nouvelle vie qui s'ouvre devant toi. Une vie que tu croyais réservée aux autres.

Elle engloutit son petit déjeuner. C'était bon de manger sans avoir mauvaise conscience, sans avoir à s'enfoncer les doigts dans la gorge pour se faire vomir.

Elle rejeta le peignoir pour enfiler un tee-shirt de collection datant de l'exécution de Ted Bundy, le tueur de jeunes filles, et sur lequel on pouvait lire l'inscription *Burn, Bundy, Burn*.

Puis elle mit un short et des chaussures de tennis. Elle se sentait incroyablement légère. Elle s'entendit rire comme si elle se tenait dans la pièce d'à côté, avec une certaine distorsion dans la perception des distances. Elle avait appris à ne pas s'inquiéter de ces petits troubles sensoriels. Elle quitta la chambre après avoir noué ses cheveux en queue de cheval au moyen d'un élastique. « J'ai une démarche de gazelle », pensa-t-elle en s'observant dans le miroir de l'ascenseur.

L'homme à tout faire de l'hôtel la salua d'un signe de tête. C'était un vieux bonhomme maussade et corpulent qui cultivait une certaine ressemblance avec Patton en portant des jodhpurs et des leggings. Il s'appelait Briar Kingstone.

— 'Jour, Miss, marmonna-t-il. Belle journée, n'est-ce pas ? Si vous allez dans la zone des boues, je suis forcé de consigner votre nom dans le registre.

Sarah haussa les épaules. Elle connaissait la législation des parcs nationaux. Tous les randonneurs devaient être comptabilisés afin qu'on puisse se lancer à leur recherche en cas de disparition. On appelait cela le *Wilderness Permit*. Elle bavarda un moment avec le vieil homme aux cheveux ras sans même savoir ce qu'elle racontait. Cela aussi c'était une conséquence directe de la cure. On pouvait se dédoubler.

Sarah émergea de la bâtisse et piqua vers le chemin de randonnée. La silhouette du volcan dominait le paysage, cône tronqué et gris, dont les coulées avaient emporté tous les arbres poussant sur ses pentes. La région était considérée comme une zone réservée aux passionnés de la nature sauvage. Elle avait un côté aride et dévasté qui pouvait effrayer le touriste ordinaire ou la famille en villégiature. À cinq kilomètres de Mother Lode Lake s'ouvrait une vallée encaissée où bouillonnaient en permanence des mares de boue atteignant les cent degrés Celsius. Ces marmites brunâtres installaient entre les parois du canyon une atmosphère de bain de vapeur difficilement supportable. Les guides touristiques racontaient avec complaisance que Kendall Bumpass, l'homme qui avait donné son nom à la vallée, avait un jour plongé accidentellement la jambe dans l'un de ces trous remplis d'argile brûlante. Sa chair avait cuit sur ses os presque instantanément, au point qu'il avait fallu l'amputer sans attendre.

Mother Lode Lake se situait en retrait des grandes stations de ski et des pistes pour trompe-la-mort. Le village de vacances, encore balbutiant, essayait d'imposer une image surannée d'où seraient bannis les casinos, les bandits manchots et les pistes de glisse plastifiées. Le lac, très modeste, avait été épargné par les algues proliférantes et la pollution. Aucune enseigne au néon ne se dressait au-dessus des sapins pour signaler la présence d'un super night-club topless, et tout avait été conçu pour entretenir l'illusion que la ville restait habitée par des bûcherons ignorant ce que le mot crack signifiait.

Sarah marchait vite. Il faisait encore frais, mais elle ne frissonnait pas, elle qui, jadis, n'aurait pu affronter pareille excursion qu'enveloppée dans un anorak. Elle avait décidé de faire une longue marche chaque matin pour se donner l'occasion de réfléchir au roman qu'elle allait écrire. Maintenant, elle avait une idée très nette de ce que serait son avenir. De retour à L.A., elle donnerait sa démission et « pondrait » un énorme succès de librairie qui la rendrait millionnaire. Elle avait trouvé l'idée. C'était l'histoire d'une femme qui se réveille amnésique dans le hall d'un aéroport, une mallette remplie de liasses de dollars attachée au poignet. Au lieu de perdre du temps à se demander qui elle est, d'où elle vient, quel est son nom, l'héroïne comprend très vite quelle incroyable chance lui est donnée de recommencer toute sa vie à zéro. Une voix, au fond de son esprit, lui souffle qu'elle n'a pas intérêt à chercher la vérité, mais plutôt à tailler la route en profitant de la fortune contenue dans la valise. Chaque fois qu'elle a l'impression de reconnaître quelqu'un, elle prend la fuite. Au bout de quelques mois elle devient paranoïaque parce qu'elle commence à se demander si ceux qui l'entourent sont réellement des étrangers ou au contraire des gens surgis de son passé, et qui lui jouent la comédie pour essayer de récupérer le magot qu'elle leur a soustrait. En l'absence de toute mémoire, elle en est réduite à soupçonner tout le monde. Sa vie devient un enfer.

C'était une sacrée bonne histoire, Sarah en était persuadée. Dès qu'elle aurait assimilé quelques trucs d'écriture, elle s'y mettrait.

« Sans la cure, pensait-elle de plus en plus souvent, tu n'aurais jamais pu inventer un machin pareil. Rappelle-toi : tu te croyais dépourvue de la moindre imagination ! »

Manhood avait raison. Le produit était en train de transformer son cerveau. Des choses remontaient à la surface, crevant la vase qui les avait jusqu'alors enveloppées.

Elle n'était pas inquiète pour l'avenir, donner sa démission ne lui faisait plus peur. D'ailleurs, tous ceux qui participaient à l'atelier de création littéraire réagissaient comme elle.

— Des vainqueurs, disait Manhood. Des mutants. Vous êtes en train de vous muscler l'esprit. Dans quinze jours vous serez les maîtres du monde.

Sarah se lança à l'assaut de la colline. Son corps répondait à chacune de ses sollicitations. Elle lui disait « cours », et il courait. Parfois elle avait envie de lui crier « vole », pour voir si ses pieds quittaient le sol. Cela ne l'aurait pas étonnée.

Elle s'arrêta au sommet du monticule pour observer la vallée. Les odeurs l'assaillaient, d'une vivacité incroyable, éveillant son appétit. Elle se disait qu'elle aurait pu mordre les rochers, manger les pierres, sans même s'ébrécher les dents. Tout lui appartenait. Le parc n'était qu'un immense gâteau d'anniversaire dans lequel elle pouvait tailler des tranches énormes. Elle fut tentée de ramasser une poignée de glaise et de la porter à sa bouche pour s'en repaître. Elle consulta sa montre pour essayer de déterminer depuis combien de temps elle avait pris la dose quotidienne d'*Amazing Diet*, mais elle resta à fixer le cadran sans comprendre ce que signifiaient les aiguilles. À quoi servait ce petit boîtier fixé à son poignet ? Était-ce un bijou ? Un gadget ?

Elle rit, d'un rire haut perché qui monta jusqu'aux nuages. Elle se rappela comment, lorsqu'elle était dans la baignoire, elle avait dû résister au désir de manger la savonnette *Ivory*. C'était amusant, ces fringales absurdes qui la faisaient se sentir incroyablement vivante. Deux jours auparavant, elle avait eu envie de dévorer le Zippo de John Manhood, peut-être parce que le briquet chromé évoquait un gros morceau de chocolat enveloppé dans du papier alu ?

— Ne parlez de tout cela à personne, répétait le prof. Vous êtes les élus. Je vous ai choisis parce que vous étiez dignes de recevoir la connaissance, mais ce privilège doit rester secret.

Quand ils entendaient cela, ils hochaient tous la tête en signe d'assentiment. Il y avait là plusieurs analystes financiers, des chercheurs en informatique de pointe de Silicon Valley, un chirurgien esthétique de Beverly Hills. À l'exemple de Sarah, ils avaient entamé leur métamorphose. En huit jours de vacances ils étaient devenus plus qu'humains.

Une nuit qu'elle ne parvenait pas à dormir, Sarah

s'était surprise à dévorer un roman de David Sarella. Au sens strict du terme ! Oui, elle avait mangé le livre, chapitre après chapitre, comme s'il s'agissait d'une bête sortie d'un piège, toute pantelante.

« J'absorbe le cœur de mon ennemi, pensait-elle en mâchant le papier pour l'imprégner de salive. Je mange le cœur de mon ennemi pour devenir aussi forte que lui ! »

Cette même nuit, elle avait saisi son stylo pour entamer son roman, et elle avait écrit, écrit. Des dizaines et des dizaines de pages. Soixante-treize, très exactement. Elle les avait comptées au matin, en reprenant conscience sur la moquette. Soixante-treize feuillets couverts d'une écriture totalement illisible qu'on aurait pu attribuer à un extraterrestre et qu'elle avait vainement essayé de déchiffrer. Même en utilisant une loupe, elle n'avait pu se relire, ce qui réduisait ses efforts à néant. Elle ne s'était pas découragée pour autant.

Plus tard, en y réfléchissant, elle s'était demandé si, au cours de sa transe, elle n'avait pas tout bonnement inventé un nouveau système de symbolisation graphique, quelque chose rappelant les hiéroglyphes ou l'écriture cunéiforme. Manhood lui avait laissé entendre que de tels phénomènes n'étaient pas impossibles.

Elle s'agenouilla au sommet de la colline pour faire le vide en elle. Elle était parfois fatiguée de s'entendre penser. Toutes ces voix qui grésillaient dans sa tête.

Elle ramassa une pierre ronde, lisse, qui tenait bien au creux de la paume, et la lança en l'air de toutes ses forces. Elle renversa la tête pour la regarder grimper, grimper. C'était drôle, ce caillou qui allait trouer les nuages, traverser les espaces interstellaires pour tomber sur la Lune. Il était trop petit pour que les radars de la NASA puissent repérer sa trajectoire, mais elle savait, elle, Sarah Meads, qu'il allait bel et bien toucher la surface de l'astre lunaire. Tous les jours, elle en jetait un nouveau, pour écrire son nom là-haut, à l'aide de galets juxtaposés, comme elle faisait lorsqu'elle était petite fille sur la plage de... d'où déjà ? Elle ne savait plus, ce n'était pas important. Manhood l'avait dit : le cerveau en évolution se débarrassait des souvenirs superflus, faisant de la place pour les nouvelles connaissances qu'il allait emmagasiner.

— C'est comme les ordinateurs, dit Sarah à voix haute.

Elle pouffa de rire en songeant à la tête des cosmonautes qui descendraient de la prochaine capsule en découvrant le nom SARAH MEADS écrit sur la cendre du sol à l'aide de cailloux provenant du sol californien ! Vrai ! Ce serait un sacré imbroglio scientifique !

Le rire devenait douloureux, lui coupant la respiration. Elle haletait. Un peu de bave lui coula de la bouche. Elle réalisa qu'elle avait oublié d'emporter une gourde et des fruits secs pour se restaurer à l'heure de la pause. Elle ouvrit son petit sac à dos de randonnée et fouilla dans le fatras de lotions solaires, de pommades contre les crampes musculaires. Ses doigts rencontrèrent le magnétophone portatif qu'elle emmenait jadis à chaque réunion de travail. Elle avait décidé de l'utiliser pour consigner les réflexions se rapportant à son projet littéraire. Elle le considéra un long moment sans parvenir à se rappeler comment il fonctionnait. La machine de plastique noir reposait au creux de sa paume, étonnamment légère, telle la carapace d'une tortue rectangulaire. Est-ce qu'elle sortait sa tête et ses pattes quand on appuyait sur le bon bouton ?

Sarah enfonça les touches, au hasard, une voix nasillarde jaillit du haut-parleur pas plus gros qu'une pièce de cinquante *cents*.

— J'ai l'impression de perdre le contrôle, murmurait-elle. Je me demande si l'*Amazing Diet* n'a pas un effet secondaire sur le cerveau. J'ai de drôles d'idées depuis le début de la cure. Hier, au réveil, pendant deux minutes, j'ai été incapable de me rappeler mon nom. J'ai eu très peur. Je ne sais pas quoi faire. J'ai envie d'arrêter, mais c'est tellement formidable de devenir mince sans souffrir de la faim ! Si j'avais un peu de plomb dans la tête je préviendrais la police, je ferais analyser ce produit. J'ai bien regardé la boîte sous toutes les coutures, il n'y a nulle part l'adresse d'une quelconque firme. Cette histoire de NASA a l'air de sortir d'une bande dessinée, mais j'ai envie d'y croire de toutes mes forces. J'ai peur de ce qui risque d'arriver.

Sarah fronça les sourcils. C'était bizarre d'entendre parler une tortue avec une voix de femme. Était-ce encore un de ces gadgets japonais ridicules ? Sarah détestait les Japonais, elle se sentait toujours en état d'infériorité face à eux. Elle n'ignorait pas qu'ils étaient en train de racheter la Californie morceau par morceau, et cela lui faisait peur.

Elle approcha l'appareil de sa bouche et murmura :

— Notes pour mon roman.

Puis elle resta là, sans plus parler, à écouter le crissement de la microcassette qui se déroulait.

— J'ai tout le temps peur de me réveiller amnésique, continuait à chuchoter la voix sortant du magnétophone. Je devrais peut-être enregistrer un résumé de ma vie au cas où ? Mon nom, mon adresse, le numéro de mon compte bancaire, tout ça. Je m'appelle Sarah Meads, j'habite...

Sarah fronça les sourcils avec colère.

— Tais-toi ! cria-t-elle à la machine. C'est moi, Sarah Meads. Une tortue de plastique ne peut pas avoir le même nom. Et puis tu me casses les oreilles avec tes histoires !

D'un mouvement sec, elle expédia le magnétophone dans les hautes herbes. Après tout, les tortues vivaient dans la nature, et celle-là n'avait rien à faire dans son sac.

— Tu as atteint un degré supérieur de connaissance, dit-elle à voix haute, il n'y a rien d'étonnant à ce que tu puisses communiquer avec les animaux.

Quand elle était petite fille, elle rêvait de pouvoir parler avec le chat de la maison ou le chien des voisins. Son frère aîné, Tom, en avait profité pour lui faire une sale blague.

« Si tu bois cette potion, lui affirma-t-il un jour, tu comprendras la langue des bêtes aussi bien que l'anglais. Mais il faut en avaler régulièrement une cuillerée à soupe matin, midi et soir, sans en souffler mot à personne. »

Sarah s'était dépêchée d'obéir. Il lui avait fallu une semaine pour comprendre que l'élixir magique était en fait un mélange d'huile de castor et de *root beer*, de quoi faire vomir un putois.

— Hello ! Sarah ! lança une silhouette qui se déplaçait à vive allure entre les arbres.

La jeune femme tourna la tête. C'était Jonas Fitzpatrick, un analyste financier qui, lui aussi, faisait partie du groupe de création littéraire. Il était torse nu, le visage et la poitrine rougis par les rayons du soleil. Sarah s'étonna de le découvrir aussi svelte. Une semaine auparavant, il lui avait paru rondouillard, la taille ceinte de ce gros pneu de chair molle qui afflige tous les hommes passé trente ans. Aujourd'hui, avec son ventre plat, il aurait pu poser sans peine pour une publicité sportive.

— Hé ! lui dit-elle, tu es beau comme la page centrale de *Playgirl*. Tu as perdu combien ?

— Trente-cinq livres, lança Jonas. Tu as vu ça ? C'est formidable. Tous mes costumes Armani sont fichus, je vais flotter dedans, mais ce n'est pas grave.

— Qu'est-ce que tu fais ? s'enquit Sarah. Ton jogging ?

— Non, répliqua le jeune homme au visage cramoisi, je cherche un ours. Le type de l'hôtel, le vieux Briar, il prétend qu'il y a des ours dans la montagne. Des bêtes qu'on essaye d'acclimater. Je veux en affronter un, à mains nues. C'est pour mon roman. Tu sais, l'histoire de trappeur dont j'ai parlé au dernier cours ? Il faut que je me documente, c'est Manhood qui me l'a dit. *Il ne faut parler que de ce qu'on connaît bien.*

Sarah hocha la tête en essayant de se représenter Jonas Fitzpatrick — un mètre soixante-trois, cinquante-deux kilos — empoignant un grizzly à bras-le-corps pour lui casser l'échine. Elle fut surprise de trouver la chose crédible. Après tout, ne jouissaient-ils pas tous, désormais, de pouvoirs supérieurs ?

— Ça ne te gêne pas, demanda-t-elle, de tuer un animal protégé ?

— C'est pour l'art, objecta Jonas. Et puis je n'irai pas jusqu'au bout. Dès que je sentirai qu'il étouffe, je le relâcherai, je ne suis pas un bourreau, c'est juste pour me documenter. Je veux noter les sensations, le contact des poils, l'odeur de la bête, savoir si elle me bavera sur la figure... enfin tout ça. Je veux que ça semble vrai.

— Bien sûr, approuva Sarah. Bonne chance. Essaye tout de même de ne pas trop l'effrayer. Dans ces moments-là, on ne sent plus sa force. J'ai hâte de lire ton texte.

— Je vais m'y mettre dès ce soir, comme ça je pourrai vous le montrer à la prochaine réunion.

Il avait manifestement hâte de reprendre sa marche. Sarah ne le retint pas davantage. Elle le regarda s'éloigner d'un pas vif entre les arbres. Il avait un beau petit cul et des cuisses dont la graisse ne masquait plus les muscles. Il avait suffi de huit jours pour faire d'un bibendum un joli garçon bien dans son corps. Tout cela grâce à l'*Amazing Diet*.

« Maintenant, après toutes ces années, songea Sarah, je vais enfin devenir une vraie Californienne, belle et supérieurement intelligente. »

Elle se redressa, fit quelques mouvements respiratoires, et reprit sa course au petit trot. Elle avait décidé de descendre dans la vallée, là où l'ancienne coulée de lave avait installé un paysage lunaire. À cet endroit l'herbe devenait rare et le sol offrait une curieuse perspective de cratères emplis à ras bord de boue fumante, souvent proche de l'ébullition. La chaleur et la vapeur d'eau installaient une atmosphère d'étuve déconseillée aux touristes souffrant de maladies cardiaques ou d'insuffisance respiratoire. À certains endroits, là où le canyon se resserrait, la température dépassait fréquemment les 40 degrés Celsius.

Sarah entendit le chien alors qu'elle contournait un bosquet d'épineux. C'était une grosse bête à poil jaune sans doute échappée d'une ferme du voisinage. Ces animaux, excités par leurs maîtres, n'aimaient guère les citadins et n'hésitaient pas à s'en prendre à eux dès que l'occasion se présentait. Plusieurs joggers avaient été mordus sur le sentier de randonnée, sans que le shérif se décide à prendre la moindre mesure.

Sarah ne chercha pas à changer de direction. Elle n'avait pas peur. Jadis, elle se serait enfuie peureusement en regardant par-dessus son épaule, mais aujourd'hui elle éprouvait une curieuse sensation faite de joie et de haine. Un besoin d'en découdre, de « chercher la bagarre » qu'elle avait jusqu'alors toujours jugé typiquement masculin. Elle voyait le chien, une grosse bête baveuse qui galopait dans sa direction en soulevant un nuage de poussière. Elle le regarda dans les yeux, pour provoquer sa colère. Elle avait envie d'aboyer, elle aussi, de montrer les dents.

« Tu vas payer, pensa-t-elle brusquement, tu vas payer pour tous les cabots qui m'ont terrifiée lorsque j'étais petite fille ! »

Était-ce Jonas qui lui avait donné des envies de bataille ? Jonas Fitzpatrick parti casser les reins des ours à mains nues ?

Le chien, surpris qu'on ne se dérobe pas, ralentit son allure, puis s'arrêta en grognant, les crocs découverts. Sarah continua d'avancer. Elle retroussa les lèvres, elle aussi, pour montrer ses dents, qui n'étaient pas aussi pointues mais beaucoup plus blanches. Le chien recula. Les grondements sortaient de sa gorge avec une régularité mécanique. On eût dit qu'un moteur installé dans sa poitrine essayait vainement de démarrer. Il devait peser à peu près quatre-vingts kilos, c'était un dogue bâtard au poil crotté de boue grise. D'un seul coup, cédant à une impulsion, Sarah lança le bras droit en avant et saisit la bête par une oreille. Ses doigts crochetèrent dans ce morceau de chair molle et tirèrent, comme l'on fait avec un mauvais élève. Le dogue émit un glapissement de surprise et ouvrit la gueule, prêt à mordre. La jeune femme s'agenouilla pour se mettre à sa hauteur. Elle le fixait toujours dans les yeux, pour exciter sa colère.

— Attaque ! siffla-t-elle, attaque si tu l'oses !

Et elle tirait de plus en plus fort sur l'oreille du chien, le forçant à relever la tête.

Elle savait qu'une semaine plus tôt l'animal se serait jeté sur elle pour lui déchirer la gorge, mais, aujourd'hui, il en allait différemment. Elle avait changé. La cure avait fait d'elle une autre femme. Une femme qui n'avait plus peur de rien. Ni des chiens, ni des voyous, ni des cambrioleurs, ni... des Japonais.

Ils pouvaient tous venir à présent, avec leurs attachés-cases pleins de statistiques ou leurs couteaux à cran d'arrêt, elle les attraperait tous par l'oreille et les soulèverait de terre. Elle leur ferait comprendre qui était la plus forte. Elle avait le pouvoir. Elle n'obéissait plus qu'à ses propres lois.

Les mâchoires du chien claquèrent dans le vide sans que Sarah relâche son étreinte. Brusquement, le molosse fit un bond en arrière et prit la fuite, détalant ventre à terre, comme si une meute de coyotes lui filait le train. Sarah se redressa. Elle se sentait bien, son cœur battait à un rythme normal. Elle n'aurait pas été moins énervée si elle avait fait de la broderie dans le parloir d'une mission baptiste.

Elle renifla son pouce et son index. L'odeur du chien imprégnait sa peau, désagréable. Intolérable. Depuis le début de la cure, elle percevait les parfums avec une acuité souvent gênante, et l'odeur de la bête lui était insupportable. Elle se pencha pour frotter sa main dans la poussière du sol.

« Faisons notre toilette à la mode indienne », pensa-t-elle en malaxant la terre jaune, pulvérulente. Mais l'odeur était toujours là, incommodante. Sale.

Agacée, elle pressa le pas. Elle ne tarda pas à pénétrer sur le territoire des mares de boue chaude. Les gens du coin appelaient ces petits cratères bouillonnants des « marmites ». Cette appellation était particulièrement bien trouvée, car les trous de roche, au fond desquels mijotait en permanence une soupe grise ou verte, évoquaient à s'y méprendre un chaudron enterré.

Une fragrance bizarre épaississait l'air ambiant,

faite de glaise, d'humus, de soufre. La chaleur des résurgences exaltait les effluves. Sarah se mit à transpirer mais n'y prêta pas attention. Elle ne pensait qu'à l'odeur du chien sur ses doigts. Elle avait envie de se gratter la peau jusqu'à se faire saigner, jusqu'au muscle, jusqu'à l'os pour se débarrasser de cette contamination déplaisante.

Elle frotta sa main sur un rocher, s'écorchant sans obtenir le moindre résultat. Allait-elle devoir vivre avec ce relent jusqu'à la fin de ses jours ? Chaque fois qu'elle lèverait la main, tout le monde penserait : « Mais elle sent le chien ? » Ce serait abominable. Il fallait qu'elle se purifie au plus vite. Une idée la traversa, lumineuse. Quittant le chemin de randonnée, elle s'approcha d'une marmite et s'assit sur ses talons, l'œil fixé sur la soupe plombée qui bouillonnait au fond de la jarre rocheuse. Sans plus réfléchir, elle plongea la main dans la boue. La chaleur allait tuer l'odeur du chien, elle en était certaine. Il suffisait d'attendre un peu. Elle se mit à compter à haute voix : dix... onze... douze. À cent vingt elle décida que c'était assez et retira la main de la marmite. Quand elle se fut nettoyée avec son mouchoir, elle découvrit que sa peau était enflée et couverte de très grosses cloques, mais elle n'éprouvait aucune douleur. C'était encore l'un des avantages du régime. Au fur et à mesure on devenait moins douillet. Elle n'avait eu aucun mal à s'en rendre compte, elle que la moindre piqûre d'épingle faisait hurler depuis l'enfance. Maintenant, elle pouvait boire son café bouillant sans se brûler la langue, marcher pieds nus sur une punaise ou des tessons de bouteille sans même pousser un gémissement. Elle était devenue beaucoup plus résistante. Et elle en était fière.

Elle se redressa, regarda sa main boursouflée. Les cloques ne cessaient d'enfler. Certaines, en éclatant, laissaient voir l'épiderme à vif. Bah ! Ce n'était rien, ça guérirait tout seul. Il n'était pas mauvais de s'endurcir un peu.

Elle poursuivit sa promenade. Elle ne savait plus exactement depuis combien de temps elle marchait.

Elle ne ressentait aucune fatigue. La sueur ruisselait sur son visage et son torse, détrempant son maillot.

Tout à coup, au milieu des cuvettes naturelles, elle aperçut Foster MacLean et Randall Turnbull, deux amis du groupe de création littéraire. Ils étaient tous les deux en slip de bain et riaient très fort en se bombardant au moyen de poignées de boue brûlante.

— Hé ! cria Foster en identifiant Sarah. Viens jouer avec nous ! On vient d'inventer la bataille de boules de boue !

— On a même fait un bonhomme ! hoqueta Randall qui pleurait de rire, regarde un peu !

Sarah tourna la tête dans la direction indiquée. Les deux hommes avaient fabriqué une espèce de bonhomme boueux habillé d'une paire de lunettes Wayfarer et d'une casquette de base-ball. À la place du nez, Randall avait fiché l'un des gros cigares cubains qu'il avait l'habitude de fumer.

— C'est Noël ! pouffa Randall, Noël à l'ombre du volcan. C'est génial, non ?

— Et c'est sûrement bon pour la peau ! lança Foster, j'ai lu un truc là-dessus, les bains de boue et tout ça !

Il sautait à pieds joints dans les marmites, expédiant en tous sens de grandes éclaboussures vertes.

Sarah éclata de rire. C'était si drôle de voir ces deux chefs de projet de Silicon Valley jouer comme des gosses ! Elle eut envie de se joindre à eux, de laisser parler en elle l'enfant qu'on avait si longtemps opprimée.

— À moi ! À moi ! cria-t-elle en sautant dans l'un des cratères. Elle s'enfonça dans la glaise liquide jusqu'à la taille. Ça picotait, ce n'était pas désagréable. Foster et Randall s'empressèrent de lui jeter de la boue au visage. Ils en étaient tous les deux recouverts de la tête aux pieds.

— Nous sommes des extraterrestres ! pouffa Foster. Je suis l'envoyé de la planète Krypton ! Viens dans mes bras pour fraterniser, femme de la Terre !

Ils s'amusèrent ainsi un long moment, puis la

fatigue s'abattit sur eux, et ils éprouvèrent le besoin de rentrer à l'hôtel.

La route leur parut très longue, beaucoup plus longue que d'ordinaire. La boue, en séchant sur leurs corps, se fendillait, leur donnant l'aspect écailleux de créatures reptiliennes en maraude. Mais ils étaient les uns et les autres trop fatigués pour broder sur ce thème.

Sarah s'étonnait de ce brusque coup de pompe. Elle ne s'inquiéta pas, sans doute était-ce passager ? La lassitude disparaîtrait dès qu'elle aurait absorbé une nouvelle dose d'*Amazing Diet*. Ce qu'elle s'empresserait de faire en arrivant au *Roaring Grizzly*.

C'est au moment où elle pénétrait dans le hall de l'hôtel qu'elle eut pour la première fois l'intuition que quelque chose n'allait pas. Précisément quand Briar Kingstone se dressa d'un bond derrière son comptoir, le visage soudain livide.

Et aussi quand Ursula Pooshkie, la patronne, laissa tomber la cafetière qu'elle tenait à la main en poussant un hurlement qui dut s'entendre de l'autre côté du lac.

Sarah voulut s'excuser de salir le carrelage du hall, mais les mots ne parvenaient pas à sortir de sa bouche. Au vrai, elle se sentait terriblement lasse.

Elle n'eut pas conscience de perdre l'équilibre, et c'est à la seconde où sa tête touchait le sol qu'elle entendit le vieux Briar hurler dans le téléphone :

— Shérif ! Faut que vous v'niez tout de suite ! Bon sang ! Ils sont tous les trois brûlés au dernier degré. On dirait qu'on les a mis à bouillir dans une marmite. Amenez une ambulance, vite !

Ce fut la dernière phrase qu'il lui fut donné d'entendre.

La nuit même, Sarah Meads, Foster MacLean et Randall Turnbull mouraient des suites de leurs brûlures à l'unité de soins intensifs de l'hôpital du comté où on les avait transportés en hélicoptère.

L'enquête du shérif LeRoy conclut à un accident

survenu au cours de la promenade et résultant de l'imprudence chronique des citadins.

Le dossier fut classé sans attendre.

Trois jours plus tard, on retrouva dans les collines le corps de Jonas Fitzpatrick, un analyste financier de trente ans. Il avait été mis en pièces par un ours de la réserve. Dans ses poings soudés par la *rigor mortis* on préleva d'épaisses touffes de poils bruns qu'il avait arrachées aux flancs de la bête. De sa bouche, on sortit un gros morceau de chair dans lequel ses dents étaient férocement plantées.

— C'est bizarre, avoua le médecin légiste au moment de signer le rapport d'autopsie. Si je n'avais pas peur de passer pour un farceur, je dirais que c'est lui qui a attaqué l'ours... et non le contraire.

2

David Winston Sarella vivait à Venice Beach, en Californie, au dernier étage d'une ancienne entreprise spécialisée dans la cuisse de poulet grillée. Avec le temps, la cuisine géante était devenue galerie d'art minimaliste, puis lieu de culte d'une secte vénérant les équations fractales, puis de nouveau restaurant spécialisé dans l'alimentation à base d'algues, puis centre de thérapie du cri primal, et enfin atelier de cerfs-volants d'un Japonais ayant travaillé à Silicon Valley et qui venait de prendre sa retraite à trente-cinq ans après avoir déposé deux brevets fondamentaux. David avait acheté le dernier étage de l'immeuble qui n'en comptait que quatre.

Il avait peint l'atelier en blanc. Sol, murs, plafonds, poutres métalliques. En guise de séparations, il avait disposé des paravents en papier de riz, dont il modifiait l'agencement tous les mois, s'inventant des labyrinthes où il finissait par se perdre.

Il ne possédait presque rien. Des livres, quelques vêtements achetés aux grands magasins Saks, lors d'un bref séjour à New York, et qui lui donnaient — selon une expression de là-bas — l'allure d'un *BBQ* (Brooklyn-Bronx-Queens), c'est-à-dire d'un banlieusard de la pire espèce. Depuis qu'il était revenu à Los Angeles, il ne s'habillait plus que d'un chino et d'un maillot de corps XXX. Le pantalon de toile beige était si large qu'il aurait pu loger son corps tout entier dans une seule de ses jambes. Il aimait cette impression de vacuité.

Il n'avait rien d'un gourmet, et son bar-cuisine ne contenait que ce qui est nécessaire à un homme se nourrissant principalement de capuccinos très sucrés, de pancakes au sirop d'érable et de sandwiches au pastrami chaud sur pain de seigle *Royal Hawk Rye Bread*. Sur ses étagères, les bocaux de cornichons russes voisinaient avec les bouteilles de rhum cubain et les sacs de café *Jamaïca Blue Mountain*.

David Sarella n'était pas quelqu'un de politiquement correct. David Sarella, par trente-huit degrés Celsius à l'ombre, était tout à fait capable de pousser la climatisation du loft à fond et de se confectionner un *egg-nog* avec de la crème anglaise et du rhum, comme l'on en sert d'ordinaire aux alentours du 25 décembre. Allongé sur son *futon*, enveloppé dans une couette de duvet d'eider, il sirotait alors son breuvage en écoutant des comptines de Mother Goose sur sa chaîne stéréo.

David avait quarante-trois ans, il écrivait depuis quinze ans maintenant des romans de drugstore. Il ne se prenait pas pour un artiste mais il aimait son travail. À une époque de sa vie — si lointaine qu'elle lui paraissait aujourd'hui n'avoir jamais existé — il avait connu l'existence maussade d'un petit professeur de banlieue régulièrement agressé par ses élèves, et il s'était dépêché de quitter l'enseignement avant que ne le submerge l'envie d'arriver en classe armé d'un 45... et de s'en servir ! Pour exorciser les cauchemars hantant ses nuits, il avait fini par écrire un livre sanglant racontant l'histoire d'un professeur d'anglais assassinant ses élèves les uns après les autres. Terriblement crédible et couronné par un prix littéraire, ce thriller lui avait accordé le privilège de tourner le dos à l'enseignement et de gagner sa vie en inventant des histoires criminelles.

Depuis, il avait inventé la série des « Conan Lord » qui lui permettait de livrer à son éditeur — Les éditions du Chat Hurlant — des histoires terrifiantes à base d'énigmes, de crimes et de mystère. Il était assez doué pour faire peur, distiller des atmosphères vénéneuses. Il avait beaucoup d'imagination et rédigeait sur des carnets de dactylo à l'aide d'un stylo à plume Bright Flood Shadow sans jamais craindre la page blanche ou trembler à la perspective de se retrouver un jour en panne d'idées. Tout le monde s'accordait à lui reconnaître une imagination hors du commun, même si ce compliment cachait en réalité une méfiance entachée d'un léger dégoût.

Ancien Alpha-Delta-Epsilon de l'UCLA, amoureux de l'anglais classique, il avait peu à peu appris à écrire des textes remplis de lignes en italique et de points d'exclamation à partir d'un vocabulaire de cinq cents mots. Lors de leur premier entretien, son directeur de collection — le vieux Bert Sweeton, que les dactylos surnommaient entre elles *Mister Anacin* à cause de la bouteille familiale de comprimés posée en évidence sur son bureau — avait résumé ce qu'on attendait de lui en quelques phrases :

— Mon petit, prenez l'habitude de placer le premier cadavre dix lignes après le début du texte. Si vous pouvez démarrer sur la description du macchabée, c'est encore mieux. Chaque chapitre doit contenir le même assortiment : sexe, violence et humour de commis voyageur. Aucune description, les lecteurs les lisent en diagonale. Pas davantage de psychologie, les magazines féminins s'en chargent pour nous. Si vous décrivez des ébats sexuels, n'omettez pas de préciser que le héros utilise un préservatif, cela nous permet de toucher une subvention du ministère de la Santé publique, sur laquelle nous vous reversons 20 %. Ne parlez pas du chômage, placez de préférence vos intrigues dans le milieu du show-biz. Hollywood, les studios. N'hésitez pas à décrire des vedettes corrompues et malheureuses, les gens aiment ça. Laissez sous-entendre qu'il s'agit d'un roman à clefs en protestant justement du contraire, ça marche à tous les coups. Parlez aussi de l'Amérique bradée aux Japonais par les affairistes, tapez sur les *ecofreaks* qui agacent tout le monde, mais restez politiquement correct avec les gens de couleur. Soulignez çà et là les bienfaits des apports culturels étrangers : le chili con carne, la pizza, les enchiladas...

À cet endroit, il marqua une pause, leva l'un de ses sourcils neigeux et dit, d'un ton d'exorciste laissant une dernière chance de rachat à un hérétique en route pour le bûcher :

— Ôtez-moi d'un doute, jeune homme, vous ne voulez tout de même pas faire partie de ces auteurs américains qu'on ne lit qu'en France, au moins ?

Dès la fin de sa tirade, il s'empressa d'avaler deux comprimés d'Anacin pour faire comprendre à son interlocuteur combien cette discussion le fatiguait.

Dans les premiers temps David ne se rebella pas. C'était somme toute un travail agréable qui lui demandait peu d'effort. Il s'amusa même franchement à écrire au second degré. Dans ses textes, les demeures étaient toujours « majestueuses », les vieillards « nobles » et les soubrettes « accortes ». On y était souvent « pétrifié d'horreur », « tétanisé par l'angoisse » ou « glacé d'effroi ».

— Je ne veux pas de ces bouquins qu'il faut vendre avec un mode d'emploi et une bouteille d'Exedrin, grognait Bert Sweeton. N'oubliez jamais que vous travaillez pour des gens que huit heures de travail ont rendus à peu près aussi intelligents que des rats de laboratoire en fin de programme ! Pour éviter de vous prendre au sérieux, dites-vous bien que vos livres finiront, au pire, à la poubelle ; au mieux : sous le pied d'une table bancale.

David, deux années durant, s'était accommodé de cette formule, puis, insensiblement – quelques jours à peine après qu'il eut fêté son quarante-troisième anniversaire —, les choses se dégradèrent.

Tout débuta par la multiplication de signes

néfastes, de présages qu'il était seul à percevoir. D'abord cette chanson absurde qui explosait chaque fois qu'il allumait un poste de radio : *Breastfeeding a naughty baby* (Allaiter un méchant bébé), chantée par un groupe de jeunes filles agressives baptisé *Mothers-to-be*. On eût dit que le refrain attendait là, roulé en boule dans l'appareil, le moment de jaillir de sa cachette. David avait beau se dire qu'il s'agissait simplement d'un air à la mode, d'une « scie » dont la fréquence n'avait rien de suspect, le malaise demeurait en lui, alimentant un curieux sentiment de complot. Était-ce ainsi que démarrait la paranoïa ?

Puis il y eut cet accident, alors qu'il déambulait sur le *sidewalk*, à Venice Beach. La corniche prenait depuis quelque temps l'allure d'une fête foraine permanente où s'exhibaient les monstres sécrétés par les entrailles de Los Angeles. Il y avait ceux qui jonglaient avec des boules de bowling, des lampes à souder allumées, des tronçonneuses. Celui qui se barbouillait la tête d'un enduit bizarre puis l'enflammait, avant de faire la quête, le front surmonté d'une auréole de feu crépitant. Une pancarte rédigée en écriture phonétique précisait que l'artiste était un cascadeur réduit au chômage à la suite du rachat des studios d'Hollywood par les Japonais. Il y avait quelque chose d'effrayant dans cet homme à la chevelure de flammes qui tendait un chapeau de cow-boy aux passants. Les enfants le dévisageaient, fascinés.

Un peu plus loin, un jeune homme uniquement vêtu d'un slip « léopard » se faisait déposer des braises sur la peau du ventre par une fille diaphane déguisée en vestale. Elle agitait un morceau de carton sur lequel on pouvait lire : « Paierez-vous pour abréger son supplice ? »

Les touristes adoraient cette parade monstrueuse et les caméras vidéo tournaient à plein rendement. C'était à qui se ferait photographier à côté d'un phénomène. On n'avait que l'embarras du choix. Mais la concurrence était terrible, et les « artistes » devaient rivaliser d'extravagance s'ils voulaient attirer l'attention et la générosité du public.

David était frappé par l'aspect malsain de ces démonstrations, le « sensationnalisme » qui finissait toujours par exercer un chantage insidieux sur les spectateurs.

— Il a décidé de ne pas s'arrêter avant d'avoir ramassé cinquante dollars, annonçait la jeune fille déguisée en vestale veillant sur l'homme aux braises. Ayez pitié de lui. Abrégez ses souffrances. Je vous rappelle que nous collectons des fonds pour l'Église de l'Apôtre Inconnu de Camino Real. Donnez, donnez avant que ses brûlures ne soient trop profondes !

L'accident se produisit alors que David essayait de s'ouvrir un chemin dans la foule pour s'éloigner de la parade. Brusquement, un Hell's Angel qui jonglait avec des tronçonneuses rata son coup, et l'engin bourdonnant lui sectionna l'index gauche avant de heurter le sol. Les badauds poussèrent un cri de ravissement et de surprise mêlés, tandis que le doigt tranché tombait sur l'asphalte, son ongle ébréché et crasseux pointé sur David.

Le romancier en conçut une inexplicable panique. Une terreur proche de l'explosion hystérique. Pendant une vingtaine de secondes, le reste du monde fut privé d'existence. Il n'y avait plus, désormais, à travers tout le cosmos, que David Sarella, le romancier pour tourniquets de drugstore, et cet index coupé, étrangement raide, qui semblait le viser en pleine poitrine pour le désigner aux yeux de l'univers.

C'était absurde, mais le morceau de chair avait l'air de dire : « Toi ! Hé, c'est à toi que je parle ! Viens un peu ici, ne cherche pas à t'enfuir ou je te poursuivrai partout où tu iras ! »

Au moment où David sentait monter en lui les premiers symptômes d'une syncope nerveuse, un flic en patrouille éclata d'un gros rire dans son dos.

— Il fait le même coup tous les jours, expliqua-t-il à son collègue, c'est un moulage en caoutchouc rempli de ketchup qu'il emboîte sur un moignon de phalange. Ça marche à chaque fois.

Apprendre qu'il venait d'être victime d'une supercherie ne rassura nullement l'écrivain. L'impression première subsistait contre toute logique, et avec elle la conviction d'avoir été choisi par une puissance occulte.

« Il va t'arriver quelque chose, murmura une voix au fond de sa tête. Quelque chose de terrible. C'était un présage, et tu devras en tenir compte. »

Cette voix, il l'entendait de plus en plus souvent depuis quelque temps, au point qu'elle finissait par lui mettre dans la tête des idées de tumeur au cerveau ou de camisole de force.

Était-ce de cette manière qu'on devenait fou, qu'on se retrouvait pensionnaire d'État à Pescadero ?

Ainsi, tout était parti d'un incident stupide, ce doigt de caoutchouc destiné à impressionner les touristes, cette grosse astuce de forain digne d'une boutique de farces et attrapes. Une blague, une bêtise.

Il avait besoin de vacances, il le savait. Il travaillait trop, victime d'un succès contre lequel il ne pouvait rien. Il aurait voulu ralentir son rythme de production, mais Bert Sweeton ne voulait pas en entendre parler.

— Allons donc, grognait-il dès que David parlait de s'envoler pour Hawaii, qu'est-ce que vous ficherez là-bas ? Manger du poisson pollué et baisouiller des petites putes à touristes ? C'est nul. Le seul remède à toute chose, c'est le travail. Si vous vous arrêtez, vous serez encore plus fatigué lorsqu'il vous faudra y replonger. Payez-vous une belle call-girl et saoulez-vous à mort un dimanche par mois. C'est la recette secrète des grands travailleurs. Ne vous laissez pas avoir par la *middle age crisis*. Forcez sur la baise et l'Anacin.

David n'avait pas la force de protester.

Jadis, il avait habité la charmante Olvera Street, ce morceau de Mexique égaré au milieu des grandes artères, mais l'endroit s'était rapidement dégradé, perdant toute authenticité. Ce n'était plus désormais qu'une brocante pour touristes, et il avait quitté El Pueblo pour se rabattre sur Bunker Hill, à côté de l'ancien funiculaire, l'Angels Flight, qui n'avait fonctionné qu'un temps. Il n'était pas assez riche pour planter son bivouac du côté de Bel Air ou Westwood.

Quant à Beverly Hills, c'était un territoire où les yeux soupçonneux des vigiles le faisaient toujours se sentir en fraude.

Peu à peu, la ville lui était devenue odieuse. Elle éveillait en lui des bouffées claustrophobes. Chaque matin, lorsqu'il mettait le nez hors de sa résidence, il avait l'impression que les rues avaient rétréci durant la nuit. Oui, les rues rétrécissaient et les immeubles grandissaient, gagnant à la faveur des ténèbres quelques étages supplémentaires.

— Ce sont comme des arbres de béton, tu comprends ? expliqua-t-il un soir à son agent littéraire Patti Grizzle. Quand les gens dorment, un phénomène chimique se produit, et les immeubles fabriquent à l'insu de tout le monde des étages supplémentaires, inoccupés. Disons : un étage par semaine. C'est assez lent pour que personne ne s'en aperçoive, mais ça finit par compter au bout d'une année. D'ailleurs, est-ce qu'on regarde en l'air ? Non, bien sûr. Quand on est en bas, on marche vite, le nez baissé, et on ne réalise pas que les maisons sont bien plus hautes au fur et à mesure que passent les saisons.

La jeune femme essaya de sourire pour dissimuler la grimace qui s'était instinctivement plaquée sur ses lèvres.

— C'est une belle idée, dit-elle. Tu devrais en faire un roman. Les maisons qui poussent toutes seules. Elles pourraient peu à peu s'élever en direction des nuages. Les sans-abri investiraient ces étages n'appartenant à personne. Ils y vivraient au milieu du brouillard. Il y ferait très froid. Tout en haut, on éprouverait même de la difficulté à respirer.

— Et les gens verraient les ailes des avions raser leurs fenêtres, compléta David. Ils vivraient dans la terreur permanente d'une collision.

— Tu devrais l'écrire, insista Patti. Je suis certaine que je pourrais vendre l'idée à la télé. Et ça ne coûterait pas cher du tout à réaliser. Les mômes raffolent de ce genre d'histoires dingues.

Mais David n'avait aucune envie d'écrire, pas plus cette histoire qu'une autre.

Le spectacle de la ville l'effrayait. Depuis qu'il avait vu un homme se jeter dans le vide du trentième étage d'un building, il rêvait chaque nuit que des suicidés passaient devant sa fenêtre, tombant au ralenti. Allongé sur son *futon*, au ras du sol, il lui semblait les voir s'immobiliser dans les airs, juste à la hauteur de sa baie vitrée, pour cogner contre les vitres au moyen de leur index recourbé. Knoc-Knoc. Un désagréable petit bruit d'os qui tenait lieu d'appel au secours. David savait qu'il aurait dû bondir, se lever, courir à la fenêtre pour leur ouvrir et leur permettre d'entrer, mais il ne réussissait jamais à vaincre la paralysie qui le tenait cloué sur le matelas. Et les autres tombaient, tombaient, comme s'ils étaient des centaines à plonger dans le vide, se bousculant pour accéder au parapet.

Maintenant, lorsqu'il se promenait dans les rues, il ne pouvait s'empêcher de lever la tête tous les vingt mètres. Depuis quelque temps, il était obsédé par l'idée de recevoir quelque chose sur le crâne. Un objet qu'une main malveillante aurait précipité dans le vide depuis le trentième étage d'une tour. On ne pensait jamais assez à ces choses-là. Et c'est vrai qu'il suffisait d'un rien. Un livre de poche jeté du haut d'un gratte-ciel par un adolescent négligent, par exemple. *Hein !* Quel était le poids d'un livre de poche au terme d'une chute de deux cents mètres ? Il suffisait de se trouver juste en dessous pour se retrouver à l'hôpital avec un magnifique traumatisme crânien... ou même carrément à Forest Lawn, une belle étendue de vert gazon sur le ventre et assez de formaldéhyde dans les veines pour attendre le Jugement dernier sans prendre une ride !

Un jour, alors qu'il se tenait planté au bord du trottoir, le nez levé vers le sommet d'un immeuble de quarante étages, il fut abordé par un prêcheur coiffé d'un casque militaire rouillé.

— Vous aussi vous les guettez ? lui demanda le bonhomme. Mais vous ne portez pas votre casque réglementaire, ce n'est pas prudent, vous savez qu'elles se déglinguent de plus en plus ? Elles perdent leurs boulons, leurs tôles, c'est terriblement dangereux !

Il fallut deux minutes à David pour comprendre que l'hurluberlu faisait allusion aux soucoupes volantes patrouillant dans le ciel de la ville.

— Faut porter votre couvre-chef de sécurité ! insista l'ahuri en lui désignant son casque sur lequel était peinte à l'intention des extraterrestres l'inscription : *La Terre n'est pas un dépotoir ! Faites réviser vos véhicules !*

Au bout du compte, l'illumination le frappa très exactement au 6925 Hollywood Boulevard, devant le Graumans Chinese Theatre, un pied sur la dalle de ciment portant les empreintes de hauts talons de Doris Day, l'autre sur celle de Charles Laughton. D'un seul coup, il sut qu'il lui fallait quitter L.A. au plus vite, ne plus accepter d'être surplombé par les falaises de béton des buildings, retrouver un espace ouvert, humain, où il n'aurait plus l'impression d'être un rat se déplaçant dans un labyrinthe sous l'œil d'un scientifique en mal d'expérimentations.

Il déménagea pour Venice, pensant que le côtoiement de l'océan et des cerfs-volants lui apporterait une bouffée d'oxygène. Il s'était trompé une fois de plus. Le monde de Venice était aussi fou que celui du Los Angeles *downtown*, et son malaise s'accentua lorsqu'il découvrit qu'il grisonnait. En effet, ses cheveux, sa barbe, qui avaient toujours été d'un noir presque asiatique, se mêlaient maintenant de fils argentés ou blancs dont la texture évoquait celle des radicelles végétales.

— C'est une malédiction ! déclara-t-il à Patti Grizzle. Ici tout le monde rajeunit, et moi je fais exactement le contraire !

Il exagérait à peine. La plage était une galerie de nudités parfaites. Hommes, femmes, s'y pressaient. On aurait en vain traqué une trace de cellulite, une flétrissure de la chair. Partout ce n'était que muscles, chairs dorées, biceps, deltoïdes, abdominaux. Les implants avaient eu raison des calvities, les liftings avaient chassé les rides. À Venice Beach, le Californien moyen n'affichait jamais plus de trente ans, même s'il était né durant la Grande Dépression. Au milieu de ces sauvages aux dents parfaites, aux seins plus rigides que des pare-chocs, David se sentait dans la peau d'un vieillard précoce. Incongru comme un vieux bonhomme surpris à Disneyland portant des oreilles de Mickey.

Il s'était empressé de tailler barbe et cheveux à six millimètres de la peau, ce qui lui donnait l'allure d'un Marine en permission ou d'un scaphandrier professionnel plus soucieux de commodité que de séduction.

Patti Grizzle avait été horrifiée par cette transformation physique.

— Mon Dieu ! hurla-t-elle en le voyant. Mais quel âge avez-vous ? Il faut vous teindre. Vous avez l'air d'un vieillard ! Ça ne se fait pas en Californie, ou alors chez les gens pauvres. Je vais vous donner l'adresse d'un institut. Vous en profiterez pour vous faire enlever vos premières rides.

Mais David ne s'était jamais rendu à l'institut en question.

La barbe et les cheveux gris n'étaient qu'un détail sans importance. Il allait mal, il le savait.

— Vous êtes simplement fatigué, lui répétait Patti. Accordez-vous une pause. Partez une semaine au lac Tahoe. Là-bas vous serez en pleine nature. Je peux organiser quelque chose. Vous trouver une station qui sera heureuse de vous inviter au titre des activités culturelles. Vous en serez quitte pour faire une ou deux conférences, et signer quelques bouquins au bord d'une piscine. Rien de bien terrible. Et quand vous nous reviendrez, vous aurez enfin retrouvé le sourire.

3

— Je n'ai rien obtenu au lac Tahoe, avoua Patti Grizzle. La venue d'un romancier ne semble pas vraiment exciter les foules du coin. Je pense que la plupart des gens vont surtout là-bas pour passer au Nevada et envahir les casinos. Les bandits manchots ont définitivement supplanté le ski nautique. D'ailleurs c'est très pollué maintenant, à ce qu'on m'a dit. Le smog, et les algues. Surtout les algues qui prolifèrent depuis quelque temps. Il paraît qu'en été ça pue affreusement. Ne regrettez rien, j'ai fini par dénicher quelque chose au Lassen Volcanic National Park. Vous connaissez ? C'est un peu le parcours du combattant de l'amateur de nature sauvage. Toute la région est dominée par le Lassen Peak. Ils ont un atelier de création artistique qui fonctionne avec les touristes, ils seraient assez flattés d'inviter un romancier connu... et pas trop difficile à lire.

Elle s'interrompit pour fouiller dans les papiers amoncelés sur son bureau.

— Et puis ils ont un petit problème, précisa-t-elle. Le prof de créativité littéraire a levé le pied sans préavis. Un remplaçant serait le bienvenu. C'est une jeune station légèrement en retrait de Bumpass Hill, Mother Lode Lake. Une ancienne colonie minière qui exploitait un filon d'argent au début du siècle. Êtes-vous partant ? Votre travail consisterait à reprendre en main l'atelier de création littéraire. C'est très bien fréquenté, pas mal de yuppies branchés « nature authentique ». Relisez Mark Twain, Hemingway. Ça vous ferait un bol d'air.

Elle s'impatientait.

— D'accord, lâcha David. Appelez-les.

— C'est une bonne décision, approuva Patti, vous verrez que vous ne le regretterez pas. Voilà la documentation, les cartes, les noms des personnes à contacter. Je m'occupe de vous obtenir un beau chèque. Bien sûr, ça ne sera pas comparable à ce que touchent vos collègues du *Creative Workshop* de Columbia !

Ils se séparèrent sur cette promesse.

David rentra chez lui. Venice, avec ses canaux de ciment remplis d'ordures et de carcasses de voitures, le déprimait plus que jamais. Dire qu'on avait jadis espéré faire de cette ville une seconde Venise ! Aujourd'hui l'agglomération se résumait à une prolifération de bungalows décrépits, aux volets clos, abritant des légions de drogués dont les yeux ne supportaient plus la lumière du soleil, et qui ne sortaient qu'à la nuit tombée, pour traîner leur carcasse efflanquée au long des rues.

Au rez-de-chaussée, il croisa Matsumaki, l'inventeur de cerfs-volants japonais, qui sembla ne pas le voir. Désormais, c'était seulement dans les livres que les Asiatiques se répandaient en interminables formules de politesse. David grimpa chez lui et sortit son sac Gladstone d'un placard. Il ne mettait jamais très longtemps pour boucler sa valise. Ses besoins se résumaient à peu de choses : de quoi écrire, deux slips de rechange, une brosse à dents. Jadis, lorsqu'il lui arrivait encore d'explorer le monde, il n'était pas rare qu'il prît l'avion sans la moindre valise, tous ses « bagages » répartis dans les différentes poches de sa veste de cuir. Elle puait un peu le mouton, du reste, cette parka de commando achetée aux surplus vingt ans plus tôt, mais il n'arrivait pas à s'en séparer. L'idée qu'elle avait, un jour, bu la sueur de sa jeunesse lui interdisait de la rouler en boule et de la fourrer au fond d'un sac-poubelle. Il remplit rapidement la sacoche Gladstone, cette mallette à soufflets des médecins de l'Ouest.

Comme il n'aimait pas les ordinateurs, il écrivait avec un stylo qu'alimentait une encre indélébile conçue par les ingénieurs de la NASA, un Bright Flood Shadow identique à celui du Président des États-Unis. Le stylo du président, en platine, portait sur son capuchon la devise *Knowledge is power*, il lui avait été offert par le directeur de la CIA. Sur celui de David on pouvait lire *Beggars can't be choosers*, ce qui n'était pas tout à fait la même chose. Comme il lui avait été donné par le vieux Bert Sweeton à l'occasion du lancement des aventures de Conan Lord, David se demandait s'il ne fallait pas y voir un discret rappel à l'ordre. Pour ce qui était du papier, il utilisait un curieux carnet de caoutchouc étanche se fermant au moyen d'un système à glissière, et qu'il avait déniché chez un brocanteur. C'était, lui avait dit le bonhomme, un bloc-notes fabriqué par la *Kriegsmarine* à l'usage des commandants de *U-Boote*, pendant la Seconde Guerre mondiale. Le procédé était ingénieux et protégeait à la perfection tout document plongé accidentellement dans l'eau.

La sacoche fermée, David claqua la porte du loft et descendit au garage. La voiture l'attendait là, désuète en regard des bolides dernier cri qui l'entouraient.

À première vue on pouvait croire qu'il s'agissait d'une énorme Packard ou d'un prototype Cord non commercialisé. C'était une Simarane 4 née de l'accouplement contre nature d'une grosse Zil soviétique et d'un autocar Greyhound. David l'adorait, bien qu'elle lui eût coûté la totalité des droits d'adaptation cinématographique de son roman *Conan Lord et l'Assassin qui Saignait du Nez*.

Il avait eu le coup de foudre pour cette voiture, non pas parce qu'elle était rapide, nerveuse, mais justement parce qu'elle était tout le contraire. C'était un monstre de tôle noire fabriqué sur mesure pour un mafioso dont personne ne se rappelait plus le nom.

Il s'installa au volant et démarra. Il avait étalé une carte sur le siège du passager. Le parc était assez loin, mais restait toujours la possibilité de charger la Simarane sur une plate-forme et de faire la plus grande partie du voyage en train. Il repoussa le moment de prendre une décision. Pour l'instant il voulait goûter le plaisir de quitter L.A.

« Tu fuis », pensa-t-il en longeant la mer.

Il ne se sentait pas lâche pour autant, car il n'avait pas peur de la violence. Il avait grandi avec la violence, et, malgré son passage à l'université, la violence était toujours restée en lui, dans un coin de sa tête.

« Comme un rat, songeait-il souvent. Un de ces rats dont on n'arrive pas à se débarrasser malgré les pièges, le poison. On ne les voit jamais, mais on sait qu'ils sont là, qu'ils sortent la nuit dès qu'on a fermé l'œil et qu'ils se promènent à travers toute la maison, reniflant votre nourriture et vos vêtements. »

Son père, George Sarella, avait été un homme violent. Pompier dans le quartier des *slums*, il avait commencé à boire très tôt pour oublier sa peur du feu.

— Ces putains de baraques sont de vrais pièges, grommelait-il rituellement en écrasant des boîtes de *Pabst Blue Ribbon* dans ses gros poings. Elles sont pourries de partout, le plancher, le toit. Quand tu marches là-dessus, c'est comme si tu te promenais sur de la dentelle. Et l'incendie passe ses flammes par les trous pour te rôtir le cul !

Il avait été plusieurs fois brûlé, également intoxiqué par la fumée. C'était un homme épais, le front toujours plissé par des rides colériques, qui entrait dans d'incroyables fureurs sous des prétextes futiles. David, pendant toute son enfance, n'avait cessé de voir voltiger les assiettes et les bouteilles à travers l'appartement. Il avait grandi au milieu de ces macules diverses, le papier peint additionnant les traces de ces explosions de fureur jusqu'à prendre l'allure d'un tableau abstrait.

De sa mère, Antonia, morte très jeune, il gardait le souvenir diffus d'une souris apeurée, parlant peu et vivant le nez baissé. George l'avait connue par l'entremise d'un journal d'annonces matrimoniales. Antonia portait le numéro 45 dans la rubrique intitulée *Left on the shelve*. Tout un programme.

Elle ne parlait jamais, et aujourd'hui, après tout ce temps, David n'en savait pas plus sur elle qu'au premier jour. D'ailleurs, il y avait belle lurette qu'il avait cessé d'essayer de savoir ou de comprendre. Il n'était pas de ceux qui passent le reste de leur existence à faire le procès de leurs parents, et aucun analyste n'avait jamais réussi à lui extorquer un seul dollar.

Mais le rat était resté en lui. Bien après la mort des

« vieux ». Et un certain goût pour la violence. Une attirance bizarre qui l'avait toujours mis en marge des milieux universitaires pacifistes. Une sorte de respect pour la force brutale qui lui faisait un peu honte.

Pour payer ses études — sa bourse se révélant insuffisante — il s'était improvisé tatoueur itinérant aux alentours des bases militaires : Edwards, Pasadena, le *China Lake Weapons Center* ou encore le *Twentynine Palms Marine Corps Base*.

Doué pour le dessin, il s'était vite constitué une clientèle attirée par les motifs originaux. Là aussi, il avait côtoyé la violence. Les bouffées meurtrières des *U.S. Airborne* à qui on avait appris à tuer un homme économiquement, du plat de la main, en lui enfonçant le nez à l'intérieur du crâne.

Plus tard, quand il avait donné sa démission au collège, on avait cru qu'il avait peur de ses élèves, on l'avait méprisé pour cela. Mais c'était une erreur. S'il avait fichu le camp, c'était pour ne pas céder à la tentation très réelle d'arriver en classe avec un tuyau de plomb dans la poche, et de l'utiliser pour remodeler à sa guise la boîte crânienne des quelques voyous qui perturbaient ses cours. Il était parti *à temps*. Il le savait. Le sang empoisonné du père coulait dans ses veines. Le sang du pompier gorgé de bière qu'un immeuble en feu avait fini par avaler à quelques mois de la retraite, et dont on n'avait retrouvé que le casque et la hache.

Tout cela était bien loin aujourd'hui. De sa jeunesse, il aimait se rappeler les séances de tatouage, avec leurs grandes figures barbares injectées point à point sous les peaux sillonnées de cicatrices. Il évoquait avec une certaine nostalgie les aiguilles, l'encre, les calques à dessins, et surtout la vieille guimbarde à bord de laquelle il allait d'une caserne à l'autre. Un « 409 » hors d'âge, comme dans la chanson des Beach Boys. Un *Four-O-Nine* qui lui servait tout à la fois d'atelier et de chambre à coucher. À partir d'un polaroïd aux couleurs baveuses, il tatouait des visages de femme sur des poitrines, des ventres, parfois même en d'autres endroits inavouables. Il avait la main légère et le don pour faire « ressemblant ». Les permissionnaires du Nam l'avaient pris en affection. Il avait côtoyé ces machines à tuer pour s'imprégner de leurs pouvoirs. Il avait écrit et dessiné sur des chairs que les obus et les mines avaient probablement mises en pièces trois mois plus tard, il avait enjolivé de futurs cadavres pour quelques dollars froissés.

« Quand tu seras appelé... » lui serinaient les GI's en l'abreuvant de conseils sur les MST, les petits hommes jaunes, et les erreurs à ne pas commettre dans la jungle.

À la différence des autres étudiants, il n'avait jamais pensé à se défiler, à passer au Canada ou à se mutiler. Une voix lui soufflait : « Ce sera peut-être l'occasion d'en finir avec le rat ? » Oui, en finir une fois pour toutes, par l'horreur, la saturation, le trop-plein. Une bonne saignée pour faire couler le sang corrompu du père.

Mais il avait été réformé, une histoire d'insuffisance visuelle qui l'obligeait à porter des lunettes noires toute la journée et réduisait sa vision nocturne à presque rien.

Il avait été réformé, et le rat était resté à la maison, embusqué, faisant du lard. Il était toujours là. David l'entendait trottiner parfois, au long des méandres de son cerveau.

Oui, le rat était toujours là, et lui, David Sarella, roulait vers le Lassen Volcanic National Park pour prendre la direction d'un atelier d'écriture dont il se moquait royalement.

Et pendant qu'il roulait, la voix familière, au fond de sa tête, chuchotait : « Si tu pars, c'est parce que L.A. était justement en train de nourrir le rat. Tu ne sens pas comme il est gros à présent ? Jamais plus tu ne pourras le sortir de ta tête. »

4

Dans les deux jours qui suivirent, il traversa Bakersfield, Fresno, Stockton, Sacramento. Prenant le temps de s'arrêter dans les motels pour dormir ou faire la sieste. Puis, ayant parcouru très exactement 544 miles, il entra enfin dans le comté de Shasta et atteignit Redding. Là, il prit la route 44 qui l'amena à l'entrée du parc, à la hauteur de Manzanita Lake. Dès lors, le chemin se peupla d'écriteaux qui lui indiquèrent l'emplacement d'endroits aux noms prometteurs de Chaos Crags, Devastated Area, Vulcan Castle ou encore Devils Kitchen. Une multitude de lacs minuscules trouaient la forêt, installant des éclats de miroir au beau milieu des sous-bois. Parfois, sous le soleil, on avait l'illusion qu'un grand fragment d'acier reposait là. Une aile d'avion, ou un morceau de navette spatiale en perdition. Cela brillait comme du chrome, ou l'acier d'un sabre de parade récemment astiqué.

David ne tarda pas à se perdre. Les chemins de randonnée, déserts, installaient une atmosphère oppressante. Pour un peu, on se serait cru derrière les barbelés d'une zone militaire réservée aux expérimentations secrètes. Des animaux qu'il n'avait pas le temps d'identifier s'enfuyaient au passage de la voiture. La forêt était belle mais d'une sauvagerie qui semblait exclure l'homme. En arrivant à proximité de Mother Lode Lake, David remarqua plusieurs panneaux indicateurs sur lesquels les ours s'étaient fait les griffes.

La station était petite mais coquette. La législation sur les jeux la protégeait des aberrations qui défiguraient à présent le lac Tahoe ; à savoir les casinos à étages multiples, les boîtes à machines à sous vastes comme des halls d'aéroport et les cantines empestant le hamburger au graillon. Ici, on avait essayé de rester fidèle à l'environnement. Beaucoup d'hôtels ou de maisons avaient l'aspect de chalets montagnards ou de cabanes de rondins. Le bois supplantait le béton, conférant au lieu un aspect suranné qui n'avait rien de désagréable. De grandes statues de bois se dressaient à chaque carrefour. Des Indiens, des totems, des trappeurs, grossièrement sculptés à la hache et badigeonnés de couleurs vives. Cela rappelait un peu Calico, la ville fantôme qui se dresse à l'entrée de la Vallée de la Mort.

David roulait au ralenti, essayant de se repérer. Çà et là, des touristes riaient très fort en s'expédiant de grandes bourrades dans les côtes. Beaucoup ne portaient pour tout équipement vestimentaire qu'une casquette de base-ball, des lunettes noires, un short et des sneakers. David les trouva un peu maigres et très excités. Ils parlaient vite, à la manière des drogués sous amphétamines, avalant la moitié des mots. Ils ne tenaient pas en place et s'agitaient en permanence, même lorsqu'ils étaient simplement assis à la terrasse d'un café.

Le romancier refoula le sentiment d'étrangeté qui montait en lui et fit taire son imagination galopante. Allons ! Il n'allait pas remettre ça ! On n'était plus à Los Angeles, l'heure avait sonné de se détendre et d'oublier les idées noires.

Alors qu'il approchait du *Roaring Grizzly*, il aperçut des citrouilles évidées posées en équilibre sur plusieurs boîtes aux lettres. Des citrouilles d'Halloween au sourire grimaçant, aux dents pointues.

Ce n'était pas du tout la saison, mais sans doute s'agissait-il d'une fantaisie de vacanciers. N'y avait-il pas, à New York, des boîtes de nuit où l'on fêtait le premier janvier tous les soirs, d'un bout de l'année à l'autre ?

Brusquement, alors qu'il cherchait un endroit pour se garer, un squelette jaillit d'une ruelle et se cramponna à la portière.

— Une farce ou un bonbon ! hurla le jeune homme sous son masque de caoutchouc. Une farce ou un bonbon !

Paralysé par la surprise, David n'eut pas le réflexe de répondre à la traditionnelle menace de la nuit d'Halloween. Cette silhouette dégingandée, enveloppée dans un collant noir sur lequel était peint un squelette approximatif, lui fit inexplicablement peur. Ce n'était pas tant le masque grimaçant, la tête de mort en latex, que le ton employé par l'inconnu. Cette voix où le rire se changeait en spasme.

— Une farce ou un bonbon !

Le jeune homme avait passé la tête à l'intérieur de la voiture et saisi l'écrivain par le revers de sa veste de cuir. Il riait sans reprendre respiration, au bord de l'étouffement.

— Tant pis ! vociféra-t-il soudain en se retirant, tant pis pour vous !

Et, plongeant sa main gantée de noir dans un sac en papier, il expédia une poignée de confettis au visage de David. Celui-ci leva les bras pour se protéger, comme si on l'aspergeait de vitriol, et cette réaction disproportionnée l'étonna lui-même.

Déjà, le plaisantin avait pris la fuite, s'engouffrant dans la ruelle séparant deux chalets. David grogna un juron. Lorsqu'il voulut s'épousseter, il réalisa que les pastilles de papier coloré étaient en fait enduites de colle instantanée, et qu'elles adhéraient à sa peau. Voilà pourquoi il avait éprouvé une impression d'humidité quand le « squelette » l'avait aspergé.

Il s'examina dans le rétroviseur. Il était ridicule : les confettis roses, jaunes, bleus, pointillaient son visage, macules d'une quelconque maladie extraterrestre. Il tenta de les gratter du bout des ongles, mais la glu avait déjà rempli son office. Il en serait quitte pour une bonne douche et une séance de brossage dont il émergerait la peau à vif !

Il sortit de la voiture, sur le qui-vive. La mauvaise blague l'avait affecté plus qu'il n'aurait voulu, et il s'étonnait de la boule d'angoisse installée dans son estomac. « Bon sang ! pensa-t-il, ce n'était qu'un gosse un peu défoncé par la Marie-Jeanne, tu ne vas pas en faire une histoire ! »

Il inspira profondément et ouvrit le coffre pour récupérer son sac Gladstone.

L'hôtel se présentait sous la forme d'une énorme cabane de rondins haute de sept étages. Un grizzly de bois polychrome montait la garde dans l'allée, toutes griffes dehors. C'était une grande statue de deux mètres cinquante, dont le ventre servait de boîte aux lettres. Le drapeau californien flottait en haut d'un mât, avec son traditionnel ours brun avançant d'un pas décidé, l'œil fixé sur une étoile rouge.

Un vieil homme sortit sur le perron. Il devait avoir à peu près soixante-dix ans mais était taillé en bûcheron. Il portait une chemise à carreaux et des jodhpurs. Ses cheveux blancs, rasés à trois millimètres du crâne, surmontaient une gueule massive à la mâchoire trop lourde. Il tenait un vieux numéro de *Mécanique Populaire* à la main.

— Je suis Briar Kingstone, annonça-t-il, l'homme à tout faire de ce gourbi. Bon sang ! Vous êtes David Sarella. Je vous ai reconnu à cause de la petite photo au dos de vos bouquins. Vous faites plus vieux en vrai.

Il fronça les sourcils et parut enfin remarquer que le visage de son interlocuteur disparaissait sous les confettis multicolores.

— Oh ! la barbe, grogna-t-il, je suis désolé. Ces gosses ont le diable au corps. Venez prendre une douche avant que ça sèche.

Il tourna les talons pour guider le romancier à l'intérieur de l'hôtel.

— Je ne sais pas ce qu'ils ont, grommela-t-il, mais ils ne tiennent pas en place. Tous les jours ils inventent une nouvelle connerie. J'ai parfois du mal à me retenir de leur claquer le beignet, croyez-moi !

David aurait voulu être capable de minimiser l'incident, mais il demeurait très tendu, en alerte.

Briar le conduisit au second, par l'escalier. Tous les murs étaient recouverts de bois blond. Des têtes naturalisées montaient la garde dans les couloirs, au ras du plafond. Des cerfs, des loups, un ours, deux biches. David nota qu'un petit plaisantin s'était amusé à glisser une cigarette dans la gueule de l'ours, et qu'on avait posé des lunettes sur le museau du loup. Tout cela était du niveau d'un collégien moyen ou d'un congressiste ordinaire après l'absorption de quatre tequilas *sunrise*. Briar, dont la vue baissait, ne remarqua pas ces détails.

La chambre était simple et belle. Fausse cabane de bûcheron où ne manquait ni la douche à jets multiples ni la télévision par câble.

— Voilà, annonça le colosse aux cheveux blancs, ce sera votre cambuse. Je suis heureux de pouvoir accueillir une célébrité. Au moins, vos bouquins, je comprends ce qu'ils racontent ! Le gars qu'était là avant vous, John Manhood, c'était un poète, paraît-il. Il aurait écrit en chinois ça m'aurait fait le même effet ! Un charabia pas possible ! Moi, ma conception de la littérature, c'est quelques bons coups de poing, du mystère et un peu de cuisse. Le reste, je le laisse aux chevelus de l'UCLA.

Il avait probablement fignolé ce compliment une nuit durant, et David l'en remercia.

— C'est vrai que ça pisse pas loin, vos histoires de Conan Lord, renchérit le bonhomme, mais, au moins, quand on commence à les lire on ne peut plus s'arrêter !

— Et où est-il passé ce... poète ? interrogea David en posant sa sacoche sur le lit.

Briar se dandina d'un pied sur l'autre.

— Bah, soupira-t-il, autant que vous le sachiez tout de suite. On a eu une vilaine histoire la semaine dernière. Quatre vacanciers qui ont trouvé la mort au cours d'une randonnée. Une histoire un peu bizarre. Ils étaient tous inscrits au club littéraire. Manhood a aussitôt fichu le camp. C'était un type à ne pas trop aimer les flics, vous voyez le genre. Un beatnik attardé. Il a déguerpi le soir même, en emportant toutes ses affaires. Moi, ça ne m'a fait ni chaud ni froid, je ne l'aimais pas. C'étaient surtout les filles qui l'appréciaient.

David sentit la boule installée dans son estomac se durcir un peu plus.

— Quatre morts, fit-il négligemment, fichtre, c'est dangereux comme coin, ici.

Briar détourna les yeux.

— C'est un parc naturel, bougonna-t-il. Faut être prudent, c'est tout. Le problème c'est que tous ces gens de la ville sont un peu dingues et pas fichus de respecter les consignes de sécurité.

— Que leur est-il arrivé exactement, à ces ex-apprentis-écrivains ? interrogea David.

— Trois d'entre eux étaient partis du côté de Bumpass Hell, en contrebas de Lake Helen. C'est une belle randonnée, mais il y a des sources brûlantes et des projections de gaz volcanique. Je ne sais pas ce qu'ils ont fichu, mais quand ils sont rentrés, j'ai cru qu'on les avait mis à bouillir dans la même marmite. Leur peau partait en lambeaux. C'est un miracle qu'ils aient réussi à se traîner jusqu'ici.

— Ils s'en sont sortis ?

— Non.

— Et le quatrième ?

— Celui-là, il s'est mis dans la tête d'aller taquiner les ours dans la réserve de réacclimatation. Il s'est fait tailler en pièces.

Briar Kingstone passa la main à rebrousse-poil dans sa chevelure neigeuse qui crissa.

— N'allez pas croire que c'étaient des imbéciles, marmonna-t-il. Des gamins sans cervelle. Pas du tout. Ils étaient tous directeurs de quelque chose, même la fille, la petite Sarah. C'étaient des têtes. Je ne sais pas ce qui leur a pris.

Il haussa les épaules et remua l'air avec ses paumes pour signifier que le sujet était clos.

— Quand vous serez installé, je vous montrerai la salle de réunion de l'atelier de création littéraire, dit-il, et les horaires à respecter. Il y a pas mal de monde, vous verrez, à croire qu'on trouve plus de gens pour écrire des bouquins que pour les lire !

Il continua à radoter de la sorte un moment encore puis se décida à battre en retraite pour laisser à David la liberté de prendre une douche. Le romancier se dévêtit en hâte et se rua sous le jet. En dépit du savon et de l'eau chaude, les confettis renâclaient à partir. Il dut s'écorcher la figure avec les ongles pour parvenir à s'en débarrasser. Il se sentait à la fois mortifié et furieux. Enveloppé dans un peignoir, il fit quelques pas dans la chambre, jusqu'à la fenêtre. Dans les rues on riait trop, et trop fort. L'atmosphère était à peu près celle d'un campus d'université à la veille d'une remise de diplôme. Bizarrement, ceux qui s'esclaffaient avec le plus de véhémence ne comptaient pas parmi les plus jeunes.

Comme chaque fois qu'un sentiment d'étrangeté l'assaillait, il prit son stylo et son carnet de caoutchouc noir pour consigner les faits. Cette manière de procéder lui donnait l'illusion de conserver un certain contrôle des événements.

Il passa une chemise de toile jaune, un jean et ses vieilles bottes de buckaroo cent fois ressemelées. À cause de ses yeux trop sensibles à la lumière solaire, il emportait toujours avec lui une demi-douzaine de lunettes noires, sur lesquelles il s'asseyait régulièrement. Pour faire bonne impression, il chaussa une paire de Wayfarer à cent dollars et sortit dans le couloir. Il avait besoin d'un café très sucré et d'une douzaine de pancakes, mais au préalable il voulait visiter la salle de réunion du *Creative Workshop*.

Il ne savait que penser de Briar Kingstone. Le bonhomme aimait à se donner des airs d'ancien ranger ou de capitaine de la Garde Nationale. Il cultivait manifestement une vague ressemblance avec Patton, dont il n'était pas peu fier, mais, sous son assurance factice, David avait cru déceler de la peur. Le vieux en savait beaucoup plus qu'il ne voulait bien laisser paraître.

La salle de conférence s'ouvrait au bout du couloir. À l'exemple du reste des lieux, elle était lambrissée de pin blond. La table ronde avait été découpée dans le tronc d'un redwood de taille imposante. Des bêtes naturalisées occupaient le dessus des meubles : écureuils, cougars, dont le pelage affichait des marques noires de brûlures de cigarettes. Sur un panneau de liège s'alignaient des polaroïds. La « classe » de création littéraire sans doute. David examina ces visages d'abord sérieux, qui au fil du temps devenaient hilares. Car les clichés s'échelonnaient sur une ou deux semaines, il en était certain. Deux semaines qui avaient suffi à transformer ces cadres responsables en une bande de gamins chahuteurs grimaçant sous l'œil du photographe.

Il dénombra cinq hommes et trois femmes, d'une trentaine d'années environ. Des places vides semblaient indiquer que certaines photos avaient été arrachées. Sans doute par quelqu'un qui ne tenait pas à laisser traîner son portrait derrière lui. Le prof ? Ce John Manhood dont avait parlé Briar ? Le nom n'évoquait rien dans l'esprit de David, mais les États-Unis étaient peuplés de poètes édités à compte d'auteur qui vivaient de conférences et de lectures itinérantes. S'ils avaient un certain charme, les clubs féminins se les arrachaient. Des liaisons scandaleuses s'ensuivaient, qui permettaient à l'artiste de s'attarder sur place quelques semaines de plus.

Des dossiers épars occupaient la surface de la table. Les travaux des élèves. David les feuilleta rapidement. Comme il en va dans tous les ateliers, c'étaient pour la plupart des plagiats d'auteurs célèbres, des pastiches inconscients et souvent sans talent d'écrivains à la mode. Une écriture tatillonne et trop léchée cherchant à camoufler un manque total d'imagination. Un seul travail retint son attention, celui d'une certaine Sarah Meads qui avait ébauché une sorte de roman policier dont l'héroïne était une femme heureuse de se découvrir amnésique !

Sarah. N'était-ce pas le nom prononcé par Briar, tout à l'heure ? Le nom de la jeune femme morte des suites de ses brûlures ?

« Ne commence pas ! songea-t-il. Tu n'es pas là pour t'occuper des morts. Ton boulot consiste à inculquer quelques rudiments d'écriture à des cadres surmenés qui caressent le rêve de devenir des écrivains à succès pour pouvoir donner leur démission le plus vite possible. Tu leur parleras deux heures par jour, en pure perte. Au bout d'une semaine certains te haïront et t'accuseront de vouloir étouffer leur personnalité, une ou deux filles tomberont vaguement amoureuses de toi, les autres préféreront rester au bord de la piscine. »

Il se leva, un peu mal à l'aise. Quelque chose le chiffonnait. Ces travaux d'amateurs, peut-être, dont l'écriture devenait de plus en plus illisible au fil du temps, comme si plusieurs participants s'étaient vus soudain frappés de maladie de Parkinson.

À l'instant où il quittait la salle, il buta sur une femme mince et bronzée d'une soixantaine d'années. Elle avait les cheveux platine, relevés en chignon, et un invraisemblable débardeur de latex rose qui lui laissait les épaules, le dos et les flancs nus, pour mouler étroitement tous les os de sa poitrine. Elle poussa un cri perçant en l'apercevant et porta la main à sa bouche.

— Vous êtes David Sarella ! dit-elle d'une voix stridente, je vous reconnais ! Je suis l'une de vos fans les plus fidèles, j'ai lu tout ce que vous avez écrit ! Conan Lord est mon héros préféré.

Elle était très grande, ses longues jambes émergeaient d'un short ultra-court. Elle avait l'air incroyablement fragile d'une vieille petite fille à socquettes blanches. Sans doute chantonnait-elle encore *Peggy Sue* en teignant ses cheveux dans le lavabo de sa salle de bains ?

— *Jesus* ! Je ne me suis pas présentée, lança-t-elle, je suis Ursula Pooshkie, la propriétaire de l'hôtel. C'est moi qui ai eu l'idée d'organiser ces stages d'écriture créative. J'adore la littérature, j'ai publié plusieurs nouvelles dans le journal local. Une sur les ours, un poème sur Bumper Pass, et... Oh ! Je n'en reviens pas de vous voir en chair et en os !

Elle prit les mains de David dans les siennes et les serra, comme s'il revenait d'une guerre lointaine. Elle avait dû être très belle dans sa jeunesse. Ses jambes étaient toujours magnifiques. Ses pupilles reflétaient une vie intense.

— Voulez-vous boire quelque chose ? Oh ! oui ! Il faut fêter ça. Voulez-vous une margarita, une piña colada ?

Avant que David ait eu le temps de répondre, elle l'avait entraîné au rez-de-chaussée. Là, elle claqua dans ses mains pour obtenir sa commande toute affaire cessante. Le romancier eut la surprise de voir Briar s'exécuter humblement.

Ils commencèrent, bien sûr, par parler de Conan Lord : allait-il toujours porter cet affreux masque de cuir ? Ses cambriolages ne l'avaient-ils pas rendu assez riche pour tenter une opération de chirurgie esthétique ? N'y aurait-il donc jamais une femme pour l'aimer en dépit de ses difformités faciales ?

David s'amusait de voir Ursula Pooshkie évoquer Conan Lord comme s'il s'agissait d'un être réel. On sentait qu'elle avait lu avec passion chacune de ses aventures dont elle connaissait d'ailleurs les titres et les péripéties mieux que David lui-même. Elle descendait les margaritas aussi facilement que des Perrier-rondelle.

— Et si Conan Lord devenait beau ? suggéra-t-elle. S'il rencontrait une femme chirurgien, une femme mûre, qui l'opérerait en secret ?

Au même moment un groupe de jeunes gens bruyants pénétra dans l'hôtel en se jetant des confettis. Briar les réprimanda mais ils ne parurent pas l'entendre. Ils étaient affublés de ces déguisements mexicains, assez sinistres, qu'on exhibe d'habitude pour la Fête des morts. Des crânes de carton-pâte, des tee-shirts de toile noire sur lesquels on avait stylisé les os d'une cage thoracique.

David se pencha, posa sa main droite sur celle d'Ursula Pooshkie. La vieille petite fille tressaillit. Dans la pénombre du bar, sa beauté enfuie remontait à la surface. Elle avait eu une très belle bouche avant que les rides ne la strient de coupures verticales.

— Enfin, murmura le romancier. Qu'est-ce qui se passe ici ? Tous ces gens ont l'air à moitié dingues. On se croirait la nuit du Nouvel An. C'est toujours comme ça ?

Ursula détourna les yeux pour s'assurer que Briar ne pouvait pas l'entendre.

— Ce sont des gens de la ville, souffla-t-elle. Ils se libèrent du stress. Ils viennent ici pour lâcher la vapeur, alors, bien sûr, ils sont un tantinet exubérants.

Elle récitait une excuse mille fois répétée. David lui serra un peu plus la main. Elle avait la peau d'une finesse de pétale flétri. Cette fragilité l'émut.

— Ursula, insista-t-il. Il n'y a pas que ça.

— Je crois qu'ils se droguent, chuchota la propriétaire du *Roaring Grizzly*. Tous ces analystes financiers... ils se poudrent le nez. On en a parlé à la télévision. Ils font ça pour tenir le coup, vous savez ? Pour pouvoir travailler vingt-quatre heures sur vingt-quatre. Lorsqu'ils arrivent ici, ils sont un peu détraqués. Vous savez ce qui est arrivé la semaine dernière ? Oh ! Cette pauvre petite Sarah. Elle était si mignonne, ça m'a fait une peine immense. Ses affaires sont toujours là-haut, je ne me suis pas encore décidée à les remballer.

— Là-haut ? interrogea David. Ça vous embêterait de me les montrer ?

— Oh ! non, bien sûr, fit Ursula. D'ailleurs c'était une de vos fans, vous savez ? Nous parlions souvent de Conan Lord. Nous nous retrouvions ici, et après cinq ou six margaritas, nous tentions de déterminer quel visage il choisirait s'il décidait de se faire opérer. Bien sûr, nous n'étions jamais d'accord. Elle avait ses préférences et moi les miennes. Question de génération. J'avais envie qu'il ait une moustache... ou une barbe, style officier de l'Armée des Indes, mais elle trouvait ça horrible. Elle disait que ça faisait hippie mal lavé. Vous avez remarqué comme les jeunes filles d'aujourd'hui sont terrifiées par les poils ? De mon temps on trouvait ça viril. Et puis c'est agréable une moustache qui vous chatouille la peau du ventre.

Elle rougit, toussota et se redressa d'un air digne. Sa minceur lui donnait l'allure d'une statue de Giacometti.

David la suivit. Ils grimpèrent à l'étage. Ursula sortit un passe-partout de la poche de son short.

— C'est là, dit-elle en poussant la porte de la chambre 19.

Elle s'effaça pour laisser passer David.

— Le shérif est venu, expliqua-t-elle, mais il n'a jeté qu'un coup d'œil. C'est Ben LeRoy, il n'est pas trop futé et il aime les plaisanteries plutôt grasses. Il m'a dit de tout fourrer dans les valises et que la famille passerait récupérer les « restes ». Ce n'était pas très délicat comme formule.

David fit le tour de la pièce sans toucher aux objets. Sur la porte de la salle de bains on avait collé des polaroïds représentant une jeune femme entièrement nue. Les clichés étaient numérotés au crayon feutre, de 1 à 8. Il s'agissait bel et bien de la même personne... mais de plus en plus maigre.

— Je n'ai pas osé les enlever, dit Ursula. Je sais que ce n'est pas très correct, mais c'est elle qui les a collés là. Je ne comprends pas comment elle a pu faire ça, du reste, parce que c'était une jeune femme très réservée. Plutôt timide. Je ne l'aurais jamais imaginée se faisant photographier dans cette tenue. Elle avait peut-être un amant à qui elle n'osait pas dire non. Je n'espionne pas les gens une fois qu'ils sont dans leur chambre.

David examina le fatras d'objets et de vêtements qui couvraient la moquette, les fauteuils. Il ne lui fallut qu'une minute pour dénicher ce qu'il cherchait.

— Elle s'est photographiée toute seule, dit-il. Voilà l'appareil. Il y a un déclencheur à retardement. Je ne crois pas qu'elle ait fait ça dans un but érotique. C'était plutôt pour une étude « clinique ». Vous avez remarqué comme elle est maigre sur le dernier cliché ? Entre la photo 1 et la photo 8, elle a vraisemblablement perdu douze ou treize kilos. Combien de temps est-elle restée ici ?

— Dix jours, à peu près. Mais vous savez, les filles d'aujourd'hui voudraient toutes pouvoir passer par la fente d'une boîte aux lettres sans rentrer le ventre ! Elle m'a souvent dit qu'elle se trouvait trop grosse. C'était idiot, elle était très bien, un peu potelée. Avec des « rondeurs » comme on disait à mon époque. Moi, j'ai toujours voulu grossir, et ça n'a jamais marché. Quand j'étais jeune, l'un de mes amants me surnommait « le xylophone », à cause de mes côtes trop saillantes. Après l'amour, il lui arrivait de taper dessus avec une cuillère en chantonnant, comme si j'étais un instrument de musique.

Elle se tut. Un sanglot dans la voix.

David s'agenouilla. Il venait d'apercevoir une pile des aventures de Conan Lord au milieu des habits froissés. *La Sueur aux tempes, Port d'arme prohibée, Profession : cadavre, Cercueil à louer.*

On les avait tous furieusement annotés.

— Elle vous admirait beaucoup, dit doucement Ursula. Elle disait qu'elle aurait aimé vous écrire pour vous demander des conseils mais qu'elle n'osait pas.

David tendit la main, s'empara d'un dossier dont la couverture portait le mot Roman, en grosses lettres. Il contenait une grande quantité de feuilles de papier « machine » couvertes d'une écriture illisible.

« Une écriture de Martien », pensa-t-il instinctivement. Il n'exagérait pas. Cela ne rappelait rien de connu. Il s'agissait de gribouillis informes, des kilomètres de gribouillis scrupuleusement alignés. Son premier réflexe fut de penser à une écriture cryptée, mais il ne put repérer aucune occurrence répétitive. Il ne s'agissait pas d'un code. Ni même d'idéogrammes inventés, il y avait trop peu de variantes dans les tracés.

« Ça ne veut rien dire, décida-t-il. Soixante-dix pages de charabia. Combien de temps a-t-elle passé à faire ça ? » Il s'imaginait Sarah, couchée sur le ventre au milieu du fouillis des valises renversées, les doigts crispés sur le stylo. À certains endroits, elle avait appuyé si fort que le papier était troué.

Il repoussa le « manuscrit ».

— Vous pensez qu'elle est devenue folle ? s'enquit Ursula d'une toute petite voix.

— Je ne sais pas.

— Je vous demande ça parce que je me sens un peu responsable... avec mon idée d'atelier de création. Je me dis que les esprits mal armés risquent d'en souffrir. C'est vrai que très peu d'entre eux deviendront de vrais écrivains, n'est-ce pas... mais dans mon esprit, il s'agit plutôt d'arriver à un certain épanouissement intérieur, pas forcément à la commercialisation d'un talent. Quand j'étais jeune, on parlait beaucoup des arts « d'agrément ». C'est un peu cela que je voulais ressusciter.

— Ne vous en faites pas, dit David. Votre responsabilité n'est pas engagée. Il a dû se passer quelque chose.

Il revint aux photos. Son insistance risquait de le faire passer pour un obsédé sexuel, mais il fallait qu'il vérifie un détail. Il se pencha de nouveau sur les clichés. Sarah Meads n'avait jamais été obèse, tout juste un peu « enveloppée ». Un « aimable embonpoint » comme on disait dans les romans du XIXe siècle. D'ailleurs, David n'avait rien contre les grosses femmes dont il appréciait en connaisseur gourmand la plénitude charnelle. Au fil des clichés, Sarah Meads s'était changée en une silhouette décharnée présentant des symptômes manifestes de dénutrition. Et notamment un ventre ballonné comme on peut en observer au cours des famines africaines.

— Elle ne mangeait pas ? demanda-t-il sans se retourner.

— Oh ! Bien sûr que si ! rétorqua Ursula Pooshkie. Elle était d'une grande gourmandise, du genre à reprendre deux fois de chaque plat.

Disait-elle la vérité ? Il n'insista pas.

Il venait de remarquer qu'au fil des prises de vue, Sarah avait pris la manie de se maquiller la bouche avec un curieux fard à lèvres bleu foncé, presque noir. Bizarre.

Il s'avança sur le seuil de la salle de bains. Autour du lavabo c'était l'habituel chaos de produits de beauté, de brosses et de limes à ongles. En remuant les objets de toilette, il avisa un sachet bariolé, déchiré, au bord duquel subsistait un peu de poudre blanche. *Amazing Diet*. Sûrement un produit de régime. Sarah Meads s'était-elle laissée mourir de faim au point de perdre la tête ? Cela s'était vu dans certains cas d'anorexie volontaire. Un jeûne prolongé pouvait occasionner des dégradations neurologiques importantes, vous rendre aveugle, provoquer des hémorragies cérébrales, des hémiplégies. David avait entendu parler de sectes dont les zélateurs avaient tous fini de cette façon, transformés en légumes à force de n'absorber qu'un grain de blé par jour !

— Ursula, dit-il en baissant la voix, que se passe-t-il réellement ici ? Dites-moi la vérité. Vous n'allez pas prétendre que tout cela est normal ?

La propriétaire de l'hôtel lui jeta un regard effrayé. La pénombre qui régnait dans la pièce avait agrandi ses pupilles. Elle respirait beaucoup plus vite, la bouche entrouverte.

— Je ne sais pas si je dois vous le dire, murmura-t-elle, vous allez me prendre pour une folle.

Elle avait posé une main entre ses seins, dans une pose démodée, un peu théâtrale.

— Je crois, dit-elle enfin, que c'est à cause du volcan. Des cendres en suspension dans l'air. Nous autres, de la région, y sommes habitués, mais les étrangers... C'est comme une sorte d'intoxication, voyez-vous. Les gens de la ville inhalent la poussière volcanique et ça leur... dérègle le cerveau.

Elle avait murmuré les derniers mots.

— Oh ! Je sais, fit-elle avec une mimique d'excuse, ça a l'air fantaisiste, mais je crois aux herbes, aux médecines naturelles. Vous savez que les sorciers indiens venaient s'approvisionner ici, jadis ? J'ai moi-même constitué un herbier assez fantastique.

— Le volcan ? répéta David, devinant qu'elle était prête à se lancer dans une interminable digression.

— Oui, confirma-t-elle en baissant les yeux. Ce n'est pas un cas unique. Vous savez que si les touristes se comportent comme des fous au lac Tahoe, c'est parce que le vent qui souffle de la Sierra Nevada est trop riche en oxygène et qu'il leur brûle les cellules du cerveau ? C'est la vraie raison du succès des casinos.

« Une vieille folle, songea David, mais si charmante. »

Il n'avait pas envie de la rabrouer. Après tout, il n'était pas là pour mener l'enquête.

Au moment où il formulait cette pensée, il dut s'avouer qu'il se mentait à lui-même. Ce qui se passait ici, l'atmosphère étrange des lieux, pouvaient lui fournir le cadre idéal d'un futur roman.

Ursula Pooshkie se rapprocha pour lui prendre la main avec une ferveur suppliante.

— Il y a un moyen de se prémunir contre les effets du vent des fous, chuchota-t-elle. Une tisane que les Indiens absorbaient chaque jour. J'en connais la recette, je vous en préparerai une tasse tous les soirs, si vous voulez bien.

Une fois encore, David se fit la réflexion qu'elle avait dû être très belle dans sa jeunesse. L'âge n'avait pas réussi à saccager totalement cette splendeur passée, et il se dégageait d'Ursula Pooshkie un charme étrange qui donnait envie de tendre la main pour caresser ces épaules trop brunies à la peau si fine, ou de toucher ces longs doigts de pianiste virtuose qui bougeaient avec cette langueur propre aux Belles du Sud.

— D'accord, dit-il, je prendrai votre tisane.

Ursula sourit timidement.

— N'en parlez pas à Briar, supplia-t-elle, il me croit bonne pour l'asile. Il fait partie de ces gens qui pensent qu'on peut tout soigner avec un bon grog au bourbon.

Ils quittèrent la chambre, et David manifesta son désir de se reposer des fatigues de la route. Ursula l'abandonna devant sa porte après lui avoir prodigué mille conseils d'acclimatation. Elle semblait croire à son histoire de cendres hallucinatoires.

David se déshabilla et s'allongea sur le lit après avoir tiré les rideaux. La fatigue l'écrasait mais l'énervement l'empêchait de trouver le sommeil. Les clichés découverts chez Sarah Meads dansaient sous ses paupières. Sarah, nue... et de plus en plus maigre.

Il se sentait bizarrement responsable de sa triste mésaventure. N'était-ce pas parce qu'elle l'admirait qu'elle était venue s'inscrire à l'atelier d'écriture fondé par Ursula Pooshkie ? Il était souvent gêné, lors des séances de signature organisées par son éditeur, de découvrir l'état de dépendance dans lequel vivaient ses fans. La plupart d'entre eux se jetaient sur ses livres comme sur une drogue et se vantaient de ne lire aucun autre auteur. Par là même, ils accusaient David de ne pas publier assez souvent. « Un livre tous les mois, répétaient-ils rituellement. Un livre tous les mois ce serait *bien*. »

Il était inutile d'essayer de leur faire entendre raison, et Sarella se sentait chaque fois gagné par un curieux sentiment de culpabilité. Il savait que ces gens comptaient sur lui pour échapper, quelques heures durant, à la tristesse du quotidien, et il vivait son impossibilité à combler leur attente comme une espèce de trahison.

Il finit par s'endormir mais rêva de Sarah, de son corps blanchi par le flash du polaroïd, de ses lèvres bleu foncé, presque noires. Sur les premiers clichés elle avait l'air gênée de s'exhiber, mais sur les trois derniers elle souriait, de cet air extatique que David avait souvent observé, dans les aéroports, sur le visage des *hare krishna*.

Quand il s'éveilla, il faisait presque nuit. Sa défaillance visuelle lui rendait la pénombre beaucoup plus dense qu'elle n'était en réalité. Il alluma la lampe de chevet et chercha son dilatateur oculaire. Il devait s'en instiller trois gouttes dans chaque œil lorsqu'il devait affronter l'obscurité. Sans cette précaution, les ténèbres faisaient de lui un aveugle condamné à se cogner aux réverbères et à se prendre les pieds dans les poubelles.

Il avait envie de sortir, de faire le tour du lac. Il passa une chemise propre et gagna le rez-de-chaussée. La salle à manger se remplissait. Une dizaine de vacanciers s'empiffraient en faisant autant de bruit qu'un bataillon de Rangers à l'heure du bivouac. Les rires fusaient, nerveux, toujours proches de l'hystérie. Une fille blonde, succombant à une crise d'hilarité, essuyait avec sa serviette les larmes qui coulaient sur ses joues. Elle hoquetait, peinant pour reprendre son souffle. La nourriture était simple mais abondante. David se dépêcha de sortir avant que Briar ou Ursula ne l'apostrophe. Cette salle de restaurant l'effrayait, et il n'avait aucune envie de participer à ce banquet d'ogres.

Le vent des fous, avait dit Ursula. Fallait-il la croire ? Instinctivement, il leva la tête pour essayer de localiser le volcan, mais le ciel lui paraissait beaucoup trop sombre pour qu'il puisse distinguer quelque chose. Il écarquilla les yeux. Le produit commençait à agir et les taches de lumière vive devenaient presque douloureuses.

Alors qu'il longeait la rive, il aperçut trois citrouilles d'Halloween grimaçant au sommet d'une boîte aux lettres. On avait allumé une bougie à l'intérieur de chacune d'entre elles, et la lueur orangée ainsi créée avait quelque chose d'irréel. L'espace d'une seconde, le romancier eut l'illusion que les citrouilles flottaient dans l'air... qu'elles allaient se ruer en avant pour lui exploser au visage et le couvrir de pépins.

« Allons, pensa-t-il avec irritation. Ne déconne pas. Tu sais bien que c'est juste un effet du médicament. »

Des groupes déambulaient, bras dessus, bras dessous, en braillant des chansons d'étudiants, de ces paillardises adolescentes qui font la fierté des fraternités. Certains portaient des masques de carton ou de latex, mais aussi d'invraisemblables casquettes de campagne électorale en forme d'éléphant ou d'âne. Les trilles des sifflets et des mirlitons finissaient par devenir obsédants.

David songea qu'il y avait beaucoup de violence cachée dans cette parade nocturne, une excitation trouble courut le long de ses nerfs.

« Quelque chose va se produire, pensa-t-il en plissant les paupières. Ce soir ou demain. Ça couve. »

Son expérience des rues et des bars à soldats l'avait accoutumé à flairer les explosions prochaines. C'était dans l'air et ça ferait mal. Il aurait été incapable d'expliquer pourquoi, mais il savait qu'il ne se trompait pas.

Il avait développé ce sixième sens dès l'enfance, pour se protéger des crises de violence de son père. Il avait appris à les prévoir de la même façon que le *Cal-Tech Earthquake Center* de Pasadena détecte les premiers frissons des tremblements de terre. Le tout, une fois le signal d'alerte perçu, était d'arriver à se glisser hors de la pièce sans se faire remarquer. Parfois, la tentative de dérobade enregistrée du coin de l'œil par George Sarella hâtait le cataclysme.

Cela démarrait toujours de la même manière, par une apostrophe lancée à la famille, une accusation qu'il ne faisait pas bon réfuter.

— Évidemment, vous vous en foutez ! braillait Sarella père. *Le feu*, il prend toujours dans les pires taudis, à cause de ces salopards de nègres ou de Mexicains qui ne respectent aucune consigne de sécurité. Il y en a qui allument des braseros dans des poubelles, chez eux, au huitième étage, et qui rôtissent n'importe quoi là-dessus... la graisse s'enflamme, les braises s'éparpillent et le tour est joué ! Et c'est à moi d'y aller, de prendre des risques pour ces sauvages... de me promener sur des planchers pourris qui peuvent s'écrouler d'une minute à l'autre. Un jour je brûlerai à cause d'eux. Le sol s'ouvrira sous mes pieds et je tomberai dans la fournaise. J'y pense tout le temps. Je l'entends ronfler entre les parois de l'immeuble. Si encore c'était pour des Blancs... des gens respectables. Mais non, je suis le pompier des taudis ! Souvent, quand on replie les tuyaux, une fois l'incendie éteint, ces macaques ont le culot de venir m'engueuler : « Pourquoi vous êtes arrivés trop tard ? Pourquoi vous n'avez pas ramené la valise qui était au pied du lit ? Qu'est-ce qu'on va devenir sans nos habits ? » Bon sang, ça me donne envie de décrocher une hache au râtelier du camion et de leur fendre le crâne !

Quand il était arrivé à ce stade de la haine, plus rien ne pouvait le raisonner. Cloué sur place, David le regardait suer la rage, la peur et la bière. Et George broyait les boîtes de *Blue Ribbon* entre ses doigts, tandis qu'une odeur aigre emplissait la cuisine.

Plus tard, après sa mort, en rangeant une armoire, David avait découvert que son père militait au parti nazi américain. Au fond d'un carton à chaussures s'entassaient des croix gammées de fer blanc, un uniforme de pacotille qu'il avait sûrement porté au cours de réunions secrètes. Il y avait aussi une revue qui permettait d'acheter par correspondance des dagues S.S., des drapeaux à svastika, des livres sur les corps d'élite de l'armée allemande. La chemise brune montrait des auréoles de sueur sous les bras. Une sueur qui avait décoloré le mauvais tissu. David avait vainement tenté de se représenter son père déguisé en *Waffen S.S.* de carnaval, chantant des hymnes nazis, lui qui avait déjà eu le plus grand mal à se débarrasser de son accent sicilien ! Giorgio Antonio Sarella, costumé en brute blonde, brandissant un poignard de ses gros doigts constellés de cicatrices rétractiles... Est-ce que la peur pouvait vraiment amener un homme de quarante-quatre ans à perdre tout sens des réalités ?

David avait refermé le carton. Ce bagage compromettant était toujours chez lui, au-dessus d'une armoire, scellé par plusieurs longueurs de bande adhésive, telles ces boîtes de pièces à conviction qui s'entassent sur les étagères des services de police.

Il y pensait parfois, avec un certain malaise. Quelque chose l'empêchait d'aller le déposer au milieu d'un terrain vague, de l'arroser d'essence à barbecue et d'y mettre le feu. Quelque chose qu'il n'osait nommer.

Il s'ébroua. Pendant longtemps il avait eu peur d'être comme son père. Il s'était maîtrisé en permanence, étouffant toutes ses velléités de violence, ses explosions de colère. Il avait fini par se fabriquer une façade flegmatique, un peu hautaine, et beaucoup de journalistes voyaient en lui un être froid alors qu'il n'était que feu et lave. Il savait la bête bien vivante. En hibernation mais prête à se réveiller. À l'université, il avait scandalisé les autres étudiants en devenant un fanatique du *Gotcha*, ce jeu de poursuite se déroulant dans le cadre des bâtiments universitaires, et où l'on doit surprendre une proie pour perpétrer un simulacre d'assassinat. Ce passe-temps l'avait conduit à se brouiller avec l'une de ses petites amies fervente pacifiste.

— Tu es complètement débile ! lui lança-t-elle le jour de leur rupture. Jouer au tueur alors qu'on meurt au Viêt-Nam ! Tu ne sais donc pas que les types de la CIA épluchent soigneusement toutes les listes d'étudiants inscrits aux clubs de *Gotcha* ? Ils s'en servent pour recruter leurs agents d'exécution, leurs tueurs, si tu préfères ! C'est comme ça que tu veux finir ? Dans la peau d'un assassin appointé par l'État ?

— Mais ce n'est qu'un jeu, protesta David. Une manière de se défouler.

La fille avait claqué la porte.

Aujourd'hui, avec le recul, il se demandait si elle n'avait pas un peu raison. Un jeu ? *Vraiment ?*

Il frissonna. La nuit était trop noire pour ses yeux malades et il ne distinguait rien du lac, qu'une tache immense et angoissante. Il rebroussa chemin pour rejoindre l'hôtel. N'ayant pas envie de se risquer dans la salle à manger, il s'installa dans un rocking-chair, sur la véranda. Il était à peine assis qu'il devina une présence dans son dos.

— Vous voulez que je vous apporte un sandwich ? dit Briar Kingstone. Pain de seigle, blanc de dinde et mayonnaise... et une boîte de *Blue Ribbon* ?

— Non, plutôt de la *Miller*... ou une *Coors*.

— Ça roule.

— Vos clients, ils se gavent toujours autant ? interrogea David au moment où Briar tournait les talons.

— Des ogres, hein ! fit le vieux en jetant un coup d'œil par la fenêtre de la salle à manger. Ça me dégoûte aussi un peu. On a beau se dire que le bon air ça creuse, c'est pas très ragoûtant de les voir se goinfrer.

Il disparut pendant dix minutes. Quand il revint, portant un plateau, il était accompagné par un vieillard maigrichon flottant dans un costume de whipcord, un *bolo-tie* en guise de cravate.

— C'est Doc' Bouvier, annonça Briar. Le toubib du coin. Il a longtemps vécu à La Nouvelle-Orléans.

David se présenta.

— Oh ! Je vous connais, chevrota le médecin en se laissant tomber entre les accoudoirs d'une balancelle. Je lis tous vos bouquins. C'est bête mais ça distrait entre deux consultations. Je me demande souvent où vous allez chercher tout ça. Quand vous serez mort, ce serait amusant de faire l'autopsie de votre cerveau. P't'être qu'on découvrirait une malformation qui expliquerait tout ? Il paraît que la cervelle de Lord Byron était complètement anormale.

— Je ne suis pas trop pressé, dit doucement David.

Le vieux éclata d'un rire chevrotant, heureux de sa blague.

— Alors, lança-t-il dès qu'il eut repris son souffle, comment trouvez-vous le lac de l'Ours Rugissant ?

— Le lac de l'Ours ? s'étonna David. Je croyais qu'on disait le lac du Filon Mère ?

— Non, ça c'est sur les cartes. Ici, les gens du coin l'appellent le lac de l'Ours Rugissant, à cause d'une légende indienne. Il y a une caverne, au nord de la nappe d'eau, où, paraît-il, on entend gronder un ours gigantesque. En fait, je pense qu'il s'agit simplement des échos du volcan. Quand une éruption couve, on l'entend toujours ici avec une semaine d'avance. C'est comme ça que ça s'est passé en 1916, puis en 1920. Y'a eu du dégât.

Briar déposa le plateau et approcha une glacière portative remplie de boîtes de bière. David entreprit de manger son sandwich qui était délicieux. Au bout d'un moment Briar déclara :

— C'est Doc' Bouvier qui a examiné les corps des gosses tombés dans les boues, vous savez, je vous en ai parlé cet après-midi.

— Exact, confirma le romancier. C'était très moche ?

— Ils auraient voulu se cuire au bain-marie qu'ils ne s'y seraient pas pris autrement, caqueta le médecin. Mais c'est pas ça le plus bizarre.

Il fit une pause, attendant manifestement qu'on le supplie de continuer. David éprouva une bouffée d'irritation envers ce petit bonhomme desséché satisfait de lui-même, et qui jouait au notable avec un contentement trop évident.

— Le plus curieux, se décida à lâcher Bouvier, c'est qu'ils étaient tous les trois dans un état de dénutrition avancé. Comme s'ils s'étaient laissés mourir de faim, vous voyez ? L'estomac rétracté, le ventre ballonné. S'ils n'étaient pas morts accidentellement, ils n'auraient pas tardé à s'écrouler raides.

— Anorexie ? interrogea David. Jeûne volontaire ?

— Je ne sais pas, marmonna Bouvier. Vous savez, avec ces yuppies, il faut s'attendre à tout.

— On en a déjà parlé, intervint Briar Kingstone, je vous répète que ce n'est pas possible. Ces trois mômes, je les voyais se gaver tous les jours. Ils ne laissaient pas leur part au chien, je peux vous l'assurer.

— Possible, caqueta Doc', mais possible aussi qu'ils soient allés ensuite se faire vomir aux toilettes. C'est une méthode bien connue et pratiquée par beaucoup de femmes gourmandes, incapables de s'empêcher de manger. Moi, je vous affirme qu'ils avaient un estomac de négrillon au sortir d'une grande famine, c'est tout.

— Ce Manhood, que je vais remplacer, dit David pour ne pas paraître trop insistant. C'était quel genre ?

Les deux vieux s'esclaffèrent.

— Un zazou, lança Briar. Le genre beatnik attardé, toujours habillé en noir avec une espèce de ridicule béret à la française. Il descendait le Zinfandel par pichets entiers. Les filles étaient folles de lui.

— Les femmes d'aujourd'hui ne savent plus ce que c'est qu'un homme, affirma Doc' Bouvier sentencieux.

— On m'a parlé d'un problème de pollution, hasarda David. Quelque chose lié à la cendre volcanique qui intoxiquerait les étrangers.

Les deux hommes pouffèrent de rire.

— Oh ! ricana le médecin, vous faites allusion à la théorie de cette chère Ursula ? Le vent des fous ? En réalité je ne sais pas trop quoi en penser. C'est peut-être moins idiot qu'il n'y paraît. Depuis le temps que nous sommes ici, il n'est pas impossible que nous

nous soyons mithridatisés à notre insu. On a vu des choses plus incroyables. Si vous voulez vous protéger, n'hésitez pas à boire les tisanes d'Ursula. Au pire, elles vous feront pisser.

— Et la police ? s'enquit David. Qu'a-t-elle pensé de cette histoire de dénutrition ?

— Rien de particulier, fit le médecin avec un haussement d'épaule. On a lancé un mandat contre Manhood, pour l'interroger. On pense qu'il a peut-être poussé ces trois pauvres gosses à pratiquer une sorte de jeûne purificatoire. Les Indiens faisaient la même chose, pour provoquer la montée des visions. De toute manière ce n'est pas un crime.

— A-t-on interrogé les autres participants du groupe de création ?

— Oui, mais ils prétendent n'être au courant de rien. Nos trois victimes auraient été, selon eux, les « chouchous » du prof.

Bouvier tira un étui de fer de sa poche et entreprit de se rouler une cigarette.

— Pardonnez-moi de vous dire ça, fit-il, mais je ne vous envie pas. Vous allez avoir du mal à vous imposer auprès de ces gamins. Manhood avait un sacré ascendant sur eux.

— Il jouait les gourous ?

— Sais pas. P't'être bien. Ces histoires de création c'est pas mon rayon. Je ne comprends pas qu'on puisse préférer noircir du papier alors qu'on pourrait canoter sur le lac. Vous c'est différent, vous gagnez votre bœuf comme ça, mais eux ? Ils ont tous des postes de responsabilité. Ils gagnent foutrement bien leur vie. Alors ?

À partir de là, la conversation s'égara dans le domaine des généralités pour finir dans l'impasse du base-ball. David attendit un peu, puis annonça qu'il montait se coucher. Les deux vieillards lui prêtèrent à peine attention.

En atteignant le premier étage, il fit un crochet par la salle de cours afin d'examiner les travaux des « élèves » et de mémoriser leurs noms. Un petit classeur de bois contenait des fiches agrémentées de photographies. Au bout d'une dizaine de minutes, David se leva pour aller les comparer aux polaroïds punaisés sur le tableau de liège. Il lui sembla qu'au moins six personnes avaient considérablement maigri depuis leur inscription à l'atelier.

Sarah Meads, Foster MacLean, Randall Turnbull, Jonas Fitzpatrick, Donald Wig et Connie Mac Crea.

Les quatre premiers étaient morts, une note signée d'Ursula Pooshkie le spécifiait ; les deux derniers souriaient sur le carton glacé du cliché. D'un curieux sourire bleu foncé qui sentait l'hypoxie. Un sourire noir.

David rangea les fiches et demeura un long moment pensif, les mains à plat sur la table, tandis qu'au travers des murs résonnaient les rires des touristes se poursuivant dans les escaliers.

5

Durant la nuit, il fit un rêve désagréable qui le ramena quinze ans en arrière, à l'époque où il était professeur de littérature anglaise dans un collège de la banlieue de L.A. Il se voyait, remontant le couloir menant à sa classe, entre la double haie des casiers métalliques. Quelque chose de lourd tirait sa veste vers le bas, du côté droit. Un objet qui distendait le tissu et venait cogner douloureusement contre sa cuisse chaque fois qu'il lançait la jambe en avant. Il savait qu'il ne devait surtout pas plonger la main dans sa poche, sous peine de déchaîner un épouvantable cataclysme, mais sa paume le démangeait et ses doigts ne tenaient plus en place. Enfin, il poussait la porte de la salle, provoquant les quolibets des élèves. Ils avaient profité de son absence pour dessiner des caricatures obscènes au tableau. Caricatures dont il faisait les frais. C'était un collège très « difficile », aux bâtiments délabrés. Il ne se passait pas de semaine sans qu'un incendie n'éclate quelque part ou qu'on ne retrouve un adolescent sans connaissance dans les toilettes. Il avait fallu ranger dans une armoire de fer à combinaison les produits chimiques de la classe de sciences naturelles, car les gosses les utilisaient pour fabriquer des bombes artisanales ou bien les inhalaient au fond d'un sac en papier. Le lycée n'employait presque plus de femmes depuis qu'une jeune remplaçante de mathématiques avait été violentée dans un couloir par trois garçons de quatorze ans. Chaque matin, les surveillants passaient les élèves au détecteur de métal pour les empêcher de faire entrer des couteaux ou des coups de poing de laiton dans l'enceinte de l'établissement, mais ces précautions restaient sans effet. Les gosses inventaient mille ruses pour berner les vigiles, et les filles leur prêtaient main forte. C'étaient les mômes des *slums*, ces taudis que George Sarella haïssait, et où il avait fini par trouver la mort dans le brasier d'un immeuble transformé en haut fourneau.

Dans le rêve, David se sentait empli d'une joie brutale, d'une impatience contre laquelle il ne pouvait rien. Alors qu'il atteignait le bureau, il plongeait la main dans sa poche, saisissant le colt 45 *Military Model* qu'il avait décidé d'emporter ce matin-là en lieu et place des traditionnels manuels de littérature. De la main gauche, il ramenait sèchement la culasse en arrière, faisant monter une balle dans le canon. Le bruit de l'acier frottant l'acier lui emplissait la bouche de salive. Tout de suite après, il commençait à tirer, et les élèves — garçon ou fille, peu importait ! — explosaient les uns après les autres tels des ballons de baudruche emplis de sang. C'était beau de les voir se volatiliser sous l'impact des projectiles. Ils avaient si peu de personnalité, en définitive, qu'il ne restait rien d'eux après la mort, à peine quelques lambeaux de peau. Et David tirait, tirait, tandis que les douilles, violemment éjectées, ricochaient sur sa poitrine, ses joues ou son front, y allumant de petites bûlures.

C'était un rêve joyeux. Pas un cauchemar. Un de ces rêves qui vous remplissent d'exaltation et d'espoir.

Il se réveilla en suffoquant. Inondé de sueur malgré la climatisation réglée au maximum. À cause de sa déficience visuelle qui lui donnait l'impression d'être aveugle lorsqu'il ouvrait les yeux au beau milieu de la nuit, il laissait toujours la lampe de chevet allumée, aussi n'eut-il pas l'impression d'être en train de se noyer dans un océan d'encre quand ses paupières se relevèrent. Il demeura une minute ratatiné au creux du lit, les battements de son cœur résonnant jusque dans sa tête.

Il y avait longtemps qu'il n'avait plus fait ce rêve... des années pour être exact. Des années qu'il n'avait plus ressenti cette exaltation terrible. Il se leva, entra dans la salle de bains pour prendre une douche tiède. Ses mains tremblaient. C'était à cause de ce même rêve qu'il avait donné sa démission, parce qu'un matin, en se réveillant, il avait découvert sous son oreiller le 45 de son père. Cette arme, il la conservait au-dessus d'une armoire, dans une boîte à chaussures fermée par du ruban adhésif. Le fait qu'elle se retrouvât sous son oreiller signifiait qu'il était allé la chercher en état somnambulique. Grimpé sur un escabeau, il avait ouvert le carton et était retourné se coucher sans même en avoir conscience !

Ce jour-là, il avait réellement eu peur de lui-même.

Il sortit de la douche et passa un peignoir. Il savait qu'il ne parviendrait pas à se rendormir. Il ouvrit le sac Gladstone, en tira un haltère démontable et quatre disques permettant de charger la barre à 15 kilos. Après s'être oxygéné, il fit des séries de mouvements rapides mobilisant les uns après les autres tous les muscles du tronc et des membres supérieurs. À la différence des culturistes qui travaillent avec lenteur pour obtenir un développement spectaculaire de la fibre striée, il bougeait vite, de manière à provoquer un endurcissement du muscle sans augmentation de volume. Il avait appris cette technique auprès des soldats de la base militaire de Presidio, il la mettait en œuvre chaque fois qu'il sentait se réveiller le rat.

Il travaillait jusqu'à la limite de l'épuisement, et il lui arrivait souvent de s'effondrer sur le tapis de caoutchouc, les tendons au bord de la rupture. Pendant qu'il maniait la fonte, il parlait au rat. « Prends ça ! grognait-il entre ses dents serrées. Et encore ça ! »

Il fut très vite en sueur, le sang aux tempes. Avec l'âge, il devenait moins endurant, alors que la bête, elle, conservait toute sa vigueur. Un jour il n'aurait plus assez de force pour la contenir.

L'haltère lui échappa, heurtant la moquette avec un bruit sourd. Il se traîna vers la salle de bains et prit une seconde douche. Ses épaules étaient brûlantes, tous ses tendons protestaient. Il se faisait trop vieux pour la flagellation. Bientôt ne lui resterait plus que la Thorazine.

Rompu, il s'installa dans un fauteuil et regarda l'aube se lever sur les pics bleuâtres, de l'autre côté du lac.

Il était affreusement crispé à l'idée de donner son premier cours de création littéraire. Pour un peu il aurait rassemblé ses affaires, gagné sa voiture sur la pointe des pieds... et pris la fuite.

Son expérience de professionnel de l'édition lui avait donné une idée très précise des personnes fréquentant ce genre d'atelier. Ursula Pooshkie n'avait rien inventé. À New York, la *New School for Social Research* passait des annonces dans le *Village Voice* pour recruter ses élèves. L'université d'Iowa City, dans le Middle West, offrait des cours d'écriture créative à raison de 6 000 dollars par an ; quant à la glorieuse Columbia University, de New York, ses tarifs tournaient autour de 15 000 dollars l'année !

Ces tarifs exorbitants n'effrayaient nullement les candidats romanciers qui se pressaient en masse aux épreuves de sélection. Devenir écrivain était pour beaucoup un coûteux mirage qui les amenait à liquider leurs économies, voire à s'endetter. Tous n'étaient pas des jeunes gens, loin s'en faut ! Les facs, elles, engageaient des auteurs à succès en guise de profs, assurant à ceux-ci un revenu confortable, et la machine tournait à plein rendement, comme si le talent pouvait s'apprendre dans un manuel. David avait jusqu'ici toujours refusé les offres qu'on lui avait faites, en grande partie parce qu'il jugeait ce type d'« enseignement » proche de l'escroquerie. Ce qu'on monnayait le plus souvent dans une pareille entreprise, c'était l'idée perverse que le métier d'écrivain se résumait à quelques recettes de cuisine facilement assimilables. À des trucs de prestidigitateur que les grands augures des lettres acceptaient de négocier pourvu qu'on ne lésine pas sur les liasses de billets verts.

À 8 heures, David descendit déjeuner. Il s'installa près de la cheminée et commanda du café ainsi que des pancakes au sirop d'érable. Un parfum délicieux flottait dans le réfectoire. Ursula Pooshkie vint elle-même le servir. Elle paraissait embêtée et s'assit devant lui en évitant son regard.

— Je suis morte de honte, murmura-t-elle, mais il est de mon devoir de vous prévenir. Il se peut que le cours ne se passe pas très bien. Plusieurs élèves m'ont fait part de leur mécontentement. Certains ont même exigé d'être remboursés. Oh ! c'est pénible à dire et je suis folle de rage. J'étais tellement fière.

David posa sa main sur celle d'Ursula.

— Laissez, dit-il, je devine ce que vous voulez me dire. Ils sont venus vous trouver en protestant devant votre choix. C'est ça ? Ils ne veulent pas d'un auteur de romans policiers pour mentor. Ils s'estiment floués sur la qualité.

Ursula avait les larmes aux yeux.

— Ce sont des imbéciles, fit-elle d'une voix qui tremblait. Ils pensent que vous ne serez pas capable de leur apprendre quoi que ce soit.

— Ne vous inquiétez pas, dit David. S'ils insistent, je me retirerai.

— Il n'en est pas question ! glapit Ursula. Je préfère encore les rembourser plutôt que de céder au chantage.

— Vous êtes adorable, murmura David. Mais calmez-vous, nous n'en viendrons peut-être pas à ces extrémités.

En dépit de son calme apparent, il était tendu lorsqu'il prit le chemin de la salle de conférence. Il n'avait pas peur, non, mais il sentait le rat s'agiter dans sa tête. Le rat qui cherchait un trou pour sortir et montrer son vilain museau.

Dès qu'il eut franchi le seuil du local, dix visages hostiles se tournèrent dans sa direction. On eût dit des masques de théâtre antique, aux bouches tombantes, figés dans la réprobation. La plupart portaient des vêtements de sport très chers, griffés L.L. Bean, sans doute payés avec une American Express Platine. Devant chacun d'eux attendait une bouteille de Perrier. Il y avait là le lot habituel d'intellectuels en mal de vocation qu'on trouve dans ce type de rassemblement. Des « artistes » ratés, et qui le resteraient jusqu'à leur mort, des nombrilistes persuadés de détenir une âme d'exception, les éternels amateurs d'ouvrages illisibles qui mesuraient l'art à l'aune de l'ennui. David aurait pu les étiqueter tels les spécimens d'une planche d'entomologie.

Le mépris se lisait sur leurs visages en lettres assez grosses pour être aperçues de l'autre côté du lac. Ursula Pooshkie ne s'était pas trompée, dès qu'il se fut présenté, il se trouva pris sous une mitraille de réflexions moqueuses et geignardes.

— Est-ce vrai que vos livres figurent en bonne place dans les bibliothèques des prisons ? lui lança une jeune femme aux lèvres pincées.

— Pourquoi vos romans sont-ils si peu chers ? siffla un garçon dont la coupe de cheveux valait au bas mot 200 dollars. Est-ce parce que vous visez essentiellement un public de chômeurs ?

Mais David savait qu'il avait dit « chômeurs » en pensant « nègres ».

Le feu roulant dura une bonne dizaine de minutes, puis vinrent les provocations, les « colles », et les grands noms jetés sur le tapis : Beckett, Joyce, Proust, Robbe-Grillet. Avait-il entendu parler du Nouveau Roman ? De l'écriture objectale ? Que pensait-il de la composition en rosace chez Marcel Proust ? Avait-il lu autre chose que les westerns de Louis L'Amour ou les romans policiers d'auteurs communistes condamnés par McCarthy ? Certains exhibèrent des textes en français, publiés dans une collection reliée « cuir » et imprimée sur papier bible, tous furieusement annotés au feutre rouge. Puis ils s'interpellèrent, s'engluant dans un débat en spirale d'où David se trouva exclu. Il y était question des « erreurs » de Joyce. De ses « maladresses », voire de ses « échecs ». Prompts à condamner, ils crachaient leur venin à pleine bouche, déchiquetant avec gourmandise les plus grands noms de la littérature. Ils ricanaient, se grisant du son de leur propre voix, se saoulant d'idées et de mots. David les laissa faire. Ils savaient tout, et ils entendaient le montrer, ils étaient tous capables de réécrire *Ulysse* ou *Gens de Dublin* en moins d'une semaine... et beaucoup mieux ! Ils se plaisaient à souligner les fautes « énormes » de Dostoïevski, l'écriture « grossière » de Balzac. Toute la littérature française était d'ailleurs très surévaluée. Des histoires d'argent et d'arrivisme !

— Les deux mamelles du « génie » français sont Balzac et Proust ! clama une jeune femme d'une voix stridente. La fascination de l'argent et des grands bourgeois ! C'est d'un commun ! Une littérature de petit boutiquier envieux !

David les laissa s'épuiser. Depuis qu'il était assis au milieu de la mêlée, toute nervosité l'avait quitté, et il observait ces curieux spécimens d'humanité à la manière d'un entomologiste. La moitié d'entre eux étaient vêtus dans le même style négligé — tee-shirts, shorts, jeans, tenues de jogging — ainsi qu'il convient à des vacanciers, mais ils avaient pris soin de conserver sur eux quelque chose de coûteux qui témoignait de leur appartenance sociale. Une montre Patek Philippe ou Rolex, un briquet français en or guilloché portant la signature d'un grand couturier, un étui à cigarettes en or massif. Toutes les marques les plus prestigieuses de stylo étaient au rendez-vous. David s'amusa de cette parade qui tournait à la caricature.

Durant l'heure qui suivit, il entreprit de leur faire rédiger des textes « à la manière de... » en leur citant la phrase fameuse de Salvador Dali : « De ceux qui n'imitent personne il ne sort rien ». Il leur laissa la liberté d'imiter qui ils voulaient ; les essais seraient ensuite lus à haute voix devant le reste de la classe qui devrait s'évertuer à deviner l'identité de l'auteur pastiché. Ce défi les plongea d'abord dans une grande perplexité, puis les plumes d'or se mirent à crisser sur le papier, et le silence s'installa. David en profita pour les observer. Deux d'entre eux avaient manifestement le plus grand mal à se concentrer. Un homme et une femme d'environ trente ans. Depuis le début du cours, ils chahutaient, s'adressaient des grimaces. À présent, ils se bombardaient mutuellement à l'aide de boulettes constituées de fragments de kleenex mouillés de salive. Ils utilisaient chacun un stylo-bille démonté en guise de sarbacane et glapissaient sur une note hystérique dès qu'ils faisaient mouche. David n'eut aucun mal à les identifier à partir des fiches d'identité contenues dans la boîte. Il s'agissait de Donald Wig et de Connie Mac Crea. Ils étaient tous les deux très maigres... et leur bouche paraissait presque noire à la lumière du jour.

Les fiches indiquaient qu'ils occupaient des postes de responsabilité dans l'informatique médicale. À les voir se comporter, ils paraissaient pourtant n'avoir pas plus de douze ans d'âge mental. David sentit sa curiosité se réveiller.

Il ne put y réfléchir davantage, car l'exercice tourna court. Une grande fille brune chiffonna sa feuille en déclarant qu'elle perdait son temps. Elle se moquait des auteurs du passé, ce qu'elle voulait exprimer c'était la singularité profonde de son âme, faire émerger au grand jour ses « trésors spirituels enfouis ». Très vite, la contestation dégénéra en lynchage et David fut mis sur la sellette. Comment pouvait-il espérer remplacer John Manhood, lui, un minable écrivaillon de romans policiers ? Manhood c'était autre chose. Un maître, un poète, un ascète qui avait partagé le peyotl avec Jim Morrison et Castaneda. Un mangeur de « thé » dans la lignée de Kerouac !

Cette fois, David dut faire un effort terrible pour ne pas exploser. Une envie brutale le traversa : celle de saisir une chaise par les pieds et de s'en servir pour taper sur la tête de ces gamins méprisants à la peau de bébé parfaitement entretenue. Oui, l'envie de leur faire mal, d'entendre craquer leurs os, leurs dents, *de les voir saigner.*

Il se cramponna au bord de la table, les mâchoires serrées. Par bonheur, la salle se vida avant qu'il ne se laisse aller à un éclat regrettable. Les « étudiants » sortirent en se bousculant. Certains affirmaient haut et fort qu'ils allaient de ce pas se faire rembourser auprès de « la mère Pooshkie ». Quand il eut quelque peu retrouvé ses esprits, David réalisa qu'une jeune femme était restée à sa place, au fond de la classe. Une fille aux cheveux très noirs, taillés à la Louise Brooks. Elle était vêtue d'un tee-shirt à grosses rayures bleu marine et d'un short blanc d'où émergeaient de longues jambes très bronzées. Elle avait une petite cicatrice blanche en travers du genou droit, un reste d'enfance qui émut le romancier. Il l'imagina aussitôt, tombant de bicyclette en revenant de l'école, et se maudit pour cette bouffée de sentimentalisme.

— Il ne faut pas leur en vouloir, dit la jeune femme d'une voix un peu rauque.

— Car ils ne savent pas ce qu'ils font ? ricana David.

— Si, répliqua l'inconnue, ils le savent parfaitement, mais ce sont des gosses de riches. Avant ils ne vénéraient que l'argent, aujourd'hui ils ne vénèrent plus qu'eux-mêmes. Ont-ils gagné au change ?

— Qui êtes-vous ? demanda David en se radoucissant. Vous avez rempli une fiche ?

— Non, j'ai oublié. Je m'appelle Emmy Fielding. Je vous connais bien. Je ne partage pas l'avis de ces crétins. J'ai beaucoup aimé *L'Heure blême... Métro Catacombes... L'Échiquier inhabitable.*

— Vous vous intéressez au roman criminel ?

— Oui, j'ai écrit une thèse, à Vassar, sur les auteurs de polar et le maccarthysme. Hammett, toutes ces choses.

Elle se leva, recapuchonna son stylo-bille et plia ses papiers.

— Si on allait boire un verre ? proposa-t-elle, histoire de se détendre.

Elle se planta devant David, le dévisagea.

— Tout à l'heure, murmura-t-elle, vous m'avez fait peur. J'ai cru que vous alliez vous laisser emporter par la colère. Je l'ai vu dans vos yeux. Une espèce de fixité, un peu comme si vous étiez en train de les prendre dans votre ligne de mire. Je me trompe ?

David choisit de ne pas répondre. Quand il se leva, il prit conscience qu'il était trempé de sueur.

Ils descendirent s'installer à la terrasse du bar, face au lac. Le vent frais qui soufflait de la montagne permit au romancier de reprendre ses esprits.

— Qu'est-ce que vous faites dans la vie, Emmy Fielding ? demanda-t-il.

— Je ne me suis pas mal débrouillée, répondit la jeune femme. À ma sortie de fac, j'ai décidé de monter ma propre société. J'ai acheté une limousine d'occasion et je me suis louée avec elle aux touristes et aux hommes d'affaires de province. Aux jeunes mariés aussi, et aux vieilles personnes en voyage sentimental. En un an j'ai ramassé de quoi acheter une seconde limo, et ainsi de suite. Aujourd'hui je suis à la tête d'une entreprise qui tourne toute seule, une écurie avec ses chauffeurs, ses clients attitrés, et j'ai enfin du temps pour penser à moi.

— D'où l'atelier d'écriture ?

— Oui. J'ai toujours eu envie d'écrire. Petite fille, je rédigeais la presque totalité des articles du journal de mon collège. Je vous le répète, je ne partage pas les goûts de mes camarades d'atelier. Joyce me tombe des mains. Quant à Proust, je trouve qu'il n'y a qu'un Français pour être aussi ennuyeux.

David la détailla du coin de l'œil. Il se dégageait d'elle une sorte de calme étrange, comme si elle était totalement dépourvue de nerfs. Une sérénité qui, dans certaines circonstances, pouvait facilement passer pour inquiétante. Elle subissait l'examen avec indifférence, sans chercher à se dérober.

— Ce Manhood semble les avoir impressionnés, fit David au bout d'une minute. Je ne supporte manifestement pas la comparaison. Et vous, quel effet vous a-t-il fait ?

Elle haussa les épaules.

— J'ai pris la session en route, dit-elle, alors que les groupes étaient déjà constitués. Je suis donc restée un peu à l'écart. Une chose est sûre, un noyau s'était formé. Un noyau d'élus qui gravitait autour de lui. Quatre d'entre eux sont morts, vous le savez peut-être. Il ne reste que deux « survivants » : Donald et Connie.

— On m'a déjà parlé à plusieurs reprises de ces « chouchous », fit David. Vous pensez qu'ils entretenaient des rapports particuliers avec le prof ?

— Vous voulez dire partouze et compagnie ? Je ne sais pas. Il m'a semblé qu'il y avait beaucoup d'apartés entre eux, un peu trop de rencontres privées, la nuit, au bord du lac... mais ce n'est pas ça qui m'a le plus étonnée.

— Quoi donc alors ?

— En arrivant dans ce cours, j'ai eu un moment l'impression désagréable d'entrer dans une secte. Je serais incapable de vous dire pourquoi. Une intuition. Des regards, des expressions. Ça m'a fait penser à ces séries télévisées idiotes dans lesquelles des extraterrestres prennent une apparence humaine mais continuent à communiquer entre eux par télépathie. En regardant Manhood et ses chouchous, on avait l'impression qu'ils se parlaient par transmission de pensées. Qu'ils étaient... comment dire ? Plus intelligents que nous. C'est bête, hein ?

— Les autres élèves étaient-ils gênés par cet état de choses ?

— Non, je pense qu'ils espéraient tous rejoindre tôt ou tard le noyau des élus. Manhood était très habile à ce petit jeu. Capable de mettre un caractère à nu après deux minutes d'entretien. Un esprit redoutable, un œil acéré. Il m'a fait penser à ces consultants qui recrutent pour les grandes entreprises. Il aurait pu être chasseur de tête... ou psychanalyste. Très impressionnant, vraiment. Un regard de flic et de curé, tout à la fois. Du charisme à revendre.

— Il a essayé de vous draguer ?

— Non, il ne draguait personne. Il attendait que les gens viennent à lui... à genoux de préférence. Il était assez habile pour faire croire à chaque élève qu'il était le plus doué du groupe et qu'il fondait de grands espoirs sur lui. Un manipulateur, quoi.

— Je connais ça. Beaucoup d'éditeurs font la même chose. Chaque auteur finit par croire qu'il est l'étalon de l'écurie, et le tour est joué. D'après vous, pourquoi est-il parti ?

— Par peur des flics, sans doute. Dès le début j'ai pensé à une histoire de drogue.

Ils se turent, achevant leur verre à petites lampées en regardant le lac. À l'horizon, le volcan déchirait la brume.

— Si nous allions faire un tour ? proposa Emmy. Je vous ferai voir les curiosités de la région... et ça vous calmerait les nerfs.

Elle exigea de signer l'addition et fit un crochet par sa chambre pour prendre son sac à dos. David se demandait s'il ne ferait pas mieux d'aller proposer sa démission à Ursula Pooshkie. Il s'en voulait de mettre la charmante vieille dame en fâcheuse posture. Il ne se faisait aucune illusion : la plupart des « élèves » exigeraient d'être remboursés en invoquant l'inaptitude de leur nouveau professeur. Cette idée lui fit de nouveau bouillir le sang.

6

Emmy réapparut. Elle avait mis une vieille casquette des *Lakers* et des lunettes noires. Elle tenait une carte militaire entre les mains.

— Le plus exotique, annonça-t-elle, c'est la vallée de Bumpass, avec ses sources de boue brûlante. Vous voulez y jeter un coup d'œil ?

Ils se mirent en marche. David réalisa qu'il éprouvait un certain soulagement à côtoyer enfin quelqu'un de « normal ».

— Vous n'avez pas l'impression que cette ville est un asile de fous clandestin ? demanda-t-il alors qu'ils s'engageaient dans un chemin forestier.

La jeune femme parut réfléchir.

— Il y a de ça, fit-elle. Le plus curieux c'est la vitesse avec laquelle la mort de ces quatre jeunes gens a été acceptée... pour ne pas dire oubliée.

— Vous voulez dire par les autres élèves ?

— Par le shérif aussi. Je crois qu'ils ne veulent pas faire de vagues. Ils essaient tant bien que mal de lancer cette station et n'ont aucune envie de monter en épingle tout ce qui pourrait faire fuir la clientèle. Mais si vous faites bien attention, vous verrez des types bizarres en ville. Des types qui ne ressemblent pas du tout à des vacanciers. Costards J.-C. Higgins bleu pétrole, cravate, lunettes noires. Très propres sur eux et trimballant des dictaphones dans leur poche.

— FBI ?

— C'est vous qui l'avez dit. Moi je pensais DEA ou même CIA...

— À ce point ?

Emmy ne répondit pas. Elle avançait vite, avec cette aisance qui est le propre de la jeunesse. David peinait un peu dans les montées.

Ils arrivèrent en vue de la vallée des cratères. Les marmites bouillonnantes installaient une atmosphère irrespirable. L'air empestait le soufre. La température atteignait quarante-cinq degrés aux endroits les plus encaissés. Soudain, David aperçut quelque chose qui le fit tressaillir : un bonhomme de boue séchée sur le ventre duquel étaient encore imprimées en creux les traces des mains de ceux qui l'avaient modelé. Il regarda autour de lui. Les « marmites » des alentours étaient remplies à ras bord d'une mixture terreuse atteignant le point d'ébullition.

— Vous pensez à la même chose que moi ? dit doucement Emmy.

— Je crois, fit David. Ceux qui ont construit ce bonhomme ont dû plonger les mains dans cette merde. Ils l'ont fait en dépit de la température, comme si...

— Comme s'ils étaient complètement anesthésiés, acheva la jeune femme.

David se pencha pour examiner le sol. À proximité des cratères, la gadoue portait encore des traces de pieds descendant directement au cœur des « marmites ».

— Bon sang, siffla-t-il, on dirait qu'ils ont joué à *Chantons sous la pluie* au beau milieu des chaudrons !

Emmy s'assit sur ses talons. La sueur piquetait son front.

— David, dit-elle doucement, une devinette : qu'est-ce qui vous rend insensible à la douleur et vous amène à faire n'importe quoi ?

— La drogue ? répondit David sans la regarder.

Il savait que le puzzle s'emboîtait logiquement, du moins en apparence. La maigreur, l'exaltation, et maintenant l'anesthésie.

— Non, dit-il en secouant la tête. Il y a un truc qui ne colle pas. Ils se goinfraient tous... or les camés n'ont aucun appétit.

— Pourquoi pas une nouvelle sorte de drogue ? proposa Emmy.

Il y avait dans son regard une lueur étrange qui mit David en alerte. N'était-elle pas en train de le sonder ? Il eut peur, un instant, de s'être imprudemment découvert.

— Après tout, soupira-t-il en s'épongeant le front, ce ne sont pas nos oignons, n'est-ce pas ?

Il espérait que son ton ne sonnait pas faux. Les vapeurs de soufre lui ravageaient les poumons et il sentait monter la quinte de toux. Il n'avait pas envie de se donner en spectacle devant cette jeune femme qui transpirait à peine au terme d'une marche de trois kilomètres en plein soleil. Il recula. Le bonhomme de boue séchée avait tout d'une idole macabre avec sa casquette et ses lunettes de soleil adhérant à la terre durcie.

— Ne nous laissons pas emporter par notre imagination, dit-il en déboutonnant son col de chemise pour se donner un peu d'air.

— Ces traces n'ont rien d'imaginaire, fit Emmy. Ils

ont bel et bien trempé leurs mains et leurs bras dans la boue à cent degrés pour modeler ce bonhomme. Vous voyez un peu la scène ? Il leur a fallu du temps pour le fabriquer... peut-être une demi-heure, et pendant ces trente minutes ils se sont rôti les chairs sans même en avoir conscience. Vous savez que le shérif n'est même pas venu jusqu'ici pour examiner le lieu de l'« accident » ? À l'hôtel j'ai mis le nez dans une pile de vieux numéros de la gazette locale. Le nombre d'accidents hebdomadaires est assez impressionnant. Oh ! ils sont toujours relatés de manière anodine, mais d'après ce que j'ai appris, ils sont souvent assez graves.

— Et personne ne s'en inquiète ?

— Officiellement, c'est une station réservée aux sports très « physiques ». Et les citadins ont la réputation d'être particulièrement imprudents.

— Vous avez sûrement une autre explication ?

La jeune femme se redressa. Elle paraissait un peu agacée par l'incrédulité de son interlocuteur.

— Venez, dit-elle, ne restons pas là, vous êtes au bord de la syncope.

Ils battirent en retraite. David mourait de soif mais n'osait réclamer un peu d'eau.

Pendant qu'ils revenaient sur leurs pas, il eut l'impression d'être observé. Il n'aurait su dire pourquoi, mais il sentait qu'un regard s'attachait à chacun de ses pas. Il se garda de chercher à localiser l'espion. Emmy avait redressé la tête. Elle semblait soudain aux aguets, et il se demanda si elle n'avait pas eu la même sensation. Il se fit la réflexion qu'elle possédait une grande maîtrise du terrain pour une jeune dame spécialisée dans la location de voitures de luxe. Était-elle là pour le faire parler ? Il eut honte de cet accès de paranoïa.

Ils s'assirent au sommet d'un tertre herbeux. Pendant qu'il reprenait sa respiration, David localisa une tache noire dans les herbes. Un boîtier de plastique. Un appareil photo ?

— C'est impressionnant, n'est-ce pas ? lança Emmy avec un mouvement de la main en direction de la passe. On voit très bien l'ancien trajet de la coulée de lave.

Elle sauta sur ses pieds pour se hisser sur un rocher. Elle ne tenait pas en place. David envia sa vitalité. Profitant de ce qu'elle avait le dos tourné, il se baissa vivement pour saisir l'objet. C'était un dictaphone à demi brisé, à peine plus grand qu'un paquet de cigarettes. Il l'empocha. Qui avait jeté cet appareil coûteux ? Et pourquoi ?

— Vous avez soif ? demanda Emmy sans se retourner. Regardez dans mon sac. Il y a une thermos de thé glacé.

David éprouva une pointe d'irritation. Avait-il l'air à ce point au bout du rouleau ? Il dut s'avouer cependant qu'il mourait de soif et s'empara du flacon. Le thé froid, sucré au miel, lui fit un bien immense.

— Il fait trop chaud, observa la jeune femme. Allons plutôt dans la forêt.

Cette fois, alors qu'il descendait du tertre, le romancier surprit un éclair de soleil en provenance d'un taillis. Probablement un reflet sur les lentilles d'une paire de jumelles. Il hésita à mentionner sa découverte. Devait-il dire quelque chose ou bien jouer les aveugles ?

Emmy semblait beaucoup plus tendue qu'au début de la promenade. David eut l'impression qu'elle tenait son sac à la main, de manière à pouvoir l'utiliser à la façon d'un projectile si le besoin s'en faisait sentir.

Au moment où ils entraient sous le feuillage, un homme se redressa, sans paraître gêné le moins du monde. Il portait un complet bleu pétrole en nylon. Un de ces costumes pour voyageur de commerce, qu'on lave sous la douche chaque soir et qui sèchent sur un cintre. Les jumelles pendaient sur sa poitrine, il ne fit pas un geste pour les dissimuler. Il avait une tête carrée, à la mâchoire épaisse de gars du Texas ou de l'Arizona. Il demeura immobile, les yeux fixés sur les deux promeneurs. Une Trans Am noire était garée derrière lui en travers du chemin caillouteux. Un type habillé de la même manière fumait, accoudé à la portière. L'air absent. Avec leur costume de mormons, ils avaient tous deux l'air de sortir de Quantico ou de Langley.

« Bon sang, songea David, refoulant un début de panique, s'ils voulaient nous liquider, ils pourraient le faire sans le moindre problème... le seul témoin serait le bonhomme de boue ! »

Il suffisait d'une giclée de gaz paralysant pour les réduire à merci, Emmy et lui, ensuite... Ensuite les deux hommes n'auraient qu'à traîner leurs victimes au bord d'une « marmite », et à leur tenir la tête une ou deux minutes dans la boue brûlante. Un accident. Un accident de plus.

Emmy avait insensiblement pressé le pas. David n'osait lancer le « *Hi !* » d'usage. Il songeait à ces chiens qui attendent, figés, les crocs découverts, et qu'une infime provocation suffit à faire bondir.

FBI ? Il n'y croyait plus vraiment. Il y avait trop d'arrogance dans l'attitude des deux hommes. Une sorte de confiance absolue dans la toute-puissance qu'ils incarnaient. CIA ? Le simple énoncé des trois lettres le terrifia.

Il entendait Emmy haleter. Ils se trouvaient maintenant bien engagés sous les arbres. Les frondaisons touffues interceptaient la lumière, installant une pénombre un peu moite. David tendait l'oreille. La Trans Am ne démarrait pas. Il remarqua que la jeune femme avait choisi d'escalader un talus accidenté pour se mettre hors de portée de la voiture... au cas où l'on tenterait de les poursuivre et de les écraser.

Ils s'enfoncèrent en hâte au milieu des buissons, les bras levés pour se protéger des épines. Des idées absurdes traversaient l'esprit de David. Une base militaire secrète avait été installée à proximité du volcan. Un bunker où l'on testait des armes chimiques. Un produit volatil s'était répandu dans l'air, contaminant certains vacanciers. Une nouvelle arme qui s'attaquait aux processus neurobiologiques. La CIA était là pour empêcher que l'affaire s'ébruite. Elle allait liquider tous les témoins gênants, tous les fouineurs. Il eut un frisson en se rappelant le dictaphone. Le type aux jumelles l'avait forcément vu le ramasser.

« Tu délires, décida-t-il. Ce n'étaient peut-être après tout que deux prédicateurs en vacances. »

Ils avançaient vite, soucieux de mettre le plus de distance entre eux et les inconnus. Soudain, alors qu'ils se préparaient justement à souffler, des coups de feu retentirent droit devant, un peu en contrebas, et Emmy ne put réprimer un sursaut. David s'agenouilla et lui saisit le poignet pour l'obliger à en faire autant. Il y eut une nouvelle détonation, puis une autre, et encore une autre. C'était le bruit d'un fusil, un gros 12 tirant du Double Zéro. Peut-être un chasseur ?

Ce n'était pas le moment de bouger. David s'aplatit carrément sur le sol. La jeune femme l'imita. Ils respiraient tous deux trop fort et leurs halètements devaient s'entendre à cinquante mètres sous le couvert. L'odeur de l'eau indiquait la présence d'un torrent. David songea que s'il n'avait pas été si énervé il aurait sûrement perçu un ruissellement sur les cailloux, mais ses oreilles étaient pleines des battements de son cœur. Des rires éclatèrent, juvéniles, un peu bêtes. Des rires complaisants d'adolescents excités. Des silhouettes jaillirent d'entre les troncs, se déplaçant sur la rive du torrent. Ils étaient trois, des hommes jeunes — pas des gosses — habillés de shorts et de maillots de cycliste. Ils étaient armés de gros Mossbergs à bande ventilée. Des *riot-guns* à l'aide desquels ils tiraient sur les poissons !

— Là ! hurla le plus grand, un blondinet qui portait de délicates lunettes à monture d'or. Là ! Y'en a plein ! Y'en a plein !

Et il ouvrit le feu sur les truites qui filaient entre deux eaux. Le vacarme, prisonnier de la voûte de feuilles, était effroyable. Les cartouches giclaient en tous sens et l'odeur de la poudre brûlée vint agacer les narines de David. Les décharges soulevaient des geysers d'éclaboussures. Maintenant, les trois types vidaient le magasin de leurs armes, visant probablement le même poisson. Leurs rires prenaient peu à peu l'allure d'un spasme douloureux.

— On l'a eu ! On l'a eu ! Halte au feu ! glapit le blondinet dégingandé. Halte au feu !

Il sauta dans le torrent, le Mossberg levé à l'horizontale. Le bras gauche plongé dans l'eau glacée, il cherchait quelque chose. Avec un rugissement de triomphe, il brandit une tête de poisson, tout ce qui restait de la truite fusillée. Ses compagnons s'étouffèrent d'hilarité et l'un deux ne put se retenir de pisser dans son short.

— Voilà ce qu'on devrait faire cet été ! grasseya le plus petit du groupe. Louer un bateau pour aller pêcher l'espadon à la Jamaïque, mais au lieu de se servir d'une corde à piano, on l'éclaterait au RPG7 !

— Super ! approuvèrent ses amis.

— Il paraît qu'ils acclimatent des ours dans la montagne, fit remarquer le garçon aux cheveux blonds. Ça doit fichtrement bien cramer un grizzly si on lui arrose le poil d'essence. Vous imaginez ça : un ours en flammes qui court dans la nuit !

— Ça ferait un film super ! approuva le plus petit. J'ai amené mon camescope, on pourrait peut-être aller jeter un coup d'œil dans la réserve ?

— Plus tard, grogna le troisième. Pour le moment il n'y a plus de poissons et on a encore plein de balles... qu'est-ce qu'on fait ?

David avait eu le temps de les étudier. Il ne s'agissait pas de voyous en maraude comme il l'avait cru tout d'abord. C'étaient des types d'environ trente ans, peut-être un peu moins, dont l'aisance financière se lisait à de menus détails : une montre à cinq mille dollars, des chaussures de sport sortant d'un magasin branché de Rodeo Drive. Mais quelque chose n'allait pas : ils bougeaient et parlaient trop vite, tels des acteurs dans un film qui ne serait pas passé à la bonne vitesse. Et leur bouche. Bon sang ! Leurs lèvres étaient presque violettes.

Les doigts de David serrèrent instinctivement le poignet d'Emmy. La jeune femme hocha la tête pour montrer qu'elle avait compris, mais sa joue toucha une épine. Son gémissement fit tourner la tête aux trois garçons. Une oreille ordinaire n'aurait pu distinguer une plainte si ténue au milieu des bruits du couvert, mais les jeunes gens semblaient jouir d'un sens de l'ouïe surdéveloppé. Leurs visages luisants de sueur pivotèrent en même temps, les yeux braqués sur le taillis où David et Emmy se tenaient recroquevillés.

— Des daims, dit le blond. Y'a sûrement des daims. Si on les dégomme on les fera empailler, ça sera super-chouette dans nos bureaux !

Ils épaulaient déjà. À cette distance ils ne pouvaient pas manquer leur cible. David se dressa, les mains levées.

— Hé ! lança-t-il, pas de blague, vous faites erreur.

— Oh ! siffla le blondinet. Un daim qui parle ! Vous comprenez ce qu'il dit, vous ?

— Non, ricana le plus petit, je ne suis pas Tarzan, je ne parle pas aux animaux.

— Vous avez vu, pouffa le troisième. Il a mis des vêtements pour essayer de se faire passer pour un homme ! Ces bestioles deviennent de plus en plus hypocrites !

— C'est la faute aux écolos et aux Démocrates ! grogna le blond en épaulant son arme. Les bêtes, c'est comme les nègres, ça ne sait plus se tenir à sa place !

Emmy se redressa à son tour.

— Attendez ! protesta-t-elle. Ce n'est pas drôle du tout... Cessez de pointer ces fusils dans notre direction, c'est très dangereux.

— Une biche ! pouffa le blondinet.

— Et qui parle aussi ! renchérirent les deux autres.

Une nouvelle crise d'hilarité les secoua, leur coupant le souffle.

David devina qu'ils allaient ouvrir le feu. Cela se lisait dans leurs yeux. Le plus terrible, c'était qu'ils avaient l'air de trois farceurs aux allures de collégiens. Pas de tueurs endurcis, non. Il n'y avait aucune méchanceté dans leur regard.

— La biche est pour moi ! décida le garçon aux cheveux blonds.

— Et moi je veux le vieux mâle ! cria le plus petit des trois. Son poil gris est d'un chic !

David poussa Emmy en arrière et dévala la pente

en zigzaguant. Discuter ne servait à rien, il fallait fuir, ventre à terre.

— Hé ! cria quelqu'un derrière eux. Ils fichent le camp.

— On les poursuit ! ordonna le blondinet.

David courait lourdement dans les buissons. Son premier réflexe avait été de se précipiter vers les types du FBI, mais il se demandait à présent s'il saurait retrouver son chemin. Emmy filait à ses côtés, ne prêtant plus aucune attention aux ronces qui lui balafraient les jambes. Les trois garçons s'étaient lancés à leur poursuite, le fusil levé à hauteur de poitrine. Une première détonation retentit, et David perçut le déplacement d'air tout près de sa tête. Par bonheur ils n'utilisaient pas de chevrotine ! La balle — sans doute une brenneke pour la chasse au gros gibier — arracha un énorme morceau d'écorce sur un tronc. Le jaillissement de la sève aspergea le romancier au visage.

— Enlevez vos vêtements ! rigola l'un des chasseurs, vous ne trompez plus personne. Nous savons bien que vous êtes des animaux !

David dérapa dans les cailloux. Il était à bout de souffle mais il éprouva une bouffée de joie en réalisant qu'ils venaient de rejoindre la route. Les hommes du FBI devaient se tenir au bout du chemin. Il suffirait de se placer sous leur protection.

Une nouvelle détonation leva une gerbe de gravier. Et soudain la Trans Am apparut, roulant au ralenti toutes vitres relevées. David se précipita à sa rencontre, les bras en croix, mais le conducteur ne fit pas mine de ralentir.

— Attendez ! hurla-t-il. Nous sommes en danger ! Au secours !

Les deux « agents spéciaux » le dévisagèrent avec indifférence, le sourcil levé, comme s'ils ne comprenaient pas les raisons de sa gesticulation. David tenta de s'accrocher au rétroviseur d'aile, puis à la poignée de la portière, mais ses mains moites dérapaient sur le métal. Le véhicule prit de la vitesse et disparut au détour du chemin.

— Venez ! haleta la jeune femme, si nous restons là

nous sommes fichus. Vous voyez bien qu'ils s'en lavent les mains.

Elle saisit David par la manche de sa chemise et le força à se remettre en marche. Le romancier n'avait plus de souffle.

« Heureusement qu'ils tirent mal ! » songea-t-il en se lançant dans le sillage de sa compagne. Un point de côté lui sciait le flanc et il savait qu'il ne pourrait plus continuer à ce rythme très longtemps encore. Emmy avait pris la tête, et il se laissait guider. Ils s'engagèrent dans une ravine. Des racines s'entremêlaient au-dessus de leurs têtes, formant une espèce de toit.

Brusquement, alors que David allait tomber à genoux, un enfant jaillit en travers du passage. Un enfant au visage de vieillard. Un nain ! Il était vêtu de guenilles et portait une petite carabine 22 long rifle en bandoulière.

— Suivez-moi ! souffla-t-il en faisant signe aux deux fugitifs. Grouillez-vous si vous voulez sauver votre peau !

David ne chercha pas à réfléchir. Emmy l'imita, et tous deux se lancèrent sur les traces du nain qui se déplaçait avec une extrême rapidité, en habitué du terrain. En quelques minutes, il les amena au seuil d'une caverne dissimulée par des racines. Un trou, dans lequel ils durent entrer à quatre pattes. L'odeur qui s'élevait du petit bonhomme était insupportable.

— N'ayez pas peur, chuchota celui-ci, je suis Jack le Putois, je travaille pour Miss Pooshkie. Je vous ai vu à l'hôtel. C'est vous qui écrivez les « Conan Lord » ! Je suis sacrément heureux de pouvoir faire quelque chose pour vous ! Vous êtes mon auteur préféré.

Hébété, David ne trouva rien à répondre. Il pouvait à peine respirer et ses poumons lui faisaient mal. Le trou était si étroit qu'ils avaient dû y pénétrer de force, s'imbriquant telles des sardines dans la même boîte. Si les « chasseurs » les découvraient, ils auraient beau jeu de les fusiller à bout portant !

Jack avait fermé les yeux pour mieux se concentrer sur les bruits de la forêt.

— Le plus embêtant, murmura-t-il, c'est que comme ils ne ressentent pas la fatigue, ils sont capables de tourner ainsi jusqu'à la nuit.

Un long moment s'écoula. De temps à autre les voix des poursuivants résonnaient, tour à tour proches ou plus lointaines.

Enfin, le tonnerre roula dans le ciel, et l'orage creva au-dessus de la forêt. Une eau tiède traversa les feuilles pour s'infiltrer dans la ravine. On n'entendait plus rien que ce ruissellement flagellant les branches. Un ruisseau emplit le fond du trou, et David sentit la boue lui couler dans le cou.

— C'est bon pour nous, observa le nain, ils vont rentrer. De toute manière, ils sont souvent incapables de suivre très longtemps la même idée. Ils vous ont peut-être même déjà oubliés.

Ses petites mains potelées firent glisser sa carabine. C'était une arme d'enfant, à un coup, et qui pèserait peu de poids face aux *riot-guns* des déments.

— Allez, décida-t-il enfin. Il faut y aller, si on reste ici on risque de se noyer. Dès que les eaux du torrent gonflent, le déversoir est inondé.

Cela n'avait rien de rassurant. David éprouva de la difficulté à s'extraire du trou. L'humidité de la terre avait engourdi ses muscles. Le nain prit la tête de la colonne. Il avançait sans chercher à se protéger de la pluie qui ruisselait sur son visage et ses épaules. De la poche de son pantalon, il avait tiré un petit bouchon de liège à l'aide duquel il avait délicatement obturé le canon de son arme pour la protéger des infiltrations.

— Faut se méfier de la boue, expliqua-t-il, ça rentre dans les fusils sans qu'on y prête attention, et lorsqu'on presse la détente, tout le bazar explose au nez, vous arrachant la moitié de la tête !

David se sentait gagné par une impression d'irréalité. Les chasseurs fous d'abord, puis ce gnome qui semblait sortir d'un livre de contes, étrange farfadet puant aux gestes mesurés.

Ils serpentèrent un bon quart d'heure dans un dédale de racines et d'arbres centenaires, puis Jack leur désigna une cabane qui disparaissait presque entièrement sous le lierre.

— C'est chez moi, annonça-t-il, on va faire du feu et vous pourrez vous sécher.

Des peaux de putois pendaient aux poutres de la véranda brinquebalante. Des dizaines de peaux plus ou moins bien tannées, et dont certaines perdaient déjà leurs poils.

— C'est mon boulot, dit fièrement Jack. Je suis payé par la municipalité pour éliminer les putois des collines.

David et Emmy durent se courber pour entrer dans la baraque qui avait été construite par le nain, et à son seul usage. C'était presque une maison de poupée, où un homme de taille normale pouvait tout au plus se tenir agenouillé. La chaise, la table, le lit avaient été conçus par le propriétaire des lieux à son échelle. Le romancier et la jeune femme se recroquevillèrent dans un coin. Dès qu'ils faisaient mine de relever la tête, ils se cognaient le front dans les poutres du plafond.

Jack se mit en devoir de préparer du café sur un réchaud de camping alimenté par une bouteille de gaz.

— Enlevez vos frusques, dit-il en s'affairant, ou sinon vous allez attraper la mort. Que la petite dame ne s'en fasse pas pour moi, j'ai été artiste dans un cirque texan, alors les filles à poil je sais ce que c'est !

Il leur jeta des couvertures de selle qui puaient le cheval et retourna à ses occupations. David grelottait. Il se décida à se dévêtir. Les vêtements boueux lui collaient à la peau. Emmy fit de même en essayant de préserver sa pudeur du mieux qu'elle put, c'est-à-dire assez mal. David avait l'illusion bizarre d'avoir trouvé refuge dans la niche d'un gros chien.

— Je pratiquais un sport qui a été interdit il y a deux ans, soliloquait Jack. Vous savez : le lancer de nain. Je faisais équipe avec un costaud, on me mettait un casque sur la tête, et hop ! Je voltigeais dans les airs. C'était un sacré bonhomme, un bûcheron champion du lancer de tronc d'arbre. Il m'expédiait à l'autre bout du local comme si j'étais une bille de liège. Mais un jour je me suis mal reçu. Mon casque a explosé. Double fracture du crâne. C'est Miss Ursula qui m'a sauvé de la mendicité en me trouvant ce boulot.

— Qu'est-ce que vous faites ? interrogea David par pure politesse.

— Je tue les putois. Tout ce coin du lac en était infesté. Ça la fichait mal pour une station de vacances. En fait, les gens des environs surnommaient l'endroit *Stinky Point*, c'est vous dire ! Je me suis livré à une véritable hécatombe. Un génocide. Les bestioles se sont vengées en m'imprégnant de leur odeur. C'est ma malédiction, j'ai beau me laver, ça ne s'en va jamais. Maintenant je suis condamné à vivre tout seul. Il n'y a guère que Miss Pooshkie pour me supporter. Je vais à l'hôtel à la tombée du jour pour chercher de quoi manger. Je passe par derrière. Jamais elle ne m'a fait la moindre réflexion, c'est un ange du ciel cette femme-là.

Il versa le café bouillant dans des quarts de métal et l'additionna de gin bon marché. David nota que les aventures de Conan Lord trônaient sur une étagère, au-dessus du lit d'enfant. Ils burent en silence, enveloppés dans leurs couvertures. Le nain avait des bras musculeux, impressionnants.

— Vous avez eu de la chance que je passe par là, dit-il avec un petit rire. Il y en a de plus en plus des zozos de ce genre, en ce moment. C'est dû aux cendres du volcan, Miss Pooshkie m'a expliqué tout ça. Elle en a dans la tête cette femme !

— Vous avez été témoin d'incidents analogues ? s'enquit Emmy.

— Plutôt, oui ! s'esclaffa Jack. La plupart du temps ça ne tourne pas aussi mal, mais ça sent pareillement la dinguerie. L'autre fois, il y en avait trois qui fabriquaient un bonhomme avec de la boue à cent degrés. Il fallait les voir tremper leurs mains dans les marmites ! *Jesus* ! Ça vous dressait les cheveux sur la tête. La peau s'en allait de leurs bras comme la pulpe d'une patate trop cuite, et ils continuaient comme si de rien n'était. Des cinglés.

Prenant une attitude de comploteur, il se rapprocha de ses invités et ajouta dans un souffle :

— C'est l'endroit qu'est maudit. Il ne convient pas aux étrangers, faudrait le fermer. C'est une terre qui porte malheur, les Indiens le savaient déjà. Ils racontaient que les tremblements de terre prenaient naissance dans la grotte de l'Ours Rugissant. C'est un pays détraqué. Faut y être né pour garder toute sa tête. Seulement personne ne veut voir les choses en face, y'a trop d'argent en jeu, mais ça finira mal, c'est sûr.

Ils ne dirent plus grand-chose dans l'heure qui suivit. Jack s'était installé devant la fenêtre et regardait tomber la pluie. Il faisait très sombre dans la cabane. Beaucoup trop pour David qui avait oublié ses gouttes oculaires et se sentait submergé par les ténèbres. Quand l'orage se fut éloigné, le nain bourra une minuscule pipe avec du tabac noir et se mit à fumer. Puis il se lança dans un grand discours sur les aventures de Conan Lord qu'il aimait particulièrement parce que les héros y étaient tous des gens disgraciés, des *freaks*, qui surmontaient leurs handicaps physiques par la ruse et l'intelligence. David dut lui dédicacer tous les romans empilés sur l'étagère.

Soudain, comme si la compagnie de ces étrangers lui pesait, Jack les pressa de se rhabiller et les jeta dehors. Debout sur le seuil de sa cahute, il leur indiqua le chemin à suivre.

— Et ne revenez pas traîner vos guêtres par ici, conclut-il. Si vous avez deux sous de cervelle, bouclez vos valises et rentrez chez vous sans attendre. Je ne serai pas toujours là pour vous tirer du guêpier.

David et Emmy s'éloignèrent dans leurs vêtements trempés, tremblant de voir surgir les trois « chasseurs » à chaque détour du chemin.

— Drôle de petit bonhomme, observa la jeune femme en s'efforçant de ne pas claquer des dents.

— Toujours plus charmant que nos maniaques du fusil à pompe, grogna David.

— Vous allez porter plainte ? s'enquit Emmy.

— Oui, décida le romancier. J'espère que vous confirmerez mes dires. La station n'est pas si grande, on devrait pouvoir retrouver ces cinglés sans trop de mal.

— Vous êtes d'une naïveté confondante, fit la jeune femme. Ça ne servira à rien. Le shérif fera la sourde oreille. Il se passe quelque chose. Vous avez vu comment les deux types de la Trans Am nous ont laissés tomber ?

— Le FBI n'aurait pas agi de cette manière.

— Alors c'est qu'ils étaient de la CIA, ce qui est encore plus inquiétant.

Ils marchaient vite, les nerfs tendus, prêts à se jeter dans un fourré au moindre bruit. Ils atteignirent enfin le lac. Ce n'est que lorsqu'il aperçut le toit de l'hôtel que David se sentit réellement tiré d'affaire. Il se souviendrait de la promenade !

Leur arrivée passa presque inaperçue, car ceux qui les virent débarquer crottés jusqu'aux yeux pensèrent qu'ils avaient été surpris par l'orage au cours d'une randonnée. Ils se séparèrent au premier étage. David alla prendre une douche bouillante et passer des vêtements propres. Son premier mouvement fut d'extraire la microcassette du dictaphone cassé. Il lui faudrait se procurer un appareil du même type. Ursula Pooshkie en possédait peut-être un ? Puis il téléphona au shérif pour déposer plainte. LeRoy lui répondit avec une mauvaise grâce évidente qu'il passerait d'ici un quart d'heure. David lui donna rendez-vous au bar de l'hôtel.

« Ne t'énerve pas, pensa-t-il. Si tu es calme, tu seras beaucoup plus crédible. »

Le shérif arriva avec vingt minutes de retard. Il était gros et maussade. Le stetson enfoncé au ras des sourcils ne lui donnait pas l'air particulièrement éveillé. Il s'assit, commanda un pot de café noir, et écouta le récit que David lui fit des événements.

— J'suis sûr que vous exagérez, dit-il en manière de conclusion. Vous êtes romancier, vous avez tendance à embellir les choses, c'est votre métier qui veut ça.

J'dis pas que vous mentez, ce serait plutôt de la déformation professionnelle. C'est une gentille station ici, on n'y aime pas beaucoup les gens qui cherchent des histoires. N'essayez pas de créer un scandale pour faire de la publicité à vos bouquins. Ça ne marchera pas avec moi.

Quand David évoqua le témoignage d'Emmy Fielding, LeRoy haussa les épaules.

— Les gens de la ville, soupira-t-il, ça voit du drame partout. Vos trois types c'étaient des jeunots qui voulaient rigoler. Ils ont essayé de vous faire peur, c'est tout. Peut-être même qu'ils tiraient à blanc, allez savoir ? C'est pas très finaud, je le reconnais, mais il n'y a pas de quoi dresser un gibet. Vous ne seriez pas du Ku-Klux-Klan, par hasard ?

David comprit qu'il n'en tirerait rien et préféra renoncer. LeRoy lui adressa encore quelques recommandations grondeuses, puis tourna les talons.

7

Ursula Pooshkie, en bonne apprentie romancière soucieuse de mettre en pratique ce qu'elle apprenait dans les cours de créativité littéraire, possédait un dictaphone. Elle fut excessivement heureuse de le prêter à David.

La microcassette appartenait à Sarah Meads, la voix de la jeune femme le précisait à plusieurs reprises. Ainsi que son adresse, son numéro de compte bancaire, et de nombreux autres détails de « première urgence » qu'elle avait stockés au cas où elle perdrait la mémoire. Ce souci apparaissait régulièrement, entre deux tirades pleines d'exaltation. Sarah, au milieu de son délire, semblait avoir été traversée par de brefs éclairs de lucidité. Sa voix changeait alors, perdait sa stridence, pour exprimer l'inquiétude et le doute.

À aucun moment, cependant, elle n'avouait s'être

droguée ou écrire sous l'influence d'un quelconque psychotrope. C'est tout juste si elle mentionnait un régime amaigrissant dont les bienfaits la comblaient de bonheur. Ce détail provoqua un déclic dans l'esprit de David qui se rappela tout à coup le sachet de poudre hypocalorique entrevu dans les affaires de toilette de la jeune morte. Et si les deux choses étaient liées ?

Le régime et les hallucinations ?

Il aurait aimé pouvoir faire analyser les traces de poudre subsistant sur les parois internes de l'étui. Si le résultat se révélait positif, le shérif ne pourrait plus lui rire au nez ou l'accuser d'avoir trop d'imagination. Une enquête sérieuse serait entreprise et l'on cesserait enfin de parler d'accident ou d'imprudence.

Profitant de ce qu'Ursula était occupée à recevoir de nouveaux clients, il subtilisa le passe-partout accroché au tableau des clefs. Hélas ! il en fut pour ses frais : la vieille dame s'étant enfin décidée à emballer les affaires de Sarah, la chambre ne conservait plus aucune trace de sa dernière occupante. Il haussa les épaules ; lorsqu'on ne dispose d'aucun pouvoir de police, il faut s'attendre à voir ses enquêtes s'enliser dans les sables. Il n'eut d'ailleurs pas le loisir de s'interroger plus avant, car il dut assurer deux autres cours de création qui se passèrent à peine un peu moins mal que le premier. Les « élèves » demeuraient maussades, prompts à la critique cinglante. Se jugeant probablement très drôles, ils s'étaient entendus pour rédiger chacun un pastiche des aventures de Conan Lord. L'auteur s'y trouvait bien sûr tourné en ridicule, de manière parfois insultante. Filles et garçons gloussaient nerveusement en lisant leurs textes à haute voix, et des applaudissements complices accueillaient chaque trait d'esprit. David les félicita pour leur habileté et leur demanda — puisque l'imitation n'avait plus de secret pour eux — de bâtir un embryon d'énigme. Ces histoires étant, selon leurs propres termes, « d'une grande pauvreté », ils y réussiraient sûrement en moins d'une demi-heure, n'est-ce pas ?

L'expérience déboucha sur un complet fiasco, et les

jeunes gens, humiliés par leur échec, lui jetèrent une fois de plus au visage qu'ils se moquaient bien de raconter des histoires !

— Et puis d'abord les histoires, cracha une fille aux yeux luisants de fureur, c'est *pour les enfants* !

Tout était dit. Ils se séparèrent sur cette dernière pointe. Cette fois, Emmy ne s'attarda pas après le cours et David ne fit rien pour la retenir. Peut-être avait-elle jugé sa contre-attaque mesquine ? Il n'en était pas très fier lui-même au demeurant, car la victoire avait été trop facile.

Dans les jours qui suivirent, une atmosphère étrange s'installa.

Un matin, en ouvrant sa porte, David découvrit ses bottes collées au parquet avec de la super-glu. Il ne lui fallut que quelques minutes pour vérifier que toutes les chaussures disposées la veille au soir au seuil des chambres pour qu'elles soient cirées dans la nuit adhéraient pareillement au plancher. Il eut beau tirer de toutes ses forces sur les différents souliers qui l'entouraient, il ne parvint pas à les décoller du sol. Le farceur n'avait pas lésiné sur la quantité de glu et avait fignolé son travail comme pour une publicité télévisée.

La blague provoqua un tollé général, et les victimes mirent Ursula Pooshkie en demeure de leur rembourser les chaussures dégradées. David, quant à lui, avait été forcé d'utiliser un rasoir de barbier pour découper le cuir de ses semelles au ras du bois. Bien que ne disposant d'aucune preuve, il était à peu près certain que les auteurs de la farce s'appelaient Connie Mac Crea et Donald Wig, les deux mauvais élèves de l'atelier de création littéraire, ceux qui passaient leur temps à pouffer de rire en s'expédiant des boulettes de papier mâché.

Le lendemain, on découvrit que l'eau de la piscine avait la couleur exacte de l'encre de Chine. Quelqu'un y avait déversé un colorant industriel concentré d'une efficacité redoutable. Ce rectangle noir et liquide, se découpant sur le gazon de la pelouse, avait quelque chose de sinistre. Il fallait se tenir à l'écart des éclaboussures qui se déposaient sur les vêtements et la peau avec une opiniâtreté indélébile.

Mais les choses ne s'arrêtèrent pas là. Avant la fin de la journée, une quinquagénaire de Pasadena faillit succomber à un infarctus en réalisant qu'un mauvais plaisant avait entièrement tondu son yorkshire primé, le transformant en une sorte de rat haut sur pattes d'une laideur peu commune. L'animal, tremblant, la queue entre les jambes, semblait parfaitement conscient de sa laideur et poussait des jappements à fendre l'âme.

Ce harcèlement caustique provoqua le départ de plusieurs touristes, et des menaces de procès commencèrent à s'entrecroiser dans le bureau de la réception. David surprit Ursula Pooshkie en larmes, se tamponnant les yeux avec un petit mouchoir de batiste.

— Mon Dieu ! sanglotait-elle, c'est de pire en pire. On nous a lancé une malédiction. Quelqu'un s'acharne contre nous. Depuis ce matin, j'ai déjà dû rembourser plusieurs personnes.

David essaya de la calmer, mais il voyait mal comment la rassurer.

— Avez-vous prévenu le shérif ? demanda-t-il.

— Oui, à cause des assurances, soupira Ursula. Mais il s'est borné à faire un constat. Il m'a conseillé de ne pas chercher l'affrontement si je ne voulais pas faire fuir mes derniers clients. Il m'a dit que ça ferait très mauvais effet s'il devait interroger les touristes les uns après les autres.

Il fallut vider la piscine et la récurer avec l'un de ces détergents qui servent à effacer les graffitis. L'odeur irritante du produit plana tout l'après-midi dans l'enceinte de l'hôtel, et David entendit plusieurs vacanciers affirmer haut et fort qu'ils ne tremperaient plus jamais un orteil dans cette « cuve cancérigène ».

On émigra au bord du lac. David, ses lunettes noires sur le nez, son carnet à couverture de caoutchouc sur les genoux, s'installa dans un transat et fit semblant d'écrire. En réalité, il observait Don Wig et

Connie Mac Crea qui jouaient à s'asperger. Les adresses prestigieuses figurant sur leurs fiches d'identité prouvaient qu'ils ne manquaient de rien. Pourtant, à les voir ainsi, en maillot de bain, on croyait se trouver en face de gosses des rues sous-alimentés. Leur peau était grise, leurs joues creuses là où le jeûne prolongé avait déjà mangé le muscle. Le ventre de Connie était ballonné, l'affligeant d'une silhouette peu séduisante. Et pourtant David savait qu'ils se comportaient en vrais ogres. Il les avait surveillés pendant le repas, chaque soir, trois jours durant. Comment des gens qui engouffraient une telle quantité de nourriture pouvaient-ils être aussi efflanqués ? Doc' Bouvier aurait bien sûr prétendu qu'ils se faisaient vomir, mais David n'y croyait pas. Il y avait forcément une autre explication.

Le lendemain, un incident affreux vint alourdir encore un peu plus l'atmosphère du *Roaring Grizzly*. Le chien d'un client, un très beau caniche blanc, devint subitement fou après avoir absorbé sa pâtée du matin. D'abord il se mit à courir après sa queue en écarquillant des yeux hallucinés, puis se jeta dans les couloirs en hurlant à la mort. Il se cognait dans les murs. Pour finir, il sauta du balcon du dernier étage et s'écrasa sur la terrasse, au rez-de-chaussée, au beau milieu du petit déjeuner d'une famille de l'Ohio.

Ce cadavre de chien allongé sur les toasts à la marmelade d'orange provoqua la fuite éperdue des mangeurs. Seuls David et Emmy Fielding restèrent devant leur café, à quelques tables l'un de l'autre. Cette fois, la jeune femme ne détourna pas la tête quand les yeux du romancier se posèrent sur elle. Sa tasse à la main, elle se leva pour le rejoindre.

— Ça me rappelle une blague idiote que nous avions faite au collège, dit-elle d'un air sombre. Du LSD dans la pâtée du teckel de la directrice.

— Il s'est pris pour un albatros, lui aussi ? s'enquit David.

— Oui, mais il est tombé de moins haut. Sa maîtresse habitait le rez-de-chaussée.

Ils parlaient d'une voix calme, cherchant à masquer

la tension qui les habitait. Briar Kingstone et Ursula se donnaient beaucoup de mal pour calmer les hurlements des enfants terrorisés.

— Mes petits vont rester traumatisés jusqu'à la fin de leurs jours ! vociférait la mère. Si j'étais cardiaque je serais morte de frayeur ! Et dire qu'on a failli amener mon père qui en est à son troisième infarctus ! Vous auriez eu sa mort sur la conscience !

Personne n'osait toucher au chien vautré sur les pétales de maïs, les tranches de pain grillé et les œufs au bacon. Son maître, en peignoir de soie lilas, se griffait la figure en poussant des cris d'écorché vif. La confusion prenait chaque seconde plus d'ampleur.

— Vous savez qui a fait ça ? chuchota Emmy.

— J'ai mon idée là-dessus, fit David. Vous aussi, je suppose ? Que suggérez-vous ?

— Nous devrions peut-être suivre les conseils de Jack le Putois ? Faire nos valises avant de finir nos vacances à l'asile. C'est peut-être contagieux, non ?

Elle fouilla dans ses poches à la recherche d'une cigarette. David eut l'impression curieuse qu'elle jouait l'inquiétude mais demeurait, au fond, parfaitement calme. Il ne sut quelle conclusion en tirer.

Briar se décida à ramasser le chien pendant que son propriétaire exigeait qu'on appelât une ambulance. Un attroupement s'était formé dans la rue. Un groupe de fêtards portant des masques de citrouille grimaçante se mit à ânonner la prière des morts : « L'Éternel est mon berger, je ne manquerai de rien... » Des protestations fusèrent, rapidement suivies d'invectives. Les masques répliquèrent en noyant la terrasse sous un brouillard de confettis. David se leva, Emmy ne fit pas mine de le suivre. Au moment où le romancier allait tourner les talons, elle dit :

— Il y a une fête, cet après-midi, sur le môle. Vous voulez m'y accompagner ?

Cela ressemblait davantage à une convocation qu'à un rendez-vous galant, mais David accepta.

Le climat vicié de la station lui portait sur les nerfs. Il aurait pu s'en aller sur l'heure, car il n'avait nullement besoin du chèque que lui vaudrait sa pauvre participation aux cours de création littéraire pour payer ses factures. Non, s'il restait, c'est parce que tout ce qui l'entourait puait le mystère. Il voulait comprendre. Depuis qu'il avait mis le doigt dans l'engrenage, le mal de vivre qui l'avait tant accablé à Venice s'était envolé. Il se moquait subitement de voir son poil devenir gris ou de s'essouffler dans les côtes.

« Je revis », pensa-t-il en inspirant la brise qui soufflait du lac.

Il décida de visiter la ville. Les petites maisons trop propres, aux volets percés d'un cœur ou d'un soleil, paraissaient avoir été bâties pour les besoins d'une comédie musicale d'avant-guerre. Au milieu d'elles, on était vite gagné par l'illusion de se déplacer dans un décor de cinéma. Même les boîtes à ordures se présentaient sous la forme d'un castor souriant. Le hasard le mena jusqu'à une herboristerie dont l'enseigne en forme de citrouille annonçait en guise de raison sociale : *Pumkin Pie Fellows Eaters*.

Dans la devanture s'alignait un bric-à-brac de bocaux de tisanes, de produits naturels, de tartes au fromage et de gâteaux aux noix de pécan. Sans doute était-ce l'herboristerie mentionnée par Ursula Pooshkie, celle qui vendait la tisane dont les vertus vous empêchaient de devenir fou ? Un grand autocollant en forme de molaire proclamait *No sugar inside !* Cela sonnait comme le onzième commandement des Tables de la Loi.

Soudain, alors qu'il déchiffrait les noms savants des tisanes écrits à la plume sur des étiquettes de papier jauni, le reflet d'une Trans Am noire flotta dans la vitrine. Le véhicule roulait au ralenti, telle une voiture de patrouille. David eut immédiatement la conviction qu'il s'agissait des deux hommes rencontrés dans la forêt. Devait-il les apostropher ? Non, ç'aurait été idiot... et sûrement dangereux. Que faisaient-ils ici ? Leur avait-on donné pour mission de surveiller les progrès du mal sur la population ? Il eut envie de leur crier : « Hé ! Vous devriez descendre à mon hôtel, il y a de sacrées attractions. Ce matin encore un caniche s'est pris pour un aigle des montagnes ! »

Le véhicule disparut, avalé par la foule des touristes. David réalisa qu'il appréhendait de regagner le *Roaring Grizzly*. Il déjeuna dans un petit restaurant de poisson spécialisé dans le *red snapper* accommodé à toutes les sauces. Une certaine effervescence régnait du côté du môle. Un camion peinturluré passa, coiffé d'un haut-parleur, pour annoncer, à 14 heures, un grand numéro de parachutisme acrobatique au-dessus du lac. Il y avait beaucoup de *salad-bars* aux alentours, dans lesquels de jeunes couples dynamiques engloutissaient du tofu avec une expression extatique.

David but deux cafés qui ne firent qu'accroître sa nervosité. Son regard revenait toujours vers le volcan dont la silhouette émergeait des nuages, de l'autre côté de la nappe d'eau. Une éruption soudaine l'aurait à peine surpris.

Emmy sortit de la foule. Elle portait une robe de toile d'un bleu délavé, très « pionnière de la jeune Amérique », et des sandales de cuir. Elle tranchait sur la foule environnante par son extrême concentration.

« Bon sang ! songea brusquement David. Je sais à qui elle me fait penser : aux gens chargés de la protection rapprochée du Président ! »

C'était exactement cela : la même nonchalance factice, le regard balayant le décor en allers et retours incessants, emmagasinant chaque détail, triant, soupesant, classant. Si cette fille dirigeait une entreprise de location de voitures, David voulait bien qu'on lui coupe les deux mains !

Elle fit un petit geste lorsqu'elle aperçut le romancier.

— Comment ça se passe à l'hôtel ? demanda celuici.

— Trois autres défections. Briar est aux quatre cents coups. Il a annoncé qu'il patrouillerait cette nuit dans les couloirs pour garantir la sécurité des dormeurs. Vu la légèreté de sa démarche, nous aurons tous intérêt à mettre des boules Quies si nous voulons fermer l'œil !

— Je suis navré pour Ursula, dit David en prenant

la jeune femme par la main. C'est une si gentille vieille dame.

Emmy ne réagit pas et lui abandonna sa paume. « Qu'es-tu en train de faire ? s'interrogea le romancier. Chercherais-tu une aventure avec cette fille bizarre ? »

Il chercha à se rappeler quand, pour la dernière fois, il avait dragué une femme. Depuis des années sa vie sexuelle était des plus simples. Deux fois par semaine il téléphonait à une agence d'escorte pour demander qu'on lui amène une fille intelligente et belle. Il envisageait le sexe d'une manière uniquement hygiénique, à la manière d'un antidépresseur. Il avait contracté cette habitude à la suite d'une liaison particulièrement destructrice dont il avait eu le plus grand mal à se remettre, et s'en trouvait fort satisfait.

« Si tu continues comme ça, tu vas finir tout seul ! lui prédisait Patti Grizzle, son agent littéraire. Je pourrais te présenter des tas de filles qui seraient très heureuses de coucher avec toi. Tes admiratrices écrivent beaucoup, tu veux que je te fasse une liste d'adresses ? »

Mais il préférait s'en tenir à sa manière de procéder. Il avait ses habitudes. Il se « fournissait » auprès d'un service exclusivement tenu par des femmes et dont la devise, en encadré dans les pages jaunes, était : *Blow The Fuse Tonite !* Un bon programme.

— Regardez ! Les voilà ! cria Emmy en désignant un avion qui décrivait des cercles, très haut au-dessus du lac.

De la poche de sa robe, elle tira une minuscule paire de jumelles japonaises, une merveille d'optique qui valait une fortune, et se mit à observer les évolutions de l'appareil. Tout le monde avait levé la tête. Une fanfare jouait *Stars and Stripes For Ever*, à grand renfort de tambours. À la différence de la quasi-totalité des auteurs de romans policiers, David détestait le free jazz et la plainte enrhumée du saxophone au fond des clubs enfumés. Mais Glenn Miller et De Sousa, c'était de la musique qu'il comprenait. Peut-être parce qu'il l'associait instinctivement aux spectacles des petits cirques miteux de son enfance, aux rodéos, et aux clowns montés sur échasses.

— Ça y est ! Ils sautent ! annonça Emmy. Vous voulez les regarder ?

Elle tendit les jumelles à David qui dut relever ses lunettes noires pour approcher les oculaires de ses yeux. La lumière trop vive lui fit mal et il commença à larmoyer. Par pure vanité masculine, il ne voulut pas renoncer trop vite et s'obligea à suivre les évolutions des parachutistes. Ils tournoyaient dans le vide en essayant de donner à leur chute des allures de ballet, mais c'étaient des amateurs et les figures restaient approximatives. L'un d'eux faisait carrément bande à part. La chair du visage déformée par le vent, il riait aux éclats en tourbillonnant, bras et jambes à la dérive. C'est ce rire qui retint l'attention de David, cette bouche fendue d'une oreille à l'autre, distendue en une grimace qui finissait par faire peur.

La puissance des lentilles était remarquable. Il distinguait sans mal tous les détails des costumes et des équipements. Alors que ses camarades formaient un cercle pour rester au-dessus du lac, le « rieur » partait à la dérive. Il était maintenant à la verticale des premières maisons, et il avait entrepris de se... *déshabiller.*

D'abord il ôta ses palmes et son caleçon de bain qu'il jeta dans le vide, puis son casque de protection et ses lunettes. À chaque nouvel abandon, il poussait des cris de joie. Quand il fut nu, tourbillonnant sur fond de ciel bleu, il déboucla son parachute dont il n'avait toujours pas actionné la poignée, et s'en débarrassa comme il l'eût fait d'un sac à dos trop lourd.

David fut le seul à ne pas crier. Dès le début, il avait deviné que les choses finiraient ainsi. Le rire du gosse, l'expression de son visage lui avaient immédiatement rappelé les trois « chasseurs » fusillant les truites au Mossberg.

La foule ne s'alarmait pas encore, croyant à une cascade, à une exhibition soigneusement préparée. À présent, le jeune homme agitait les bras pour faire semblant de voler. Aux mouvements de sa bouche, David comprit qu'il faisait « Coin-coin ».

Le parachute, toujours en paquet, dérivait loin de lui, en arrière, et il n'était plus question qu'il puisse le rattraper.

— J'ai déjà vu ça, expliqua un gros homme juché sur une borne d'incendie. En réalité le parachute est encore attaché à son poignet par une ficelle. Il va le rappeler et le renfiler. C'est juste pour nous faire peur.

Le gosse tombait, enclume jetée du haut des nuages. Dans les cinquante derniers mètres il parut prendre de la vitesse, mais c'était juste une illusion d'optique. Il défonça le toit de l'herboristerie, projetant des tuiles en tous sens. Le choc courut dans les murs et dans le sol, se répercutant dans les chevilles de David.

— Eh ! dit encore le gros homme. J'ai vu ça aussi. En réalité ce n'est pas une vraie maison, c'est un décor en carton qui cache un gros matelas pneumatique, vous savez, comme ceux des pompiers. Il ne s'est pas fait mal, c'est du chiqué !

Il y eut un long moment de silence pendant lequel les spectateurs attendirent que s'ouvre la porte de la maison au toit défoncé et que le jeune homme apparaisse, triomphant, indemne et hilare. Mais une femme en blouse d'apothicaire jaillit sur le trottoir, les mains sur les yeux, hurlant à s'en arracher les cordes vocales. Le shérif courut vers elle, à petites foulées maladroites, suivi par la foule.

Emmy se serra contre David pour ne pas être emportée par ce flot humain brandissant appareils photo et camescopes. Un stand de hot-dogs fut renversé, des dizaines de saucisses bouillantes roulèrent sur le sol où les semelles des curieux les réduisirent en bouillie.

— Il est mort ? s'enquit la jeune femme.

— À moins d'être tombé dans une cuve de guimauve, il avait peu de chances de s'en sortir, répliqua David, irrité par la question.

— C'est un accident ? demanda Emmy. Ou bien... est-ce qu'il l'a fait exprès ?

— Il avait perdu les pédales, lâcha le romancier.

Comme nos petits amis dans la forêt, l'autre jour. Il a volontairement débouclé son parachute. Je l'ai vu faire.

— Vous allez le dire au shérif ? interrogea la jeune femme.

— Non, fit une voix grave dans leur dos. Vous n'allez le dire à personne.

David se retourna. La Trans Am noire était là, garée juste derrière eux. L'homme blond au complet bleu pétrole se tenait à l'arrière. Il avait ouvert la portière et tenait un porte-cartes dans la main droite. En travers d'un document plastifié d'allure très officielle, on pouvait lire : *Département d'État*.

David n'aurait pas été plus effrayé si on lui avait braqué un revolver sur le ventre.

8

Ils montèrent dans la voiture sans plus réfléchir. Une fois assis sur la banquette arrière, David songea qu'une carte en plastique pouvait se fabriquer n'importe où, surtout si l'on disposait d'une petite presse portative. Dans l'un de ses romans, le personnage principal aurait su d'emblée comment se comporter et quelles questions poser. Ce n'était, hélas ! pas son cas, et il avait le plus grand mal à mettre de l'ordre dans ses idées.

La voiture s'éloignait du rassemblement. David pensa qu'il était encore temps d'ouvrir la portière et de se laisser rouler sur la chaussée. Une ambulance passa, toutes sirènes hurlantes, dans un déplacement d'air qui fit frémir la Trans Am.

— N'ayez pas peur, dit l'homme blond sans se retourner. Nous avons toujours le contrôle. Chaque jour qui passe nous rapproche du but. Il y aura forcément d'autres œufs cassés. L'important c'est d'enrayer la progression du mal.

— De quoi parlez-vous ? lança David en rivant son

regard sur la nuque fraîchement rasée du fonctionnaire.

— Vous savez très bien à quoi je fais allusion, répondit l'inconnu. Tenez-vous hors du circuit, c'est tout... ou bien nous ne pourrons plus garantir votre sécurité. Vous interférez dans une enquête fédérale, je dois vous en avertir. Nous sommes en train de remonter la filière et nous n'avons pas besoin qu'un petit rigolo vienne nous casser la baraque.

Le conducteur arrêta la voiture sur un parking, face au lac. Cette intrusion effraya les oiseaux rassemblés autour des poubelles, et qui picoraient des restes de sandwich. Ils s'envolèrent, frôlant le pare-brise dans un fracas de plumes.

— Ne vous occupez pas de cette histoire, dit l'homme blond. Vous n'êtes pas dans un de vos petits romans dè drugstore remplis de dandies détectives et de grands-mères plus finaudes que les gens de Scotland Yard. Il y a un problème et nous nous employons à le régler, c'est tout ce que je suis autorisé à vous dire.

— Mais que se passe-t-il exactement ? lança David.

— C'est une information classée Secret Défense, vous n'êtes pas habilité à en prendre connaissance, répliqua l'homme. Je fais appel à votre civisme. Laissez travailler les professionnels, ne faites pas entrave à l'action de la justice, ou bien nous serions obligés de vous... retirer de la circulation, pour quelque temps du moins.

— Vous prétendez représenter la justice, remarqua David, mais l'autre jour, dans la forêt, quand ces cinglés nous poursuivaient, vous n'êtes pas intervenus, pourquoi ?

L'homme blond eut un sourire goguenard et passa la main dans ses cheveux en brosse qui crissèrent.

— Nous devons conserver un profil bas, dit-il. Nous avons estimé que vous pouviez vous en sortir tout seuls. Les probabilités étaient de votre côté. Mademoiselle était tout à fait capable de vous protéger. Si les choses avaient vraiment mal tourné, nous serions bien sûr intervenus. Je vous le répète : nous gardons le contrôle. Profitez de vos vacances et restez propres. Vous apprendrez la fin de cette affaire par les journaux.

— C'est tout ? fit Emmy d'un ton exaspéré.

— C'est tout, Miss Fielding, dit l'agent spécial. Vous remarquerez toutefois que nous sommes plus coopératifs que vous.

— Chacun ses méthodes, siffla la jeune femme. Je remarque surtout que vous usez beaucoup d'essence et qu'avec vos costumes de Bloomingdale on vous repère à dix lieues à la ronde.

Elle ouvrit la portière et descendit. David la suivit. Il se sentait idiot et frustré.

Il traversa le parking en diagonale, sans savoir où il allait, attendant que la voiture démarre. Quand la Trans Am s'éloigna enfin, il se surprit à mieux respirer.

Il avait pris instinctivement la direction du lac. En apercevant les barques, le long du quai, il fut pris du désir absurde d'aller canoter, loin de tout. Mais quand il proposa à Emmy de l'accompagner, la jeune femme secoua négativement la tête. Depuis qu'elle avait quitté la Trans Am, une expression de dureté imprégnait tous ses traits.

— Non, dit-elle, pas le lac. Les voix portent loin sur l'eau, et c'est si facile d'espionner deux rameurs avec un micro-canon. Pour ce que j'ai à vous dire, j'aimerais mieux que nous plongions dans la foule.

Elle fit un geste en direction de la fête foraine installée un peu plus loin.

— Qu'a-t-il voulu dire par « Mademoiselle aurait été parfaitement capable de vous protéger » ? interrogea David.

— C'est de ça que je veux justement vous parler, fit Emmy. Puisque ma couverture est brûlée, autant y aller franchement, ça nous fera gagner du temps.

— Vous êtes détective ?

— Non, agent de sécurité d'un très gros groupe pharmaceutique. Je travaille d'ordinaire sur des affaires d'espionnage industriel, j'enquête sur la vie privée des cadres qui claquent trop d'argent ou qui restent tard au bureau à pianoter sur leur ordinateur, quand personne n'est là pour voir ce qu'ils font. Ce genre de chose, vous voyez.

David réalisa qu'il n'était même pas surpris. Ainsi son intuition ne l'avait pas trompé ; dès le début il avait perçu chez sa compagne quelque chose de différent, quelque chose qui rappelait ce noyau de dureté, de froideur, qu'on rencontre d'ordinaire chez les flics aguerris. Elle n'avait pas crié quand le chien était tombé du balcon... et quand le parachutiste fou avait crevé le toit de l'herboristerie, elle était restée d'un calme impressionnant. Insolite.

Ils s'engagèrent entre les baraques foraines, dans le flonflon des haut-parleurs. Des hommes et des femmes déguisés en cow-boys haranguaient les promeneurs. Une odeur de sucre chaud flottait dans l'air, un peu écœurante.

— Venez goûter la vraie *root beer* de la région ! cria une matrone qui brandissait des gobelets de carton. Retrouvez le goût de l'authentique... le jus bienfaisant de la véritable racine de sassafras macérée ! Remettez vos reins à neuf avec la *root beer* de John Goodfellow !

— Regardez autour de vous, murmura Emmy, et dites-moi quel est le vrai problème de l'Amérique ?

David obéit. Des gosses se bousculaient, les mains encombrées de boîtes de pop-corn, de barres chocolatées ou de bouteilles de soda. Ils parlaient la bouche pleine, s'étouffant parfois. Derrière eux venaient les parents, croquant à belles dents dans des saucisses graisseuses ou des sandwiches à la choucroute. *Ils étaient gros*. Les hommes, les femmes, les enfants. Les bedaines distendaient les tee-shirts, les cuisses faisaient craquer les coutures des bermudas.

— Aux États-Unis, dit doctement Emmy, un individu sur trois est obèse. Et tout le monde veut maigrir, même ceux qui n'en ont pas vraiment besoin. C'est devenu une obsession nationale, surtout ici, en Californie. Le drame avec la perte de poids, c'est qu'il faut accepter de crever de faim, et ça, personne n'est prêt à s'y résoudre. On veut être beau, mais surtout ne pas souffrir ni se priver. Tout le monde court après le régime miracle, celui qui permettrait de manger à satiété sans prendre un gramme. Jusqu'à maintenant, personne n'a réussi ce tour de force. Sauf...

— Sauf le laboratoire pour lequel vous travaillez, compléta David.

— Oui, souffla la jeune femme. Il y a deux ans, un chercheur de *Donsharp Corckland Medical Industries* a mis au point une substance fonctionnant à la manière d'un inhibiteur sélectif d'absorption tissulaire.

— Vous voulez dire un filtre chimique agissant au niveau de l'estomac ? interrogea le romancier.

— C'est ça, confirma Emmy. Un filtre ne laissant passer que quatre cents calories par repas, et cela, quoi qu'on décide d'avaler. Ça signifie qu'un homme avalant vingt-cinq hamburgers et trois kilos de frites bien grasses chaque jour ne fabriquerait pas de graisse, car son organisme n'absorberait de toute façon jamais plus de 1 200 calories par vingt-quatre heures.

— L'estomac devient imperméable au surplus ?

— Exactement. Le quota atteint, un processus chimique se déclenche, rendant la muqueuse incapable d'assimiler quoi que ce soit d'autre. Le trop-plein file dans l'intestin et se trouve évacué naturellement.

— Se gaver en toute impunité ? rêva David. Ça paraît trop beau !

— C'était trop beau, confirma la jeune femme. Mais le labo y a cru. Le marché potentiel est énorme, il y a une fortune colossale à ramasser. *Bouffez comme un porc sans prendre un gramme !* Peut-on imaginer meilleur slogan ?

— Qu'est-ce qui a déconné ? demanda le romancier.

— Les tests de tolérance, murmura Emmy. On s'est rendu compte que les utilisateurs présentaient des symptômes bizarres au bout de quelques semaines d'utilisation. Euphorie, délire mystique, crises d'exaltation, mégalomanie.

— Vous êtes en train de me décrire les effets de l'acide lysergique.

— À peu près, oui. Le produit bouleverse la chimie du cerveau de manière considérable, faisant sauter les barrières, les mécanismes de censure. Le sujet devient très vite esclave de ses pulsions ludiques. Il est heureux, délivré de l'angoisse. Il n'a qu'une envie : se faire plaisir, obéir à l'impulsion du moment. C'est un cercle vicieux, car les sécrétions d'endorphines sont stimulées par la réalisation des projets.

— La drogue du bonheur ?

— Oui. Mais, chez Corckland, ils n'ont pas voulu renoncer. Le coup était trop gros. Ce produit de régime, si on parvenait à le mettre au point, c'était un succès scientifique plus important que le premier voyage sur la Lune. Dans tout le pays on aurait pris les pharmacies d'assaut.

— Alors ils ont essayé de raffiner le produit ?

— Oui, mais sans succès. On s'est aperçu que les gens devenaient accros dès la première prise... et que l'accoutumance était définitive.

— Ils maigrissaient ?

— Ça oui, mais ça devenait très secondaire. Pour eux seule comptait l'impression de bonheur : la fin de l'angoisse, l'illusion d'être à même de réussir des choses merveilleuses, de pouvoir se réaliser, se dépasser. C'était l'antistress parfait. L'ennui, c'est qu'ils ne prenaient plus rien au sérieux. Ils atteignaient une sorte de détachement, de sérénité.

— Ils ne percevaient plus la souffrance ?

— Oui. Le système nerveux, dès qu'il était saturé par la drogue, ne transmettait plus les informations négatives. Ce n'est pas nouveau, toutes les drogues dures provoquent ce type de distorsion.

La jeune femme s'interrompit pour laisser passer un groupe d'adolescents braillards aux tee-shirts tachés de sauce tomate.

— Je suppose que le programme a été annulé ? fit David.

— Oui, on a renoncé à la commercialisation, dit Emmy. C'était inutilisable. Parfait du strict point de vue régime amaigrissant, terrifiant au niveau des effets secondaires. C'est là que tout s'est compliqué.

Le chercheur à l'origine des travaux a très mal pris la chose. Il s'est imaginé qu'un complot se tramait contre lui et qu'on essayait de le déposséder de sa création. En moins de deux, il a viré paranoïaque. Un beau jour il a disparu en emportant tous ses échantillons, ses disquettes, ses souches, bref : tout le matos du laboratoire. Avant de s'envoler, il a détruit dans la mémoire des ordinateurs les informations relatives au produit. Il a complètement perdu les pédales et s'est évaporé dans la nature en jurant de se venger. Corckland s'est retrouvé dans le brouillard. D'abord on a minimisé l'importance de l'affaire. Les échecs scientifiques et les millions de dollars perdus sont monnaie courante dans ce milieu. On aurait pu intenter un procès au chercheur en rupture de contrat mais on a préféré conserver un profil bas. Pas la peine de prévenir la presse qu'on venait d'inventer une nouvelle forme d'hallucinatoire conduisant à une accoutumance irréversible, ça aurait jeté le discrédit sur tous les autres produits commercialisés par la boîte.

— D'accord, fit David, ils ont opté pour le silence. Mais ensuite ? Le truc est revenu à la surface, c'est ça ? La substance a commencé à se vendre sur le marché parallèle.

— Pas tout à fait, corrigea la jeune femme. C'est plus vicieux. L'inventeur de la substance a effectivement concrétisé son projet initial, et on a vu apparaître sous le manteau des boîtes d'un produit de régime baptisé *Amazing Diet*, avec un programme de cure amaigrissante désignée sous l'appellation d'*Happy Starving System*.

— Votre bonhomme aime l'humour noir, on dirait, ricana David.

— Laissez-moi terminer, s'impatienta Emmy. L'*Amazing Diet* n'était pas vendu mais offert aux utilisateurs. Gratis.

— C'est classique, observa le romancier. Tous les trafiquants procèdent ainsi lorsqu'il s'agit de lancer un nouveau produit. Le crack a d'abord été généreusement distribué à pleines poignées aux adolescents, à la sortie des collèges et dans les boîtes de nuit.

— Vous ne comprenez pas, coupa Emmy. Ici c'est différent. L'homme qui nous intéresse ne veut pas gagner d'argent. Ce n'est pas un trafiquant. Il désire simplement se venger. Il a fait savoir aux gens de chez Corckland que l'Amérique avait besoin d'une bonne diète, et qu'il se chargeait de faire maigrir gracieusement l'élite de la nation.

— Oh ! siffla David, vous voulez dire qu'il va cibler son marché ?

— Oui, il se fiche complètement des gens de la rue. Il souhaite s'attaquer aux yuppies, à la classe dirigeante, aux financiers, au milieu des affaires. En détruisant peu à peu les têtes pensantes de ce pays, il va gripper la machine.

— Et ça marche vraiment, cet *Amazing Diet* ? s'enquit David, incrédule.

— Ce que vous avez vu ces derniers jours ne vous suffit donc pas ? s'emporta Emmy. Cette station est l'une des plaques tournantes de l'*Amazing Diet*. On l'y distribue gratuitement, en secret. Ses utilisateurs sont les premiers à protéger ceux qui les approvisionnent. Une secte est en train de se constituer. Manhood était une fourmi, mais il y en a d'autres, peut-être une par hôtel. Quand ils ont commencé la « cure », les gens ne peuvent plus s'arrêter, les dégâts psychologiques sont irréversibles. Et qui a envie de cesser d'être heureux ?

— A-t-on véritablement étudié les symptômes ?

— Oui, la constante, c'est le surgissement des désirs enfouis. Une sorte de retour en surface du refoulé. La réalisation de ce qu'on avait oblitéré si longtemps entraîne forcément un grand soulagement accompagné d'un bonheur intense. Les spécialistes appellent ça une « drogue de renflouement » par analogie avec les épaves. Le Penthotal travaillait déjà dans le même sens. Le sujet, chaque fois qu'il passe aux actes, voit s'accroître son émerveillement. Il a l'impression de vivre un rêve éveillé. Il se découvre capable d'accomplir l'impossible.

David songea au manuscrit illisible de Sarah Meads. Quel chef-d'œuvre la jeune femme avait-elle eu l'illusion d'écrire sous l'influence du poison ? Avait-elle eu conscience, à un moment ou à un autre, de ne tracer que des gribouillis sur le papier, à la manière de ces singes auxquels on donne un crayon ?

— Voilà pourquoi on rit tellement dans les rues, ajouta Emmy. Tous ces gens sont en train de vivre leurs rêves de gosses. Ce gamin qui s'est défait de son parachute, tout à l'heure, pour qui se prenait-il ? Pour Superman ?

— Voilà aussi pourquoi les deux types de la Trans Am nous ont demandé de conserver nos distances, fit David. Vous les connaissiez ?

— Non, mais ils ont de toute évidence eu accès à mon dossier.

— Que faites-vous ici ? Je veux dire : ces gens sont mieux équipés que vous pour mener à bien une enquête au niveau fédéral.

Emmy redressa la tête.

— Ce n'est pas si sûr, murmura-t-elle. Nous ne leur avons pas transmis toutes les informations.

— Hé ! protesta David. Quel jeu jouez-vous ?

— Corckland veut récupérer son bien, dit doucement la jeune femme. Cette invention lui appartient. Les gens de la direction pensent que l'*Amazing Diet* peut devenir un jour utilisable.

— Oh ! je vois, soupira David. Vous êtes en compétition avec les gens du Département d'État. En réalité vous ne collaborez pas, vous roulez côte à côte en essayant mutuellement de faire sortir l'autre de la route. C'est ça ?

— C'est un peu ça, confirma Emmy. Et vous avez un rôle à jouer dans cette histoire. Un rôle de premier plan.

— Moi ? hoqueta David. Vous délirez ! Je suis ici pour donner des cours de création littéraire à des yuppies prétentieux. Je suis tombé sur cette histoire par le plus grand des hasards.

— Pas du tout, trancha Emmy. Nous vous avons fait venir. C'est moi qui ai arrangé le truc avec votre agent littéraire et Ursula Pooshkie. Si Manhood n'avait pas fichu le camp, nous nous serions débrouillés autrement, nous aurions fondé notre propre atelier ou quelque chose du même genre. Le plus important c'était de vous faire venir ici pour que vous preniez conscience des ravages de l'*Amazing Diet*.

— Mais pourquoi moi ? Je ne suis ni flic ni détective. Vous pensez sérieusement que mes capacités de déduction sont supérieures à celles d'un enquêteur professionnel ?

— Vous me prenez pour une conne ? siffla Emmy. Vous avez effectivement une particularité qui nous intéresse. Vous connaissez l'inventeur du produit.

— Moi ?

— Oui. Marvin Douglas Orroway. C'était l'un de vos amis de l'UCLA, quand vous étiez étudiant. Un bon copain. Un marginal dans votre style.

— Marvin Orroway ? répéta stupidement David.

Le nom n'évoquait rien pour lui. Ou alors de très vagues souvenirs de jeunesse.

— Cela me dit quelque chose, avoua-t-il. Mais c'est très lointain. Marvin, c'était un copain, pas un ami.

Emmy leva les mains, réclamant l'armistice.

— Écoutez, dit-elle, je préférerais que vous m'épargniez la salade habituelle. Vous détenez une information et c'est votre droit de faire monter les enchères, mais ne me prenez pas pour une idiote. Corckland m'a donné tout pouvoir pour négocier l'achat de vos souvenirs, faites votre prix et venons-en aux choses sérieuses.

— Mais je ne cherche pas à gagner de l'argent, protesta David. Je ne sais plus, c'est tout. Tout ça remonte à plus de vingt ans !

— Marvin Orroway a été votre coturne pendant un an à l'université, il partageait la même chambre que vous. Vous étiez tous deux *sophomores*, à l'époque, mais avec des majeures différentes. Vous : littérature, lui : chimie.

— C'est vrai, nous étions en deuxième année, mais ça ne veut pas dire grand-chose. Vous savez comme moi qu'à la fac on peut partager la même chambre et rester de parfaits étrangers. Parfois même on se voit à peine.

— J'attire votre attention sur le fait que la situation

est très grave. Orroway n'est pas resté les bras croisés, il a renforcé son produit. La nouvelle version du Sourire Noir est beaucoup plus puissante que celle testée dans les laboratoires de Corckland Industries.

— Le Sourire Noir ?

— C'est le nom de code de la drogue. Je suppose que vous devinez pourquoi.

— Mais il lui a bien fallu de l'argent pour continuer ses recherches ? objecta David.

— Allons, s'impatienta Emmy, vous savez très bien que sa famille était riche. De plus, il n'est pas impossible que des groupes subversifs le financent en sous-main.

— Quels groupes ?

— Le noyau dur de l'ancien KGB dont les structures sont toujours en place aux États-Unis avec des centaines de « sous-marins » enkystés et impossibles à repérer. On parle aussi d'une fraction japonaise d'extrême droite décidée à liquider le contentieux Hiroshima-Nagasaki. Une telle organisation pourrait drainer des sommes considérables. Beaucoup de gens ont intérêt à précipiter la déliquescence de l'Amérique, regardez autour de vous ! Une dissolution des élites peut amener le pays au bord du gouffre. Imaginez ce qui se passera si ceux qui tirent les ficelles de l'économie sombrent les uns après les autres, si l'on découvre que les responsables de la nation se comportent comme des déments... On peut très vite, de cette manière, installer un climat insurrectionnel. Les scandales à répétition susciteront la colère de l'homme de la rue, les grands de ce monde seront bientôt considérés comme des dépravés. L'Amérique deviendra une espèce de Babylone condamnée par tous les prédicateurs qui officient à la télévision.

— Ça va, fit David, arrêtez le scénario catastrophe. Quel est votre problème réel ?

— Orroway, martela la jeune femme. Nous n'avons aucune idée de l'endroit où il se cache. Des psychologues ont établi son profil psychologique. Selon eux, c'est un être immature, qui, s'il est blessé, cherchera automatiquement refuge dans un lieu symbolique de son enfance.

— Mais vous ignorez tout de son enfance, c'est ça ?

— Affirmatif. Ses parents sont morts, il n'a plus de famille. Ni frère ni sœur ni cousin. Avant de disparaître dans la nature, il a détruit tout ce que la maison familiale contenait de souvenirs : livres, photos, albums, films. Il a fait le vide derrière lui. Comme il n'était pas marié, nous ne pouvons pas nous adresser à sa femme. Pire : on ne lui connaissait même pas de petites amies. C'était un solitaire, polarisé par ses recherches. Pour l'hygiène, il faisait appel à des prostituées, ou a des « escortes »... comme vous-même d'après ce que je sais.

— Et vous avez pensé « qui se ressemble s'assemble ».

— Je suis allée à l'UCLA. Mais là aussi il était passé avant moi. Ses anciens profs sont morts ou à la retraite, j'ai vu ces derniers, ils ne se rappelaient pas de lui. Même chose pour ses condisciples. Partout on m'a sorti les mêmes banalités : un type renfermé, peu sociable, timide, mégalomane, rêveur, la grosse tête, hautain, pitoyable, etc.

— Comment êtes-vous remontée jusqu'à moi ?

— Grâce à un article dans le journal de votre fraternité. On y fustigeait deux étudiants — David Sarella et Marvin Orroway — qui avaient l'impudeur de jouer au *Gotcha* en pleine guerre du Viêt-Nam.

— C'est vrai, fit David. Ça me revient maintenant. On nous considérait comme de vrais demeurés.

— Vous n'allez pas prétendre que ça n'a pas créé entre vous un lien de complicité ? aboya Emmy. Vous avez tous les deux le même profil. Je le sais, les psys de chez Corckland ont travaillé sur vous. Les ordinateurs estiment qu'Orroway et David Sarella sont susceptibles d'avoir les mêmes réactions. Orroway vous a forcément parlé. Il s'est confié à vous. Que vous a-t-il dit ?

David leva les mains pour demander grâce.

— Je ne sais plus, soupira-t-il. Il faut que j'y réfléchisse. Ce n'était pas un type très attachant. Nous

nous défoulions en jouant aux assassins, mais ça n'allait pas plus loin. Peut-être parce que nous avions grandi dans le culte de la littérature criminelle. Je crois me rappeler que nous parlions bouquins. Il aimait les histoires de gangsters, moi je préférais les énigmes machiavéliques. Nous nous engueulions à ce propos en buvant du T-Bird.

— Okay, gémit la jeune femme. Je ne vous forcerai pas à jouer les amnésiques. Prenez la nuit pour réfléchir et faites-moi une facture. Nous allons rentrer à l'hôtel. Pas un mot de tout ça une fois là-bas, il n'est pas impossible que les deux crétins de la Trans Am aient planqué des micros dans nos chambres. Ils adorent les gadgets. C'est leur côté voyeur qui ressort.

Ils rebroussèrent chemin, côte à côte, de mauvaise humeur.

Alors qu'ils approchaient du *Roaring Grizzly*, Emmy ajouta :

— Il faut que vous sachiez quelque chose. Nous ne sommes pas tout seuls à courir derrière votre vieux copain. La Mafia n'apprécie pas particulièrement qu'on distribue sous son nez une drogue que ses chimistes ne savent pas synthétiser. C'est une situation qui a tendance à l'énerver, et il faudra compter avec elle. Je vous précise la chose pour vous montrer que nous n'avons pas intérêt à nous éterniser ici. Il se pourrait bien que le Crime Organisé parvienne aux mêmes conclusions que moi et se lance à votre recherche. Et je ne crois pas que ce sera pour vous proposer un chèque en blanc !

9

De retour dans sa chambre, David se mit en devoir de digérer les informations qu'on venait de lui assener.

Il appela la réception pour se faire monter du café et s'installa devant la fenêtre, son carnet de caoutchouc noir sur les genoux, faisant rouler nerveusement le tube d'acier du *Bright Flood Shadow* entre ses doigts.

Le *Gotcha*. Mon Dieu ! c'était si loin. Il se revit soudain, à vingt ans, se faufilant dans les couloirs de l'université, le pistolet chargé de capsules de peinture rouge caché sous son blouson. Pour la majorité des étudiants c'était un jeu débile, voire honteux. Un « assassin » tiré au sort poursuivait une « victime » potentielle à travers le dédale des bâtiments. Il devait l'« abattre » avant une certaine heure. Toutes les ruses étaient permises : les déguisements, les cachettes, les acrobaties. Lorsque le « tueur » réussissait enfin à faire feu sur sa cible, il s'écriait *Gotcha !* J't'ai eu ! formule rituelle qui clôturait la partie. C'était simple, bête, mais terriblement efficace. Et l'adrénaline vous submergeait au fur et à mesure qu'on s'approchait de la fin de la partie.

David se rappelait avoir joué plusieurs fois avec Orroway, étudiant du secteur scientifique avec qui il aurait eu peu d'affinités si celui-ci n'était pas devenu un partenaire enragé.

Orroway. David en gardait l'image d'un gros garçon pataud, mal dans sa peau, et qui cherchait à dissimuler sa disgrâce physique sous les oripeaux psychédéliques du moment : une barbe teinte au henné, des cheveux longs, des ongles de sorcier moyenâgeux et des doigts surchargés de bagues de motard. Son regard était d'une grande douceur et son sourire tremblant. Son obésité lui rendant chaque déplacement très pénible, il transpirait beaucoup et conservait en permanence à la main un beau mouchoir immaculé, portant son monogramme, et avec lequel il s'épongeait méticuleusement le front.

David griffonnait sur le carnet, pris d'un doute. Était-ce la vérité ? N'avait-il pas tendance à embellir, à faire d'Orroway un personnage de roman plus pittoresque qu'il n'était en réalité ? Non, il avait l'impression de rester près de la vérité.

Il essayait d'isoler une séquence précise, de faire surgir un dialogue, mais les images restaient floues.

Il se souvenait seulement des parties... exaltantes ou ratées, et de la hargne des autres étudiants. Et toujours le même reproche : « Vous n'avez pas honte, alors que les États-Unis assassinent la révolution vietnamienne ? »

Non, ils n'avaient pas honte, d'un commun accord ils avaient décidé de ne rien faire pour éviter l'incorporation. Orroway s'était mis au régime pour ne pas risquer la réforme ; quant à David, il n'avait pas encore réellement pris conscience de son problème oculaire. Il croyait naïvement que tout le monde voyait comme lui.

Non, ils n'avaient pas honte. Loin d'ignorer ce qui se passait au Viêt-Nam, ils s'entraînaient à la peur. Ils essayaient d'apprivoiser la mort, d'en faire une compagne. Peut-être est-ce pour cette raison qu'ils accordaient tant d'importance aux parties ? Ils n'aimaient pas la bonne conscience des pacifistes qui téléphonaient la nuit aux veuves des G.I.'s tombés au front pour les insulter ou leur rire au nez. Une voix leur soufflait que les choses étaient sûrement beaucoup plus compliquées qu'elles ne le paraissaient.

On frappa à la porte. C'était le garçon d'étage avec le café. David prit le plateau et se versa une tasse de pur « Colombie » qu'il sucra généreusement. De nature efflanquée, il était passé à travers toutes les modes de l'alimentation « allégée ». Buvant le café brûlant à petites lampées, il se rassit et se concentra sur la montée des souvenirs.

À l'époque, absorbé dans ses propres problèmes, il n'avait pas réellement prêté attention à la détresse d'Orroway. C'était le temps où les filles lui reprochaient d'être trop violent, de s'enflammer pour des riens, de ne pas savoir dompter son agressivité. Il n'était pas *cool*, il dégageait de *mauvaises vibrations*. Dieu ! l'avait-il entendue cette éternelle rengaine des enfants-fleurs ! Orroway, lui, était seul. Il avait dû évoquer, une fois, au cours d'une soirée arrosée à la bière, des parents riches et lointains, qui vivaient quelque part à Boston dans une immense maison de maître. Une famille d'armateurs séculaires qui se faisaient gloire d'avoir été impliqués dans la fameuse « Tea Party » à l'aube de la guerre d'Indépendance.

On avait éloigné Orroway parce qu'on avait honte de lui. Parce qu'il faisait tache. C'était David qui l'avait convaincu de renoncer à son accoutrement de gourou et d'avoir recours aux filles du téléphone. Ils les appelaient toujours du même bistrot, le *Rack and Ruins*. À cause de leurs goûts jugés belliqueux, les étudiantes ne les aimaient pas, tout le monde faisait l'amour gratuitement sauf eux !

David ferma le carnet. Il ne se rappelait rien de plus. Des miettes, des bribes d'images et de conversations. Ce qu'on attendait de lui était stupide. Orroway n'avait jamais été son ami.

Irrité, il éprouva le besoin d'aller faire un tour avant que le soleil ne se couche. Il descendit jusqu'au lac, et s'immobilisa, les mains dans les poches, pour regarder le volcan.

Les cailloux crissèrent derrière lui, signalant l'approche d'un promeneur.

— Alors ? fit la voix d'Emmy. Le passé revient-il à la surface ?

— Non, grogna David. En réalité je pense que vous en savez beaucoup plus sur Orroway que moi !

— Je ne crois pas, corrigea la jeune femme. Nous n'avons que des dossiers. Ça ne remplacera jamais les confidences que peuvent se faire deux jeunes gens un soir de déprime, après quelques bières. Il a dû forcément évoquer son enfance. Un endroit qu'il appréciait, un rêve qu'il se projetait de réaliser. A-t-il mentionné une région, un lieu ?

— Mais pourquoi ?

— Parce que les psychologues estiment qu'Orroway est un homme du « cocon ». Il est parti panser ses blessures dans sa tanière, et c'est de sa tanière qu'il dirige ses troupes. Il est dans un « donjon », quelque part. En un endroit qui le sécurise, où il ne redoute plus personne. Un endroit presque *magique*, si vous voyez ce que je veux dire.

— Je vois, mais je n'ai rien à proposer.

Emmy fit la grimace.

— Ne pensez pas que j'essaie de vous faire chanter, dit-elle, mais laissez-moi vous communiquer quelques informations complémentaires. Orroway est un tueur. La dernière mouture de l'*Amazing Diet*, celle qui provoque ce fameux sourire noir chez ses victimes, n'autorise plus qu'une absorption nutritive de 100 calories par jour. C'est ce que représente environ une grosse tranche de pain. Combien de temps pensez-vous qu'on puisse tenir en n'absorbant qu'une tranche de pain toutes les vingt-quatre heures ?

— Mais on ne souffre pas de la faim ?

— Non, c'est là le piège. Le Sourire Noir procure très rapidement une illusion de satiété. On est en train de mourir mais on n'éprouve aucune douleur.

— Et cela dès la première prise ?

— Oui. Les toxicologues le classent dans la catégorie des drogues irréversibles. Comme ces produits qui vous rendent diabétique pour la vie si vous en absorbez une seule cuillerée, et que les gosses avalaient à l'époque du Viêt-Nam pour échapper à la conscription. Ce que j'essaye de vous faire comprendre, c'est qu'autour de nous, en ce moment même, des tas de gens sont en train de crever le sourire aux lèvres. Ils vont mourir de faim en faisant trois bons repas par jour. Orroway nous a fait un petit sermon à ce propos, en nous expliquant qu'il n'était pas mauvais que nous nous associions pour une fois aux souffrances du Tiers Monde.

— N'en jetez plus, coupa David. Je suis tout à fait d'accord pour collaborer, mais pour le moment je n'ai aucun souvenir utilisable.

— Continuez à chercher. Si nous trouvons Orroway, nous aurons peut-être une chance de lui extorquer l'antidote qui sauvera tous ces gens.

— Ces types du Département d'État, est-ce qu'ils vont faire réellement quelque chose ?

— Oui, ricana la jeune femme. Nous doubler.

Elle fouilla dans sa poche, en tira un paquet de cigarettes. Pour la première fois depuis leur rencontre, David la sentit vraiment nerveuse.

— J'ai appelé les gens de chez Corckland, murmura-t-elle. Ils sont prêts à aller jusqu'à un million de dollars pour l'achat de vos « souvenirs ». Le temps joue contre nous. Pour l'instant nos concurrents vous prennent pour un petit fouinard, rien de plus, mais dès qu'ils apprendront que vous êtes un maillon important de la chaîne, ils fondront sur vous comme une nuée de sauterelles. Et vous serez en danger. Pensez-y.

Elle s'éloigna dans la nuit qui tombait. David frissonna, oppressé par ce crépuscule qui lui semblait d'un noir d'encre. Il était temps de rentrer s'il ne voulait pas chercher son chemin à tâtons.

De retour dans sa chambre, il comprit qu'il aurait bien du mal à trouver le sommeil. Les données du problème se bousculaient dans sa tête. Un sentiment de menace l'envahissait. Il enrageait de se retrouver dans la position d'un amnésique traquant des souvenirs sans épaisseur. Il y avait quelque chose d'ironique dans sa rencontre avec Orroway : comment aurait-il pu deviner, à l'époque, que ce gros garçon aux yeux de caniche provoquerait un jour un tel chaos ? Comment aurait-il pu pressentir que ce compagnon falot mettrait sa vie en danger ?

Il en était là de ses réflexions, quand une étrange puanteur le fit grimacer. Avant qu'il ait pu comprendre de quoi il s'agissait, on gratta à la porte. Il crut d'abord qu'un animal cherchait à entrer, car le bruit se situait très en dessous de la poignée. Un chien ? Un chien perdu dans les couloirs ?

Sans réfléchir, il ouvrit la porte. Cette fois la puanteur le frappa au visage, le forçant à reculer. C'était Jack le Putois. Le nain se dandinait au seuil de la chambre, les yeux plissés d'excitation.

— Salut, souffla-t-il. Je m'excuse, il faut que je fasse vite. Je n'ai pas le droit de monter dans les chambres, mais il fallait que je vous voie.

— Ah bon ? s'étonna David.

— Oui, dit le petit homme. J'ai un truc pour vous, un truc à mettre dans un de vos bouquins. Si je vous le montre, vous parlerez de moi dans votre prochain livre ?

— C'est tout à fait possible, lâcha le romancier sans réfléchir.

— Super ! s'extasia le nain. Quand je l'ai trouvé, j'ai immédiatement pensé à vous. Je me suis dit : « Ça, c'est un truc pour Conan Lord » !

— Mais de quoi parlez-vous ?

— Pas ici ! Pas ici ! fit précipitamment Jack. Venez. C'est dans la forêt, je vais vous conduire.

— Attendez ! coupa David. Je ne peux pas partir comme ça, je n'y verrai rien.

Malgré l'impatience du nain, il prit le temps de s'instiller quelques gouttes de dilatateur oculaire dans chaque œil.

— Okay, dit-il en se massant les paupières pour activer le produit. Maintenant on peut y aller.

— C'est un truc pour voir dans la nuit, comme les chats ? fit Jack émerveillé. Vous alors, vous en avez des combines. Vous devez avoir une vie passionnante !

David jugea inutile de le détromper.

Ils quittèrent l'hôtel en catimini. Le nain remorquait un gros sac de toile rempli de provisions sur l'épaule. Dans la main gauche, il tenait une lampe-tempête qu'il alluma dès qu'ils atteignirent les premiers bosquets. Il était très excité. Ils s'enfoncèrent sous le couvert, sans échanger un mot. De temps à autre, Jack laissait échapper un petit ricanement déplaisant. David luttait contre le sentiment de malaise qui se développait en lui. Les ténèbres l'oppressaient. Il redoutait de s'égarer dans le bois. L'effet du médicament restait mesuré dans le temps, et il n'osait imaginer ce qui se passerait s'il se retrouvait errant en aveugle au milieu des arbres. C'était pour cette raison qu'il sortait rarement la nuit à L.A.

Il se demanda soudain si le nain avait bien toute sa tête. Il n'était pas rare que des lecteurs illuminés s'improvisent « indicateurs », avec l'espoir de voir leur nom imprimé dans la rubrique *L'Auteur tient à remercier.* Cela lui avait valu quelques déboires.

Il allait ouvrir la bouche pour émettre une protestation quand Jack dit d'une voix chuintante :

— C'est là ! Regardez un peu ça. Je l'ai trouvé en chassant. Ce sont les bêtes qui l'ont déterré. Il n'était pas enfoui assez profond. Il doit être là depuis une dizaine de jours. Bien sûr, il est un peu abîmé.

Il leva la lampe-tempête. L'odeur de putréfaction fit reculer David, mais il ne voulait pas avoir l'air d'un imbécile, et il se força à s'agenouiller comme s'il faisait ça toutes les nuits pour tromper la monotonie des programmes télévisés.

C'était le cadavre d'un homme auquel les animaux de la forêt avaient arraché de grands lambeaux de chair.

— Il a été torturé, annonça Jack. Regardez ses mains et ses pieds. On les a écrasés dans un étau. Il doit avoir tous les os en bouillie. On lui a d'abord percé des trous dans les cuisses avec un vilebrequin.

— Qui est-ce ? interrogea David.

— C'est vrai qu'il est difficile à reconnaître, rigola le nain. C'est Manhood, le chéri de ces demoiselles. Si elles le voyaient en ce moment, elles n'auraient plus tellement envie de se pendre à son cou.

Et il éclata d'un rire sifflant, assez désagréable.

David fronça les sourcils. Ainsi, le professeur de créativité littéraire n'avait pas pris la fuite. Quelqu'un l'avait séquestré pour l'interroger.

Un froissement de feuillage les fit sursauter. Une silhouette vêtue de bleu marine émergea d'un buisson, une arme à la main. C'était Emmy. Elle tenait une lampe torche de flic à la hauteur de l'épaule.

— Merde ! cracha-t-elle. Je vous suis depuis un quart d'heure, je me demandais ce que vous combiniez.

Elle se tut en apercevant le cadavre à demi déterré.

— C'est Manhood, annonça David.

— Je le vois bien, dit la jeune femme, les dents serrées.

Elle s'agenouilla, alluma la torche qu'elle braqua sur le visage du mort.

— Il a passé un sale moment, fit-elle. Regardez-le bien, David. C'est exactement ce qui risque de vous arriver dans très peu de temps si vous vous obstinez à faire de la rétention de souvenirs.

— Qui a fait ça ? interrogea le romancier.

Emmy haussa les épaules.

— La Mafia. Ou bien les deux types de la Trans Am. Étant donné l'importance de l'enjeu, tous les coups sont permis. Les gens qui se sont occupés de Manhood ont parfaitement compris que c'était lui le pourvoyeur, ils ont essayé d'en apprendre plus sur la filière. L'ennui, c'est que Manhood ne savait sûrement pas grand-chose. Orroway a parfaitement cloisonné son système de distribution, et il n'emploie que des asociaux... des marginaux persuadés de la nécessité d'amener les États-Unis au bord du chaos. Avec lui nous n'avons pas affaire à un gang mais à une secte, ça change les données du problème.

Elle se redressa.

— Il faut le réenterrer, ordonna-t-elle à Jack. Ne prévenez pas la police, ça ne servirait qu'à vous causer des ennuis.

— Je n'en avais pas l'intention, ricana le nain. C'était juste pour montrer à monsieur Sarella, dans un but de documentation littéraire.

Puis, se tournant vers David, il dit d'un ton suppliant :

— Vous n'oublierez pas, hein ? Vous me ferez une belle scène ?

David promit tout ce qu'il voulut. Pendant que le nain rebouchait la fosse, Emmy fit un geste en direction de l'hôtel.

— Venez, dit-elle, il ne faut pas traîner ici, sinon vous aurez cette odeur dans les narines pour les trois jours à venir.

10

David dormait depuis plusieurs heures quand quelqu'un entra dans sa chambre. Il crut tout d'abord qu'il rêvait et ne s'affola pas, mais, avant qu'il ait eu le temps d'ouvrir les yeux, une silhouette s'avançait soudain vers la table de chevet pour arracher le fil de la veilleuse. Le romancier se débattit, entortillé dans ses draps et ses oreillers. Le produit oculaire ne dilatait plus ses pupilles, si bien que la pièce, quoiqu'elle fût illuminée par le clair de lune, lui apparaissait sous l'aspect d'un cube de ténèbres d'une opacité effrayante. Il tâtonna, cherchant instinctivement l'interrupteur de la lampe de chevet. Il n'était pas encore très sûr d'être réellement réveillé car il lui arrivait assez souvent de rêver qu'il devenait aveugle. Sans doute s'agissait-il d'un nouveau cauchemar ? Il roula sur le dos, écarquilla les yeux. En vain. De toute manière, sa vision nocturne était si défaillante qu'il n'aurait pu distinguer une bougie allumée au pied du lit !

Posant la main droite sur le sol, il explora le plancher. Il avait l'habitude, au moment de se coucher, de poser ses bottes à proximité de la table de chevet, et de glisser dans l'une d'elles une petite torche *Maglite*, hyper-puissante, du type utilisé par les flics en patrouille. Les bottes avaient disparu, elles aussi. Il se sentait oppressé. Les ténèbres de la cécité avaient toujours éveillé en lui une panique claustrophobe, et jamais, malgré tous ses efforts, il n'avait réussi à apprivoiser ce handicap.

À cette seconde il entendit ricaner, et il sut qu'il ne rêvait pas. Il y avait bel et bien quelqu'un dans la chambre. Il perçut une odeur de lotion après rasage et de sueur. Ils étaient deux, car le plancher craquait de part et d'autre du lit, comme si les agresseurs avaient décidé de l'encercler.

David battit des bras pour les repousser, sans même les effleurer. Quelqu'un gloussa de nouveau. Le romancier ne distinguait même pas leurs silhouettes.

Devant ses yeux s'étirait un mur uniformément noir dont il percevait presque la matérialité, un mur auquel il allait se cogner le front d'une seconde à l'autre.

Il ouvrit la bouche pour appeler à l'aide, mais une main s'abattit sur son visage, lui enfonçant entre les mâchoires une balle de caoutchouc mousse qui refoula sa langue au fond de sa gorge. Il essaya de la cracher, sans succès.

L'idée que ses agresseurs pouvaient l'observer en toute impunité, alors qu'ils demeuraient invisibles pour lui, le remplissait de rage.

Il songea qu'en bondissant, il aurait peut-être une chance de passer entre eux et d'atteindre la porte. Dès qu'il serait dans le couloir, il n'aurait qu'à tâtonner le long des murs pour trouver la minuterie, et cesserait aussitôt d'être aveugle.

Détendant violemment les jambes, il s'élança, encore entortillé dans les draps. Malheureusement, ses pieds s'emmêlèrent dans la couverture, et il retomba sur le ventre. Son menton heurta le bas du lit, l'assommant à demi.

Au-dessus de lui, les deux hommes gloussèrent, amusés par sa gesticulation impuissante. La rage s'empara de David qui se mit à expédier des coups de poing au hasard, sans toucher personne. Il y mettait tant de rage que chaque secousse musculaire faisait courir une étincelle douloureuse dans ses tendons.

Brusquement, des mains gantées se refermèrent sur ses bras, le plaquant sur le matelas, le visage noyé dans la literie, au bord de l'asphyxie. L'un des hommes, pour mieux l'immobiliser, s'agenouilla sur ses reins et lui retourna les poignets dans le dos. Il devait bien peser cent dix kilos, et David crut que les os de sa cage thoracique allaient céder.

Il devait faire un effort pour ne pas se laisser submerger par la terreur de cette agression aveugle qu'il avait vécue tant de fois en rêve. Puis il sentit un contact métallique sur le côté de son cou. C'était rond et froid comme le canon d'un revolver, et il pensa qu'on allait l'exécuter. Il se domina pourtant. Allons !

c'était stupide, si on avait voulu l'abattre on aurait pu le faire pendant qu'il dormait, sans se donner le mal d'une telle mise en scène. Il éprouva une violente piqûre à la hauteur de la carotide, et fut certain qu'une aiguille venait de lui transpercer la peau. Il comprit qu'on était en train de lui injecter quelque chose à l'aide de l'un de ces pistolets médicaux utilisés par l'armée pour vacciner les jeunes recrues. Une boule de souffrance se forma sur le côté de son cou, une sorte de noyau étranger, dû à la pénétration du liquide.

Cette fois la panique le figea. Est-ce qu'on l'empoisonnait ? On pourrait toujours lui laisser l'injecteur entre les mains pour faire croire à une overdose. Il poussa un cri inarticulé.

Puis les agresseurs se reculèrent, l'abandonnant sur le lit. David les entendit traverser la pièce et sortir dans le couloir. Ils n'avaient pas échangé un mot.

Son premier réflexe fut de cracher la balle de caoutchouc mousse qui l'étouffait. Puis il tâta précautionneusement sa gorge. Il n'eut aucun mal à détecter l'enflure boursouflant la carotide.

Il n'éprouvait rien de particulier. Aucun malaise, aucune sensation d'empoisonnement, mais la peur lui faisait battre le cœur à deux cents pulsations /minute.

Il se mit à quatre pattes sur le sol et chercha ses bottes. On les avait poussées à l'écart, la torche s'y trouvait toujours. Il en pressa l'interrupteur. La lumière jaillit en un rai d'une blancheur bleutée. Il se redressa et courut manœuvrer le bouton commandant le lustre. Le lit n'était plus qu'un fouillis de draps tire-bouchonnés. Les agresseurs avaient emporté le pistolet à injections, ne laissant aucune trace de leur passage. David entra dans la salle de bains et se pencha sur le miroir. Une légère rougeur maculait son cou mais la nodosité diminuait déjà. Il s'aspergea le visage à l'eau froide. Allait-il s'effondrer là, la tête dans le lavabo, victime d'une crise cardiaque artificiellement provoquée ? On disait que la CIA ne reculait pas devant ce genre de méthodes.

Il resta une minute immobile, guettant une éventuelle crispation organique. À la fin, n'y tenant plus, il s'habilla en hâte et saisit le téléphone pour appeler la chambre d'Emmy.

— C'est moi, Sarella, dit-il quand la jeune femme décrocha. Il vient de se passer quelque chose. Je descends.

Ne lui laissant pas le temps de répondre, il glissa dans sa poche le flacon de gouttes oculaires et sortit dans le couloir. Il n'avait aucune idée de ce qui allait se passer maintenant. La perspective d'avoir été empoisonné l'empêchait de penser.

Arrivé devant la chambre d'Emmy, il frappa brièvement. La jeune femme lui ouvrit aussitôt. Il remarqua qu'elle avait déjà commencé à s'habiller. Elle était pieds nus, en jean mais sans soutien-gorge.

— Qu'est-ce qui se passe ? interrogea-t-elle en le dévisageant. Vous êtes livide.

Il s'assit sur le lit et lui raconta son étrange aventure. Emmy ne fit aucune difficulté pour le croire et se pencha sur lui afin d'examiner la piqûre.

— Vous n'avez vraiment pas pu les voir ? insista-t-elle. Et leurs voix ? Est-ce qu'elles vous ont rappelé quelque chose ? Les types de la Trans Am, par exemple ?

— Je ne sais pas, avoua David, vraiment pas. Je me suis affolé. Que m'ont-ils injecté à votre avis ?

Emmy fit la grimace.

— Peut-être de la scopolamine, pour vous faire parler, dit-elle.

— Non, ce n'est pas possible, ils ont quitté la chambre à peine l'injection faite.

— Ça, c'est ce que vous croyez. En réalité vous avez très bien pu perdre conscience pendant vingt minutes et ne conserver aucun souvenir de l'interrogatoire auquel on vous a soumis.

— Mais non ! répéta David, tout en prenant conscience de ce que son entêtement avait d'enfantin.

— Vous avez parlé ? martela Emmy. Leur avez-vous raconté ce que vous savez au sujet d'Orroway ?

— Je ne me souviens de rien du tout ! s'emporta le romancier.

— Je crois que c'est ça, dit la jeune femme, une expression d'extrême gravité plaquée sur le visage. Ils sont venus vous sonder. Ils voulaient vous vider la tête. Vous avez probablement perdu conscience après l'injection et ils vous ont questionné sur votre jeunesse. Si vous leur avez dit quoi que ce soit, vous devez me l'avouer, c'est notre seule chance de ne pas les laisser nous coiffer au poteau.

Cette fois, David la saisit aux épaules et la secoua.

— Je ne vais pas le répéter mille fois, haleta-t-il. Je ne sais rien.

Emmy se dégagea sèchement. David lut dans ses yeux qu'elle se retenait de le frapper. Elle n'avait pas l'habitude que les hommes la manipulent avec une telle rudesse et elle était parfaitement capable de leur faire très mal si l'envie lui en prenait.

— Ça ne prouve rien, dit-elle. Avec ce type de produit on peut ressusciter des souvenirs profondément enfouis, qu'on croyait perdus corps et biens. Ramener à la surface des choses que le sujet n'a même plus conscience d'avoir vécues.

Elle se détourna, sortit une valise d'un placard et y jeta des vêtements.

— Il faut ficher le camp, décida-t-elle. Vous n'êtes plus en sécurité ici. Je n'ai pas confiance. On doit nous espionner depuis le début.

— Des micros ? s'enquit David.

— Mon Dieu ! s'impatienta la jeune femme, que vous êtes naïf ! Les micros, c'est une technologie complètement dépassée. On a très bien pu nous filmer depuis l'autre côté du lac et faire reconstituer nos paroles par un ordinateur capable de déchiffrer les mouvements de nos lèvres. Ou bien braquer un laser sur la fenêtre de votre chambre et lui faire interpréter les vibrations lumineuses que vos paroles faisaient naître sur les carreaux.

— C'est possible ? s'étonna David.

— *Bien sûr.* N'oubliez pas que nous avons affaire à des gens disposant d'une technologie de pointe qui sort directement de Vandenberg !

— D'accord, capitula le romancier. Vous voulez que nous filions ?

— Oui, allez chercher votre sac. Il ne faut pas traîner.

David obéit sans réfléchir. De temps à autre il effleurait sa carotide du bout des doigts. La nodosité avait disparu. Il lui semblait invraisemblable qu'il ait pu perdre connaissance et subir un interrogatoire serré sans en conserver le moindre souvenir, mais il ne connaissait pas grand-chose aux drogues utilisées par la CIA. Il remplit le sac Gladstone, guettant la crise cardiaque qui n'allait sûrement plus tarder à le faucher. Elle ne vint pas.

Il retrouva Emmy sur le parking. La jeune femme cherchait ses clefs. Elle s'arrêta devant une Cadillac Sedan de Ville dont elle ouvrit le coffre.

— J'ai quelque chose à vous proposer, dit-elle à voix basse. Corckland vire un million de dollars sur la banque de votre choix, en contrepartie vous acceptez de vous soumettre à une séance d'hypnose. Je connais un excellent psychiatre spécialisé dans la transe régressive. Il vous ramènera progressivement à l'époque de vos vingt ans et vous fera dire les choses que vous croyez avoir oubliées.

— C'est ridicule ! protesta David. Il n'en est pas question. Je ne veux pas qu'un réducteur de têtes se mette à fouiller dans ma cervelle.

— Comme vous voulez, trancha Emmy. Montez. De toute manière, d'autres convoitent ce que vous avez dans le crâne, vous en êtes bien conscient ?

— Qu'allez-vous faire ?

— Rouler... et voir si quelqu'un nous suit.

Elle démarra avant même que David ait eu le temps de refermer sa portière. Ils sortirent du parking et traversèrent la ville endormie sans cesser de jeter des coups d'œil dans le rétroviseur.

— Il n'y a personne, observa l'écrivain.

— Ça ne veut rien dire, fit la jeune femme d'un ton irrité. Dès que nous serons dans la nature, je passerai la voiture et les bagages au détecteur pour m'assurer qu'on ne nous a pas collé un mouchard.

Ils roulèrent un long moment sans rien dire. Les phares du véhicule éclairaient la route sinuant entre les grands arbres. Des animaux surpris s'immobilisaient dans la lumière, braquant vers le mufle de l'auto des yeux phosphorescents. Emmy devait lever le pied pour leur donner le temps de décamper d'un brusque coup de reins.

— Et si c'étaient des types envoyés par Orroway ? proposa David. Si mon « vieux copain » s'était mis dans la tête de me supprimer pour ne courir aucun risque ?

— Ce n'est pas impossible, fit Emmy, et ce serait assez dans ses manières. C'est pourquoi il faut vous faire examiner au plus vite. Si une saloperie court dans vos veines, nous pouvons peut-être la neutraliser.

— Avec un expert comme Orroway, c'est peu probable, ricana faiblement David.

Le ciel se décolorait au-dessus de la forêt. La montre du tableau de bord indiquait 4 heures 30. David frissonna. Il faisait froid et humide.

— Comment vous sentez-vous ? s'enquit la jeune femme d'une voix plus douce.

— Je ne sais pas. L'estomac retourné, mais c'est sûrement le choc nerveux.

Elle ne chercha pas à le rassurer. Son visage, éclairé par les cadrans du tableau de bord, paraissait plus dur qu'à l'accoutumée. Sans maquillage, elle avait un profil de prédateur, empreint de cette fixité propre au regard des félins. La bouche ne se donnait plus le mal de sourire.

Comme le jour se levait, une aire de repos surgit entre les troncs, et Emmy bifurqua aussitôt. Le parking vide, mouillé par la rosée de l'aube, paraissait immense. La jeune femme arrêta le véhicule et sortit, laissant la portière ouverte. David nota qu'elle avait fixé un holster de cuir à la ceinture de son jean, une arme en dépassait. Un 38 *Bulldog* nickelé, à canon court, aux flancs de crosse moulés en caoutchouc anatomique. De la poche de sa veste de chasse, elle sortit un appareil qui ressemblait à un boîtier de télécommande, et pressa un bouton. Elle fit ensuite le tour de l'automobile, promenant le détecteur sur la carrosserie. Au bout d'un moment, un voyant clignota. Emmy s'agenouilla, passa la main entre l'aile et le pneu avant droit, et en retira un cube de plastique noir muni d'une attache aimantée.

— Qu'est-ce que c'est ? interrogea David.

— Un module de surveillance quelconque, répondit la jeune femme. Je m'y attendais.

Elle allait ajouter quelque chose quand trois silhouettes sortirent du bois. Trois hommes vêtus de chemises de bûcheron et de vestes en toile à bâche. Ils portaient tous un bonnet de marin enfoncé au ras des sourcils et tenaient les mains obstinément enfoncées dans les poches. L'un d'eux, qui arborait une moustache poivre et sel, avait sur la tête un casque de communication muni d'un écouteur et d'un minuscule micro. Un fil courait de son oreille jusqu'au talkie-walkie accroché à sa ceinture.

— Nous l'avons trouvé, Monsieur, dit-il simplement en touchant le micro du bout de son index pour le rapprocher de ses lèvres. Il est avec la fille.

Emmy s'était figée, les mains à la hauteur des hanches. Deux des hommes se campèrent devant elle, sans un mot, la dominant de toute leur hauteur.

— Ne vous relevez pas, commanda l'un deux. Allongez-vous sur le ventre et écartez les jambes.

Le moustachu s'avança vers David, sans gestes inutiles. Même quand il bougeait il avait l'air de rester immobile.

— Suivez-moi, fit-il avec cette assurance propre aux anciens militaires. Mon patron veut vous parler. Il ne vous sera fait aucun mal. La petite dame va rester ici, bien tranquille.

L'individu s'approcha et David put identifier l'eau de toilette flairée au cours de son agression. Ce type était l'un de ceux qui l'avaient surpris en plein sommeil, une heure plus tôt.

— Venez, répéta l'inconnu. Nous allons descendre vers le lac. Mon patron a quelque chose à vous dire. Il s'agit d'une information qui concerne votre santé. À votre place je ne me ferais pas prier. Il y va de votre survie.

David haussa les épaules et se mit en marche. L'homme le précédait, montrant par là qu'il ne craignait nullement d'être attaqué, ou bien qu'il se savait assez fort pour venir à bout de n'importe quelle tentative. David en fut mortifié.

Ils s'enfoncèrent dans la forêt pour prendre un chemin en pente qui descendait vers le Mother Lode Lake, dont les eaux jetaient des éclats d'argent entre les arbres.

Un canot à moteur attendait sur la berge. Au milieu du lac, un bateau avait été mis à l'ancre, tous feux allumés. La brume matinale, estompant ses contours, lui donnait des allures de vaisseau fantôme. David grimpa dans l'embarcation, s'assit. L'homme lança le moteur. Des canards s'envolèrent, effrayés par la pétarade. Le romancier examina le navire dont la coque se rapprochait. C'était un beau ketch de 35 pieds, de construction typiquement américaine, mais trop grand pour un si petit lac. Un caprice de nabab.

Le canot vint se placer sous l'échelle de coupée. Deux minutes plus tard, David descendait dans la coursive. On le fit entrer dans une cabine aux parois recouvertes d'acajou ciré. Un homme d'une soixantaine d'années se tenait là, en short et maillot de corps parfaitement blancs. Il avait les cheveux très bouclés et abondants, gris fer, un nez fort. Les rides de son visage avaient l'air de coupures mal cicatrisées. Il fumait un gros cohiba en buvant du rhum de La Havane dans un verre à pied, alternant la fumée et l'alcool comme s'il s'agissait d'un rituel. Il avait les ailes du nez hypertrophiées, ce qui lui donnait l'apparence d'un faune.

— Bonjour, dit-il, je m'appelle Sebastiano Gracci. Nous sommes un peu « pays » vous et moi. Votre père venait bien de Sicile, n'est-ce pas ?

David nota que cette entrée en matière avait pour but de lui faire comprendre qu'on n'ignorait rien de lui. Il n'en fut nullement impressionné, il y avait belle lurette que la presse avait rendu tous ces détails publics.

— Vous représentez la Mafia ? demanda-t-il en s'asseyant.

— *La Mafia ?* répéta Sebastiano Gracci avec un rire de gorge. Dieu ! il n'y a plus que les journalistes et les romanciers pour employer ce mot. Pourquoi pas : Les Frères Étrangleurs... ou encore Les Compagnons de la Pieuvre Pourpre ? Désirez-vous un cigare ?

Il avait saisi un humidificateur sur une table encombrée de cartes de navigation dont on pouvait se demander à quoi elles servaient sur un plan d'eau aussi petit. David secoua négativement la tête.

— Assez de préambules. Je vais être direct, attaqua Gracci. Vous savez ce qui se passe ici. Vous comprenez le problème économique qui se pose à nous. La station du *Roaring Grizzly* sert de plaque tournante à un nouveau produit, le Sourire Noir, distribué gratuitement, et dont les utilisateurs ne peuvent plus se passer. Un produit si « attractif » que ceux qui l'essayent se désintéressent aussitôt des livraisons traditionnelles comme l'héro, le crack, la coke. Il s'agit pour nous de concurrence déloyale. Pour l'instant le phénomène est circonscrit à la région du lac, mais s'il venait à s'étendre, notre organisation subirait un préjudice terrible.

Il s'interrompit pour boire un peu de rhum.

— Je vais jouer cartes sur table, reprit-il. Nous nous sommes bien sûr procuré des échantillons de la substance en question auprès de cet homme, John Manhood. Mes hommes ont dû se montrer très persuasifs, mais nos chimistes se sont avérés incapables de synthétiser le produit en laboratoire. Sa structure est trop complexe. Nous pourrions sans doute y parvenir, bien sûr, mais cela prendrait trop de temps. Peut-être un an ou deux. C'est beaucoup trop. Voilà pourquoi il nous faut mettre la main sur Orroway... votre ami Orroway.

— Vous voulez le liquider ? s'enquit David.

— *Le liquider ?* Mon Dieu ! Vous parlez encore comme dans un roman de Dashiell Hammett ! Vous savez, dans ce « milieu » que vous aimez tant mettre en scène, vous autres romanciers, il n'y a guère que les petites frappes pour pratiquer l'argot. Quant à ceux qui tirent les ficelles, si vous les rencontriez au Château-Marmont, vous seriez bien incapable de les distinguer des financiers avec qui ils déjeunent au coude à coude.

Il aspira une longue bouffée de fumée, la conserva le plus longtemps possible au creux de ses poumons.

— Quand je rencontrerai Orroway, dit-il enfin, je lui proposerai une association. Nous ne pouvons pas laisser un amateur exploiter le Sourire Noir... et surtout le distribuer gratuitement.

— Je sais tout ça, coupa David. Mais j'ai déjà dit à la jeune femme envoyée par Corckland Industries que je ne me rappelais pas grand-chose d'Orroway.

— Je sais également tout ça, fit Gracci. Nous avons suivi toutes vos conversations. Elle vous propose de l'argent, mais je sais que c'est une mauvaise méthode, vous n'êtes pas assez attaché aux biens matériels pour vendre votre âme. En fait, vous vivez pratiquement en ascète. Dans ces conditions, il fallait trouver une autre approche. C'est pourquoi j'ai eu l'idée de cette petite injection.

David tressaillit, palpa instinctivement sa gorge.

— Cette nuit, grogna-t-il, c'était vous. Que m'avez-vous injecté ?

— Le Sourire Noir, tout simplement, répondit Gracci en éteignant soigneusement son cigare dans un cendrier d'albâtre. L'un des échantillons récupérés sur Manhood.

— Je croyais qu'il s'agissait d'une poudre.

— Non, la poudre de régime — l'*Amazing Diet* — c'est du lactose imprégné de solution concentrée. Nous vous avons injecté le produit pur. Une dose pour trois mois en une seule piqûre.

— Trois mois ?

— Oui. Ça signifie que pendant trois mois, quoi que vous avaliez désormais, votre organisme n'assimilera jamais plus de cent calories par jour. Vous pourrez vous bourrer d'*Irish stew*, de *pasta*, ce sera comme si vous ne grignotiez en tout et pour tout qu'une tranche de pain chaque jour. À ce régime-là, vous mourrez de faim très rapidement... il ne s'agit pas d'une manière imagée de parler. Vous crèverez réellement d'inanition. Et je ne parle pas des effets hallucinatoires qui iront en s'amplifiant au fil des semaines.

David serra les poings. Il sentait la sueur couler en rigoles le long de ses flancs, sous sa chemise.

— Et quel est le but de cette expérience ? lança-t-il d'une voix à peu près normale.

— Stimuler votre mémoire, expliqua Gracci. Si quelqu'un peut vous soigner, c'est uniquement Orroway. Nos meilleurs chimistes ont rendu les armes. Le Sourire Noir dépasse leurs compétences. Un seul homme peut sans doute vous débarrasser de cette saloperie : votre copain Orroway. Retrouvez-le, et donnez-nous ses coordonnées. Nous nous chargeons du reste. Si cet homme ne vous est rien, pourquoi vous mettre martel en tête ? Ce type est bon à enfermer, vous l'avez compris. Inutile de faire du sentiment, nous ne sommes plus chez les boy-scouts et il y va de votre peau.

— Mais si je n'ai réellement aucune idée de l'endroit où il se trouve ? balbutia David.

Sebastiano Gracci agita les mains.

— Ça vous regarde, dit-il en souriant. C'est de vous qu'il s'agit, n'est-ce pas ? Je suis certain, quant à moi, que les souvenirs vont revenir en foule maintenant que vous êtes intéressé dans l'affaire. Soyez confiant, le déclic va se produire.

Le Sicilien se pencha pour ouvrir un coffret posé sur les cartes. Il en tira un boîtier de plastique noir de la taille d'un paquet de cigarettes et le jeta sur les genoux de son interlocuteur.

— Gardez ça sur vous, ordonna-t-il, c'est un émetteur qui sort directement du bazar de la CIA. Prenez-le en main et parlez, mon équipe vous captera où que vous soyez, et même si vous chuchotez. Pas besoin d'antenne, de bouton, ou de micro. Chaque fois que vos doigts se refermeront dessus il se mettra en marche. Utilisez-le pour maintenir le contact. Nous serons toujours derrière vous. Si vous avez besoin d'argent, d'un moyen de transport, d'un jet privé, d'une équipe de tueurs, passez-nous la commande, nous vous livrerons le paquet cadeau.

— Et Emmy ? interrogea David en glissant l'étrange objet dans sa poche.

— Vous pouvez la mettre au courant, elle vous sera sûrement utile car elle est plus débrouillarde que vous. L'important c'est qu'elle soit mise sur la touche lorsque sifflera la fin du match. Nous nous en chargerons. Ne lui parlez pas de la boîte magique que je viens de vous donner.

— Elle a un détecteur.

— Aucun détecteur ne peut repérer cet émetteur, ne vous bilez pas. Jouez personnel, et utilisez l'équipe Corckland si vous pensez qu'ils peuvent vous aider. Je ne vous demande qu'une chose, me prévenir quand vous aurez localisé Orroway.

Il prit le temps de se verser un nouveau verre de rhum.

— Voilà, annonça-t-il, c'est tout. À vous de jouer maintenant. Marco va vous reconduire. Ne lambinez pas. Vous n'êtes pas épais. Je ne sais pas combien de temps vous pourrez résister au jeûne prolongé. Il aurait mieux valu que vous ayez une belle bedaine et de la graisse sur tout le corps, ça vous aurait laissé un peu de répit.

Il approcha le verre de ses lèvres.

— Combien pesez-vous ? demanda-t-il encore.

— Quatre-vingts kilos.

— Fichtre ! C'est juste. Je pense que vous pourrez perdre dix kilos sans être incommodé, c'est après que les choses se gâteront, quand vous passerez la barre des soixante-dix et que vous plongerez vers les soixante. Là, ça risque d'être *très* dur.

Il fit la moue et pressa un bouton d'appel.

— Marco va vous raccompagner, dit-il en guise de conclusion. Bonne chance, et ne flemmardez pas en chemin.

Le trajet de retour s'effectua sans un mot. L'homme à la moustache grise raccompagna David jusqu'à l'aire de repos. Emmy était toujours étendue sur le sol, bras et jambes écartés. Les gorilles de Gracci lui avaient confisqué son *Bulldog*.

— Ça va, annonça Marco, on décroche.

Ils se replièrent en quelques enjambées et la forêt les avala. Emmy se redressa, récupéra son arme posée sur le capot. Elle était blême.

— Que voulaient-ils ? interrogea-t-elle en se brossant du plat de la main.

— Ce sont eux qui m'ont agressé cette nuit, dit David d'une voix lasse. Ils m'ont injecté le Sourire Noir.

— Quoi ?

Il dut lui raconter son entrevue avec Sebastiano Gracci, mais il ne parla pas du module de communication qui gonflait sa poche.

— C'est moche, dit la jeune femme. Je vais me mettre en rapport avec Corckland pour voir ce que je peux faire. S'il y a une parade, quelque chose qui permette de gagner du temps, ils enverront un spécialiste. Il faut que je téléphone.

Elle se glissa au volant. David grimpa dans la voiture. Il était anesthésié.

— Rien de grave ne peut vous arriver physiquement dans la semaine qui vient, fit la jeune femme en démarrant. Vous allez perdre cinq kilos, et vous vous sentirez un peu faible, mais c'est tout. Pour ce qui est des effets psychologiques, c'est autre chose. Là, nous entrons dans l'imprévisible. Ça va dépendre de vous. De votre équilibre mental, de vos obsessions.

— De combien de calories un être normal a-t-il besoin pour fonctionner à peu près correctement ? demanda David.

Emmy fit la moue.

— 2 700 pour un homme, 2 400 pour une femme, répondit-elle sans cesser de fixer la route. En cas de régime amaigrissant, on descend généralement à 1 200, mais c'est déjà « limite ». Passer en dessous de ce seuil c'est carrément du délire. On trouve pourtant des filles qui carburent à 600 calories, pour mincir à tout prix, et finissent avec une dépression carabinée.

Vous au moins, vous ne souffrirez pas de la sensation de faim.

— Quelle consolation ! ricana David.

— Ne nous énervons pas, trancha Emmy. À la prochaine ville je me mets en rapport avec les gens de Corckland. Tout n'est pas perdu.

11

David regardait la route défiler sans penser à rien. Il avait la tête vide. D'un seul coup il réalisa qu'il avait oublié sa voiture au parking de l'hôtel et qu'il n'avait pas prévenu Ursula Pooshkie de son départ en catastrophe. Il ne serait donc pas là pour assurer le cours de création littéraire qui avait lieu ce matin. Sans doute sa défection ne ferait-elle que confirmer ses élèves dans la piètre opinion qu'ils avaient de lui ? Il fut surpris de constater que cet incident le contrariait exagérément, et dut faire un effort pour le chasser de son esprit.

Il leur fallut un certain temps pour sortir du parc national. Emmy conduisait nerveusement, les mains crispées sur le volant. Par moments, sa lèvre inférieure tremblait comme si elle allait fondre en larmes. David se demanda si les hommes de Gracci l'avaient humiliée lorsqu'elle s'était retrouvée seule avec eux. Il n'osa lui poser la question car il avait peur de la réponse. Il se contenta de lui jeter de brefs coups d'œil de temps à autre. Elle parut s'en rendre compte car elle se ressaisit très vite et lui opposa un visage inexpressif de cover-girl photographiée par un intellectuel pratiquant le réalisme post-moderne.

Lorsqu'ils retrouvèrent la route, elle se mit en quête d'un motel.

— Il faut que vous mangiez, dit-elle, il est possible que le produit ne fasse pas encore barrage. Emmagasinez tout ce que vous pouvez, forcez sur le sucre et les graisses. Je vais appeler Corckland. J'ai un poste brouilleur, il suffit que je me branche sur le réseau pour pouvoir parler en toute sécurité.

David l'écoutait d'une oreille distraite. Il essayait de s'habituer à l'idée que son corps allait le trahir. Il avait du mal à s'en convaincre car il n'avait jamais touché à la drogue, même au temps de sa jeunesse, à l'UCLA, où la défonce permanente faisait partie de la panoplie du parfait étudiant. À la différence de ses camarades, il avait toujours eu peur de perdre le contrôle, sans doute parce qu'il redoutait les réactions du rat.

Le rat. Son vieil ennemi. Que se passerait-il demain si sa conscience s'endormait et que la bête sorte de la cage où il la tenait enfermée depuis tant d'années ? Cette perspective l'effrayait.

Emmy avait arrêté la Sedan sur le parking d'un motel aux bungalows uniformément roses. Elle alla régler la location et revint, une clef à la main.

Ils s'installèrent au pavillon numéro 6. C'était propre et sommaire. D'ailleurs ils ne prêtèrent aucune attention au décor.

— Allez déjeuner pendant que j'appelle L.A., dit la jeune femme. Je vous retrouverai dans la salle à manger.

Il comprit qu'elle voulait surtout parler sans témoin, il ne se rebella pas et sortit. Le restaurant était presque plein. C'était une grande baraque qu'affectionnaient les routiers. Un air de Bluegrass montait d'un juke-box aux lumières incertaines. Le romancier s'installa. Une serveuse vêtue de rose vint enregistrer sa commande. Il prit des œufs au bacon, des bangers, des pancakes au sirop d'érable, des bagels aux noix, du jus d'orange et du café. La peur lui nouait l'estomac, il en déduisit que la drogue n'avait pas encore pris le contrôle de son organisme, sinon il aurait flotté dans une douce euphorie. Il se força à manger, en mâchant soigneusement les aliments. De combien de temps disposait-il pour faire provision de graisse ? Vingt-quatre heures ? Quarante-huit ?

Il versa une bonne rasade de sucre dans son café. Il ne sentait pas le goût de la nourriture, il aurait pu mastiquer des vieux mégots. Emmy apparut enfin. Elle s'assit et ne prit qu'un café sans chercher à dissimuler que l'étalage de victuailles la dégoûtait.

— Alors ? interrogea David.

— D'après le directeur scientifique de Corckland, vos petits copains ne bluffent pas, dit-elle à voix basse. Le Sourire Noir peut effectivement être administré sous forme concentrée. À la manière de ces nouveaux traitements contraceptifs qu'on s'injectera pour un mois ou davantage, et qui remplaceront bientôt la fichue pilule quotidienne qu'on finit toujours par oublier.

— Ça ne me rassure pas beaucoup, observa David.

— Je sais, mais on pourra vous nourrir avec du glucose, en vous mettant sous perfusion permanente. Le labo va me faire parvenir tout le matériel. Je sais bien que ça ne sera pas le rêve, mais ça vous empêchera de mourir de faim. Bien évidemment, vous serez très affaibli, comme quelqu'un qui fait une grève de la faim et qu'on nourrit contre son gré. Le glucose n'a jamais remplacé une vraie alimentation. Je vous ferai également des piqûres de vitamines. Ça nous permettra de prendre la drogue à revers et de vous alimenter sans passer par l'estomac.

— Ça va vraiment marcher ?

— On ne sait pas grand-chose sur les pouvoirs du Sourire Noir, éluda la jeune femme. Vous allez essuyer les plâtres, je ne vous le cache pas. C'est pourquoi il est capital de trouver très vite la planque d'Orroway. Je suppose que vous n'avez pas envie de passer le reste de votre existence couché dans un lit, des tuyaux plantés dans les veines ?

— Ça va, fit David, j'ai pigé, n'en faites pas des tonnes.

— Le plus embêtant, murmura Emmy, c'est plutôt le pouvoir hallucinatoire du produit. Là, nous n'avons aucun contrôle. Le labo pense qu'on pourra peut-être affaiblir les crises de délire en vous injectant une hormone qui déclenchera artificiellement une souffrance musculaire intense mais brève. Des crampes principalement, des spasmes qui vous plieront en deux. Il y a une chance pour que la douleur vous arrache aux brumes du rêve et vous ramène les pieds sur terre.

— C'est « scientifique », ce truc ? interrogea David avec une grimace de méfiance. Rappelez-vous que Sarah Meads s'est ébouillantée sans cesser de rire aux éclats.

— Sarah était déjà très intoxiquée. Vous n'en êtes pas encore là, répondit impatiemment la jeune femme. Les gens de chez Corckland ont fait des tests sur des cobayes. Ça a l'air de marcher, je n'en sais pas plus.

— Des crampes qui me plieront en deux, marmonna le romancier, sacrée perspective !

— Ils sont en train de préparer un kit d'intervention, expliqua Emmy sans tenir compte de l'interruption. Un injecteur que vous devrez conserver en permanence dans votre poche. Dès que vous sentirez que vous êtes en train de « décoller », vous vous injecterez une dose de produit à la hauteur du plexus. Vous pourrez piquer à travers la chemise, ces pistolets-injecteurs sont d'un maniement très simple.

— Je connais.

— Okay. Vous serez alors pris de crampes et de convulsions, à la manière d'un épileptique. Il est possible que dans les premiers temps vous perdiez l'équilibre et que vous vous rouliez par terre. C'est pourquoi il est préférable que vous vous isoliez lorsque vous éprouverez la nécessité d'une injection. Vous devrez également glisser un morceau de caoutchouc entre vos mâchoires, pour éviter que vos dents ne se brisent.

— De mieux en mieux !

— Épargnez-moi vos sarcasmes, ce n'est pas si facile ! Normalement, la souffrance devrait vous faire « décrocher », mais il est possible qu'avec l'accoutumance l'effet du produit diminue. Il faudra alors augmenter les doses. Avec le risque que cela comporte.

— Quel risque ?

— L'arrêt cardiaque. C'est comme cela qu'agit le venin de nombreux serpents. La douleur est telle que le cœur s'arrête de battre. N'abusez pas de cette méthode. En fait, ne l'utilisez que si vous devez rester conscient. Sinon, le mieux serait encore de vous endormir au moyen d'un soporifique très puissant.

— M'endormir ?

— Oui, comme un dingue qui pique sa crise. Voilà, c'est ce que vous vouliez entendre ? On chargera un autre injecteur avec de la Thorazine, ça devrait vous mettre *out* presque instantanément. L'ennui c'est que vous vous transformerez alors en légume pendant plusieurs heures. Ce seront donc les circonstances qui détermineront l'usage de l'un ou de l'autre produit. Essayez de ne pas vous embrouiller. Les deux injecteurs seront de couleur différente. Rouge pour la « douleur », bleu pour le « sommeil ». Vous vous rappellerez ?

— C'est tout ? Vous n'avez rien prévu pour le cas où j'entrerais en lévitation spontanée ?

— Ah, ah.

Ils se turent. David se força à engloutir les dernières crêpes. Le déjeuner formait une grosse boule sur son estomac.

Emmy s'agita, mal à l'aise. Elle avait manifestement quelque chose à ajouter.

— Si c'était possible... commença-t-elle. Si c'était possible, j'aimerais que vous n'utilisiez pas trop la Thorazine, sinon vous allez sombrer dans une torpeur permanente, tout vous deviendra indifférent et vous ne vous occuperez plus d'Orroway. J'ai besoin que vous conserviez toutes vos facultés mentales.

David hocha la tête sans répondre.

— Excusez-moi, dit-il en se levant. Il faut que je passe un coup de fil à Ursula Pooshkie. Ça m'embête de lui faire faux bond.

Il trouva un téléphone près des toilettes. Ursula décrocha à la troisième sonnerie. David se lança dans une explication embrouillée et peu convaincante que la vieille dame interrompit presque aussitôt.

— David, dit-elle d'une voix triste. Je sais qu'il se passe des choses bizarres. Je ne chercherai pas à savoir, mais faites attention à vous. Ne vous souciez pas de l'atelier, ils ont presque tous demandé à être remboursés. Ça n'a aucune importance. Gardez-vous bien et n'oubliez pas votre vieille amie.

— Ursula, vous êtes adorable, murmura David. Je reviendrai dès que possible et je vous dédierai mon prochain livre.

Il raccrocha en se demandant s'il y aurait seulement un prochain livre.

Il entra aux toilettes pour se passer de l'eau sur le visage. Sa barbe, qu'il n'avait pas taillée depuis un moment, paraissait plus grise que de coutume. Il s'aperçut qu'il s'en fichait.

— Que fait-on ? demanda-t-il en rejoignant Emmy.

— On va se reposer un peu en attendant la livraison, expliqua la jeune femme. Un hélicoptère doit se poser sur l'aire de repos, aux alentours de midi. Je réceptionnerai le colis et nous verrons alors quelle stratégie adopter. Toujours aucun souvenir d'Orroway ?

— Je ne sais pas. Depuis un moment je pense à quelque chose. Ça ne débouchera probablement sur rien, mais on ne sait jamais.

— Quoi donc ?

— Je vous parlerai de ça tout à l'heure. Je vais m'allonger.

Il prit la clef et gagna le bungalow. En réalité il n'avait pas l'intention de dire quoi que ce soit. Il se méfiait de la boîte noire de Gracci. Il n'était pas impossible que ce gadget fût capable de retransmettre tout ce qui se disait dans un rayon de dix mètres. Mieux valait être prudent. S'il avait des directives à donner, il le ferait par écrit. Dans un premier temps il avait été tenté de se débarrasser du boîtier espion, mais il aurait peut-être besoin du secours logistique de Gracci à un moment donné, et il ne voulait pas s'en priver.

Dans la chambre, il ôta ses bottes et s'allongea sur le lit. Il resta un long moment à regarder le plafond, attentif à ce qui se passait dans son corps. Mais c'était une réaction stupide, qu'est-ce qu'il s'imaginait ? Qu'il allait entendre le tic-tac d'une bombe à retardement filtrer par son nombril ? Le Sourire Noir travaillerait silencieusement à sa perte.

Il ferma les yeux. Il n'avait pas menti en affirmant avoir pensé à quelque chose. C'était une image du passé qui lui avait traversé l'esprit alors qu'ils roulaient vers le motel. Un détail oublié, enfoui sous des tonnes de souvenirs poussiéreux.

C'était...

C'était à L.A., dans les collines, pas très loin des grandes lettres bancales du mot HOLLYWOOD dominant le Mount Lee. David revoyait la scène. Il faisait froid car la nuit était tombée. Orroway était au volant d'une vieille Chrysler tachée de rouille. Il roulait les vitres remontées parce qu'il avait peur des coyotes qui, disait-on, sortaient la nuit pour aller dévorer les chats et les chiens des villas de luxe.

Il avait fumé, et il émettait à intervalles réguliers ce petit rire agaçant des camés en pleine euphorie. C'était l'époque où il avait renoncé à son accoutrement de gourou. À l'imitation de David, il portait les cheveux coupés très court, au ras du crâne, et il avait abandonné les bagues, les colifichets indiens dont il était jadis couvert.

— Cette baraque, disait-il, c'est moi qui l'ai découverte. Elle appartenait à un acteur du muet, un type ruiné par le parlant, et qui s'est suicidé de manière un peu mélodramatique en se tranchant la langue. Si, si, c'est vrai ! Homer Capstable. Il était spécialisé dans les rôles d'amoureux transi.

— Hé ! avait observé David. Une baraque habitée par un fantôme ? Je suppose qu'il y a bien sûr des taches de sang indélébiles sur le plancher, et un rasoir rouillé au fond du lavabo de la salle de bains ?

Orroway pouffa. Il conduisait penché, le visage au ras du volant.

— Hélas ! non, elle est complètement vide. C'est une ruine. Personne n'en voudrait. Elle est située sur la crevasse ouverte par le tremblement de terre de 67. Si la faille se met à bouger, la maison tombe au fond. J'ai trouvé ça rigolo. Tu as la trouille ? Tu veux qu'on fasse demi-tour ? Je crois que je vais l'acheter. J'en ai le droit puisque mes chers parents m'ont fait émanciper.

David avait bien évidemment crié d'enthousiasme, et Orroway s'était rengorgé.

Jusqu'au sommet de la colline, il ne cessa plus de parler, détaillant sa visite des lieux en compagnie de l'agent immobilier qui le prenait pour un fou.

— Je me suis fait passer pour un dingue du cinéma muet, s'exclama le jeune homme. Quand on a visité la cahute, il faisait dans son froc à l'idée qu'on allait peut-être se retrouver engloutis d'une seconde à l'autre ! Un vrai foireux. À la fin, il m'a avoué que la baraque est en vente depuis 1940 et qu'elle n'a jamais trouvé preneur. On ne risque pas d'y être dérangé.

Soudain, les phares de la voiture éclairèrent un portail disparaissant sous le lierre. Une maison à la façade lézardée, un peu bancale, occupait le centre d'un jardin où poussait une véritable jungle de poivriers sauvages et de citronniers.

Par forfanterie, ils cueillirent des citrons durs, mais qu'ils comptaient presser dans la tequila. Orroway alluma une grosse lampe-tempête et fit faire le tour des lieux à son camarade. À première vue, la maison n'avait rien d'extraordinaire. Elle était sale, poussiéreuse et terriblement vide. Mais les prodiges se tenaient dans la cave, où s'ouvrait la fameuse crevasse. Là, entre une antique machine à laver, trois tonneaux et un râtelier à bouteilles, on pouvait lorgner dans les entrailles de la terre. La secousse sismique avait ouvert dans le sol une entaille rectiligne d'où montait une odeur de poussière chaude. Les deux garçons s'agenouillèrent de part et d'autre de la lézarde, essayant vainement de sonder un abîme qui n'existait que dans leur imagination.

— Hé ! ricana Orroway d'une voix mal assurée. On pourrait organiser un fameux pique-nique ! Le pique-nique de la fin du monde ! Tu t'imagines, installé ici, avec les nanas de la fac ?

Mais ils n'avaient jamais organisé de pique-nique, aucune fille ne voulant accompagner David Sarella et Marvin Orroway dans les collines.

David se rappelait qu'après avoir admiré la faille, ils étaient montés au dernier étage, dans le bureau de l'acteur mort. Des dessins au crayon gras couvraient les murs, des esquisses de décors et de costumes.

— C'est là que Capstable travaillait avec son metteur en scène et son décorateur, expliqua Orroway. Il avait l'habitude de gribouiller n'importe où. Il devait penser que ça faisait chic. S'il était devenu célèbre comme Chaplin, cette baraque serait aujourd'hui un musée et on aurait posé des plaques de verre sur les murs pour protéger ses croquis.

Ils s'installèrent sur le plancher pour entamer la première bouteille de tequila. Ils avaient amené du poulet frit, un gâteau aux patates douces, et du jambon à l'ananas, le tout acheté dans une échoppe tenue par un Mexicain marié à une Niséi qui détestait la cuisine Tex-Mex.

Au bout de trois verres, Orroway sortit un crayon de sa poche et se mit à dessiner sur le plâtre fissuré du mur. David réalisa alors que le gros garçon avait un véritable talent de dessinateur. Tout en parlant, il « croquait » ceux dont les noms roulaient dans la conversation : les professeurs, les filles, les autres étudiants. Il maniait sa mine avec une grande dextérité, caricaturant ses parents, sa voiture, David à trente, quarante, cinquante ans et plus... ou lui-même lorsqu'il serait enfin devenu mince. Il composait le portrait-robot de la femme idéale... traçait le plan de la maison de ses rêves.

David s'assit sur le lit trop mou. L'excitation lui faisait les mains moites. Il alla dans la salle de bains boire au robinet. Il avait la bouche pâteuse et des bourdonnements d'oreille. Il sentait qu'il tenait enfin quelque chose. Une hypothèse de travail.

D'après ce qu'il se rappelait, ils étaient retournés trois ou quatre fois à la maison des collines, pour des soirées de beuverie mélancolique. D'ailleurs, c'était surtout Orroway qui buvait. Il avait l'ivresse triste et dessinait furieusement, couvrant les murs de trognes effrayantes ou de paysages d'apocalypse. Puis les examens les avaient éloignés l'un de l'autre, on les avait changés de chambre et ils avaient cessé de se fréquenter, sans doute parce qu'ils étaient un peu las, en fait, de répéter toujours la même chose.

La porte s'ouvrit, arrachant David à ses pensées. Emmy jeta son sac sur le lit et se massa les tempes. Elle avait les yeux cernés et paraissait quelque peu dépassée par les événements. Elle s'assit au bord du lit, enleva ses chaussures.

— Il faut que je prenne une douche, marmonna-t-elle, se parlant à elle-même. Il faut que je me lave. Comment vous sentez-vous ?

David alla pêcher son carnet à couverture de caoutchouc dans son sac, l'ouvrit et griffonna sur une page : *Sortons. J'ai peut-être une piste. Je ne veux pas parler ici.*

Emmy fronça les sourcils mais ne chercha pas à discuter. Elle remit ses souliers. David enleva sa veste qu'il accrocha au portemanteau, oubliant volontairement le module de communication à l'intérieur du bungalow. Pour plus de sûreté, il alluma la radio en sortant.

— Vous faites une crise d'espionnite ? s'enquit Emmy en lui jetant un coup d'œil soucieux. C'est idiot, personne ne pouvait savoir que nous allions nous arrêter ici.

— Je préfère être prudent, répondit évasivement David. Marchons le long de la route. Le bruit des camions couvrira nos voix.

Il sentait que la jeune femme l'observait, et il songea qu'elle attribuait son comportement aux premiers effets de la drogue.

Pendant que les Macks s'entrecroisaient dans un vacarme de ferraille, il entreprit de lui raconter l'histoire de la villa des collines. Emmy fit très vite la moue et l'interrompit.

— C'est touchant, fit-elle, très nostalgique. Mais ça nous mène où ? On dirait le scénario d'un film financé par Coca-Cola, vous avez quelque chose de plus solide ?

— Laissez-moi finir, siffla le romancier. À plusieurs reprises, au cours des beuveries, Orroway a évoqué un lieu idyllique qu'il appelait bien sûr Xanadu, et où il comptait attendre la fin du monde. Oui, c'est comme ça qu'il disait. Il racontait qu'il fumerait sa pipe en regardant la planète sombrer dans le chaos, son chat sur les genoux... le genre de conneries qu'on débite à vingt ans. En l'écoutant, j'avais l'impression que cet endroit existait vraiment. Je veux dire : que ce n'était pas une pure création de l'esprit. Des souvenirs heureux, remontant à sa petite enfance, semblaient l'attacher à ce domaine. Je crois qu'il l'associait à la période heureuse de sa vie, lorsqu'il n'était pas encore gros et que ses parents n'avaient pas honte de l'exhiber en société. C'était une espèce de paradis perdu, vous voyez ?

— Il avait vraiment l'air de se référer à un endroit précis ?

— Oui... et il le dessinait en parlant, sur le mur. Il dessinait avec une telle précision que j'avais la conviction qu'il reproduisait quelque chose de réel. D'ailleurs Orroway n'inventait jamais... il n'avait aucune imagination, il ne dessinait que des choses vraies.

— Il vous a dit où se trouvait cet endroit ?

— Non, je ne le lui ai jamais demandé. À vrai dire, je m'en fichais.

— C'est ça votre piste ? s'impatienta la jeune femme.

— Vous ne comprenez pas ? rétorqua le romancier. Si la maison lézardée est toujours debout, là-haut, dans les collines, il y a de grandes chances pour que le dessin soit toujours sur le mur, au milieu de toutes les autres caricatures.

Emmy leva sur lui des yeux brillants.

— Vous pensez qu'il s'est réfugié dans le Xanadu de sa jeunesse ? demanda-t-elle d'une voix tendue. C'est ça ?

— Pourquoi pas ? fit David. C'était un garçon à idées fixes. Vos profileurs parlaient d'« obsession du cocon ». Il est tout à fait possible qu'il ait rejoint le refuge de son adolescence. Là où il s'est senti heureux, pour une fois dans sa vie.

— Vous seriez capable de reproduire ce dessin ? Après tout vous avez été tatoueur, vous savez tenir un crayon.

— Emmy ! s'écria David. Vous délirez. Je ne me rappelle absolument pas ce qu'il représentait. D'ailleurs je l'ai à peine regardé. Pour moi c'était un paysage comme un autre. Des arbres, des rochers. Ça ne m'intéressait pas. Si vous voulez des détails, il faut aller les chercher là-bas, à L.A., à condition que la maison tienne toujours debout.

La jeune femme croisa les bras sous ses seins.

— Vous pensez qu'Orroway a pu oublier ce dessin ? fit-elle en levant les sourcils.

— Ça remonte à plus de vingt ans... il a gribouillé ce croquis au cours d'une beuverie, alors qu'il était déjà bien imbibé. Il faut aller voir. Je n'ai rien d'autre à vous proposer. Ça ne mènera peut-être nulle part. C'est une hypothèse de travail, rien de plus.

— Je sais ce qu'on peut faire, chuchota précipitamment Emmy. Photographier le dessin pour le montrer à Portland Fichter.

— Qui ça ?

— Vous ne connaissez pas Portland Fichter ? C'est un très vieux monsieur, un peintre paysagiste qui a passé sa vie à sillonner l'Amérique pour en rapporter des scènes de la nature. Il a mené une carrière de peintre pompier mais il a toujours très bien gagné sa vie. Il s'est vanté, il y a quelques années, de pouvoir localiser avec exactitude n'importe quel paysage américain. Betty Malloy, l'animatrice du show *Remember* sur MTV, a aussitôt relevé le défi. Fichter est apparu dans une émission où on lui présentait des photos anonymes de paysages pris au hasard dans les cinquante-deux États. Il les a tous identifiés... souvent même il a pu préciser comment était exactement le lieu en question trente ou quarante ans plus tôt. Si quelqu'un peut fournir les coordonnées géographiques de votre Xanadu, c'est lui et personne d'autre !

Elle s'excitait.

— Dès que j'aurai réceptionné le kit médical, nous partirons, décida-t-elle. J'achèterai un polaroïd et nous ferons une série de clichés.

— Pouvez-vous téléphoner pour savoir si la baraque existe encore ?

— Non, je ne veux courir aucun risque. On est toujours à la merci d'une fuite, vous savez. Un type de chez Corckland peut très bien renseigner la CIA, le FBI ou n'importe quel autre organisme parallèle. Dans ce cas nous nous ferions coiffer au poteau. Il faut que nous réglions ça nous-mêmes. Aucune information ne doit plus circuler à partir de maintenant.

Ils restèrent dans la chambre jusqu'à 11 heures 30, étendus côte à côte sur le lit sans dire un mot. David céda à la fatigue et s'endormit. Un peu plus tard, il s'éveilla en sursaut, pris en faute. Il n'aimait pas dormir à côté d'une jeune femme car il avait toujours peur de ronfler pendant son sommeil. Son père, George Sarella, avait l'habitude de ronfler à en faire trembler les vitres, et cette particularité avait toujours empli David de dégoût. Il savait que c'était absurde, mais cette obsession avait en grande partie conditionné sa vie amoureuse en lui interdisant de s'assoupir dans le lit de ses maîtresses, ce qui lui avait souvent valu d'acerbes critiques.

Emmy se leva, fouilla dans sa valise pour y prendre une fusée de signalisation maritime. Après quoi elle sortit du bungalow, traversa le parking et se mit à longer la route jusqu'au champ en friche qui jouxtait le motel. Elle resta plantée là un bon moment, les bras le long du corps, les yeux levés vers le ciel. David l'observait entre les lamelles de bois de l'antique store pendu à la fenêtre.

L'hélicoptère apparut enfin, au ras de la ligne d'horizon. Quand il se rapprocha du motel, la jeune femme arracha la goupille de la fusée, expédiant dans les nuages un panache de fumée rouge qui retomba très vite. L'appareil manœuvra pour se poser. Le souffle du rotor creusait une tonsure dans les mauvaises herbes. Le mot *Corckland* était peint sur le fuselage, en grosses lettres bleues, juste au-dessous d'un logo que David ne put identifier. Un homme sauta à terre, il tenait une petite mallette d'acier brossé qu'il remit à Emmy. Il portait de grosses lunettes à monture noire. Il conversa longuement avec la jeune femme, la bouche très près de son oreille pour dominer le bruit des pales brassant l'air. Puis il tourna les talons et se hissa dans l'hélicoptère. Emmy rentra la tête dans les épaules et prit le chemin du motel tandis que la machine décollait.

David retourna s'asseoir sur le lit et essaya de se donner une contenance en feignant de griffonner dans son carnet.

Emmy entra et posa la mallette sur la table. Elle fit jouer les serrures, démasquant une série d'objets et de flacons répartis dans des alvéoles de mousse. Le romancier aperçut les deux pistolets à injections grossièrement barbouillés de peinture bleue et rouge, des bouteilles sur lesquelles on avait collé des étiquettes rédigées à la main. Tout cela sentait la précipitation. Un pèse-personne à affichage digital avait été fixé avec des sangles à l'intérieur du couvercle. Emmy le posa sur le sol.

— Déshabillez-vous et grimpez là-dessus, ordonna-t-elle. Il faudra que nous établissions une courbe de votre poids au jour le jour, pour déterminer à quel moment vous commencerez à maigrir.

David obéit. Avec un certain soulagement, il constata qu'il pesait toujours quatre-vingts kilos, ce qui n'était pas excessif pour sa taille et avait toujours contribué à lui donner une silhouette efflanquée.

— Dès que vous commencerez à perdre du poids, nous saurons que le Sourire Noir a pris le contrôle de votre organisme, annonça doctement la jeune femme. Nous entamerons alors les perfusions de glucose.

David jeta un coup d'œil dans la mallette. Trois grosses bonbonnes s'alignaient, à demi enterrées dans la mousse anti-chocs. Il y avait également des seringues sous emballage stérile, des comprimés dans des tubes transparents. Les pistolets à injections étaient assez encombrants, ils évoquaient pour le romancier ces trocarts de jadis à l'aide desquels les chirurgiens effectuaient des ponctions.

Ils passèrent l'heure suivante à mémoriser le mode d'emploi des différents éléments. Il fut convenu que David ne se séparerait jamais de la mallette, puis Emmy lui montra comment se perfuser d'une seule main, au cas où elle ne serait pas là pour l'aider.

— Il faut tout prévoir, dit-elle. Détendez-vous. Ce n'est pas compliqué.

Quand David se fut troué deux ou trois veines à peu près correctement, la jeune femme le pansa, puis remballa le matériel.

— On y va ? interrogea-t-elle.

Elle avait manifestement hâte de retrouver L.A., mais il y avait près de sept cents kilomètres à couvrir, et David doutait qu'ils puissent les faire dans la journée. Pendant que la jeune femme allait régler la note, le romancier tira le module de communication de sa poche, l'enveloppa dans une taie d'oreiller, puis le tassa au fond de sa sacoche Gladstone. Il rangea cette dernière dans le coffre, en espérant que les bruits de la route couvriraient les échos de leurs conversations.

Ils quittèrent le motel sans attendre. Emmy conduisait vite, se glissant entre les Macks qui occupaient presque toute la largeur de la route.

— Cette maison dans les collines, dit-elle au bout d'une dizaine de minutes, vous pensez vraiment la reconnaître ?

— Je ne sais pas, soupira David, mais il suffira de se renseigner auprès d'une agence immobilière. C'était quelque part sur le Mount Lee, pas très loin des fameuses lettres en béton. Un terrain en pente avec des citronniers.

— C'est du délire, grommela la jeune femme, pourquoi serait-elle encore debout ? Le prix du terrain a tellement grimpé ces dernières années qu'on a dû forcément la vendre, la raser pour bâtir une de ces villas sur pilotis complètement dingues. Un acteur du muet, ça n'intéresse plus personne aujourd'hui. Il n'y a aucune chance qu'on l'ait transformée en musée.

— Orroway a peut-être fini par l'acheter ? proposa David. De toute manière, je n'ai jamais prétendu que c'était une piste solide. C'est une ligne lancée au hasard. Vous avez quelque chose d'autre à proposer ?

— Non, avoua Emmy. On a passé au crible la maison familiale de notre savant fou, je vous l'ai déjà dit. Il n'y restait pas une photo, pas un livre de classe. Toutes les lettres, tous les papiers appartenant aux parents avaient été incinérés dans le jardin. Même chose pour les albums, les carnets de voyage ou les films 16mm tournés par son père.

— Le nettoyage par le vide.

— Et aussi une manière de régler ses comptes.

David hocha la tête.

— Et chez Corckland ? fit-il. Marvin a tout de même travaillé chez vous pendant plusieurs années.

— Il ne se liait pas, et les gens ne l'aimaient guère, répondit Emmy. C'était un solitaire, un bourreau de travail. Parfois il ne rentrait même pas chez lui. Il dormait sur un lit de camp dans son laboratoire. Il avait la manie du secret. Son assistant m'a dit que tous les dossiers d'Orroway étaient cryptés, et qu'il prenait des notes dans un langage de son invention, afin que personne ne puisse lui voler ses idées.

— C'est assez courant chez les universitaires de haut niveau, observa David. La paranoïa n'est jamais très loin. Et son appartement ?

— Trois pièces vides avec un matelas par terre ! Des bouquins dans des caisses de déménagement, un ordinateur, une valise de vêtements. C'est tout. On aurait dit le campement d'un terroriste prêt à lever le pied sur un simple coup de téléphone. Vous savez que le FBI n'écarte pas l'hypothèse d'un complot intérieur, d'une entreprise de déstabilisation commandée par l'étranger ?

— Vous avez une photo de lui ? demanda soudain le romancier. Je suis en train de m'apercevoir que je ne me souviens pas très bien de son visage. Il est toujours gros ?

— Regardez dans mon sac, sur la banquette arrière, fit Emmy. Vous trouverez un dossier jaune.

David lança la main derrière lui, et s'empara de la chemise en question. Un cliché occupait la première page. On y voyait un homme efflanqué, la peau tendue sur les os, au regard un peu fiévreux. Les cheveux étaient clairsemés, la bouche crispée pour dissimuler la sensualité des lèvres épaisses. Ces caractéristiques mises à part, c'était un visage quelconque de fonctionnaire sous-alimenté. Seuls les yeux évoquaient quelque chose pour David.

— Il testait ses produits sur lui ? fit-il en feuilletant le dossier.

— Ce n'est pas impossible, dit Emmy. Chez Corckland, ils sont plusieurs à penser qu'il s'est injecté l'une des premières versions du Sourire Noir, et que c'est pour cela qu'il a grillé les fusibles. La drogue aurait amplifié sa tendance naturelle à la paranoïa. Ça arrive assez fréquemment chez les types qui carburent au speed.

Au milieu des divers rapports, David isola d'autres clichés : un appartement désert, une grande maison d'allure majestueuse, des filles photographiées à leur insu, à la sortie d'un restaurant ou d'une boîte de nuit, en train de héler un valet de parking.

— Des escortes... ou des call-girls, dit la jeune femme, devançant la question du romancier. Il n'avait pas de maîtresse attitrée. Comme vous, du reste. On aurait dit qu'il cherchait à vous imiter. Vous saviez qu'il lisait vos livres ? Une des filles m'a affirmé qu'il possédait la totalité de vos œuvres, dans une caisse, à la tête de son lit.

David n'aima pas la façon dont Emmy avait prononcé le mot *œuvres*.

— C'est quoi, attaqua-t-elle subitement, cette manie de payer des femmes pour faire l'amour ? Une manière de nous ravaler au rang de marchandise ? Ou alors vous n'avez aucune confiance dans votre séduction naturelle ? C'est ça ?

— Laissez tomber la psychanalyse à deux dollars,

coupa David. Ce n'est pas moi que vous voulez attraper.

— Peut-être, fit la jeune femme, mais j'ai souvent eu l'impression au cours de mon enquête qu'Orroway vous singeait. Les escortes, les habitudes alimentaires. L'appartement vide, le matelas par terre. C'est bien comme ça que vous vivez, non ? J'ai lu des reportages sur vous dans les magazines policiers. Vous avez marqué ce type. Vous ne vous en êtes pas rendu compte, mais vous l'avez fasciné, c'est sûr. Il n'a jamais essayé de reprendre contact avec vous au cours des vingt dernières années ? Dans une séance de dédicace, un cocktail ?

— S'il m'a approché, je ne l'ai pas reconnu. Il n'avait pas du tout cette allure à dix-huit ans. C'était un gros garçon pataud que les filles surnommaient assez méchamment *Pumkin Marv'*.

— Okay, laissons tomber. J'espère seulement que vous ne me cachez rien.

Ils roulèrent en silence jusqu'à midi. David fut surpris de découvrir qu'il se sentait bien. L'angoisse qui l'assaillait depuis le matin s'était dissipée, faisant place à un agréable sentiment de bien-être. Il se cala dans son siège, la nuque renversée sur l'appui-tête. Il avait l'impression curieuse de partir en vacances. Cela lui rappelait les randonnées en « 409 », le lecteur huit pistes braillant *California girl*, quand il grimpait jusqu'à Los Alamos pour tatouer les G.I.'s. Il partait, sa vieille glacière remplie de bière mexicaine, de la *Tres Equis*, dont la marque devait disparaître quelques années plus tard.

— Hé ! intervint Emmy. Qu'est-ce que vous avez ? Vous souriez à la façon d'un idiot de village.

Elle paraissait mi-inquiète, mi-agressive. David ne se donna pas la peine de répondre.

— Vous êtes en train de décoller ! siffla la jeune femme. Hé ! Je suis sûre que c'est ça !

— Mais non, rétorqua le romancier, c'est juste le

ciel, le soleil... l'odeur de l'asphalte chaud. Ça me rappelle ma jeunesse.

— Vous êtes sûr ?

À midi, ils s'arrêtèrent dans un *diner's*. Emmy tenait à ce que David mange copieusement. Elle se contenta, quant à elle, d'un sandwich au pastrami et d'un café. Il faisait très chaud, une atmosphère orageuse pesait sur la région. La climatisation peinait pour maintenir un semblant de fraîcheur à l'intérieur de l'établissement.

— On va tâcher de trouver un motel et de dormir un peu, annonça Emmy, je suis crevée.

— Je peux prendre le volant, proposa David.

La jeune femme le dévisagea.

— Non, dit-elle. Je n'ai pas confiance. Je crois que vous êtes en train de « décoller ». Si vous perdez la boule, vous êtes bien capable de nous encastrer dans un camion en gardant le sourire, ou de jeter la voiture dans le vide du haut d'un pont parce que vous aurez eu subitement envie d'imiter les oiseaux. Il n'en est pas question.

— Mais je me sens très bien, protesta le romancier.

— Vous souriez trop, je n'aime pas ça. Ce n'est pas votre style. La plupart des journalistes vous reprochent d'avoir une « gueule de pierre »... vous ne vous rappelez pas ?

Emmy régla et ils regagnèrent la voiture. La méfiance de la jeune femme n'avait pas entamé la bonne humeur de David.

Ils roulèrent encore une heure. La chaleur devenait de plus en plus lourde, la météo annonça qu'un ouragan remontait la faille de San Andreas. Il toucherait la côte californienne dans la nuit.

Emmy s'arrêta au premier motel qu'ils rencontrèrent. Ses yeux se fermaient tout seuls. À plusieurs reprises, David l'avait vue dodeliner de la tête au-dessus du volant. Il avait trouvé cela amusant.

— Vous allez vous allonger contre moi, annonça Emmy en entrant dans le bungalow. Je ne peux pas vous surveiller vingt-quatre heures sur vingt-quatre. Ce matin, pendant que nous attendions l'hélicoptère, vous avez pu dormir, mais moi j'ai monté la garde. Déshabillez-vous, vite.

Elle avait elle-même entrepris d'ôter ses vêtements. Elle réalisa que, dans la précipitation du départ, elle n'avait passé ni culotte ni soutien-gorge, mais cette constatation ne l'arrêta pas. Elle avait un corps mince et musclé de sportive, et une peau étrangement pâle pour une Californienne. Elle fouilla dans son sac et en tira une paire de menottes.

— Allongez-vous et donnez-moi votre poignet, ordonna-t-elle.

— Vous allez m'attacher ? ricana David.

— Nous allons *nous* attacher, corrigea la jeune femme. De cette manière, si vous bougez je me réveillerai aussitôt. Et donnez-moi la mallette.

— Pourquoi ?

— Vous pourriez être tenté de profiter de mon sommeil pour m'injecter une mégadose de Thorazine. Je préfère prendre mes précautions.

Elle s'empara de la valise de fer et grimpa sur une chaise pour la hisser au sommet de l'armoire.

— C'est du délire, observa David.

— Vous savez bien que non, dit sèchement Emmy. Quoi que vous prétendiez, vous n'êtes plus dans votre état normal. Je n'ai aucune idée de ce qui peut germer dans votre tête.

Ils s'allongèrent sur le lit. David avait conservé son caleçon. Il le regrettait à présent, jugeant que cette bouffée de pudeur lui donnait l'air ridicule. Emmy boucla les bracelets de métal sur leurs deux poignets et s'étendit avec un profond soupir. Où cachait-elle la clef ? Dans son sac ? Sous sa montre ?

— Laissez-moi dormir, marmonna-t-elle, rien qu'une heure.

Elle ferma les yeux et parut sombrer dans un profond sommeil. David demeura immobile, les bras le long du corps, regardant le ventilateur qui tournait au plafond, trop lentement pour rafraîchir l'air ambiant.

Il songea qu'Emmy aurait tout de même pu choisir un meilleur motel.

Il n'avait, quant à lui, aucun besoin de se reposer. Au vrai, il se sentait en pleine forme ! Il pétait le feu !

Un quart d'heure s'écoula ainsi. La jeune femme dormait profondément, le visage et le corps piquetés de sueur. David se redressa sur un coude pour la regarder. Sa peau blanche l'hypnotisait, elle éveillait en lui l'image surannée de ces « Belles du Sud » retranchées sous leurs ombrelles pour ne jamais bronzer. Le ventre d'Emmy se soulevait à chaque inspiration. Il avait l'air si tendre, ce ventre, que David avait envie de mordre dedans... à belles dents. Pas pour faire mal, mais parce que cette douceur allumait en lui une étrange gourmandise... un besoin de dévoration qu'il ne se connaissait pas. Il regarda les seins, petits et durs, et s'aperçut qu'ils l'attiraient moins. Mais le ventre... le ventre ressemblait à du pain blanc et chaud, qui sort du four. De ce pain de maïs à la mie immaculée. Il aurait aimé s'en remplir la bouche. Mâcher, mâcher à s'en étouffer.

Brusquement la jeune femme ouvrit les yeux, en alerte.

— Qu'est-ce que vous fichez ? demanda-t-elle d'une voix ensommeillée. Vous me reluquez ? Bon sang, ça vous excite de jouer au voyeur ?

— Vous voyez que je ne m'intéresse pas qu'aux escortes ! ricana David.

Emmy redressa le buste en prenant appui sur ses coudes.

— Vous voulez faire l'amour ? interrogea-t-elle. C'est ça qui vous trotte dans la cervelle ? Si ça doit parasiter le travail, il vaudrait mieux liquider le problème tout de suite. Grimpez-moi dessus et soulagez-vous.

— Quel romantisme ! fit David. Je dois être terriblement vieux jeu, mais, dans ces conditions, je préfère décliner l'invitation.

— Vous êtes comme tous les hommes, persifla Emmy. Dès qu'une femme utilise le même langage que vous, vous criez au scandale. Je n'ai pas envie de faire l'amour avec vous. Je n'ai jamais été attirée par les hommes plus âgés que moi... et encore moins par ceux qui portent la barbe, mais si vous devez bouder pendant tout le reste du voyage, je préfère encore y passer. Ce n'est pas si important que vous le croyez. Ce qui est capital c'est cette mission. Vous n'avez pas l'air de comprendre que nous sommes au bord d'un chaos généralisé.

— Combien vous rapportera la capture d'Orroway ? interrogea David.

— Je ne fais pas ça uniquement pour l'argent, lâcha la jeune femme. D'ailleurs mes motivations ne vous regardent pas. Baisez-moi ou laissez-moi dormir, c'est tout !

— Bonsoir, conclut David en fermant les yeux.

Il respirait un peu trop vite. Il s'efforça de retrouver son calme. Une minute plus tôt il avait failli déclarer à sa compagne : « Je n'ai pas non plus envie de vous prendre, ce que je veux, c'est vous mordre... avoir dans la bouche le goût de votre chair. »

Bon sang, que lui arrivait-il ? Il n'avait jamais eu de problèmes sexuels, et ses jeux érotiques n'avaient jamais viré à la perversion... alors ?

Il pouffa de rire. Peut-être qu'il devenait cannibale sur ses vieux jours ? Voilà un truc qui plairait beaucoup aux journalistes, à n'en pas douter !

12

Ils roulèrent huit heures d'affilée pour atteindre L.A. le soir même. Emmy s'arrêta brièvement dans un photo-Shack pour acheter un polaroïd dernier cri capable de fournir une photo et son négatif en moins de trente secondes. La fatigue se lisait sur son visage et elle était à bout de nerfs, même si elle faisait de gros efforts pour le dissimuler. David, lui, se sentait en pleine forme. Il n'éprouvait aucun besoin de se reposer, et cette escapade lui rappelait son enfance, lorsqu'il partait en camp d'été avec les autres gosses de la brigade des pompiers.

En émergeant du bazar, la jeune femme déchira l'emballage de l'appareil et enfourna la pellicule dans le chargeur.

— Ça peut faire un cliché net à trente centimètres, expliqua-t-elle, je me suis déjà servie de ce truc, c'est impeccable. Okay, c'est prêt, allons photographier vos fresques.

Ils prirent la direction d'Hollywood pour s'engager dans le dédale des collines, là où les trottoirs cessaient d'exister et où les piétons étaient automatiquement arrêtés par les patrouilles de vigiles surveillant les abords des villas. Des papillons blancs dansaient dans la lumière des phares avant de s'écraser sur le pare-brise. Il faisait nuit, mais les fameuses lettres de béton dominaient la ville, éclairées par des projecteurs. Contrairement à ce que croyaient la plupart des touristes, elles n'entretenaient aucun lien avec le cinéma car elles avaient été plantées là au début des années 20 pour attirer l'attention des investisseurs sur un lot de terrains constructibles du Mount Lee, rien de plus. David se dépêcha d'instiller quelques gouttes dans chacun de ses yeux et se massa les paupières.

Le soleil s'était couché et il faisait presque froid, comme cela arrive souvent dans les climats à tendance désertique. Les rues en pente étaient vides, les grilles bouclées. Les caméras vidéo accrochées aux portiques tournaient leur œil rouge vers Emmy et David quand la voiture s'engageait dans un périmètre de surveillance. Dès le coucher du soleil, chacun se barricadait, on lâchait les chiens, et, si l'on contemplait les lumières de la cité, un verre de scotch à la main, c'était derrière une baie vitrée en verre blindé capable d'encaisser une rafale de pistolet-mitrailleur sans laisser apparaître la moindre fêlure. Le complexe du bunker faisait rage partout aux États-Unis, et la moindre émeute décuplait les ventes d'armes automatiques.

— Vous vous y retrouvez ? interrogea Emmy d'un ton impatient.

— C'était plus haut, affirma David. Là où se cachent les coyotes.

— Charmant ! siffla la jeune femme. Et en plus on risque de se faire égorger.

Elle ne put en dire davantage car, à ce moment, la terre trembla. La secousse ne dura que cinq secondes, mais ils la perçurent nettement, et la voiture zigzagua d'un côté à l'autre de la route.

— Je déteste ça ! cracha Emmy. Un jour je déménagerai pour de bon.

Elle immobilisa le véhicule une minute pour voir si un autre spasme allait suivre. Ils étaient fréquents à L.A., où chacun conservait dans un placard un sac à dos de survie, un casque et une pelle, en prévision du grand tremblement de terre qui jetterait à bas la Cité des Anges.

— Ça va, murmura la jeune femme, on peut repartir. Il faudra faire attention en pénétrant dans la maison. Si elle est toujours debout, il se peut qu'elle soit squattée par une bande de motards... ou des Mexicains entrés en fraude.

— Je ne crois pas, fit distraitement David. Elle doit être trop abîmée.

Il leur fallut près d'une heure d'exploration tâtonnante pour retrouver la bâtisse en question qui se trouvait du « mauvais côté » des Hills, dans une zone dédaignée par les nantis parce que trop pelée. Elle se détacha soudain, dans le halo des phares, blême et lézardée. Se découpant sur le ciel nocturne à la façon d'un décor oublié au fond d'un studio. Bancale, craquelée, elle avait tout de la masure de carton-pâte et de contre-plaqué. Les citronniers étaient morts, faute d'arrosage, une végétation épineuse, de type désertique, avait envahi le jardin, barrant l'accès à la véranda.

— Il n'y a plus de panneau « À vendre », remarqua David.

— Ils ont peut-être renoncé, fit Emmy avec une grimace. Qui voudrait acheter cette ruine ? Et puis c'est trop éloigné des autres maisons. Je ne m'y sentirais pas en sécurité. Vous savez, le temps passe, mais l'affaire Sharon Tate reste présente dans tous les esprits.

Elle hésitait au seuil du jardin. Contournant la voiture, elle ouvrit le coffre pour y prendre une torche électrique.

— C'est sinistre, répéta-t-elle. Il y a peut-être des serpents ou des blaireaux. Vous venez ? Je n'ai pas l'intention d'y passer la nuit.

Ils s'engagèrent dans le sentier, l'épaule en avant, le bras levé pour se protéger le visage. Les épines crissaient sur l'étoffe des vêtements, les tirant en arrière. David repéra des cactus qui n'étaient pas là vingt ans plus tôt. Le halo de la torche dansait sur la façade et, l'éclairant par en dessous, lui donnait un aspect plus terrible encore. Tout était de guingois : les fenêtres, les portes. De chaque ouverture rayonnait un faisceau de craquelures en toile d'araignée. Les planches de la véranda se révélèrent disjointes. Une sur deux manquait, et il fallait faire attention où l'on posait le pied. Chaque pas en avant provoquait un concert de grincements qui vous faisait aussitôt lever les yeux vers le plafond et rentrer la tête dans les épaules.

Emmy s'immobilisa à l'entrée du hall. Son pied buta dans une pile de tommettes mexicaines descellées.

— Bon sang ! siffla-t-elle. Regardez par terre ! On voit au travers du plancher !

Elle avait raison. Des lattes entières manquaient, et, en se penchant un peu, on pouvait voir directement dans la cave. La première chose qu'aperçut David fut la crevasse... Elle était toujours là. Beaucoup plus grande, élargie par les séismes successifs des vingt dernières années. Il ne put résister au besoin d'aller la détailler de plus près. Suivant le trajet des poutres, il gagna l'escalier menant à la cave. Derrière lui, Emmy criait, protestait, mais il l'entendait à peine. Se cramponnant à la rampe branlante, il dévala les marches. L'escalier tout entier protestait à chacun de ses pas. Il n'en avait cure. Enfin, il toucha le sol, là où le ciment avait éclaté sous la poussée tellurique. La maison enjambait cet abîme qui distendait ses fondations et l'écartelait. On sentait qu'elle jetait ses dernières forces dans ce combat perdu d'avance et qu'elle arrivait au point de rupture. La maçonnerie se désarticulait. David s'agenouilla au bord de la faille, essayant d'en distinguer le fond. Il lui semblait qu'il aurait pu y jeter une pierre et l'écouter ricocher à l'infini, d'un bord à l'autre. Ce trou communiquait-il avec l'enfer ? Le diable se tenait-il tout en bas, à des kilomètres de profondeur, spéléologue insensible à la chaleur du magma ?

Il se coucha sur le ventre et plongea la tête dans la fissure. Il n'avait pas peur, quelque chose en lui avait faim de prodiges. À force d'écarquiller les yeux, il distinguait des scintillements de fournaise, dans le lointain. La Terre avait mauvaise haleine, une odeur étrange filtrait par la fêlure, comme de la coquille d'un œuf pourri.

« Maintenant le diable va te parler, songea-t-il avec un frisson d'excitation. Le diable, ou... ton père. Ton père tombé dans la fournaise de l'incendie. Ton père, qui doit griller en bas depuis toutes ces années pour avoir dit tant de mal des Noirs et des Portoricains... »

Il suait. Des gouttes de transpiration lui brûlaient les yeux. À force de tendre l'oreille, il entendit la voix de George Sarella qui l'appelait.

« C'est toi ? disait-elle, vibrante de ressentiment. Qu'est-ce que tu attends pour me lancer une corde et me faire sortir de là ? Si tu étais un bon fils, tu viendrais me chercher... Tends-moi la main... Aide-moi à sortir des flammes. Il y a si longtemps que je t'attends ! Bordel, tu m'as déjà oublié, c'est ça ? Tu avais honte de moi, alors tu t'es dépêché de tirer un trait... Bougre de snobinard, j'savais que ça ne te vaudrait rien de faire des études. Tu t'en fous que je souffre. Tu imagines un peu ce que ça représente de mourir dans les flammes pour sauver une poignée de négros envapés au T-Bird et à la coke ? C'était pas un bon combat, fils ! J'ai été baisé... C'est pour ça que tu dois me faire revenir ! »

Oui, c'était bien la voix de P'pa. David la reconnaissait sans peine. Elle roulait, rocailleuse et irritée. Chargée d'une perpétuelle colère et prête aux pires obscénités. David, sans réfléchir, lança sa main droite dans les ténèbres de la crevasse, provoquant une chute de gravats. P'pa allait-il la saisir ? Mon Dieu ! Quelle tête aurait-il après tout ce temps passé dans les flammes de l'enfer ? Il serait sûrement affreux, carbonisé, plus noir qu'une statue de goudron. Emmy risquait de s'évanouir en l'apercevant... Y avait-il une bâche dans la voiture, une bâche dans laquelle il pourrait envelopper son père revenu d'entre les morts ? Il pouffa d'un rire hystérique. P'pa qui détestait tant les Nègres devenu noir lui-même par le pouvoir du feu... Fallait-il y voir l'ironie du destin, et une certaine forme de punition ?

Il ouvrait et fermait la main, s'égratignant aux arêtes rocheuses. P'pa le voyait-il ? Était-il devenu aveugle ? David avait toujours entendu dire que les yeux se desséchaient en premier lorsqu'on mourait brûlé dans un incendie... qu'ils explosaient comme des grains de raisin. Oui, c'était ce que son père prétendait. Des grains de raisin.

— Papa ! cria-t-il. Je suis là. Guide-toi sur ma voix... Je suis là.

On le saisit aux épaules pour le secouer. Il roula sur le flanc. C'était Emmy. Elle avait posé la torche sur le sol.

— Revenez à vous ! martelait-elle. Vous êtes en train d'halluciner. Bon sang ! Est-ce que vous m'entendez ?

Elle lui plantait les ongles dans la chair des épaules, mais cette souffrance paraissait très lointaine. Comme il tardait à se ressaisir, elle le gifla plusieurs fois. David perçut à peine la morsure de la paume entrant en contact avec ses joues.

— Vous êtes en train de décoller ! répéta la jeune femme. Reprenez-vous.

Il se redressa. Une voix, tout au fond de son crâne, lui criait de sauter dans la fissure à pieds joints, pour rejoindre son père qui l'attendait en bas.

— Si vous ne revenez pas, je vous fais une injection, annonça Emmy d'une voix menaçante.

— Ça va, lâcha le romancier en l'écartant. C'était juste un coup de fatigue. Je vais mieux.

— Un coup de fatigue ? grogna la jeune femme. Vous avez perdu les pédales, oui ! Si vous vous laissez aller, on n'en sortira pas. Relevez-vous et suivez-moi. Nous avons un travail à faire. Où se trouve cette foutue salle des fresques ?

— Tout en haut, marmonna David. Il faut grimper l'escalier jusqu'au dernier étage.

Il avait l'illusion bizarre que sa voix ne sortait pas de sa bouche. D'où alors ? De son nombril peut-être ? Il fut tenté de relever sa chemise pour vérifier, mais songea que sa compagne n'apprécierait sûrement pas. À regret, il attrapa la rampe pour se hisser au rez-de-chaussée.

— La tempête se lève, dit Emmy dans son dos. Si l'ouragan nous cueille ici, la baraque est bien capable de s'effondrer. Il faut se dépêcher.

Elle lui expédiait des bourrades dans les reins pour le forcer à se remuer. Dès qu'il atteignit le premier étage, David entendit le hululement du vent se ruant dans les crevasses de la façade. Des buissons d'épineux, arrachés par l'ouragan, s'entassaient dans l'encadrement des fenêtres, hérissons squelettiques cherchant refuge. Une marche céda sous sa semelle, et les planches dégringolèrent dans le vide, traversant la maison sur toute sa hauteur, pour disparaître dans la crevasse de la cave. Chaque fois qu'il regardait ses pieds, David réalisait que la maison était transparente, et qu'elle avait été bâtie avec du verre à vitre. Il se demandait si Emmy avait conscience de ce phénomène. Tout se passait comme si on avait voulu attirer son attention sur la crevasse serpentant au fond de la cave.

« Je n'aurais qu'à sauter, songea-t-il, je passerais au travers des marches et je tomberais directement dans la lézarde... »

Un roulement de tonnerre le fit tressaillir, le ramenant à la réalité. Les prodiges s'évanouirent et la maison redevint ce qu'elle était : une ruine branlante dont le vent faisait gémir les poutres. Une marche sur deux manquait, et chaque pas faisait s'ébouler le mortier des parois. Cet effritement constant finissait par vous nouer les nerfs.

Ils atteignirent enfin le dernier étage. David s'orienta. « C'est là », annonça-t-il en poussant une porte. La pièce empestait le renfermé et la poussière. Les volets clos avaient protégé les vitres qui étaient restées en place, mais il y régnait une chaleur à vous couper la respiration. La jeune femme ouvrit la bouche, essayant vainement de reprendre son souffle dans cette atmosphère de haut fourneau. David dut s'appuyer au chambranle. La sueur lui ruisselait sur le visage. Emmy le poussa pour entrer. La torche levée, elle inspecta rapidement les murs. Ils étaient vierges...

— Vous vous êtes fichu de moi, aboya-t-elle. Où sont vos fameux dessins ? Où ? *Il n'y a rien...* Regardez !

David lui prit la lampe des mains. Elle ne mentait pas. Les cloisons étaient nues, décapées. Çà et là s'accrochaient quelques rares écailles de peinture jaunie.

— C'est à cause de la chaleur, murmura-t-il. Depuis vingt ans le soleil tape sur les tuiles du toit, tous les jours. Ça a cuit la peinture qui s'est mise à cloquer... C'est un phénomène de dessiccation assez fréquent dans le désert.

— Je m'en fous ! rugit la jeune femme. Où sont passées les fresques ?

— Là, dit doucement David. Par terre, à vos pieds... N'avancez pas, vous les écraseriez.

Il avait dirigé le halo de la torche vers le sol. Sur le plancher, les lambeaux de peinture tombés des murs formaient un puzzle éparpillé. Un puzzle d'une finesse et d'une fragilité effrayantes.

Il s'agenouilla, invitant sa compagne à l'imiter.

— Regardez, souffla-t-il. Tout est là. Les dessins... les croquis... C'est tombé des murs peu à peu, au fil du temps.

Du bout du doigt, il retourna un fragment cloqué, à peine plus épais qu'un morceau de coquille d'œuf.

Un nez, une bouche apparurent, dessinés au crayon gras.

— Tout est là, répéta-t-il. Il suffit de rassembler le puzzle pour retrouver le motif originel.

— Maintenant ? hoqueta Emmy.

— Bien sûr que non, je vous propose de ramasser délicatement tous ces lambeaux de peinture et de les emmener chez moi. Avez-vous une boîte dans le coffre de la voiture, quelque chose qui permettrait de les transporter ?

Au moment où il prononçait ces mots, il avisa de grands cartons à pizza entassés dans un coin de la pièce. Des cartons qu'il avait peut-être lui-même apportés, vingt ans plus tôt.

— Attrapez ça, ordonna-t-il, et entassez-y les écailles de peinture. Prenez ce côté de la salle, moi je me charge de l'autre.

— Mais c'est un travail de titan ! protesta Emmy, on en a pour des heures !

— Vous avez une autre solution ? gronda David. Si la baraque s'écroule cette nuit, notre unique chance de localiser Orroway disparaîtra avec elle. Faites comme moi : ramassez les lambeaux comme si c'étaient des ailes de papillon. Au moindre geste maladroit ils s'émietteront, allez-y le plus doucement possible.

Il posa la lampe sur le sol et se mit au travail sans attendre. Du bout des doigts, il se saisissait des fragments cloqués et les déposait dans l'emballage de pizza. C'était une besogne délicate, car les écailles menaçaient de se changer en poussière à tout instant. L'enduit leur donnait véritablement la consistance de la coquille d'œuf. Il aurait suffi d'un coup de poing pour les réduire en poudre. David essayait de faire vite car la tempête secouait la maison, faisant hurler les poutres.

« Il suffirait qu'une rafale de vent arrache l'un des volets, pensa-t-il soudain. La fenêtre s'ouvrirait sous la poussée... ou bien les carreaux s'envoleraient, faute de mastic. La bourrasque déferlerait dans la pièce, emportant avec elle toutes les écailles. »

D'un revers de manche, il épongea la sueur qui lui gouttait sur le visage. La panique s'insinuait en lui. La crainte de voir la malchance lui jouer un tour de cochon. Ses mains tremblaient, ses doigts englués de poussière serraient trop fort les lambeaux de peinture. Il en écrasa deux ou trois, jura entre ses dents. Toute son attention se concentrait sur les volets qu'il entendait ruer contre la façade. Ils allaient s'arracher de leurs charnières...

« Allons, se répétait-il, ils sont là depuis si longtemps, ils ne vont pas céder ce soir... justement ce soir, pour le seul plaisir de t'embêter. »

Mais il n'en était pas si sûr. Il se sentait gagné par la certitude d'un obscur complot des éléments... Et si Orroway avait trouvé le moyen de commander à la tempête, hein ? Qu'est-ce qu'on pourrait faire contre ça ?

Emmy jura. Elle venait de s'enfoncer une écharde dans le doigt. Elle avait déjà rempli un carton de pizza maxitaille, et cette performance irrita David. Il eut brusquement envie de sauter à pieds joints sur l'emballage pour empêcher la jeune femme de gagner. Après tout, c'est lui qui avait eu l'idée du jeu, non ?

Mais les poutres du toit craquèrent au-dessus de sa tête, et la maison parut bouger dans la bourrasque.

— Oh ! fit Emmy d'une voix alarmée, vous avez senti ? Le plancher a remué, j'en suis certaine !

— Vous avez la trouille ! ricana David avec un rire niais.

Quelque part, des tuiles se décrochèrent, traversèrent le plancher à claires-voies du grenier et tombèrent dans une chambre, soulevant un nuage de poussière âcre. David s'ébroua, contempla le paysage qui s'étendait devant lui. Il restait encore de quoi remplir deux cartons à pizza. Pour gagner du temps, il écartait tous les fragments ne comportant aucun dessin, mais peut-être n'était-ce pas la meilleure méthode ? Des courants d'air, filtrant sous la porte, faisaient voleter les écailles dans la semi-obscurité. Si l'on commettait l'erreur de refermer le poing sur ces papillons capricieux, ils s'anéantissaient au creux de votre paume.

David devait faire des efforts pour ne pas penser à la lézarde, en bas, dans la cave. Il l'imaginait sous la forme d'une bouche aux lèvres de ciment. Une bouche qui se mettait parfois à parler, déchaînant des tremblements de terre. Et cette bouche disait : « David, c'est méchant de laisser son Papa rôtir dans les flammes de l'enfer. C'est très méchant. Un bon garçon aurait tout mis en œuvre pour sortir son père de ce mauvais pas... Il aurait offert, par exemple, *de prendre sa place*. Quoi de plus logique en vérité ? Chacun son tour. On assure un roulement à l'amiable : le père sort et le fils le remplace pendant vingt-cinq ans, et puis on recommence. »

Il serra les mâchoires à s'en briser les dents. Il n'était pas question qu'il prête l'oreille à de pareilles inepties !

— David, fit tout à coup Emmy. Vous parlez tout seul.

— Quoi ?

— Merde ! Vous parlez tout seul. Reprenez-vous, ce n'est pas le moment de piquer une crise.

— Ça va aller.

— C'est vous qui le dites. Ne faites pas de conneries, arrêtez de marmonner des trucs insensés à propos de cette crevasse. C'est juste un effet de la drogue.

Ils ne purent pas en dire plus, car la pluie se mit à tomber, s'écrasant sur les tuiles avec fracas. David leva la tête, alarmé, mais cette partie du toit était encore relativement imperméable et l'eau ne s'infiltrait pas dans la pièce. Emmy eut un coup d'œil inquiet pour les cartons. Résisteraient-ils au déluge le temps qu'on mettrait à regagner la voiture ?

— Quand nous serons en bas, dit-elle, vous resterez sous la véranda pendant que j'irai chercher un imperméable dans le coffre. Nous emmailloterons les cartons dedans, ça les protégera de l'averse et du vent. D'accord ?

David acquiesça d'un grognement. Il en avait assez de cette besogne idiote. L'envie le prenait soudain d'ouvrir la fenêtre et de secouer les boîtes dans le vent pour regarder les lambeaux de peinture danser dans la bourrasque. Ce serait sûrement joli, ces centaines de papillons fragiles s'émiettant dans la pluie...

Pourquoi les garder prisonniers, hein ? C'était cruel et anti-écologique, mieux valait les remettre en liberté. À l'instant où il posait la main sur le premier emballage, Emmy lui pinça le biceps. La douleur se calma très vite, comme anesthésiée.

— On y va, déclara la jeune femme. Je ne peux pas avoir confiance en vous, vous avez un regard de psycho. Je vous préviens que si vous faites mine de toucher à ces boîtes, je vous éclate le crâne avec la lampe électrique. Après tout, je n'ai plus besoin de vous ! Je sais ce qu'il faut chercher.

La colère permit au romancier de se reprendre.

— Donnez-moi la lampe, dit-il, vous, prenez les cartons. Je vais vous ouvrir le chemin. Regardez bien où vous mettez les pieds.

Ils sortirent prudemment de la pièce, les yeux fixés sur le sol. « Dans un film, songea David, nous trébucherions dix fois avant d'atteindre le rez-de-chaussée, et les boîtes décriraient des loopings invraisemblables avant de retomber juste dans nos mains. »

— On y va ? s'enquit Emmy.

Ils y allèrent. Désormais ils n'entendaient plus gémir la menuiserie car les hululements de la tempête dominaient tous les bruits. De temps à autre une planche se décrochait sous leurs pieds et partait s'écraser dans la cave. Malgré cela, ils arrivèrent en bas sans trop de mal. La pluie pénétrait par les fenêtres brisées, installant de larges flaques sur les portions de parquet encore intactes.

Emmy dévisagea David, elle hésitait à le laisser seul avec les boîtes.

— Tenez, dit-elle en lui tendant les clefs de la voiture. Allez-y, moi je reste là. Dans le coffre vous trouverez ma valise. Ouvrez-la. Il y a un ciré jaune sur le dessus, ramenez-le. Vous avez compris ?

Voilà qu'elle lui parlait comme à un débile ! David rafla le trousseau et s'élança sous l'averse. La pluie glacée lui coupa le souffle. Il fut trempé de la tête aux pieds en l'espace de quelques secondes. Il se mit à courir, effrayé à l'idée qu'il pourrait peut-être se noyer sous ce déluge. Il se surprit à remuer les bras, esquissant des mouvements de natation. Les buissons d'épines déchiraient sa chemise de chaque côté du chemin, lui lacérant les épaules. Il atteignit enfin la voiture. Il avait l'impression de bouger très lentement, presque au ralenti. Ses doigts tâtonnèrent pour trouver la serrure du coffre. Il se battit avec les fermoirs de la valise, éparpilla les vêtements. Un ciré jaune, avait dit Emmy... Mais c'était quoi un ciré ? *Et jaune...* c'était quelle couleur déjà ? Il chercha à se rappeler : le ciel était jaune et le soleil bleu... Non, c'était l'inverse. Incapable de prendre une résolution, il décida de ramener la valise tout entière et empila les vêtements à coups de poing. Quand il atteignit la maison, Emmy l'injuria.

— Merde ! gronda-t-elle, je croyais que vous résisteriez mieux que ça au produit. Si vous continuez à ce rythme, vous êtes bon pour l'asile avant la fin de la semaine. Donnez-moi ça.

Elle ouvrit le bagage et s'empara du ciré qu'elle enroula autour des cartons à pizza.

— Allez, fit-elle, on décroche. Essayez de ne pas oublier la valise. C'est ça une valise, cette chose-là, avec une poignée... *comprende* ?

Elle se mit à courir sans s'occuper de savoir si David suivait. Dès qu'elle eut atteint la voiture, elle enferma son paquet dans le coffre. Le romancier la rejoignit, la valise sur la tête. La jeune femme jeta le bagage sur la banquette arrière et se glissa au volant.

— Grouillez-vous ! gronda-t-elle, vous bougez comme un vieillard. Vous êtes complètement amorti ou quoi ?

Elle démarra. Par bonheur, en dépit du ruissellement qui labourait le chemin, la voiture ne s'embourba pas. Les essuie-glace avaient le plus grand mal à maintenir une visibilité correcte.

— On va chez vous, annonça Emmy. Je connais votre adresse, ne vous occupez de rien. Vous habitez un loft, je crois ? Ça nous donnera la place d'assembler notre puzzle, j'espère que nous n'avons pas fait tout ça pour rien.

Ils descendirent la colline sans croiser personne.

— Et si c'était Orroway qui avait fait gratter les murs ? dit tout à coup Emmy. Il a pu les asperger de décapant et attendre que la peinture tombe en lambeaux ?

— Non, objecta David. Le pigment serait boursouflé, caoutchouteux. C'est la chaleur qui a décollé la couche de peinture. J'ai déjà vu ça chez moi, quand j'étais gosse. De grandes écailles bien sèches, très friables, qui se transforment en poussière blanche si on les manipule.

— Vous êtes fort en puzzle ?

— J'ai toujours détesté ça. Vous pourriez peut-être engager un professionnel ? Il y a des types qui font des concours chronométrés, à Pasadena.

— Non, trop risqué. On ne peut se fier qu'à nous, je vous l'ai déjà dit.

Ils roulaient maintenant vers Venice. La pluie avait vidé les rues. Les rafales ébouriffaient les palmiers, leur arrachant parfois de longues feuilles qui allaient se plaquer contre une devanture, telles les grandes pattes palmées d'une quelconque « Créature du Lagon Noir », fantôme échappé d'un Hollywood défunt. David sombra dans la somnolence. Emmy le secoua lorsqu'ils atteignirent le *sidewalk*. L'ouragan s'éloignait, mais les trombes continuaient à balayer la promenade, crépitant sur le ciment. La jeune femme alla récupérer les boîtes en carton à l'arrière du véhicule.

— Prenez ma valise, grommela-t-elle. Tout n'est peut-être pas trempé.

Elle se chargea des emballages de pizza et de la mallette d'acier contenant les « médicaments » fournis par Corckland Industries. Ils marchèrent vers l'immeuble sans se presser, car ils étaient tellement mouillés qu'ils ne risquaient plus rien. David glissa sa carte magnétique dans le lecteur commandant la porte du rez-de-chaussée. Des voix de femmes résonnaient dans la cage d'escalier, proférant des malédictions et des serments d'amour passionnés en espagnol. C'était le Japonais du premier qui fabriquait ses cerfs-volants en regardant nuit et jour les *telenovelas* diffusées par les chaînes mexicaines. Il ne faisait rien d'autre, à part essayer ses prototypes sur la plage. Aussi David avait-il dû s'habituer aux échos fiévreux de ces séries de trente minutes, entrelardées de séquences publicitaires omniprésentes, et qui s'intitulaient : *Esclave et Maîtresse, La Servante du Cavalier, La Dame à la Cravache*... ou encore *La Vierge Aux Bottes de Cuir Fauve*. Car les préférences du Nippon allaient en effet aux feuilletons des années 50, et à leurs femmes fatales débauchant de riches planteurs en costumes à rayures et pli « rasoir ».

Ils pénétrèrent dans le loft où les paravents de papier de riz découpaient un curieux labyrinthe.

— Vous vous prenez pour un rat de laboratoire ? dit Emmy, qui, d'un mouvement de nuque, rejeta en arrière ses cheveux dégoulinants. Faites de la place, repliez-moi tous ces trucs. Où se trouve la salle de bains ? Il faut que je me change avant d'attraper la crève.

David la guida à travers le dédale. Le loft ne comportait aucune cloison de séparation. Les sanitaires — baignoire, W.-C., cabine de douche — s'offraient au regard sans dissimulation.

— C'est sinistre, grogna Emmy. On dirait une gigantesque cellule. Ça vous plaît vraiment de vivre comme ça ?

Pendant que le romancier repliait les quarante paravents, elle arracha ses vêtements trempés et entra dans la douche pour s'asperger d'eau brûlante. Quand elle en ressortit, elle s'enveloppa dans un peignoir et ordonna à David de l'imiter.

— Je vais faire du café, décida-t-elle.

Elle passa derrière le bar et brancha le percolateur. David la remplaça dans la cabine, mais il ne souffrait pas du froid ; les sensations physiques lui parvenaient curieusement atténuées, comme s'il les percevait à travers des vêtements très épais. Il s'amusa à s'ébouillanter les pieds sans rien éprouver qu'un léger picotement. Il décida d'arrêter les frais quand sa peau devint très rouge, s'enveloppa dans un peignoir et alla s'examiner dans le miroir du lavabo. Sa barbe et ses cheveux avaient poussé. Machinalement, il prit la tondeuse réglée sur 6 mm et se coupa le poil presque au ras de la peau. Il ne se supportait qu'ainsi, quand la paume de sa main se promenait sur son crâne avec un bruit de papier de verre. Il n'aurait su dire pourquoi.

— Ce n'est pas le moment de faire votre toilette, intervint Emmy. Buvez votre café, ensuite nous étalerons les pièces du puzzle. Il faut s'y mettre tout de suite. J'espère que personne ne nous a suivis.

Elle avala deux comprimés d'amphétamines afin de chasser le besoin de sommeil qui se faisait sentir, puis ils s'agenouillèrent pour déballer leur récolte avec d'infinies précautions. Les écailles de peinture avaient souffert du transport, certaines étaient déjà retournées à la poussière sans qu'on puisse déterminer si c'étaient justement celles qui portaient des éléments constitutifs du dessin d'Orroway.

— J'ai du mal à me persuader que ce que nous faisons sert à quelque chose, marmonna Emmy. Vous pensez vraiment que votre copain aurait oublié derrière lui un détail aussi révélateur ?

— Ce n'est pas impossible, fit David sans cesser d'étaler les fragments cassants. Et pour plusieurs raisons. Premier cas de figure : il a très bien pu envoyer quelqu'un détruire les fresques... et ce quelqu'un a constaté que les murs étaient redevenus vierges. Sans voir plus loin, il a rebroussé chemin comme vous avez vous-même failli le faire, peu désireux de s'attarder dans un endroit aussi dangereux. Second cas de figure : Orroway a pensé que détruire le dessin était justement trop révélateur, et il l'a laissé sur le mur... pour le banaliser, si vous préférez. Troisième cas : il a passé les cloisons au décapant pour faire croire à une dessiccation naturelle, et il s'est particulièrement appliqué à faire disparaître le croquis. Dans ce cas nous cherchons effectivement pour rien. Les morceaux du puzzle qui nous intéressent ont été réduits en poudre il y a longtemps. Quatrième possibilité : il a oublié, tout simplement... comme j'avais moi-même oublié.

Emmy haussa les épaules.

— Vous avez peut-être raison, soupira-t-elle. De toute manière nous n'avons pas le choix.

Il leur fallut deux bonnes heures pour vider les cartons. La tension nerveuse faisait trembler leurs mains, et les écailles se fragmentaient entre leurs doigts, compliquant encore plus le travail d'identification. Emmy grinçait des dents sans en avoir conscience. Quand ils eurent étalé la totalité des pièces sur le plancher, ils constatèrent qu'il y en avait près d'un millier ; toutes portaient un gribouillis complexe qui changeait de signification selon la manière dont on le contemplait.

— Regardez ça, murmura David. Ce pourrait être l'œil d'un personnage de caricature... mais tout aussi bien un œil-de-bœuf perçant le toit d'un grenier. Et ça... C'est peut-être une oreille, ou le dessin d'une moulure. Et ce feuillage... on pourrait également y voir une barbe.

— Ça suffit, coupa la jeune femme. Ne me démoralisez pas dès le début. Par quoi commence-t-on ?

— Par le plus facile. Les visages, ça permettra d'éliminer un bon nombre de pièces.

Ils firent glisser les écailles sur le parquet, en les poussant du bout de l'index. La fragilité des pièces ralentissait la manœuvre. Au bout d'une heure, ils avaient reconstitué la tête d'un homme chauve à lunettes, à la moue méprisante.

— C'était un prof, murmura David. Je ne me rappelle plus son nom... ni même ce qu'il enseignait. Orroway le détestait.

Il considéra la figure approximative, les sourcils froncés, conscient du piège dans lequel ils risquaient de tomber. N'avaient-ils pas déjà effectué de faux rapprochements ? Cette bouche bizarrement tordue... était-ce vraiment une bouche ou bien le haut d'une porte ? Et ce nez ? N'évoquait-il pas terriblement une jarre d'ornement ? Tout était à double sens. Les lambeaux de peinture gondolés poussaient à la méprise.

— Nous sommes peut-être en train de fabriquer des têtes humaines avec des morceaux de maison, grogna le romancier. Vous y avez pensé ?

L'emboîtement des éléments n'avait pas la rigueur qui gouverne la mise en place des pièces d'un vrai puzzle. Il aurait été plus juste d'ailleurs de parler de « rapprochement », car les découpes étaient loin de s'imbriquer à la perfection. De plus, chaque déplacement accentuait l'émiettement des lambeaux.

— Il aurait fallu tous les photographier à la même échelle, dit nerveusement Emmy, et n'utiliser que des clichés découpés... mais cela nous obligerait à acheter des dizaines de pellicules. J'irai demain ; au moins, de cette manière, nous préserverons les pièces originales.

Malgré cela, ils continuèrent à faire des assemblages. Ils s'étaient piqués au jeu et le besoin de savoir les poussait à aller de l'avant.

Ils parvinrent à former encore deux caricatures. Des jeunes filles à la poitrine avantageuse et au sourire de poupée Barbie qui n'éveillaient rien dans la mémoire de David. Le doute était désormais en eux, et ils voyaient dans chaque détail des visages une autre interprétation possible. Cela tournait à la devinette, au trompe-l'œil. Tout devenait suspect. Était-ce une veste à carreaux ou un toit de tuiles ? Un motif psychédélique ou des éléments architecturaux ? À force d'attention, le buisson devenait barbe en broussaille, l'invraisemblable chapeau : pont enjambant un ruisseau... La mode des années soixante n'arrangeait pas les choses.

Emmy se redressa en se tenant les reins.

— Nous n'y arriverons jamais, gémit-elle. Je suis en train de devenir folle.

David eut un ricanement amer.

— Vous savez, annonça-t-il, je viens d'imaginer une cinquième hypothèse : Orroway détruit le véritable dessin, mais gribouille à la place une autre maison... une fausse piste, histoire de nous expédier à l'autre bout du pays. Nous nous cassons la tête à reconstituer le dessin perdu, mais c'est en fait celui d'une baraque sans importance recopiée dans un album touristique du siècle dernier ! Drôle, non ?

— Très drôle, fit la jeune femme d'un ton sinistre en s'allongeant sur le *futon*. Vous en avez beaucoup du même tonneau ?

Elle consulta sa montre, il était 3 heures du matin.

— Il faut dormir, dit-elle. Je suis désolée, mais je vais devoir vous faire une piqûre de Thorazine. De cette manière je serai certaine que vous n'irez pas piétiner le puzzle dès que j'aurais fermé les paupières. Allongez-vous.

David obéit. Emmy ouvrit la valise de métal pour prendre le pistolet à injections peinturluré en bleu. Le romancier se prêta docilement à la manipulation. Il ressentit à peine la piqûre, et, très vite, la réalité s'abolit autour de lui. La dernière image qu'il enregistra fut celle de la jeune femme, enveloppée dans le peignoir trop grand, agenouillée au-dessus du puzzle, une expression d'accablement sur le visage.

13

Il s'éveilla à midi. Emmy l'avait rejoint sur le *futon*. Elle dormait nue, sur le ventre. Le peignoir qu'elle avait essayé d'utiliser à la manière d'une couverture avait glissé. David se frotta les yeux. La perspective du loft « déshabillé » de son labyrinthe de paravents le déprima un peu. Il se leva, alla pisser, puis passa derrière le bar pour préparer le café.

Emmy avait composé deux autres caricatures sur le sol. Il s'effraya de n'avoir conservé aucun souvenir de tous ces gens. Mais peut-être les visages intervertissaient-ils les différents éléments qui les composaient ?

— Vous êtes levé ? grogna la jeune femme en se redressant sur un coude.

— Vous savez, dit David, nous ferions mieux de contacter le club de casse-tête de Pasadena. Il y a là-bas un gosse de douze ans qui fait des miracles. Il est capable d'assembler un puzzle de mille pièces en cinquante minutes, chrono en main.

— Trop risqué, soupira Emmy. Les amateurs de puzzle ont une excellente mémoire visuelle, presque photographique. Il enregistrerait l'image de la maison et serait capable de la redessiner, ou de la décrire, si on l'y forçait. Ce serait le mettre en danger.

— Et avec un ordinateur ?

— Il serait effectivement possible d'entrer le dessin de chaque pièce dans la mémoire de la machine, et de lui demander d'effectuer des associations... Elle le ferait à très grande vitesse, et trouverait probablement la solution le temps que nous buvions notre café, mais, pour ça, il faudrait que je contacte les gens de chez Corckland et que je leur demande de me programmer un ordinateur en fonction du résultat recherché. C'est également trop risqué.

— Vous craignez une fuite ? Un espion interne ?

— Oui. L'enjeu est énorme. Depuis quelques années, les trafiquants n'ont plus qu'une obsession : mettre au point une drogue entièrement synthétique qui leur permettrait de s'affranchir de la culture sur pied, des champs de pavot, des filières sud-américaines. Ce qu'ils veulent, c'est aboutir au processus chimique parfait qui leur donnera la possibilité de fabriquer le produit de A à Z en laboratoire, sans avoir recours à la moindre substance naturelle, et ceci pour un coût dérisoire. De nombreux essais ont déjà été faits dans ce sens. Les dealers des États-Unis voudraient pouvoir se débrouiller sans les Latinos, les problèmes de transports, les plantations que l'aviation peut passer au napalm... mais il leur faut une molécule de base... Un truc vraiment planant qui donne envie aux gens de se défoncer sans regarder à la dépense. Il semblerait qu'Orroway ait bel et bien inventé cette nouvelle molécule. Tous les drogués qui l'ont essayée ne veulent plus entendre parler d'autre chose. C'est comme ça qu'il a organisé sa filière, en leur refilant une variante qui n'inhibe pas l'assimilation stomacale.

— Vous voulez dire qu'ils peuvent se droguer sans mourir de faim ?

— En gros, oui. Et c'est cette variante du produit qui intéresse des gens comme Gracci. C'est pour cette raison qu'il vaut mieux être prudent. Débrouillons-nous tout seuls, avec les moyens du bord, mais éliminons les risques de fuite.

Emmy se dressa d'un coup de reins et disparut dans la douche. David but son café en contemplant le puzzle d'un œil distrait. La jeune femme émergea de la cabine, ruisselante, et s'enveloppa la tête dans une serviette.

— Il faut vous peser, dit-elle. Comment vous sentez-vous ce matin ?

— Normal, répondit David. Enfin, je crois.

— Vous étiez fatigué, hier, observa Emmy, je pense que c'est pour ça que la drogue a pris le contrôle de votre cerveau. Montez sur la bascule.

Le romancier se dévêtit et grimpa sur la petite balance. Il avait perdu cinq cents grammes depuis la veille. Emmy fit la grimace.

— Ça démarre, dit-elle. Ce que vous avez avalé hier ne vous a pas profité. L'*Amazing Diet* gouverne déjà votre métabolisme. Il va falloir se dépêcher.

Elle passa derrière le bar, ouvrit le réfrigérateur et y préleva un fromage de régime qu'elle entreprit d'avaler à la petite cuillère.

— Comment en êtes-vous venue à faire ce métier ? interrogea David.

Emmy éclata de rire.

— On dirait que vous vous adressez à une pute ! s'exclama-t-elle. C'est la question rituelle que vous posez à vos petites « escortes » ?

Elle porta sa tasse de café à ses lèvres et redevint grave.

— Par réaction, dit-elle. Mes parents ne croyaient pas au mal. C'étaient des gens adorables et très confiants, professant l'amour du prochain. Mon père écrivait des contes pour enfants et ma mère les illustrait. Ils avaient tous les deux énormément de talent. Ils militaient dans un tas d'associations caritatives, mais ils refusaient absolument de poser une serrure sur la porte d'entrée, ou de fermer les fenêtres pour la nuit... Ça leur semblait insultant pour le genre humain. Ils s'étaient mis dans la tête que la méfiance engendre la haine, et que la confiance génère au contraire des ondes d'amour.

— Vous partagiez leurs opinions ? s'enquit le romancier.

— Non... fit Emmy en baissant les yeux. Je pensais qu'ils étaient un peu dingues, et ils me faisaient honte. Pourtant on les admirait beaucoup dans notre ville. Ils faisaient figure de saints. Tout leur argent passait en secours charitables. Ils réglaient les frais médicaux de plusieurs familles sans couverture sociale, et parfois même nous en arrivions à nous serrer la ceinture. J'avais peur pour eux, terriblement, mais ils se moquaient de moi. Il n'y avait rien à faire, ils pensaient que leur croisade allait faire tache d'huile, que leur gentillesse deviendrait contagieuse.

— Et que s'est-il passé ?

— Ils ont été égorgés dans leur lit, pendant que j'étais à l'université. Par un clochard que ma mère nourrissait tous les jours et à qui elle refusait de donner du vin. Il a avoué que c'est pour ça qu'il les avait tués : pour voler une demi-bouteille de rosé californien entr'aperçue dans le placard de la cuisine.

— Ça vous a fait mal ?

— Non, ça m'a plongée dans une colère terrible... pas contre le clochard, non, *contre eux* ! Je les ai haïs de s'être montrés aussi bêtes. Je n'ai pas éprouvé de peine... rien que de la rage. Ça ne m'a jamais réellement quittée depuis. C'est à ce moment que je me suis interessée au marché de la sécurité. Je suis entrée comme simple secrétaire dans une agence de gardes du corps pour vedettes du show-biz, et j'ai tout appris sur le tas. C'était beaucoup plus intéressant que ce qu'on enseignait à Vassar. C'était la vraie vie.

Elle se tut, traversa le loft sa tasse à la main pour s'approcher de la baie vitrée. Là, elle écarta les lames du store pour observer la plage.

— J'ai l'impression qu'on nous surveille, dit-elle.

Très exactement depuis votre rencontre avec Gracci. Je suis certaine qu'ils sont là dehors, quelque part. Ils nous collent aux fesses, attendant le moment de nous passer devant le nez.

— Vous avez sondé l'appartement ? demanda David.

— Oui, fit distraitement la jeune femme. Il n'y a pas de micros.

— Hier soir, vous parliez d'acheter assez de pellicule pour photographier tous les éléments du puzzle, rappela le romancier.

— Je sais, soupira Emmy. Mais aujourd'hui j'hésite. S'ils me suivent, ils vont trouver bizarre que j'achète autant de bobines... Ça ne paraîtra pas naturel.

— Vous savez, les types de Gracci n'interviendront pas avant la fin de l'enquête, ils ne sortiront de l'ombre que pour tirer les marrons du feu.

— Je ne pense pas uniquement à eux... mais aussi aux gens d'Orroway. Ceux-là ont tout intérêt à détruire le puzzle. Et si je me promène dans Venice pour engranger du film, je risque de leur mettre la puce à l'oreille. Ce n'est pas comme si vous aviez l'habitude de photographier des filles à poil pour un quelconque magazine masculin.

Elle se mordilla l'ongle du pouce, indécise. Lorsqu'elle se débarrassa de la serviette qui lui entourait la tête, ses cheveux apparurent, collés à ses joues et à sa nuque en lanières noires, comme si on les avait peints sur sa peau à l'encre de Chine. David la trouva très belle. Elle était dure, telle une arme nickelée dont on perçoit les contours à travers un vêtement de soie.

— Personne ne doit entrer ici, dit-elle d'une voix à peine audible. Il faut se méfier de tout le monde. Avez-vous de quoi manger ?

David haussa les épaules.

— Il y a le congélateur, dit-il, ça devrait suffire pour vous puisqu'il est désormais inutile que j'avale quoi que ce soit. Vous êtes certaine de ne pas sombrer dans la paranoïa ?

— Je sais ce que je fais, dit sèchement la jeune

femme. Dans cette histoire je ne peux me fier à personne. Pas même à vous puisque vous risquez de tourner psycho n'importe quand. Je suis seule. Complètement seule.

Elle se tourna, examina son compagnon et lui lança :

— Vous devriez vous habiller, nous avons du travail. Et puis votre robe de chambre bâille et vous avez les poils du pubis qui deviennent gris, ça n'a rien d'affriolant au petit déjeuner.

Ils se penchèrent de nouveau sur le puzzle. David s'amusa à déconstruire les différents visages pour en former d'autres, complètement différents, à partir des mêmes éléments.

— Vous voyez, dit-il. Rien n'est certain. L'emboîtement imparfait permet toutes les combinaisons, ou presque.

— Vous perdez du temps, siffla Emmy.

Ils trièrent les écailles une heure durant, ébauchant des formes sans signification. Ils se querellaient souvent sur la position de tel ou tel fragment. Les motifs psychédéliques qu'Orroway s'était amusé à tracer leur compliquaient la tache. Émiettés, on pouvait y discerner n'importe quoi.

Au début de l'après-midi, un incident se produisit, qui faillit dégénérer en drame. En effet, le chat du Japonais amateur de cerfs-volants — un matou noir et fort maigre — s'introduisit dans le loft par la gaine d'aération. Au moment où l'on s'y attendait le moins, il sauta d'une poutre métallique et tomba au beau milieu du puzzle, réduisant en poussière des dizaines d'écailles non triées. Emmy poussa un hurlement de rage et courut chercher son revolver dans sa valise. L'arme brandie à deux mains, elle mit le félin en joue en ordonnant à David de se saisir de la bestiole s'il ne voulait pas qu'elle ouvre le feu. Cette agitation provoqua un début de panique chez l'animal qui se mit à bondir en tous sens, pulvérisant d'autres fragments. Quand David parvint enfin à le saisir par la peau du cou, il avait les pattes blanches de plâtre. Emmy semblait au bord de la crise de nerfs. Le romancier se dépêcha de jeter le matou dans l'escalier, ce qui lui valut quelques griffures aux bras.

Il dut s'asseoir un moment car la tête lui tournait. Il se demanda si c'étaient là les premiers effets de la diète chimique à laquelle était soumis son organisme, mais l'impression de faiblesse se dissipa, et il put reprendre son travail.

À la fin de la journée, ils avaient réussi à ébaucher une étrange architecture pleine de colonnes et d'arcades. Une sorte d'église mexicaine surmontée de clochetons gothiques. C'était assez grotesque, et ils n'étaient pas très sûrs du résultat. Les pièces manquantes — pulvérisées par la galopade du chat — laissaient planer le doute.

— Ce n'est peut-être pas une tour mais un silo, observa David. Quant à cette espèce de clocher qui domine tout l'ensemble... est-ce que ça ne serait pas plutôt un puits couvert installé dans la cour ? Nous l'avons planté sur le toit alors qu'il fallait peut-être le mettre par terre !

— Je n'en sais pas plus que vous ! rugit Emmy. Je crois qu'on n'aura jamais aucune certitude. Je vais faire une première photo... et puis nous réorganiserons les éléments comme vous le suggérez. Okay ?

Hélas ! ils ne tardèrent pas à réaliser qu'à partir des mêmes fragments ils pouvaient construire trois maisons extrêmement différentes... David commençait à se demander si Orroway ne s'était pas amusé à leur tendre un piège, et si le nombre de combinaisons n'était pas plus élevé encore.

— On ne pourra plus continuer très longtemps, fit la jeune femme. Les morceaux de plâtre sont en train de tomber en poussière. Qu'est-ce que vous en pensez ? Reconnaissez-vous le « Xanadu » d'Orroway ?

— Non, avoua David. Tout ça ne me dit rien, mais c'est normal, je n'ai jamais prétendu être tombé en extase devant ce dessin. Je me rappelle que c'était une maison bizarre, c'est tout.

— Nous avons quatre maisons « bizarres », dit Emmy. Espérons que l'une d'elles dira quelque chose à Portland Fichter. Je vais essayer d'obtenir un rendez-vous.

Elle étala les photographies obtenues sur le bar, entre les tasses de café, et les contempla, le sourcil levé.

— Elles ne vous paraissent pas invraisemblables ? demanda-t-elle.

— Non, fit David. Remontez Sunset et vous trouverez cent baraques encore plus dingues. Nous sommes en Californie. La pagode chinoise voisine sans complexe avec le chalet suisse et le temple romain.

David serait bien sorti faire un tour sur la plage, à la lisière des vagues. Il n'en dit rien, devinant sans peine la réaction de sa compagne.

— Okay, décida Emmy. Le mieux, à présent, c'est de détruire le puzzle. Je ne veux rien laisser traîner derrière nous.

Et elle entreprit de piétiner les écailles de plâtre, soulevant une poussière blanche qui lui macula les chevilles. Après quoi, elle attrapa le téléphone et passa plusieurs coups de fil auxquels David ne prêta aucune attention. Il était préoccupé. Depuis un moment, en effet, il lui semblait que les héroïnes du feuilleton mexicain résonnant dans la cage d'escalier parlaient de lui...

C'était diffus, incertain, mais chaque fois qu'il tendait l'oreille, il entendait prononcer son nom... et des mots comme *incendie... brûlé vif... revolver dans une boîte en carton...* Il était ennuyé qu'on mentionne ces choses à la télévision, à une heure de grande écoute. Cela ne regardait que lui. Il faillit aller frapper à la porte de l'amateur de cerfs-volants pour lui demander d'éteindre son poste.

— *Il est tombé dans les flammes*, disait en ce moment même une femme à la voix criarde. *Tout ça pour sauver des gens qui n'en valaient pas la peine : des dealers, des ivrognes... et son fils n'a rien fait pour le sauver.*

— *Vraiment ?* s'étonnait une autre commère. *C'est dégoûtant. Ces gringos n'ont aucun sens du devoir, et ils voudraient nous donner des leçons de savoir-vivre !*

— *Je suis bien d'accord avec vous, ma chère,* reprenait la première. *Si j'étais à sa place, je me jetterais dans le premier incendie venu pour aller chercher mon père. Tout le monde sait qu'il suffit de suivre le chemin des flammes pour descendre en enfer.*

David s'approcha du réfrigérateur, ouvrit le robinet à glaçons et en remplit un bol qu'il promena sur son front brûlant.

— Vous vous prenez pour James Dean ? demanda Emmy.

— Non, c'est cette télévision, gémit le romancier, ça me donne la migraine.

— J'avoue que c'est assez pénible, fit la jeune femme. Mais si l'on tente de nous écouter, ça constitue un excellent brouillage. Au cas où ça vous intéresserait, j'ai eu la secrétaire de Portland Fichter... elle accepte que nous passions ce soir, mais elle ne promet rien. Le maître traverse, paraît-il, une phase de misanthropie galopante. C'est à La Jolla, vu les embouteillages il vaudrait mieux se mettre en route dès maintenant, quitte à attendre un peu sur place. Essayez de vous habiller très « gentleman du Vieux Sud », pour une fois vos cheveux gris vont servir à quelque chose, depuis l'année dernière Portland n'adresse plus la parole aux moins de soixante ans. Vous me tiendrez lieu d'interprète.

Ils quittèrent le loft alors que les héroïnes de *La Vierge aux Bottes de Cuir Fauve* parlaient toujours de David. Le romancier essaya de ne pas laisser transparaître son irritation.

Dès qu'il fut dans la voiture, il se cala dans son siège, les yeux mi-clos. Emmy ne cessait de sonder le rétroviseur, à la recherche d'un éventuel suiveur. Elle avait accroché son étui de revolver à la ceinture de sa jupe, sous sa veste de tailleur. Elle s'était habillée de manière très stricte et à peine maquillée. Elle avait dû fouiller dans les placards de David pour en extraire une cravate à peu près présentable.

Sur la plage, des joggers couraient, emballés dans

des combinaisons de plastique favorisant la sudation. Ils avaient l'air de cosmonautes fuyant une navette spatiale sur le point d'exploser.

Pendant qu'elle s'efforçait de sortir de L.A., Emmy brossa un rapide portrait de Portland Fichter, mais David ne l'écoutait guère. Il était de plus en plus préoccupé.

— Sa famille était très riche, disait la jeune femme, et il n'a jamais eu à se soucier de gagner sa vie avec ses toiles. C'est un vieil égoïste qui se prend très au sérieux. Ne le contrariez pas, il nous jetterait dehors. Ses tableaux ne valent pas un clou, mais il a une remarquable mémoire photographique et il a sillonné les États-Unis dans tous les sens. Si l'une des baraques que nous avons reconstituées existe vraiment, il sera capable de nous le dire en moins de trente secondes, et c'est tout ce qui m'intéresse.

David choisit de ne pas polémiquer. Par la vitre latérale, il observait la ville pour voir si n'éclatait pas un incendie allumé à sa seule intention. Les bavardages de ces garces du feuilleton l'avaient profondément irrité. De quoi se mêlaient-elles ? De plus, elles lui avaient rappelé l'existence du revolver de P'pa au fond de la boîte en carton scotchée, et il n'aimait pas ça.

La nuque enfoncée dans l'appui-tête, il perdit la notion du temps et s'étonna d'être déjà arrivé quand Emmy arrêta la voiture sur un parking de La Jolla Cove, face à la mer.

— C'est derrière nous, annonça la jeune femme. Une maison en bois. La réplique exacte de la demeure de Steinbeck, à Salinas.

David entreprit de s'extraire du véhicule. La bâtisse lui faisait face, curieux château gothique en réduction, aux fenêtres ornementées dans le style pharaonique. Le tout revêtu de peinture rose et beige.

— Passez devant, ordonna Emmy. Pour ce vieux croûton je ne suis qu'une femme et je dois marcher trois pas en arrière. Il faudra que vous argumentiez. Mais vous avez l'habitude d'utiliser votre imagination, n'est-ce pas ? Je jouerai les idiotes admiratives, il sera content. Flattez-le. Vous savez comment fonctionnent les artistes, après tout.

Au moment où il poussait la barrière, David réalisa qu'il n'avait aucune idée de ce qu'il venait foutre ici !

14

Rien ne se passa comme l'avait prévu Emmy.

Une femme d'une soixantaine d'années les introduisit dans le grand salon. Elle était grise de la tête aux pieds, du chignon au cuir de ses chaussures, en passant par la couleur de son tailleur. Elle portait des lunettes aux verres si épais que ses yeux semblaient vous contempler depuis l'autre côté d'un aquarium. Elle renouvela ses avertissements au sujet de Portland Fichter, mais celui-ci fit son apparition, lui coupant la parole. C'était un vieillard desséché, droit, qui mesurait près de deux mètres, et vêtu à la manière d'un clergyman. Ses cheveux blancs se dressaient sur sa tête, amidonnés par la coupe en brosse. Son visage laissait apparaître les cicatrices des nombreuses interventions de chirurgie esthétique perpétrées dans le but de gommer les rides trop nombreuses qui fissuraient sa peau. Cet artifice l'affublait d'une figure à la chair si tendue qu'elle avait l'air plastifiée. Il était difficile de lui donner un âge. Cent dix ans ne semblait pas un chiffre excessif. Sans doute s'ennuyait-il ce soir-là, car il pressa les deux visiteurs de s'asseoir. Tout de suite il n'eut d'yeux que pour les jambes d'Emmy, leurs genoux ronds, si lisses, et ne prêta aucune attention à David.

— Nous venons solliciter les secours de votre immense mémoire pour résoudre un problème qui intéresse directement la sécurité de l'État, commença la jeune femme. Il s'agirait d'une identification...

David écoutait d'une oreille distraite. Depuis un moment il avait l'impression de s'être égaré dans l'arrière-boutique d'un marchand de tapis. De grands rouleaux encombraient le sol. On les avait étroitement ficelés avant de sceller ces liens d'un cachet de cire rouge portant le monogramme PF. Il mit une minute à comprendre qu'il ne s'agissait pas de tapis mais de tableaux roulés. Il y en avait des dizaines, dressés contre les murs, empilés sur le sol tels des troncs d'arbres dans une scierie. Certains étaient immenses et atteignaient presque le plafond, chatouillant le lustre à pendeloques.

Le peintre leva les mains, dans une mimique de refus péremptoire. On eût dit qu'il s'opposait à l'intrusion d'un rhinocéros apparu inopportunément au seuil du salon.

— Je vous arrête tout de suite, ma chère enfant, coupa-t-il. Je ne donne plus aucune consultation. *C'est fini*. On s'est très mal conduit avec moi et j'ai décidé de me retirer du monde.

— Il suffirait que vous jetiez un simple coup d'œil à quelques photos, plaida Emmy en décroisant les jambes.

— Non, non. Pas question, s'entêta le vieillard. On s'est beaucoup moqué de moi après cette émission de télévision ; on a dit qu'elle était truquée, que je « bidonnais »... Dans le *New York Times*, le critique pictural m'a surnommé « Fichter, le spécialiste de la carte postale géante »... J'en ai été ulcéré. Et j'ai aussitôt décidé de faire retraite. Si j'avais été plus jeune, je l'aurais provoqué en duel, mais à mon âge il devient extrêmement difficile de défendre son honneur.

Il se leva, écrasant ses visiteurs de sa haute taille. Agitant ses bras interminables, il désigna les tableaux roulés qui encombraient la pièce.

— J'ai racheté toutes mes toiles, annonça-t-il fièrement. Aux musées, aux collectionneurs. Toute ma production. J'ai retiré Portland Fichter de la circulation. Confisqué ! Ah ! ah ! Les États-Unis perdent un grand peintre, mais peut-être ont-ils besoin d'une bonne punition pour comprendre que le pays s'engage sur les territoires de la barbarie ? Aujourd'hui on laisse les étrangers peindre des cochonneries sur les murs de Los Angeles, et les intellectuels s'extasient en battant des mains ! Pitoyable !

— Les gens des médias sont souvent maladroits et superficiels, insista Emmy. Mais nous sommes vos fervents admirateurs. La firme que je représente serait d'ailleurs très honorée d'acheter l'une de vos œuvres et de l'exposer dans la grande salle du conseil d'administration.

— Inutile, fit le vieux d'un ton sec. Les flatteries n'y feront rien, la blessure est inguérissable. Je suis au-delà de toute médecine, même appliquée par une infirmière aussi charmante que vous. J'attendrai la mort avec cette plaie ouverte au flanc. Ce qui me fait le plus souffrir, c'est d'avoir été frappé par des Américains. Ces mêmes mots dans la bouche d'un étranger m'auraient fait rire, *mais là*... Non, c'était inacceptable. Vous parlez à un ermite, mon enfant. Je suis déjà ailleurs. Je vous parle de l'Autre Rive, et bientôt ma voix ne sera plus qu'un murmure.

— Nous pourrions envisager des excuses officielles, risqua Emmy en se levant à son tour.

— Du président des États-Unis ? demanda Portland, le sourcil froncé. Au Rose Bowl Stadium devant toutes les chaînes de télé rassemblées ?

Il parut sur le point de se laisser fléchir, puis haussa les épaules.

— Non, non, lança-t-il. C'est trop tard. Je ne suis déjà plus de ce monde. Venez voir... je vais vous montrer à quoi je travaille désormais.

Il se lança à travers la maison, d'un pas vif que n'entravait aucun rhumatisme. Emmy et David se précipitèrent dans son sillage. Le romancier sentait la moutarde lui monter au nez. Il se voyait très bien, arrosant les toiles d'essence et y boutant le feu. Il avait toujours entendu dire que les tableaux de maître brûlaient fort joliment à cause du vernis dont ils étaient enduits. Il plongea la main dans sa poche, tâtant le petit cube nickelé du Zippo qui ne le quittait jamais. Ils traversèrent une serre tropicale où flottait une épaisse odeur de moisissure, et débouchèrent dans le jardin. Là, au beau milieu de la pelouse, entre les palmiers, s'ouvrait un trou que David prit tout d'abord pour une piscine. C'était un bassin carrelé de bleu, très profond et plutôt cubique, qu'entourait une barrière faite de balustres de cuivre soutenant une épaisse corde de soie rouge comme on en voit dans les musées.

— Ma dernière demeure, annonça Portland. J'y travaille comme un pharaon bâtissant sa pyramide funéraire. À ma mort, je veux qu'on me dépose nu au fond du bassin, sur une couche composée de toutes mes œuvres. J'y dormirai tel un monarque reposant sur un lit dont chaque drap serait un sommet de l'art. Quand je serai étendu sur mes meilleurs tableaux, on déversera quarante tonnes de résine liquide dans la fosse. Ainsi je demeurerai intact, parfaitement visible mais intouchable. Hors du monde. Et ce que l'on devinera de mon œuvre rendra fous de désespoir les critiques des générations futures. Mais il sera trop tard pour pleurer, n'est-ce pas ? La résine aura durci. Irrémédiablement. Et comme j'ai choisi un produit à l'épreuve des explosions, on ne pourra jamais récupérer les tableaux engloutis !

Sa voix chevrotait, au bord des larmes. David luttait contre l'envie de lui expédier un coup de pied dans le derrière pour qu'il aille s'écraser au fond de son cher bassin, sans plus attendre !

— Vous voyez, reprit Portland en posant la main sur l'épaule d'Emmy, vous venez trop tard. Vous parlez à quelqu'un qui s'éloigne déjà vers l'île des morts en emportant tous ses bagages.

— C'est terrible, bredouilla la jeune femme. Je suis certaine que nous pourrions obtenir réparation. Mon groupe est très puissant et...

— Oh ! siffla le vieillard. *Il n'y a pas que ça*. On m'a porté un plus grand préjudice encore. On m'a écarté de la sélection de la NASA.

— Quoi ? bégaya Emmy qui n'y comprenait plus rien.

— La NASA, répéta Portland d'un ton impatient. Vous savez qu'ils ont expédié dans l'espace un module d'exploration chargé d'établir un contact avec d'éventuels extraterrestres ?

— Oui. J'en ai entendu parler.

— À l'intérieur de cette capsule, on a déposé des échantillons du génie humain, tout ce qu'on estimait représentatif des productions de notre monde. Les équations d'Einstein gravées sur une plaque de platine, des enregistrements de Beethoven et de Mozart. Tout cela à l'usage des Martiens, pour leur prouver que nous ne sommes plus des hommes des cavernes depuis longtemps. J'ai proposé qu'un de mes tableaux figure dans la section picturale. J'ai même offert de céder la toile en question sans exiger la moindre rétribution, pour la gloire des États-Unis. Vous savez ce qui s'est passé ? Le Président ne s'est même pas donné la peine de me répondre. On m'a ignoré ! Moi, alors qu'aucun peintre n'a su mieux que moi exprimer la grandeur de nos paysages !

Cette fois, il porta la main à son front pour dissimuler son visage. Emmy regardait fixement dans le bassin, ne sachant comment entamer la détermination du vieux fou.

— Non, dit Portland d'une voix cassée. Je ne puis plus faire marche arrière. On m'a rejeté, tant pis. Je ne me ridiculiserai pas en essayant de me défendre. Je reprends ce que j'avais donné, et je l'emmène avec moi, dans ma tombe.

Il s'essuya les yeux, se pencha au-dessus de la fosse et demanda :

— Que pensez-vous de ce bleu ? J'ai déjà fait refaire le carrelage trois fois. Je suis indécis. Vous savez que le bleu est une couleur royale ? Au Moyen Âge, c'était la seule teinture qu'on était capable de fixer durablement, c'est pourquoi on la réservait aux monarques.

— On m'a écarté de la sélection, moi aussi, dit David.

Il n'avait pas encore ouvert la bouche, et le son de sa voix fit tressaillir le peintre.

— Pardon ? fit celui-ci en se redressant. Qui êtes-vous ?

David se présenta. Portland fouilla frénétiquement dans sa poche à la recherche de lunettes qu'il chaussa.

— David Sarella, répéta-t-il, le père de Conan Lord ! Mon Dieu ! Suis-je pitoyable ! Je ne vous avais pas reconnu... J'ai lu tous vos ouvrages, une œuvre admirable qu'on devrait étudier dans les écoles... Et vous dites que les gens de la NASA vous ont écarté, vous aussi ? Quel scandale ! Nous vivons une époque terrible. Le ciel s'obscurcit sur l'Occident, j'espère qu'il nous sera donné la chance de mourir avant d'assister au déclin de l'Amérique.

Il avait posé son bras maigre sur les épaules de David, et se penchait vers lui, un sourire obséquieux aux lèvres.

— Racontez-moi, insista-t-il.

David improvisa un conte à dormir debout dans lequel ses romans étaient écartés de la sélection au profit d'un auteur moderne *français*, incompréhensible et prétentieux. Terriblement en vogue sur le campus de Berkeley.

— Un Français ? hoqueta Portland, épouvanté. Ces gens-là sont ennuyeux à mourir et d'une hygiène qui laisse à désirer. Je comprends votre réaction.

Il broda sur ce thème un moment encore, puis s'interrompit, sous l'effet d'une illumination.

— Vous savez, dit-il. Je viens de penser à quelque chose... Il y a de la place pour deux dans le bassin, vous pourriez venir m'y retrouver. Je m'allongerais sur mes toiles, nous bâtirions une sorte de trône à l'aide de vos livres, et vous vous y installeriez, raide, droit, tel un roi barbare. Et la résine nous recouvrirait lentement. Bien sûr, cela vous obligerait à mourir en même temps que moi... et comme je suis légèrement plus âgé, cela impliquerait que vous ayez recours au suicide, mais cela vaudrait peut-être le coup ? Vous devriez y réfléchir. Quel pied de nez à la civilisation américaine décadente ! Ses deux plus grands artistes se retirant avec leurs œuvres, au nez et à la barbe des critiques !

Il gesticulait et semblait désormais d'une humeur charmante. Il voulut rentrer et poussa ses invités devant lui en leur expédiant des bourrades dans le dos. Pour le maintenir dans cet état d'esprit, David s'empressa de s'inventer tout un lot d'affronts et de cabales dont il était, bien sûr, la pantelante victime.

— Quelle honte ! rugissait le peintre à intervalles réguliers.

Ils regagnèrent le salon. La secrétaire leur apporta du café et des cigares. Le vieillard n'accordait plus un seul regard à Emmy.

— À propos de cette histoire d'identification, lâcha David, si vous pouviez me secourir...

— Bien sûr ! s'exclama Portland, ce sera avec joie. Entre persécutés nous devons faire corps. Que votre secrétaire me montre les croquis.

Emmy ouvrit son sac d'un geste sec et en tira les clichés qu'elle étala sur la table de laque.

— Il s'agit de reconstitutions à partir d'éléments épars, expliqua-t-elle. Cette identification est très importante pour nous, elle nous permettra sans doute de localiser l'endroit où se cache un dangereux criminel.

— Il n'y a pas de pires criminels que les gens sans culture, trancha Portland. Et ils logent à la Maison Blanche. C'est là que vous trouverez les pires Béotiens !

Satisfait de sa tirade, il chaussa une autre paire de lunettes et se pencha, les bras en appui sur les genoux. D'emblée, il écarta trois photos.

— Celle-là... dit-il. Celle-là je la connais très bien. Oui, oui... je l'ai dessinée en 1928. Un plein carnet de croquis. Il manque beaucoup de détails, et certains éléments ne sont pas à la bonne place, mais je la reconnais. Je suis certain de ne pas me tromper. J'ai un don, vous savez ? Je n'oublie jamais ce que j'ai vu une fois. Je vais corriger votre esquisse.

Il se saisit d'un carnet et d'une mine de plomb qui traînaient sur un fauteuil et traça en moins d'une minute le dessin remarquablement détaillé de la maison que David et Emmy avaient reconstituée de façon très approximative.

— J'ai une mémoire visuelle phénoménale, déclara

Portland. Quand j'étais enfant, de nombreux savants m'ont pris pour sujet de thèse. Ma famille appréciait très modérément.

David n'osait précipiter les choses. Il sentait qu'il suffirait d'un rien pour que l'odieux bonhomme se rétracte dans sa coquille. Par bonheur, il n'eut pas à attendre trop longtemps.

— C'était une mission, expliqua le vieillard. Fondée par les franciscains du roi d'Espagne Carlos II sur le Camino Real. À cent kilomètres environ de Los Angeles, pas très loin de la Mission San Juan Capistrano, si vous voyez ? On l'appelait « l'église aux abeilles ». À l'époque c'était un endroit délicieux, hors du monde, perdu dans un boqueteau et entouré de ruches. Un ermite l'occupait. Un très vieil homme qui passait ses journées à méditer, assis sur une chaise. Comme il ne bougeait pas d'un pouce, les abeilles le recouvraient de la tête aux pieds. C'était terriblement impressionnant. Imaginez un type enveloppé de fourrure bourdonnante... C'était devenu une attraction. Les guides arrêtaient leurs autocars et distribuaient des jumelles aux touristes pour qu'ils assistent au phénomène. Personne n'osait s'approcher. On disait que les abeilles défendaient l'ermitage et qu'elles piquaient à mort tous les intrus. Il y en avait beaucoup, un véritable brouillard. Le prêtre survivait en vendant leur miel qui était délicieux... Les gens du coin lui attribuaient bien sûr des vertus curatives miraculeuses.

— À San Juan Capistrano ? murmura Emmy. Vous en êtes certain ?

Portland ignora la question.

— Je me suis approché un jour, continua-t-il. Je portais le costume traditionnel des apiculteurs : gants, chapeau, voilette sur le visage. Mais c'était tout de même terriblement angoissant. Les abeilles ricochaient sur ma poitrine. Elles s'acharnaient, essayant de me faire rebrousser chemin. L'endroit était magnifique, un véritable morceau de paradis terrestre. L'ermite m'a déclaré qu'il fallait s'avancer nu ou ne pas venir du tout. Il m'a dit quelque chose comme : « Si les abeilles vous acceptent, c'est que vous êtes destiné à faire de grandes choses... que vous êtes l'élu. » De la superstition. J'ai dû battre en retraite. Je l'ai toujours regretté car j'aurais pu en tirer une toile magnifique. Mais il était impossible de travailler dans ces conditions, avec ces abeilles qui venaient s'engluer dans la peinture fraîche.

— La mission appartient toujours à l'Église ? interrogea David.

— À l'Église ? fit Portland en relevant les sourcils. Non... Elle n'existe plus. Un tremblement de terre l'a réduite en morceaux en 67. L'ermite était déjà mort depuis longtemps.

Il vrilla sur les deux visiteurs un œil plein d'amusement.

— Oh ! ricana-t-il, vous pensiez qu'elle existait toujours ? Je suis désolé. On ne peut même pas dire qu'un seul de ses murs soit encore debout. La secousse l'a complètement émiettée. La dernière fois que j'y suis passé, les pierres formaient un gros tas sur le sol. Et il n'y avait plus la moindre ruche.

Il prétendait être désolé, mais il était manifeste que la déception de ses interlocuteurs le ravissait. D'un seul coup, David sentit une bouffée de haine l'envahir, et le peintre lui devint odieux, insupportable. Il se dressa.

— Pouvez-vous venir une minute ? demanda-t-il à Emmy. Je dois vous parler.

La jeune femme se leva, ébahie.

— Si vous voulez bien nous excuser... balbutia-t-elle à l'adresse du vieillard.

Déjà David l'entraînait dans le vestibule. Il ouvrit une porte au hasard. C'étaient les toilettes des domestiques, il y poussa sa compagne.

— Qu'est-ce qui vous prend ? gronda celle-ci.

— Donnez-moi votre arme ! ordonna David en plongeant la main sous la veste de la jeune femme. Il faut que je tue ce vieux con !

— Vous êtes fou ! protesta Emmy.

Elle essaya de le repousser, mais il tenait bon. Ils luttèrent dans le réduit, renversant les flacons disposés sur la tablette de marbre.

— Votre arme ! gronda David. Je vais lui foutre une balle dans la tête ! Vous avez vu comment il s'est fichu de nous !

— Vous êtes en train de perdre les pédales ! souffla Emmy, ressaisissez-vous.

On frappa à la porte, et la voix de la secrétaire sexagénaire retentit, inquiète : « Tout va bien ? »

À présent Emmy et David luttaient dans le réduit, coincés entre le mur et le lavabo. Le romancier essayait coûte que coûte de s'emparer du *Bulldog* de sa compagne. Un besoin de carnage s'était emparé de lui, le besoin de faire éclater le crâne de Portland Fichter... le besoin de mettre le feu aux tableaux, de voir toute cette maison se ratatiner dans les flammes. Le rire insultant du peintre ne cessait de retentir à ses oreilles. La vieille fripouille ! Il avait cru s'amuser à leurs dépens ! Il rirait moins dans un instant.

Emmy frappa David au visage, mais les coups n'eurent pas raison de la fureur du romancier. À la fin, se sentant débordée, la jeune femme tira de son sac l'un des pistolets-injecteurs et en appliqua l'embout sur la carotide de son adversaire. David perçut à peine la piqûre. La souffrance vint avec trois secondes de retard, du centre de son corps. Alors qu'il était en train d'étrangler Emmy, la douleur le cabra. Des traînées de poudre flambaient sur le trajet de ses nerfs. Paralysé, le souffle coupé, il tomba en arrière et se ratatina sur le dallage. De l'huile bouillante coulait dans ses veines, le cuisant de l'intérieur. En une seconde, il fut couvert de sueur. Il voyait Emmy audessus de lui qui parlait, mais il n'entendait plus sa voix. Il eut la conviction qu'il ne supporterait pas plus longtemps la souffrance qu'on lui infligeait, et qu'il allait mourir d'un arrêt du cœur, là, entre le lavabo de porcelaine rose et le siège des toilettes dont un napperon de dentelle protégeait l'abattant. Puis le spasme reflua, et il émergea, la bouche grande ouverte, haletant à la manière d'un naufragé qu'on vient de repêcher.

— Ça va ? demandait Emmy.

Elle l'aida à se remettre sur pied, et lui tamponna le visage à l'aide d'une serviette en papier.

La secrétaire tambourinait toujours à la porte. Emmy se décida à ouvrir.

— Ce n'est rien, dit-elle, un petit malaise. Nous allons prendre congé.

La vieille femme les dévisageait avec réprobation, le nez plissé, à la recherche d'odeurs suspectes.

David s'aperçut dans un miroir. Sa figure semblait sculptée dans un morceau de bougie. Emmy le soutint jusqu'au salon. Portland s'était dressé, le regard scrutateur. Emmy le remercia pour le temps qu'il avait bien voulu leur consacrer. Le peintre les raccompagna jusqu'au seuil. Au moment où ils descendaient les marches du perron, il les rappela.

— Ah ! dit-il. Ça n'a peut-être aucune importance, mais au sujet des ruines de la mission... Elles ne sont plus à San Juan Capistrano.

— Comment ? balbutia Emmy.

— Non, lança le vieillard en souriant de toutes ses fausses dents. En 87 j'y suis repassé. Quelqu'un avait racheté les pierres et les avait emmenées.

— Les pierres ?

— Oui. Un original. Il les a fait numéroter, puis charger dans plusieurs camions. Je suppose qu'il voulait faire remonter le bâtiment sur un terrain lui appartenant. Votre maison, aujourd'hui, elle peut se trouver n'importe où.

Et, content de l'effet obtenu, il leur claqua la porte au nez.

David tituba jusqu'à la voiture.

— C'est Orroway, haleta-t-il en se laissant tomber sur le siège. C'est Orroway qui l'a rachetée. Voilà pourquoi il n'avait pas effacé le dessin. C'était un indice qui n'avait plus la moindre importance. Il se fiche de nous, depuis le début.

— Vous délirez, soupira Emmy.

— Pas du tout, murmura le romancier. Il savait que vous alliez remonter la filière... Il avait prévu que vous viendriez me trouver puisque j'avais été son seul ami. Il se doutait que je vous mènerais à la maison des collines. Il nous promène, et il s'amuse de nous voir patauger.

La jeune femme s'installa au volant.

— En y réfléchissant bien, ce que vous dites n'est pas complètement idiot, observa-t-elle. Je me demande même s'il ne chercherait pas à régler ses comptes avec vous.

— Ses comptes ? grogna David. Mais je ne lui ai jamais causé le moindre tort !

— Ça, c'est ce que vous croyez ! siffla Emmy. Mais en réalité vous l'avez tenu pour quantité négligeable, vous l'avez méprisé, oublié... Vous êtes devenu célèbre, et jamais, au cours des années passées, vous n'avez eu un geste envers lui : un coup de fil, une invitation à déjeuner. Est-ce que je me trompe ?

— Non, avoua David.

— Lui, il a continué à vous suivre. Je sais qu'il possédait la collection complète de vos œuvres. Vous avez raison. Il n'est pas exclu qu'il s'amuse avec vous.

Elle démarra. David ferma les yeux. Il était aussi faible qu'un nourrisson.

15

Ils étaient de retour à Venice vers 1 heure du matin. David n'avait pas ouvert la bouche pendant toute la durée du trajet. Les effets de la piqûre se faisaient toujours sentir et de brusques décharges de souffrance lui traversaient le corps, au moment où il s'y attendait le moins. C'étaient alors des crispations organiques qui lui donnaient envie de se recroqueviller et de gémir en attendant la mort. Un squelette d'acier l'habitait, un squelette que des résistances électriques portaient au rouge, faisant grésiller ses muscles tels des morceaux de viande sur une plaque chauffante. Tout lui devenait alors indifférent, et la fin du monde aurait pu survenir sans qu'il daigne s'y intéresser plus d'une demi-seconde.

Emmy dut le soutenir jusqu'au loft. Dans la cage d'escalier, les *telenovelas* déployaient toujours pleurs et supplications.

David s'allongea précautionneusement sur le *futon*, tandis que la jeune femme se débarrassait de sa veste de tailleur et allait enfermer son arme dans la mallette de métal brossé.

— Vous m'avez fait peur, dit-elle. J'ai bien cru que vous alliez assassiner ce pauvre vieux.

— Sur le moment ça m'a paru primordial, avoua David. Je ne pouvais plus le supporter.

Emmy sortit les photographies de son sac, déchira celles qui n'avaient plus aucune importance.

— Je crois qu'il faut raisonner par rapport à la notion de provocation, dit doucement le romancier.

— Qu'est-ce que vous racontez ? s'impatienta la jeune femme.

— Mais si ! grogna David. Si vous voulez localiser Orroway, prenez pour théorème de base qu'il a décidé de se payer notre tête... et qu'il nous nargue en permanence.

— Et cela nous mène où ?

— Au fait qu'il est là-bas... à Mother Lode Lake. Juste sous notre nez.

— Qu'est-ce qui vous fait penser ça ?

— La présence de la drogue d'abord. Pourquoi choisir une station comme celle-là, si ce n'est à cause de la proximité et des facilités d'approvisionnement.

— Ça ne tient pas debout, le Sourire Noir est apparu en d'autres points du pays, et toujours dans des stations de vacances. Je pense qu'Orroway sélectionne des lieux à la mode, fréquentés par des gens friqués adeptes du retour à la nature.

— *Non, non*, protesta David. J'ai raison. Il y a autre chose. Rappelez-vous ce qu'a raconté le vieux à propos des abeilles.

— Les abeilles ? hoqueta Emmy. Vous allez me forcer à sortir la Thorazine.

— Mais si ! Où il y a des abeilles, il y a du miel... où il y a du miel, il y a des ours. Et qu'est-ce qu'on essaye de faire à Mother Lode Lake ? Repeupler la montagne en grizzlys ! Vous ne voyez donc pas la démarche d'Orroway ? Il a acheté les ruines de la mission pour les transporter quelque part sur la montagne, où il a fait reconstruire l'édifice. Puis il a entouré son refuge d'une barrière de ruches, pour recréer le paysage de son enfance. Les ruches vont attirer les ours qui deviendront ses chiens de garde... Ainsi il disposera d'un double cercle défensif.

— Mon Dieu ! soupira Emmy, vous êtes bon pour la camisole.

— Pourquoi ? Vous êtes la première à dire qu'Orroway est fou, alors cessez de raisonner comme si vous aviez affaire à un homme ordinaire. Il est là-bas, j'en suis certain. Et je crois même savoir où.

La jeune femme s'immobilisa, le visage tendu.

— Où ? demanda-t-elle.

— Dans cette caverne dont le nain nous a parlé. La grotte où l'on peut entendre les tremblements de terre trois jours à l'avance... La grotte de l'Ours Rugissant. Je pense qu'Orroway y a reconstruit sa maison. C'est un lieu dont la symbolique convient tout à fait à ses fantasmes. Réfléchissez : l'ours, qui, par sa colère, provoque la fin du monde. L'endroit même : ce point nodal d'où partent les séismes destructeurs. Et enfin la caverne, le cocon par excellence. L'œuf de pierre, la carapace, le refuge originel. C'est bien vous qui parliez de « complexe du cocon », non ?

Emmy hocha la tête. Son scepticisme paraissait refluer.

— Ça se tient, avoua-t-elle. C'est effectivement le genre de rapprochement qui pourrait séduire un dingue. Vous savez où se trouve cette grotte ?

— Non, mais Jack saura. Que risquons-nous à essayer puisque nous sommes dans une impasse ? Je pense qu'Orroway est là-bas et qu'il avait tout prévu. Mon arrivée, l'enquête, la panique qui s'est emparée de la Mafia et des services spéciaux... Si ça se trouve, il se promène dans la station, déguisé, et nous sommes passés dix fois à côté de lui sans le voir. Je connais cette griserie de la mystification, du jeu avec la proie, c'est ce qu'on ressent quand on joue au *Gotcha*.

— Et il était votre partenaire, je sais, compléta Emmy. Vous voulez dire qu'il aurait organisé une partie de *Gotcha* à l'échelle du pays, et avec de vraies armes cette fois ?

— Pourquoi pas ? Je l'ai peut-être trop souvent battu à ce jeu, et il a décidé de prendre sa revanche. C'est un peu comme s'il liquidait tout son contentieux. Vous, moi... Il a reconstruit la mission dans la grotte. Il est riche, il pouvait s'offrir cette fantaisie. Toute la baraque tenait probablement dans deux ou trois Macks, il lui a suffi d'engager une poignée de maçons mexicains entrés en fraude pour reconstituer le puzzle. Là aussi on retrouve la même logique : le dessin en morceaux, l'église en miettes... Il y a correspondance. Je comprends maintenant pourquoi ce lieu lui tenait tant à cœur : l'ermite protégé par les abeilles, les insectes repoussant les intrus. Et le miel... le miel miraculeux capable de guérir l'humanité. C'est ce qu'il a essayé de faire avec l'*Amazing Diet*. Le produit de régime, c'était son miel à lui ! Et vous l'avez empêché d'aller au bout de sa mission.

David s'assit pour se débarrasser de sa veste.

— Il est là-bas, répéta-t-il. Installé au cœur de son emboîtement de cocons. Et il nous attend. Il sait que nous allons venir le chercher. Il nous provoque... Comme dans le *Gotcha*. Un coup je te vois, un coup je ne te vois plus. Il nous prépare un beau piège, ça aussi c'est dans la règle du jeu. Il faudra faire attention.

Emmy frissonna.

— J'ai l'impression d'être manipulée, murmura-t-elle. Et je n'aime pas ça.

— C'est parce que vous aviez l'illusion d'avoir un coup d'avance sur lui, ricana David. Mais il savait ce que vous alliez faire. Il n'a pas improvisé sa stratégie. Vous pensiez lui courir aux basques alors que c'est lui qui vous prenait en filature. Il lui a fallu beaucoup d'argent pour s'organiser. Sa fortune était-elle aussi importante ?

— Non, mais il est probablement sponsorisé par des groupes extrémistes.

— Étrangers ?

— Même pas. Je pencherais plutôt pour des nationalistes blancs ultra-conservateurs. Des milliardaires, magnats du pétrole ou de l'industrie lourde. Ils ont une théorie qui circule depuis quelque temps, celle de la Grande Purge.

— Et ça consiste en quoi ?

— L'idée maîtresse c'est qu'il ne faut surtout pas chercher à soigner les drogués, mais au contraire leur fournir toute la drogue qu'ils réclament jusqu'à ce qu'ils en crèvent. La stratégie qui se cache derrière tout ça, c'est celle du Grand Tri. Autrement dit : débarrassons-nous des éléments pourris qui infectent l'élite de la société. Les jouisseurs, les partouzards, les yuppies qui se poudrent le nez. Tous ces gens qui n'ont pas d'autre morale que le plaisir. Quand ils seront morts, on reconstruira l'État sur des bases solides, propres. Il n'y aura plus de magouillards, de politiciens corrompus. La grande lessive les aura expédiés à la morgue. C'est là que le Sourire Noir entre en jeu. Un produit attractif, élitiste, et qui tue sans souffrance.

Elle s'interrompit, ouvrit le réfrigérateur pour prendre une bouteille de Perrier. Elle but au goulot, indifférente au liquide qui coulait le long de sa gorge et allait se perdre dans son décolleté. Elle était tendue, nerveuse.

— Je crois que c'est, en gros, le but poursuivi par les gens qui financent Orroway, conclut-elle. Distribuer gratuitement une drogue qui supplante toutes les autres et qui va provoquer une hécatombe, libérant le corps social de ses éléments corrompus. Nous ne sommes pas en face d'un trafic ordinaire, l'argent n'entre pas en ligne de compte. Je ne pense pas me tromper de beaucoup. On sait qu'Orroway a eu des contacts avec un milliardaire connu pour son extrémisme. Un vieux conservateur qui rêve d'une nouvelle guerre de Sécession et qui prône le retour à l'esclavage.

— C'est énorme, murmura David.

— Des centaines de sectes encore plus folles voient le jour chaque semaine, répondit la jeune femme. Leur problème c'est qu'elles manquent d'argent pour s'organiser. Orroway ne se heurtera pas à ce frein. Je pense qu'il est plus ou moins manipulé, lui aussi. Ceux qui le financent n'aimeraient probablement pas beaucoup le petit jeu auquel il s'amuse avec nous. Vous comprenez maintenant pourquoi le Département d'État marche sur nos brisées ?

Elle tira la fermeture Éclair de sa robe et se dévêtit.

— Il faut dormir, dit-elle. Nous partirons demain matin. En roulant toute la journée, nous avons une chance d'être au *Roaring Grizzly* à la tombée de la nuit.

Elle fouilla dans sa valise, en sortit un maillot de base-ball qu'elle enfila en guise de chemise de nuit.

— Je vais vous faire une injection de Thorazine, dit-elle. Je ne veux prendre aucun risque avec vous.

Le lendemain matin, lorsqu'il monta sur la bascule, David put constater qu'il avait perdu un kilo dans la nuit. Il eut un étourdissement. Emmy le fit se rallonger et le plaça sous perfusion de glucose le temps de boucler les bagages. Elle avait des gestes d'infirmière, asexués, sans tendresse. Il se demanda si elle se raidissait contre ses propres sentiments ou si elle n'éprouvait vraiment rien, ni affection ni pitié. Cela ne l'aurait pas étonné outre mesure, il avait côtoyé des G.I.'s que la guerre avait rendus incapables de la moindre émotion. Il commençait à penser qu'Emmy était comme eux, se satisfaisant de contentements épidermiques : un bon repas, une bière fraîche, une cigarette, un peu d'ombre... une brève jouissance quand le corps exigeait d'être comblé. *Mais rien d'autre*. C'était si peu féminin qu'il avait du mal à l'admettre. Une femme qui vivait en soldat, ne voulant s'attacher à rien ni personne... pour n'avoir jamais à pleurer la moindre perte. Bizarre.

— Vous êtes en hypoglycémie, dit-elle en s'habillant. Ne vous agitez pas, restez calme, ou sinon vos malaises iront en s'accentuant. Cela fait déjà deux jours que vous êtes pratiquement à la diète, vous allez passer par une phase de faiblesse, puis la drogue va reprendre le dessus, et les sécrétions d'endorphines gommeront ces désagréments.

Quand il fut libéré de l'aiguille et de la bonbonne, David fourragea au-dessus d'une armoire sous le prétexte de récupérer ses bottes de caoutchouc. En réalité, il arracha les bandes adhésives fermant la boîte des souvenirs paternels, et y plongea la main pour s'emparer du colt 45 qu'il dissimula ensuite dans l'une des bottes. Le poids de l'arme l'emplit d'une satisfaction absurde.

Ils quittèrent le loft sans un mot, ils avaient une longue route à faire et devinaient tous deux qu'ils entamaient la dernière ligne droite. L'impression d'avoir été manipulés par Orroway ne les portait pas à l'optimisme.

Comme d'habitude, quitter L.A. ne fut pas une mince affaire et ils perdirent beaucoup de temps dans les embouteillages. À la différence d'Emmy qui pestait, cramponnée à son volant, David n'éprouvait aucune irritation. Il était au-delà de toutes ces choses. Au fil des heures cette impression se confirma. Une étrange lumière éclairait son esprit, et il avait la conviction saisissante de jouir d'une capacité de réflexion supérieure à la normale. Il se sentait beaucoup plus intelligent, comme si son cerveau avait brusquement doublé de volume. En comparaison, les capacités réflexives d'Emmy lui paraissaient à peu près aussi performantes que celles d'un hamster.

Il ne doutait plus. Chacune de ses pensées se détachait, scintillante, telle une œuvre d'art métallique aux bords tranchants. Ses croyances devenaient inébranlables. Il s'étonnait que personne n'ait songé à les sculpter dans le marbre pour les déposer en un quelconque tabernacle et les adorer. Il savait désormais qu'il appartenait à une autre race... une élite égarée chez les sous-hommes.

Par la vitre latérale, il regardait défiler le paysage

et s'agiter les gens sur le bord de la route. Il avait de plus en plus l'impression de se promener au milieu d'un parc animalier, d'un zoo. Ces créatures étaient à peine plus que des bêtes. S'il leur adressait la parole, elles éprouveraient sans aucun doute beaucoup de difficultés à le comprendre, et il devrait employer des mots simples... peut-être même s'exprimer par gestes ?

Il ne les méprisait pas. Une étrange pitié l'envahissait.

« Je suis un extraterrestre, pensa-t-il. Un extraterrestre en visite sur une planète sous-développée. Tous ces êtres si pitoyables... Dieu ! Comment les amener à progresser ? Comment infuser en eux ce surcroît d'intelligence qui leur permettrait de sortir du règne animal où ils croupissent ? »

Les larmes lui gonflaient les yeux. Il aurait aimé quitter la voiture et s'avancer vers ces petites créatures aux cervelles obtuses, les mains tendues. Poser ses paumes rayonnantes sur leurs têtes emplies de pensées confuses, et leur donner enfin la lumière. Il les imaginait, à genoux dans la poussière, levant les yeux vers lui. Et déjà le miracle s'accomplissait : l'intelligence illuminait leur regard, chassant les brumes de la bestialité, ils se mettaient à parler autrement qu'en grognant. Ils se levaient, lui baisaient les mains...

Il avait fait d'eux des hommes. Il les aimait, de tout son cœur. Il était leur prophète, il les guidait sur la voie du progrès. Grâce à lui ils cessaient de marcher à quatre pattes. Il les élevait vers la sagesse.

Il broda longtemps sur ce thème, puis, sans qu'il sache pourquoi, l'agacement le gagna, et il fut indisposé par cette humanité médiocre dont le pullulement avait quelque chose d'offensant.

« Des rats... songea-t-il. Des rats dressés sur leurs pattes de derrière. »

Il se maudit de n'avoir pas pensé à glisser le colt 45 dans sa poche car il aurait pu faire un carton sur ces rongeurs aux vilaines figures. Il se voyait très bien : un fusil automatique calé au creux de l'épaule, balayant par courtes rafales ces gnomes aux gestes sans grâce. Ne serait-ce pas leur rendre service, après tout ? Les délivrer de leur médiocrité ?

Il se mit à guetter les enseignes des armureries dans l'intention d'acheter une arme pour la chasse au gros gibier. L'une de ces énormes Remington 39-45, par exemple, conçues pour le safari à l'éléphant. Crac-Boum ! Crac-Boum ! Avec la bouche, il entreprit d'imiter le bruit du levier d'armement et celui de la détonation. Les balles à pointe creuse feraient des trous dans ces bestioles rosâtres. Il faudrait prévoir une profusion de cartouches. Peut-être même faire bénir l'arme par un prêtre en lui expliquant le but de la croisade ? Débarrasser des formes de vie inférieures du fardeau de l'existence...

Ça n'aurait rien d'un crime. Ces animaux n'avaient pas assez de conscience pour se sentir mourir. Ils ignoraient même tout du concept de mort. C'étaient des *organismes*. Oui, voilà ! C'était le mot exact : des organismes mus par des besoins élémentaires : bouffer, boire, dormir, chier, se reproduire.

Il finit par s'endormir. Quand il ouvrit les paupières, sa haine s'était miraculeusement évanouie et il débordait à nouveau d'amour.

Lorsqu'Emmy arrêta la voiture sur le parking d'un restoroute, il quitta l'habitacle de tôle avec l'illusion que ses pieds touchaient à peine le sol. Il ferma les poings pour dissimuler au vulgaire la lumière dorée émanant de ses paumes. Il se sentait en veine de farces. À l'entrée du restaurant, il se baissa pour caresser le crâne d'un teckel. Il savait qu'en agissant ainsi, il allait rendre l'animal plus intelligent que ses maîtres, et il riait d'avance à l'idée de la tête que feraient les deux humains quand le chien commencerait à leur parler, d'ici une dizaine de minutes !

Il pouffa. Il débordait de sagesse et de puissance. Il suait l'illumination. Il aurait pu rendre un distributeur d'eau amoureux de ses gobelets de carton rien qu'en l'effleurant. Il s'assit et contempla la carafe, le verre, qu'on posait devant lui. Il hésitait à les toucher. Avait-il le droit de faire éclore dans ces choses inertes la conscience d'exister ? C'était une lourde responsabilité.

— David, chuchota Emmy. Vous devez boire, sinon votre corps va se déshydrater rapidement. C'est le grand danger des diètes prolongées.

Il la regarda. Comment aurait-il pu lui faire comprendre que s'il saisissait ce verre, l'objet deviendrait vivant ? Il la scruta, il pouvait voir en elle. Son cerveau n'était pas très développé. Il préféra garder ses secrets.

« Si je le voulais, pensa-t-il, je pourrais même te rendre humaine, toi la petite Emmy toute froide et toute lisse comme un robot. Tu serais bien embêtée, hein ? »

— Comment vous sentez-vous ? répéta la jeune femme. Vous avez l'air bizarre. Ça va ?

David ne savait en quelle langue lui répondre, car il parlait désormais l'idiome sacré des élus, et elle n'aurait pu le comprendre. Il se contenta d'un signe de tête. Il devait conserver un profil bas.

Ils regagnèrent le véhicule et reprirent la route. David essaya de faire le vide en lui. En consultant la montre du tableau de bord, il constata qu'une heure pouvait s'écouler le temps qu'il cligne des paupières. Cette planète obéissait à des lois bizarres. Il commençait à redouter qu'un excès de réflexion ne lui grille les neurones.

La journée s'écoula ainsi, dans le flux et le reflux d'hallucinations étranges qui déferlaient sur son esprit, lui emplissant tour à tour la tête d'une eau agréablement tiède, brûlante ou glacée.

Vers le soir, il émergea enfin de sa transe. Il était très fatigué et les tempes lui faisaient mal, comme au sortir d'une gueule de bois. La nuit tombait, et il jugea plus prudent d'avoir recours à ses gouttes ophtalmiques. Bizarrement, les ténèbres s'éclaircirent aussitôt, et les maisons en devinrent même transparentes, lui révélant leur ameublement. Les yeux écarquillés, il regardait les familles se mettre à table, les couples faire l'amour, les solitaires dîner d'un plateau-repas devant leur téléviseur. Quand il reporta son regard vers le sol, il vit que la terre elle-même était translucide, un vrai bloc de *cristal jelly* ! Il discernait parfaitement ce qui se passait dans le secret du sous-sol, il voyait les racines des arbres, les cercueils dans l'humus des cimetières, les bêtes dans leur terrier... et plus bas — beaucoup plus bas — son père, George Sarella, qui courait parallèlement au trajet de la voiture. Il était tout noir, réduit de moitié comme il sied à un cadavre carbonisé, mais il courait très vite, une boîte d'allumettes dans une main, un jerrican d'essence dans l'autre. Il criait : « Tu ne te débarrasseras pas de moi aussi facilement, fiston ! Il faudra bien que tu te décides à m'ouvrir la porte ! Tu entends ? La porte ! »

David ferma les yeux, effrayé. La main d'Emmy se posa sur son genou, pour le secouer.

— Hé ? dit la jeune femme, qu'est-ce qui se passe ? Vous avez l'air d'avoir vu le diable.

David rouvrit les yeux. L'hallucination avait cessé, il poussa un soupir de soulagement.

— Vous vous êtes payé un sacré voyage, n'est-ce pas ? demanda Emmy. Ça se voyait sur votre figure. Vous n'avez pas ouvert la bouche de toute la journée.

— C'est vrai, balbutia le romancier. Bon sang ! J'ai cru que je ne redescendrais jamais.

— C'était bien ?

— Je comprends que les utilisateurs du Sourire Noir ne veuillent plus ingurgiter autre chose. Ça vous donne une impression de... puissance. On est au-dessus de tout. On tient le monde dans le creux de sa paume.

— On devient Dieu ?

— Ça y ressemble.

David se passa la main sur le visage. Il avait les sinus gonflés, les tympans douloureux et un peu de sang coulait de sa narine droite, comme s'il venait de subir un léger accident de décompression.

— On arrive, dit Emmy d'une voix lasse. Je tombe de fatigue.

— C'est bizarre, observa David. J'ai l'impression d'avoir quitté L.A. depuis une heure à peine.

— Souffrez-vous de la faim ? interrogea la jeune femme.

— Non, pas du tout. Je me sens léger. Plus vif. Comme si je rajeunissais. Comme si je devenais plus performant. Écrire un roman dans la nuit ne me paraîtrait pas un travail impossible, ou composer une symphonie... ou bâtir une maison !

— Calmez-vous. Gardez les pieds sur terre, faites obstacle au produit. Résistez.

Ils longèrent le lac, pénétrèrent dans l'agglomération. Les citrouilles d'Halloween scintillaient toujours dans la nuit. David baissa la vitre pour respirer l'air du lac. Les bateaux oscillaient le long du débarcadère. Emmy s'arrêta sur le parking du *Roaring Grizzly*.

— Retour à la case départ, grogna-t-elle. Nous prendrons contact avec Jack dès demain matin. Si nous voulons nous enfoncer dans la forêt, il faudra louer une autre voiture. Je m'en occuperai.

Ursula Pooshkie écarquilla les yeux en les voyant entrer dans le hall. Tout de suite, elle attira David à l'écart et lui remit une épaisse enveloppe de papier kraft.

— J'ai trouvé ça dans votre casier le jour même de votre départ, chuchota-t-elle. Je ne sais pas qui l'y a glissée. Briar ne se rappelle pas que quelqu'un l'ait apportée. Ça n'a pas été posté... Et il n'y a pas de timbre.

Elle parlait vite, d'un ton de comploteuse. David comprit qu'elle était très excitée. Il n'eut pas le courage de la priver de sa récompense et décacheta l'enveloppe. Elle contenait un livre de poche. Un roman de la série Conan Lord, publié par les Éditions du Chat Hurlant. Le nom de Sarella figurait en bonne place. Un titre dominait l'illustration de couverture : *La Mort de Conan Lord*.

— Je n'ai jamais écrit ce bouquin, grogna le romancier.

Il se tut car il venait seulement de comprendre ce que représentait le motif de couverture. C'était un dessin hyperréaliste, d'une fidélité quasi photographique, aux couleurs violentes. On y voyait un homme se faire déchirer par un ours des montagnes à la gueule béante. Les griffes de la bête lacéraient les flancs du malheureux, ouvrant d'épouvantables blessures dans sa chair. L'homme hurlait de souffrance en essayant de repousser l'animal. L'homme...

David plissa les yeux. Il reconnut sans mal le petit visage de l'illustration, puisque c'était le sien.

Derrière le grizzly, une femme se convulsait sous l'assaut de milliers d'abeilles. Elle se débattait en criant, et les insectes furieux en profitaient pour se ruer dans sa bouche. David grimaça. La femme, c'était Emmy. Le dessin, fouillé à l'extrême, avait tout d'une photographie, et son réalisme ajoutait à l'horreur de la situation. Il eut l'impression pénible d'être en train de contempler sa propre mise à mort. Il feuilleta les pages d'un pouce nerveux. Elles étaient blanches.

— C'est une mauvaise plaisanterie, bredouilla Ursula Pooshkie. Je trouve ça d'un goût plutôt douteux. Vous devriez le balancer à la poubelle !

Elle avait pâli, et il était manifeste que l'illustration l'avait effrayée, elle aussi. Emmy s'approcha. David lui tendit le livre.

— On a déposé ça dans mon casier le jour de notre départ, murmura-t-il.

Cela impliquait qu'Orroway avait anticipé sur les révélations de Portland Fichter : les ours, le miel et les abeilles.

— Il savait déjà ce que nous partions chercher et ce que nous ramènerions, fit la jeune femme.

— Exact, il se fiche de nous. Ce bouquin, c'est sa façon de nous le faire comprendre.

Ils prirent congé d'Ursula et gagnèrent la chambre de David.

— Il est là, quelque part autour de nous, grogna le romancier en ouvrant sa porte. Il a toujours un coup d'avance. Je me demande si c'est réellement une bonne idée d'aller seuls dans cette grotte.

— Comment voulez-vous faire ça ? s'emporta Emmy. Vous souhaitez prévenir le SWAT, ou les Marines ? Si nous mettons les « autres » dans la confidence, vous n'aurez plus aucune chance d'obtenir le moindre antidote. La partie doit se jouer entre Orroway et vous. C'est ce qu'il essaye de vous faire comprendre. Si vous gagnez, il vous sortira peut-être du pétrin.

Ils entrèrent. Emmy ouvrit les valises et passa la chambre au détecteur. Le contrôle se révéla négatif. David prit une douche et se coucha. Dès qu'il fut allongé, la jeune femme le mit sous perfusion.

— Nous allons dormir ensemble, annonça-t-elle. Pas question de se séparer. Je vais vous injecter un calmant et nous barricaderons la porte. J'ai tout ce qu'il faut.

Elle appela la réception et se fit monter un plateau. Après quoi, elle posa des détecteurs de choc adhésifs sur la fenêtre et sur la porte ; tous reliés à une sirène portative qui se déclencherait à la moindre tentative d'effraction. Ces précautions prises, elle glissa sous le battant un coin de bois qui le bloquerait en cas d'intrusion en force, puis elle se dévêtit et posa son revolver sous son oreiller.

— Impressionnant, observa David.

— Je veux dormir en paix, déclara la jeune femme.

Elle mordit dans son sandwich, les yeux fixés sur le faux roman abandonné sur la table basse.

— Très ressemblant, ricana-t-elle. On s'y croirait. À votre avis, c'est un avertissement ou une promesse ?

Il ne répondit pas, elle vint s'étendre à côté de lui, ferma les yeux. Elle s'endormit presque aussitôt, et David resta à la contempler, sans pouvoir trouver le sommeil. Désormais, il savait qu'ils étaient condamnés à se côtoyer sans jamais voir aucun lien se tisser entre eux. Les choses ne se dérouleraient pas à l'exemple de ces films où les deux partenaires commencent invariablement par se haïr, puis – après s'être mutuellement sauvé la vie — apprennent à s'apprécier et finissent par tomber amoureux l'un de l'autre. David sentait qu'une telle conclusion restait peu crédible en ce qui les concernait, Emmy et lui. Quelque chose les séparait et les séparerait toujours, une cloison de verre invisible qu'il n'avait aucun espoir de voir se craqueler. Et pourtant elle lui plaisait, il ne cherchait plus à se le dissimuler. Il aimait sa dureté, son indépendance, cette impression qu'elle donnait de n'avoir besoin de personne.

Peut-être était-il trop vieux pour elle. Déjà affaibli par le temps ? Elle ne s'accouplait qu'avec les jeunes loups, et il avait le poil beaucoup trop gris. Elle cherchait quelqu'un d'aussi lisse et d'aussi inentamable qu'elle. Une arme jumelle ? Peut-être même n'avait-elle pas besoin d'homme, qui sait ? Dans quelques années, lorsqu'elle se jugerait trop vieille pour le service actif, elle se ferait inséminer et élèverait seule un enfant auquel elle consacrerait tout son temps.

Il fut tenté de tendre la main pour la toucher. Il se demanda s'il aurait dû lui faire l'amour lorsqu'elle le lui avait proposé. Il en aurait profité pour lui voler quelque chose... un peu de cette inébranlable et stupide conviction d'être capable de refaire le monde, qui est le propre de la jeunesse.

Bon Dieu ! Il en aurait eu bien besoin !

16

Le lendemain matin David avait encore perdu un kilo. Cette constatation l'inquiéta car il était resté très passif au cours des deux derniers jours. Cela signifiait que lorsqu'il lui faudrait déployer une grande activité physique, il maigrirait plus vite encore, et dans des proportions beaucoup plus angoissantes. Combien lui « coûterait » une marche forcée dans la forêt ? Une course, une escalade ? Trois, quatre kilos en moins ? Il se dépêcha de chasser cette pensée et s'habilla.

Au rez-de-chaussée, il croisa ses anciens élèves de l'atelier de création littéraire qui firent semblant de ne pas le reconnaître. Il avait appris grâce au panneau d'affichage du hall qu'Ursula Pooshkie s'était finalement résignée à le remplacer par un poète post-moderne pratiquant la déconstruction du langage et l'onomatopée primale.

Emmy voulait louer un 4x4, ils partirent donc à la recherche d'une agence. Pendant qu'ils traversaient la ville, le romancier ne put s'empêcher de regarder fréquemment par-dessus son épaule. Il avait la conviction d'être suivi... épié. Quelque chose lui soufflait qu'Orroway s'amusait à le frôler, à se pavaner sous son nez. La fête foraine permettait tous les déguisements. Orroway se cachait peut-être sous le maquillage du clown vendeur de ballons... ou bien sous le masque mortuaire de ces touristes travestis en squelette ? Comment savoir ? C'était l'un des grands plaisirs du *Gotcha* : s'approcher le plus près possible de la proie sans éveiller son attention. David avait lui aussi connu cette excitation, vingt ans plus tôt, chaque fois qu'il avait triomphé de la méfiance et des précautions d'Orroway. Aujourd'hui, il ne conservait qu'un souvenir très vague des parties qui avaient fait se ruer l'adrénaline dans ses veines, et, pour dire la vérité, il trouvait ce jeu un peu stupide. Était-il possible qu'Orroway en ait conçu une humiliation durable ? Avait-il souffert de l'amitié distraite du jeune Sarella au point de la considérer comme une aumône insultante ?

« Mon Dieu, songea David. Tant d'années ont passé, nous sommes presque vieux, et il pense encore à ces bêtises ? »

Il avançait dans le sillage d'Emmy, sursautant dès qu'un fêtard à masque de citrouille se précipitait dans sa direction. Des idées saugrenues lui traversaient l'esprit. Il songeait aux romans d'espionnage un peu fous des années 60, et à leur naïve panoplie de gadgets mortels : le chat dressé à tuer, le sandwich fourré aux explosifs, le ballon rouge rempli de gaz cyanhydrique... James Bond, Modesty Blaise. C'était à qui irait le plus loin dans l'invraisemblance. La mort se fournissait au rayon farces et attrapes. Orroway, comme David, avait été un fervent lecteur de cette littérature de drugstore. N'allait-il pas céder à la tentation d'en ressusciter les fastes ?

L'agence de location était coincée entre une grande maison rose d'aspect colonial et une patinoire couverte dont on annonçait l'ouverture prochaine. Emmy y trouva un 4x4 japonais qui parut la satisfaire.

— On a l'air de partir en safari, déclara David en se hissant dans le monstre. Si Orroway nous regarde, il doit bien s'amuser.

Ils prirent aussitôt la direction de Bumpass Hell, l'enfer des marmites de boue, pour prendre contact avec le nain. Cette fois, Emmy était armée. Il leur fallut près d'une heure pour retrouver la maison miniature de Jack. Finalement, ce fut le chasseur de putois qui les prit à revers et surgit dans leur dos sans qu'ils l'aient entendu approcher. Il puait toujours autant mais semblait ravi de la visite. Emmy lui expliqua qu'elle voulait tout savoir de la grotte de l'Ours Rugissant.

— Laquelle ? ricana le nain. La vraie ou la fausse ?

— Pourquoi ? s'étonna David, on a le choix ?

— Ouais, s'esclaffa Jack. La municipalité en a construit une au bord du lac, à l'usage des touristes qui auraient entendu parler de la légende. C'est une caverne de béton armé, complètement artificielle. Il y a des vibreurs mécaniques dans les crevasses pour faire croire à un tremblement de terre, et des haut-parleurs qui diffusent des hurlements d'ours enregistrés. Je suppose que ce n'est pas celle-là qui vous intéresse.

— Et l'autre ? s'enquit la jeune femme.

— L'autre, grogna Jack, la vraie, elle est perdue dans la montagne. En réalité c'est un trou dans le flanc du volcan. Personne ne va jamais là-bas parce que les crevasses rejettent des émanations soufrées très irritantes. On a vu des randonneurs perdre la vue et s'asphyxier en voulant la visiter. Depuis, l'accès en est interdit. De toute manière, c'est à cet endroit qu'on a installé la zone de repeuplement des grizzlys. Pour accéder à la caverne, il faut traverser la réserve en voiture, les vitres remontées. Une barrière électrifiée entoure toute cette partie de la forêt. Il faut demander un permis pour y accéder, et le garde vous empêchera d'aller jusqu'à la grotte, il est payé pour ça.

— Y a-t-il des ruches ? interrogea David.

— Non, grogna Jack. Mais il y a des essaims sauvages installés dans les troncs creux. Une race d'abeilles particulièrement agressives, rapides à l'attaque. Il faut s'en méfier. Il n'y a guère que les ours qui osent leur tenir tête.

— *C'est ça*, souffla Emmy en jetant un regard entendu au romancier. Vous aviez raison. Il a tout reconstitué... il a même probablement réimplanté les ruches.

— Qu'est-ce que vous voulez faire là-haut ? interrogea le nain. Je vous préviens que ce ne sera pas une partie de plaisir, et qu'on risque de se faire plomber le cul par le garde. Il a peur des braconniers autant que des ours, et il tire sur tout ce qui bouge.

— Vous connaissez un passage ? répliqua Emmy.

— Je connais tous les passages, gronda Jack. Mais c'est un sale coin. Et pas uniquement à cause des grizzlys.

— Qu'y a-t-il encore ? s'impatienta la jeune femme. Vous voulez faire monter les prix ?

— Non, grogna le nain. Mais il faudra traverser un village de bûcherons. Groinstown. Ce sont les anciens habitants du lac qu'on a expropriés pour bâtir la station. Inutile de vous dire qu'ils ne portent pas les touristes dans leur cœur. Je vous préviens que ça ne sera pas agréable. La dernière fois que des gens de la ville sont montés les voir, ils les ont foutus à poil et plongés dans le goudron. On pense qu'auparavant les gars de la scierie se sont un peu amusés avec la fille.

— Il n'y a pas eu d'enquête ? fit Emmy.

— Pas de plainte déposée. Les victimes ont plié bagage le soir même sans demander leur reste.

— Combien voulez-vous pour nous guider jusque là-haut ? lança la jeune femme.

— J'veux pas d'argent, cracha le nain. À quoi ça me servirait ?

— Alors quoi ?

— J'veux devenir le héros d'une aventure de Conan

Lord, voilà ! annonça-t-il après quelques secondes de réflexion. J'veux que mon nom soit marqué dans le livre : Jack le Putois, et qu'on me dessine sur la couverture, au-dessous du titre. J'veux que M'sieur Sarella me signe un papier comme quoi il le fera, et qu'après on m'expédie une pleine caisse de ces bouquins. Je les distribuerai dans la station, ils en feront une gueule !

— C'est possible ? s'enquit Emmy en se tournant vers David.

— Bien sûr, fit celui-ci. Vous voulez que je signe avec mon sang ?

Tirant son carnet à couverture de caoutchouc noir de sa poche, il rédigea un court contrat qu'il signa et tendit au nain. Ce dernier le déchiffra d'un œil avide.

— C'est bon, conclut-il. Je vous emmènerai, mais vous allez serrer les dents et les fesses, je préfère vous prévenir !

Il leur dressa une liste des provisions et du matériel à emporter et leur donna rendez-vous pour 2 heures, au même endroit.

Ils retournèrent en ville pour acheter de la corde, des lampes-tempête, des rations et des jerricans d'eau potable. David se faisait l'effet de partir pour l'Ouest, en pionnier des premiers âges. Emmy effectuait ces emplettes avec un grand sérieux. Elle était tellement persuadée d'avoir le contrôle des événements qu'elle en devenait attendrissante. Elle ressemblait à ces jeunes médecins, dont l'encre du diplôme est à peine sèche, et qui se drapent dans un sérieux exagéré pour impressionner leurs premiers clients. David songea qu'elle serait probablement devenue charmante si elle avait cessé de se surveiller pendant un moment. Combien de temps comptait-elle vivre de cette manière, corsetée dans sa carapace de femme-flic inentamable ? Assimilait-elle les sentiments à des virus dangereux dont elle devait se garder à tout prix ?

Sur le parking de l'hôtel, David récupéra le 45 de son père et le module de communication qu'il glissa dans les diverses poches de sa veste de cuir. Il n'oublia pas les gouttes oculaires qui risquaient de lui être bien utiles s'il fallait camper en forêt. Ainsi lesté, il attendit le retour de la jeune femme. La valise métallique contenant les « médicaments » se trouvait derrière son siège, afin qu'on pût s'en saisir rapidement si le besoin s'en faisait sentir.

Il dut resserrer d'un cran la ceinture de son pantalon qui glissait sur ses hanches. Dans trois jours, il flotterait dans ses vêtements. Dans trois jours... s'il était encore en vie !

Emmy apparut enfin, et ils quittèrent le parking de l'hôtel tandis qu'Ursula Pooshkie leur adressait des signes de la main. Elle paraissait inquiète, et sur le point de fondre en larmes.

Un quart d'heure plus tard, ils arrivaient devant le repaire de Jack. Le nain les attendait, assis sur une pierre, sa petite carabine en bandoulière. Il portait des guenilles repoussantes dont l'odeur prenait à la gorge. Emmy demeura imperturbable. Quand Jack s'installa dans la voiture, le calvaire atteignit les limites du supportable. « Dans dix minutes nous ne sentirons plus rien, se répétait David. Dix minutes de courage et nos récepteurs olfactifs auront assimilé cette puanteur... »

— Belle voiture, ricana le nain. J'espère que nous pourrons la ramener entière.

— Indiquez-moi la route à suivre, répliqua Emmy sans s'émouvoir.

Le 4x4 s'enfonça dans la forêt, et, très vite, David eut le sentiment que le monde civilisé n'existait plus. Les séquoias redwood jaillissaient du sol, tours, donjons d'une forteresse dont les murailles se seraient éboulées depuis longtemps. Leurs racines déformaient la terre. Il y avait quelque chose de sinueux dans ces troncs — d'artériel — qui évoquait le cou d'un dinosaure à demi enseveli.

David secoua la tête pour chasser ces images stupides et un peu angoissantes. Il fallait résister à la dérive mentale de la drogue.

— À partir de maintenant, expliqua Jack, il faudra faire attention dès que vous poserez le pied par terre.

Les gens de Groinstown ont entrepris de boycotter le repeuplement des grizzlys, je vous l'ai déjà dit. Ils ont la foutue habitude de disposer des pièges à ours dans les broussailles. Ça fonctionne comme un piège à loup, sauf que c'est beaucoup plus gros et que ça peut couper les jambes d'un homme à la hauteur du genou. C'est aussi un moyen d'emmerder les touristes. Faites gaffe, ou vous risquez de vous retrouver cul-de-jatte... et encore plus handicapés que moi !

Il tira de ses hardes un morceau de tabac à chiquer et mordit dedans.

— Groinstown c'est un vrai parc à demeurés, grogna-t-il. Faudrait passer en vitesse, toutes vitres remontées, comme dans les réserves d'animaux sauvages. C'est un village bâti autour d'une scierie. Y'a là-haut des gars qui ne savent ni lire ni écrire, des mecs qui abattent un arbre en dix coups de cognée. Ils n'ont pas digéré qu'on les écarte du lac.

— On ne peut pas faire un détour ? s'enquit Emmy.

— Non, c'est le seul accès à la réserve. Là-haut la forêt est trop dense, la voiture ne passerait pas entre les arbres, on est forcé de suivre la route. Ce ne sera pas une partie de plaisir.

David remarqua qu'il paraissait extrêmement nerveux et ne cessait de tripoter sa petite carabine d'enfant.

— Ces types, grommela encore le nain, si vous voulez vous faire une idée de ce qui vous attend, imaginez des ours qu'on aurait épilés avant de leur passer un pantalon et une chemise à carreaux. Ils sont... immenses. Et mauvais comme la gale.

— Vous avez déjà eu affaire à eux ? demanda David.

— Ouais, murmura le nain. Ils ne m'aiment pas. À plusieurs reprises ils ont essayé de m'avoir, c'est pour ça que j'ai camouflé ma cabane, sinon ils seraient bien foutus de l'arroser d'essence et d'y flanquer le feu. Quand nous entrerons à Groinstown, il faudra remonter la rue principale sans s'arrêter, et le plus vite possible. Je me cacherai sous la bâche. S'ils me voyaient, ça les exciterait et on aurait des ennuis.

Emmy restait imperturbable, sans doute pensait-elle qu'en cas de malheur il lui suffirait d'exhiber le *Bulldog* accroché à sa hanche pour ramener le calme ? David n'en était pas aussi sûr.

Le silence s'installa, seulement troublé par les rugissements du moteur. La voiture tressautait sur les grosses racines des séquoias bosselant la route. Le feuillage était si touffu qu'une pénombre oppressante régnait sous le couvert. En raison de son anomalie visuelle, le romancier n'y voyait plus grand-chose. Les ténèbres conspiraient pour encercler le véhicule. Mal à l'aise, il décida d'instiller sans attendre trois gouttes de produit dans chacun de ses yeux, tant pis s'il était ébloui lorsqu'on émergerait à l'air libre, il ne supportait plus cette obscurité factice où semblaient grouiller des formes indistinctes. Il n'ignorait pas que la drogue amplifiait les proliférations fantasmatiques, et il ne voulait surtout pas lui donner la moindre chance de développer une quelconque construction hallucinatoire, comme cela s'était déjà produit au cours des derniers jours. Les gouttes firent rapidement effet, délayant le clair-obscur des frondaisons, et les arbres parurent soudain pris dans le halo d'un scialytique, ne laissant plus rien ignorer des détails de leur écorce. David songea qu'il avait eu la main un peu lourde, puis cessa d'y penser.

Le 4x4 rebondissait tellement sur les racines qu'en fermant les paupières on avait l'illusion de se déplacer à dos de chameau. La densité de la végétation semblait s'opposer à toute pénétration, dressant des barrières successives de plus en plus drues. Quant à la puissance des séquoias, elle faisait éclore dans l'esprit du romancier des idées d'écrasement. « Des pieds, pensait-il depuis un moment déjà. On dirait des pieds d'éléphant ou... de dinosaure. Nous sommes en train de nous faufiler sous le ventre de bêtes gigantesques. Quand elles s'apercevront de notre présence, elles nous piétineront ! »

Il n'osait plus lever la tête, de peur d'apercevoir — en guise du toit de feuilles — les ventres énormes des sauriens habitant la forêt. Il s'était ratatiné sur son siège, retenant son souffle. Il imaginait la carcasse de la voiture prise dans le cataclysme d'une débandade. Les pattes des monstres l'aplatissant, la faisant rouler comme une boîte de bière vide. Il enfonça les ongles dans le cuir de son siège pour faire refluer l'hallucination. Personne ne parlait, mais le souffle des respirations emplissait l'habitacle.

David eut envie de se tourner vers ses compagons et de leur crier : « Faisons demi-tour, vous ne comprenez pas que nous fonçons tête baissée dans un piège ? Les gens qui vivent là-haut ont probablement été prévenus de notre arrivée, ils nous attendent. Ils travaillent pour Orroway, *tous*... ils ne nous laisseront pas passer. » Il observa Emmy. La lumière du sous-bois lui faisait le visage vert. Elle était crispée sur le volant, les bras tendus. Il lui exposa ses craintes.

— Oh ! Ça suffit, dit-elle, vous n'allez pas me faire le coup du village peuplé de crétins consanguins ! Pitié ! Nous passerons sans nous arrêter et il n'arrivera strictement rien, mettez-vous ça dans la tête.

Au bout d'une demi-heure d'ascension cahotique, les arbres s'espacèrent et la voiture déboucha dans une vaste tonsure de la forêt au centre de laquelle se dressaient des maisons de planches à l'ancienne. Une dizaine, guère plus, disposées en cercle de sorcière. Le bruit d'une scie mécanique montait d'un grand hangar bancal et une odeur de sciure flottait dans l'air. David, ébloui par la lumière, se dépêcha de remettre ses lunettes. D'un coup, le ciel lui sembla presque blanc, comme si une explosion atomique venait de se produire dans le lointain. Les gens lui apparaissaient dans un halo flou, fantômes en cours de dissolution. Une douleur sourde lui vrilla le nerf optique, annonçant l'arrivée imminente d'une migraine ophtalmique.

— Qu'avez-vous ? interrogea Emmy.

— Je ne vois plus rien, balbutia David. Mes pupilles sont trop dilatées.

— Encore vos foutues gouttes ! siffla la jeune femme, c'était bien le moment de sortir vos gadgets !

Il se massa les tempes. Des larmes lui coulaient sur les joues. Il aurait préféré garder les paupières closes, toutefois il ne pouvait se résoudre à traverser le village en aveugle. Jack s'était aplati à l'arrière afin qu'on ne puisse l'apercevoir de l'extérieur, mais la rue principale était assez étroite, et si quelqu'un avait le malheur de s'approcher du 4x4 il n'aurait aucun mal à voir le nain recroquevillé sur le plancher. David mit sa main en visière au-dessus des Wayfarer pour affaiblir la réverbération du soleil. Groinstown lui offrait l'image hallucinatoire d'un univers uniformément blanc, bâti avec de la craie ou de la mousse à raser. Les lames des haches et des scies dardaient vers lui des flashes douloureux. Il ne distinguait plus les couleurs des vêtements, car le monde se résumait à une juxtaposition de noirs et de blancs répartis en masses inégales. Les chromes des voitures palpitaient, gros serpents de mercure se rétractant pour bondir.

— Bon sang ! dit Emmy entre ses dents, ôtez votre main de votre figure, vous avez l'air d'un criminel en fuite qui essaye de se cacher ! Tout le monde vous regarde !

— Je ne peux pas, gémit le romancier, je pleure.

Il n'exagérait pas, les larmes coulaient sur ses joues en un flot continu.

— Vous êtes le point de mire de tous les bouseux, rugit la jeune femme. Les commères vous dévisagent et les hommes ont l'air d'essayer de se rappeler s'ils ont vu récemment votre bobine sur un avis de recherche.

— Accélérez ! souffla David. Vous roulez au pas. On dirait que vous suivez un convoi mortuaire.

— *Je ne peux pas faire autrement !* chuinta Emmy. La rue est barrée.

— Quoi ?

— Il y a un camion arrêté à la sortie du village, en travers du passage. Des types sont en train d'y charger des planches. Il y en a visiblement encore pour un moment et je ne peux tout de même pas leur demander de dégager la route.

David se crispa. Il regarda droit devant lui, au travers du pare-brise, mais au-delà de trois mètres le monde se changeait en une grande palpitation lumineuse où bougeaient des formes inidentifiables. Il enrageait de se retrouver à demi aveuglé en un tel moment.

— Qu'allez-vous faire ? demanda-t-il en se tournant vers la tache rose qu'était devenu le visage d'Emmy.

— Je suis forcée de m'arrêter, dit faiblement la jeune femme. Il y a une sorte de drugstore. Allons y faire quelques courses pour jouer aux touristes.

— Non ! glapit Jack toujours recroquevillé sur le plancher. Ne me laissez pas là ! Dès que vous serez sortis, les gosses s'approcheront de la voiture pour regarder dedans ! Ils vont me voir !

— Je suis désolée, souffla Emmy. Mais je ne peux pas forcer le barrage, et c'est visiblement la seule route pour sortir de ce bled. Merde ! Ce camion doit peser trente tonnes, que voulez-vous que je fasse ?

— Ce n'est pas normal, murmura David. C'est un piège, j'en suis sûr. La route barrée au moment même où nous arrivons... Vous ne comprenez pas que tout cela était prémédité ?

— Assez avec la parano ! C'est juste une coïncidence, martela Emmy. Pourquoi se préoccuperaient-ils de la circulation puisqu'il ne passe jamais personne ? Nous sommes tombés au mauvais moment, voilà tout. Nous allons nous arrêter à l'épicerie, acheter deux ou trois bricoles et sourire aux indigènes. Avec un peu de chance tout se passera bien. Essayez d'avoir l'air normal, c'est tout.

— Faites marche arrière ! ordonna le romancier. Tirons-nous !

— Ce n'est pas possible, dit la jeune femme. Il y a déjà une dizaine de gosses derrière nous, et la rue est très étroite. Si je fais demi-tour, nous aurons l'air de prendre la fuite.

David enrageait de ne pouvoir se rendre compte des choses par lui-même. Un mauvais pressentiment lui étreignait la poitrine et l'insouciance d'Emmy lui donnait envie d'expédier des gifles au hasard.

— Ne vous arrêtez pas ! suppliait toujours Jack.

— Taisez-vous ! ordonna Emmy. L'un des types

vient vers nous. Planquez-vous sous la bâche et ne bougez plus.

David perçut le bruit de la vitre latérale qui s'abaissait électriquement. Une ombre entra dans la lumière. Une odeur de sueur et de bière flotta jusqu'à ses narines.

— Désolé ma p'tite dame ! lança une voix grasseyante, mais on doit charger, c'est le boulot. Y'en a encore pour un quart d'heure. Allez donc boire un coup au drugstore histoire de patienter, dites que c'est Dick Malloy, le roi de la cognée, qui vous l'offre.

— C'est très gentil de votre part, dit Emmy. De toute manière nous ne sommes pas pressés. Nous allons à la réserve.

— Drôle d'idée, grommela l'homme. Vous aussi vous voulez photographier les ours en train de chier ? Vous feriez mieux de nous tirer le portrait à moi et à mes copains. À poil on vaut le coup d'œil ! Dites donc, ça sent drôle dans votre bagnole. Vous auriez pas écrasé un putois en montant ?

— Si, fit précipitamment Emmy. Il s'est jeté sous nos roues. Vous croyez que ça partira ?

— Au bout d'un moment, oui. Vous ne l'avez pas ramassé au moins ? On dirait que l'odeur vient plutôt de l'intérieur...

— Non, fit la jeune femme. Le ramasser ? Pourquoi donc ?

— Oh ! avec les touristes faut s'attendre à tout, marmonna le bûcheron. Vous auriez pu avoir dans l'idée de le soigner ! Les randonneuses... j'ai parfois l'impression qu'elles allaiteraient n'importe quelle bestiole pour jouer à la maman. Elles feraient mieux de se faire cloquer un loupiot dans le buffet, mes copains et moi on est tout prêts à leur rendre ce genre de service si y'a plus de vrais mâles dans les grandes villes !

Emmy se força à rire.

— Pourquoi qu'il pleure votre mari ? lança le type qui s'était de toute évidence accoudé à la portière. C'est d'avoir écrasé un putois qui le rend si triste ? Il a sûrement pas fait la guerre, alors !

— Non, se dépêcha d'expliquer Emmy. Il est allergique à... la lumière du soleil.

— Comme les vampires ? dit le bûcheron en éclatant d'un gros rire. Merde, y va pas se dissoudre tout d'un coup au moins ? Sinon dites-le-moi, je préviendrai les autres, on n'a pas beaucoup de distractions dans le coin !

Son hilarité avait quelque chose de menaçant, ses efforts de politesse frisaient l'impertinence. David s'essuya les joues en essayant de conserver une allure impassible. Le bûcheron ne se décidait toujours pas à bouger, bloquant la portière. Il reniflait ostensiblement.

— Sauf votre respect, grogna-t-il, ça pue. On peut vous nettoyer ça, si vous voulez ? Un coup de jet, deux giclées de savon et ça sera comme neuf.

David décida de descendre. Il fallait faire quelque chose pour abréger la conversation. À tâtons, il ouvrit la portière et chercha le marchepied.

— Vous devriez vous occuper de vot' mari, ricana l'homme. L'a tout l'air parti pour se casser la figure. Ça doit pas être rigolo pour une jolie fille comme vous de vivre avec un infirme, non ? Y peut plus vous regarder. Et puis il a le poil plutôt gris, ça vous dirait rien un gars jeune et sain ?

— Quand la voie sera-t-elle dégagée ? s'enquit Emmy en durcissant le ton.

— Faut pas vous vexer, grogna l'homme. Vous savez, ici, on n'est pas méchant, on parle sans détour. Allez donc à l'épicerie-buvette de la vieille Maggie, dites bien que c'est Dick Malloy qui vous envoie !

David percevait les rires des enfants autour de lui. L'un d'eux lui piqua la fesse avec un bâton épineux, provoquant les hoquets d'hilarité de ses camarades. Un pas précipité l'avertit qu'Emmy faisait le tour du véhicule. Il entendit le « bip » de verrouillage des portières et songea à Jack, ratatiné sous sa bâche. La main de la jeune femme se referma sur son biceps.

— Venez, lui chuchota Emmy. Nous allons entrer au drugstore. Je n'aime pas l'ambiance qui règne ici. Ce type... Malloy... il n'arrête pas de nous regarder.

David se demanda s'il avait une chance de désamorcer l'hostilité ambiante en continuant à jouer les aveugles. Il décida que non.

— Attention à la marche, fit la jeune femme en poussant la porte battante du drugstore.

La pénombre qui régnait dans la boutique libéra David de la souffrance de l'éblouissement. Le monde cessa enfin de se présenter à lui sous l'aspect d'une juxtaposition de taches mouvantes, et les fantômes reprirent une apparence presque humaine. En tournant le dos à la fenêtre et en conservant ses lunettes noires, il jouissait d'une vision à peu près normale. Il découvrit qu'il était dans une boutique au plafond très bas. D'énormes poutres incurvées soutenaient les étages supérieurs. On y avait accroché des marchandises de toutes sortes : lampes-tempête, cordes, pelles, pioches, haches. C'était une échoppe de western qui aurait fait le bonheur d'un chercheur d'or. Une grosse femme se tenait derrière le comptoir, la bouche pincée, les cheveux ramenés sur la nuque en un chignon austère.

— Vous voulez quelque chose ? lança-t-elle à Emmy.

Des rires retentirent dans le dos de David. Les gosses de tout à l'heure se pressaient contre les fenêtres du magasin. À leurs gesticulations, le romancier comprit qu'ils lui faisaient des grimaces. L'odeur de sciure et de sève devenait entêtante, le sifflement de la scie circulaire chantait sur une note stridente qui finissait par faire mal. Emmy avait entrepris de faire des emplettes. Elle achetait pêle-mêle du corned-beef, du miel des montagnes, du sirop d'érable.

— Vous pouvez y aller, grommela la mégère, c'est pas du trafiqué. Le miel, y vient d'au-dessus d'chez nous.

— Vous avez des ruches ? interrogea David.

— Non, grogna la patronne. C'est du miel sauvage. De grosses abeilles californiennes comme on en trouve du côté de Palm Springs... Elles sont apparues comme ça. Y'en avait pas y'a quelques années, mais maintenant elles forment des essaims dans les arbres creux. Faut pas se mêler de les déranger.

David hocha la tête, ce qu'il entendait confirmait sa théorie. Orroway était bien là-haut. Il avait déménagé tout son petit monde : la mission et les ruches.

Il n'eut pas le temps d'y réfléchir davantage car il capta les échos d'une conversation en provenance de la salle contiguë. On avait installé là un comptoir et quelques tables de bois. Une odeur de bière tiède stagnait dans la pièce mal aérée. Un ventilateur tournait au plafond à un rythme irrégulier, s'arrêtant parfois pour repartir avec un hoquet. Trois hommes étaient accoudés, le nez dans leur chope. Des plaques de liège, collées sur le mur du fond, étaient constellées de fléchettes. Une photo datant de la campagne du shérif LeRoy servait de cible.

— La femme de Beau s'est tirée, grommela l'un des buveurs. Elle lui a piqué son fusil et s'est débinée dans la réserve. J'suis sûr qu'elle est partie dégommer les ours.

— T'en sais rien, rétorqua quelqu'un dont David ne distinguait pas le visage. Elle s'est p't'être fait sauter la tête. Elle a fait ça dans la forêt pour ne pas salir chez elle. C'était une maniaque de la propreté. Une vraie fille de la ville, toujours à se laver dix fois les mains.

— Non, non, reprit le premier buveur. Elle est partie en guerre contre les ours. Elle pouvait plus les blairer depuis qu'ils lui avaient bouffé son chat... Ça va faire des ennuis au pauvre Beau. On peut pas être garde forestier et accepter que sa femme flingue les grizzlys à tout va !

— De toute manière, elle était devenue dingue depuis qu'elle avait fait ce régime, conclut le troisième buveur de bière. V's'avez vu comment qu'elle avait maigri ? Un vrai squelette ambulant. Elle s'était mise à raconter des trucs bizarres.

— Les gens de la ville ça peut pas s'acclimater chez nous, observa sentencieusement le premier. Ça n'a pas la santé nécessaire.

— C'est pas ça, grogna son interlocuteur. C'est à

cause de ce régime, j'te dis. Elle avait acheté un flacon de potion à un colporteur du lac parce qu'elle se trouvait trop grosse, et ça lui a tapé sur la tête. Ça, et l'histoire du chat enlevé par les ours. Les gens de la ville sont tous cinglés... et ils nous apportent des maladies qu'on n'avait pas avant. Faudrait même pas leur donner le droit de s'arrêter ici. Y sont contagieux.

David s'éloigna. Emmy était en train de payer les provisions. Combien de temps allaient-ils encore devoir rester dans la boutique ? Dehors, les gosses s'agglutinaient autour du 4x4, grimpant sur les roues pour regarder à l'intérieur.

— *Y'a un chien !* cria l'un d'eux. Y a un chien sous la couverture !

David tressaillit. Emmy laissa échapper la monnaie que lui tendait la grosse femme.

— Vous avez un chien ? s'enquit l'épicière. Faut pas le laisser enfermé dans la voiture en plein soleil, vous allez le faire crever ! Sortez-le, je vais lui donner à boire. Bon sang, vous z'avez donc pas d'cœur, vous, les gens de la ville ?

— Non, non, protesta Emmy, nous n'avons pas de chien. C'est très gentil à vous mais...

— Si ! vociféra le gosse. Y'a un chien... même qu'il bouge sous la couverture.

— Ouais ! Ouais ! approuvèrent les autres enfants. Y bouge ! Y bouge !

La commerçante fronça les sourcils. S'essuyant les mains à son tablier, elle fit le tour du comptoir.

— J'ai entendu ce que vous disiez à Malloy à propos du putois, dit-elle sèchement. Vous vous seriez pas mis dans la tête de le ramasser, au moins ? C'est nuisible ces bêtes-là, faut les détruire !

Écartant Emmy qui essayait de s'interposer, elle s'avança sur le seuil de la boutique.

— C'est vrai, M'âme Godwin, renchérirent les mioches. Y'a une bête qui se cache. Et elle pue sacrément !

L'épicière colla sa grosse face contre la vitre latérale, les mains appuyées sur le verre, de part et d'autre des oreilles.

— C'est ma foi vrai ! s'exclama-t-elle. Y'a une bestiole cachée. Qu'est-ce c'est ? Faut pas emmener de chien ou de chat dans la réserve, ça excite les ours ! Encore plus si c'est une bête blessée qui perd son sang. Vous voulez vous retrouver encerclés par les grizzlys ? Vous vous imaginez que votre bagnole vous protégera ? Vous vous faites des idées, ma petite ! Les ours vous mettront en pièces, et après les gens d'ici seront encore accusés d'avoir fait du mal aux touristes !

S'éloignant de la voiture, elle se campa au milieu de la rue, les poings sur les hanches.

— Malloy ! vociféra-t-elle. Amène-toi... Tes petits copains veulent se promener dans la réserve avec une bestiole blessée. Viens un peu voir ça !

David s'avança sur la véranda, mais le soleil le força à battre en retraite. La matrone se résumait à une grosse masse pulsative d'où émanaient des ondes de couleurs torturant son nerf optique.

À la confusion qui l'entourait, il devina qu'Emmy essayait de contourner le véhicule pour se glisser au volant. Il tenta à son tour de se rapprocher de la portière, mais les gosses se jetèrent dans ses jambes avec des rires espiègles, l'empêchant d'avancer.

— Pas de blague ma p'tite dame, fit la voix de Malloy. Faut pas oublier que c'est sur nous que ça retombe après... Les insinuations et le reste. En bas on s'amuse à nous faire passer pour des sauvages, alors qu'en réalité tout ça c'est la faute des touristes.

David repoussa les mioches qui s'accrochaient à ses jambes. Il n'aimait pas le ton gouailleur et complice des voix s'entrecroisant dans le brouillard.

— Laissez-moi passer, lança Emmy, dites à ces enfants de reculer, je vais faire marche arrière.

— Non, pas question, intervint Malloy. On ne peut pas vous laisser partir. C'est pour votre bien. En plus, les putois ont souvent la rage, c'est extrêmement contagieux. Si vous vous êtes écorchée et que votre sang s'est mêlé au sien, vous êtes dans de sales draps !

— Il ne s'agit pas d'un putois, protesta Emmy. *Qu'est-ce que vous...* Rendez-moi ça !

David comprit que le bûcheron s'était emparé du boîtier de verrouillage. Le « bip » le fit sursauter. Les mains tendues, il s'approcha du véhicule. Une mêlée agitait le brouillard, et il devina qu'Emmy essayait de s'interposer. La matrone s'était jetée dans la bagarre, empoignant la jeune femme par les bras. Il perçut le déclic de la portière qu'on ouvrait. Malloy était à l'intérieur, il se penchait par-dessus le siège, tendait le bras pour saisir la bâche.

— Wao ! s'écria-t-il. C'est bien un putois ! Mais un putois qui marche sur ses pattes de derrière ! C'est notre ami Jack la demi-portion ! Jack-qui-rétrécit-au-lavage !

Les enfants éclatèrent de rire et se mirent à scander : « Jack-qui-rétrécit-au-lavage ! Jack-qui-rétrécit... »

— Foutez-moi la paix ! fit la voix tremblante du nain. Tirez-vous, bande de tarés, ou je vous arrose de plomb !

Il s'était probablement dressé, sa petite carabine à la main. Il parlait d'un ton aigu qui écorchait les oreilles. Malloy rugit.

— C'est nous que tu traites de tarés ? Et arrête d'agiter ce fusil, tu pourrais blesser les gosses ! Baisse cette carabine, j'te dis, ou je vais te flanquer une correction.

— Arrêtez, intervint Emmy. Laissez-moi faire marche arrière et n'en parlons plus.

— Pas question ! gronda le bûcheron. Ce gnome nous a insultés... Ce salopard de fœtus avarié... Range ce fusil !

— N'approche pas ! menaça le nain.

David sentait la panique l'envahir. Il savait que l'incident allait dégénérer. Jack était en train de perdre les pédales. Il l'imaginait sans peine, dressé à l'arrière du 4x4, épaulant sa petite carabine rouillée. Aux tressaillements du véhicule, il devina que le bûcheron s'était jeté en avant pour se saisir de l'arme. Le nain poussa un glapissement de frayeur. Une détonation sèche retentit, suivie d'un juron.

— Il a essayé de tuer Malloy ! hurlèrent les gamins

en s'éparpillant. Jack le Putois a essayé de tuer Dick Malloy !

David s'écarta de la voiture et, marchant à reculons, tenta de réintégrer le magasin. Il ne pouvait pas rester à demi aveuglé alors que les choses étaient en train de mal tourner. De retour dans la boutique, il attrapa deux paires de lunettes noires bon marché sur un présentoir, les superposa à ses propres Wayfarer, et attacha les branches avec quelques morceaux du ruban adhésif que l'épicière utilisait pour fermer les paquets. L'addition des verres teintés lui permettait à présent de regarder à l'extérieur sans se mettre immédiatement à larmoyer.

— Hé ! Maggie ! hurlèrent les buveurs de bière. L'aveugle est en train de te voler des trucs !

David bondit dans la rue. La confusion était à son comble. Malloy avait saisi Jack par les poignets et le tenait à bout de bras, à un mètre du sol, comme s'il s'agissait d'un animal. La balle tirée par le nain avait ouvert une blessure en séton sur sa joue mal rasée. Les ouvriers de la scierie avaient sauté du camion, ils entouraient le 4x4.

— Il pue toujours autant, cet avorton, rugit Malloy. Je propose qu'on lui donne un bain !

— Ouais, approuvèrent les autres bûcherons, flanque-le dans le tonneau !

— Ça suffit ! ordonna Emmy en dégainant le *Bulldog*, posez cet homme sur le sol et écartez-vous !

Elle brandissait son arme en professionnelle, les bras tendus, la paume gauche calant la crosse pour empêcher le tremblement du poignet, mais cette maîtrise n'impressionna nullement les ouvriers qui l'encerclaient.

— Wao ! cria l'un d'eux. Elle a trop regardé la télé, c'te demoiselle !

Et, lançant sa grosse main en avant, il la referma sur l'arme avant qu'Emmy ait pu presser la détente. Le *Bulldog* disparut entièrement dans la paume du colosse qui n'eut qu'à secouer le bras pour expédier la jeune femme dans la poussière.

— C't'un revolver de poupée ! gouailla-t-il en exhibant sa prise. Ça doit être le modèle pour la chasse aux papillons !

Jack se débattait, expédiant de pauvres coups de pied dans les jambes de son bourreau. Les gosses menaient grand tapage. Tapant des semelles sur le plancher de la véranda, ils scandaient : « Au bain ! Au bain ! Au bain ! »

— J'offre la lessive ! lança l'épicière. Mais frottez-moi ce cochon ! Sa puanteur est en train de faire tourner le lait de ma réserve !

— Pas besoin de lessive ! vociféra Malloy dont la chemise était rouge de sang. On va le frotter au sable !

La troupe prit la direction d'un fût de métal placé sous une gouttière. Les bûcherons entouraient le nain, lui arrachant un à un ses vêtements crasseux. Bientôt le petit homme fut nu, gesticulant pitoyablement. Malloy le tenait toujours à bout de bras, sans faiblir. Ramassant des poignées de poussière mêlée de cailloux, les ouvriers frictionnèrent le nain, lui écorchant la peau.

— À l'indienne ! s'exclama Malloy. Nettoyez-le à l'indienne !

Puis il jeta Jack sur le sol, et, le saisissant par les pieds, le roula dans les gravillons en décrivant des cercles. Un nuage de poussière jaune envahit la rue. David s'approcha d'Emmy et l'aida à se relever. La tête de la jeune femme avait heurté le pare-chocs du 4x4 et elle était groggy.

— Ils m'ont pris mon arme, balbutia-t-elle. Qu'est-ce qu'on peut faire ?

David songea au 45 *Military Model* qui alourdissait la poche droite de sa veste de cuir. Une envie sournoise était en train de s'emparer de lui, celle de faire un carton dans ce troupeau d'énergumènes, jusqu'à ce que la culasse claque à vide... L'envie de voir éclater ces gros crânes obtus...

Là-bas, Malloy avait soulevé Jack par les chevilles, et le tenait au-dessus du tonneau d'eau croupie, la tête en bas.

— Le bain ! Le bain ! criaient les enfants.

Jack disparut au fond du tonneau dans un geyser

d'éclaboussures. La fureur crépita au long des nerfs de David comme une flamme remontant une traînée d'essence. Brusquement il sut pourquoi il était là : pour anéantir ce village et n'épargner personne... Le nain ne comptait plus, ce n'était qu'un prétexte. Il lui fallait tirer, tirer sur ces dos gras et musculeux qui distendaient les chemises à carreaux. Il aurait aimé disposer d'un lance-flammes, d'une mitrailleuse, d'un canon...

« Oui, exultait le rat dans sa tête. Tu sais bien que tu es fait pour ça ! Tu en as toujours eu envie... Il y a si longtemps que tu attends ce moment ! Tu as quarante-trois ans, il est temps que tu te fasses enfin plaisir ! C'est l'occasion ! L'occasion ou jamais ! Sauve ton copain et tue-les tous ! Tu vas voir comme ce sera bon ! »

David plongea la main dans la poche de la veste de cuir. Il y voyait assez bien pour faire un carton. Il leva le gros 45 de l'armée et manœuvra la culasse pour faire grimper une balle dans la chambre. Ce fut ce bruit d'acier raclant l'acier qui fit se retourner l'épicière.

— Hé ! hurla-t-elle. Voilà l'aveugle qui se prend pour Butch Cassidy !

Et, d'un revers de main, elle balaya les lunettes superposées tenant en équilibre précaire sur le nez du romancier. Une blancheur douloureuse transperça la rétine de David qui leva le bras pour se protéger. L'instant d'après, le pistolet lui fut arraché, et il faillit se casser l'index sur le pontet.

— Salopard d'infirme ! grogna la matrone en lui expédiant un coup de crosse sur le front.

Cette fois, David tomba à genoux dans la poussière. Le sang lui coula dans les yeux et le long du nez. Il n'entendait plus qu'une énorme rumeur tout autour de lui, un vacarme de fin du monde fait de mugissements. Il tâtonna au hasard, essayant de localiser les lunettes. Un coup de pied dans la poitrine le rejeta sur le dos.

— J'vais te calmer, moi ! rugit la mégère. Tu croyais pouvoir venir chercher la bagarre, hein ? C'est en bas qu'on vous raconte des choses comme ça ? Vous vous imaginez pouvoir vous défouler sur nous, comme au jeu de massacre ? On n'est pas si bêtes, mon gars !

Elle frappait de toutes ses forces, et David encaissait les coups sans les voir arriver. Il comprit qu'Emmy tentait de s'interposer.

— Toi, la putain, j'vais te dresser ! rugit l'épicière. Si c'est pas malheureux, une fille de ton âge avec un vieux qui pourrait être ton père !

Pendant que les deux femmes se battaient, David posa la main sur les lunettes qu'il se dépêcha de chausser. La poussière soulevée par l'attroupement emplissait la rue d'un brouillard jaune irrespirable. Il se redressa en titubant et courut vers la voiture. Privé de son arme, il ne savait plus que faire. La poitrine lui faisait mal et il se demanda s'il n'avait pas plusieurs côtes brisées. Il s'adossa à la calandre du 4x4, le temps de reprendre sa respiration. Là-bas, on avait renversé le tonneau dont Jack essayait de s'extraire à quatre pattes. Le petit homme toussait et suffoquait, mais les bûcherons continuaient à s'acharner sur lui.

— C'est vrai que t'étais un champion du lancer de nains ? vociférait Malloy. Y paraît que tu volais plus loin que tous les autres ! On va voir ça... Hé ! les gars, attrapez-le par les ailerons !

— Non ! supplia Jack. Ma tête... J'ai été blessé... ma tête !

L'eau ruisselait sur son crâne, laissant apercevoir entre les touffes de cheveux une grosse cicatrice courbe qui zigzaguait jusqu'à la tempe droite.

— Il s'est toujours vanté d'avoir travaillé dans un cirque ! lança Malloy, on va voir si c'est vrai !

Se plaçant de part et d'autre du nain, deux hommes l'avaient saisi, chacun le tenant par un bras et une jambe. Ils le balançaient à présent d'avant en arrière pour lui donner de l'élan. Malloy hurlait le compte à rebours.

— On va former des équipes ! rigola l'un des bûcherons. Celle qui gagnera paiera une tournée générale. Il faut un arbitre pour mesurer les lancers !

À zéro, Jack fut violemment projeté dans la rue. Il

décrivit un vol plané d'une dizaine de mètres avant de s'abattre dans la poussière.

— Comptez les pas ! Comptez les pas ! ordonna Malloy. Faut faire ça sérieusement !

David se redressa. Les douleurs de sa poitrine s'étaient déjà estompées. La voix du rat lui emplissait les oreilles.

« Qu'attends-tu ? sifflait-elle. Monte dans la voiture et fonce dans le tas ! Écrase-les tous ! Ce sera un vrai plaisir d'entendre craquer leurs os contre le pare-chocs. Vas-y ! Donne-toi un peu de bonheur, il y a si longtemps que tu te retiens ! »

David essuya le sang qui lui coulait sur le visage. Et soudain, alors que les bûcherons jetaient Jack dans les airs pour la troisième fois, il sut ce qu'il devait faire...

P'pa lui faisait signe, depuis le seuil du drugstore. Il était toujours noir et calciné, mais il levait au-dessus de sa tête une grosse boîte d'allumettes qu'il secouait en signe d'invite.

Le feu... Le feu, bien sûr.

Allumer un incendie dans une ville en bois, à cinquante mètres d'une scierie, pouvait-on imaginer de plus belles retrouvailles ?

« Tu vas ouvrir la porte, fils, disait George Sarella. Tu vas foutre le feu à ce village d'abrutis, et je sortirai des flammes. Tu me dois bien ça, non ? C'est à ton tour de descendre en bas, fils. J'ai besoin de vacances. Prends les allumettes... Dépêche-toi. »

David tendit la main, mais P'pa avait disparu. Poursuivant sur sa lancée, le romancier entra dans la boutique. L'effet des gouttes oculaires était en train de s'estomper et il fut forcé de relever les lunettes sur son front pour s'y reconnaître. Il trouva très vite ce qu'il cherchait : les bidons de pétrole lampant. Il dévissa trois bouchons et renversa le liquide sur le plancher. Le bar était vide, toute la population de Groinstown se tenait rassemblée dans la rue. David recula, sortit son Zippo pour enflammer un livre de prières qu'il jeta derrière le comptoir. Les flammes se dressèrent pour aller lécher les poutres du plafond. En l'espace de deux secondes, une chaleur insupportable envahit la boutique. David rajusta ses Wayfarer et bondit dehors. À présent il pouvait conduire. Il se glissa au volant et démarra, cherchant à localiser Emmy dans le nuage de poussière jaune. Elle se battait toujours avec l'épicière qui encaissait ses coups sans reculer d'un pouce. Il klaxonna. La mégère tourna la tête, aperçut le panache de fumée qui sortait du drugstore et poussa un cri déchirant. Emmy contourna le véhicule, se hissa sur le siège. Elle saignait du nez et de l'arcade sourcilière.

— Vous avez mis le feu ? balbutia-t-elle. Ça ne servira à rien, ils vont nous lyncher...

Mais David ne l'écoutait pas. Une joie mauvaise l'habitait. Il lança la voiture au milieu des hommes, les forçant à s'écarter, les frôlant parfois. Il pesta, s'énervant de leur rapidité. Il aurait aimé en écraser au moins un, Dick Malloy de préférence !

Il freina à la hauteur de Jack, ouvrit la portière pour se saisir du nain effondré dans la poussière. Le petit homme semblait avoir perdu connaissance. Il avait le visage en sang.

— Au feu ! Au feu ! hurlait l'épicière.

Le cri d'alarme empêcha les bûcherons de se jeter à la poursuite de la voiture, aussi David put-il hisser Jack à l'arrière du 4x4.

— Mais c'est idiot ! se lamentait Emmy. Où comptez-vous aller ?

À travers le pare-brise, elle désignait le camion qui bouchait toujours la sortie du village. David freina à la dernière seconde, manquant d'emboutir le trente tonnes.

— Dans la cabine... haleta-t-il. Les clefs sont peut-être au contact. Essayez de le déplacer...

— C'est trop tard ! gémit la jeune femme. Les voilà !

C'était vrai. Des hommes armés de haches étaient en train de contourner le camion. Ceux qui se trouvaient sur la plate-forme de chargement bombardaient le 4x4 avec des planches de cinq mètres qui explosaient en touchant le capot. Le pare-brise éclata.

David enclencha la marche arrière. La sciure en suspension dans l'air s'enflammait et le vent avait l'air de charrier des lucioles ou des confettis incandescents. C'était très beau.

— On est encerclés ! hurla Emmy. Faites quelque chose !

David jeta le véhicule dans une rue transversale, mais il emboutit presque aussitôt une fourgonnette garée dans le passage. Le choc faillit lui faire traverser le pare-brise.

— Il faut descendre ! lui cria la jeune femme. Ne restons pas là-dedans... Essayons de filer vers la forêt !

Elle ouvrit la portière tordue à coups de pied. David l'imita, puis chargea Jack sur ses épaules. Le nain n'avait toujours pas repris connaissance. À peine étaient-ils sortis du véhicule que la foule se rua aux deux extrémités du passage. David aperçut une sorte de grange en face de lui. Un bâtiment blanc surmonté d'une enseigne en forme d'ours.

— Là-dedans ! cria-t-il à l'adresse d'Emmy. Entrons là-dedans et bloquons les portes !

Ils se jetèrent dans le hangar de bois où régnait une forte odeur de peinture. En les voyant surgir, un vieil homme lâcha son pinceau et s'enfuit. David déposa Jack sur le sol et vint aider la jeune femme à rabattre les panneaux de bois. Au moment où ils faisaient retomber la barre de fermeture, la foule se jeta contre la porte, faisant gémir les planches. La poutre était solide, David estima qu'elle tiendrait bon. Il fit rapidement le tour des lieux pour s'assurer qu'il n'y avait pas d'autre accès. Des enseignes encombraient le hangar, sans doute destinées aux commerces de la station : un poulet frit, une chope de bière, un énorme patin à glace. Une échelle menait à l'étage supérieur. David l'escalada. Il déboucha dans un atelier de menuiserie. Une seule fenêtre s'ouvrait au ras du toit en pente. Les vociférations de la foule emplissaient la ruelle. Des dizaines de poings s'abattaient sur la porte de la grange, essayant de forcer le passage.

Un gamin aperçut le romancier penché au-dessus du vide et le désigna du doigt. Des projectiles furent lancés dans sa direction : bouteilles vides, pierres, marteaux...

— David ! cria Emmy qui avait elle aussi escaladé l'échelle. On ne tiendra pas longtemps. Malloy est parti chercher un tronc d'arbre pour faire bélier ! Ils vont s'y mettre à dix mais ils enfonceront la porte ! Vous nous avez foutus dans une sacrée merde ! S'ils entrent ici ils nous lyncheront. Le drugstore est en feu !

— Occupez-vous de Jack ! ordonna David. Essayez de lui faire reprendre connaissance.

— Je me fiche pas mal de Jack ! tempêta la jeune femme. Ils l'ont déjà à moitié tué, c'est de nous qu'il s'agit.

— Descendez ! gronda David. Faites-lui boire un peu de gnôle, il y en a une cruche près des pots de peinture.

Emmy battit en retraite. Dès qu'il fut seul, le romancier plongea la main dans sa poche et saisit à pleine main le module de communication que lui avait remis Sebastiano Gracci.

— Gracci, fit-il en élevant le cube de plastique à la hauteur de sa bouche. J'espère que vous m'entendez. Je suis à Groinstown, sur le versant du volcan, en pleine forêt, juste au-dessous de la réserve. Dans quelques minutes des types vont entrer ici et me mettre en morceaux... Je suis dans une espèce de grange peinte en blanc, avec une enseigne en forme d'ours au-dessus de l'entrée. Essayez de faire quelque chose. Ne me laissez pas tomber, vous feriez une erreur. Je crois savoir où se cache Orroway.

Il se tut, regarda l'appareil, ne sachant s'il devait répéter son message. L'absence de boutons, de voyants ou de micro le mettait mal à l'aise. Il se sentait aussi idiot que s'il avait parlé à une boîte de bière vide !

Il se colla contre l'encadrement de la fenêtre pour suivre le déroulement des événements. En bas, les hommes tapaient sur le 4x4 avec des pioches et des masses. Ils avaient arraché le capot et mis le moteur en miettes. Toutes les vitres avaient volé en éclats et les pneus se réduisaient à des lambeaux de caoutchouc. Malloy apparut. Aidé de cinq bûcherons, il remorquait un tronc fraîchement écorcé qui constituait un magnifique bélier. La foule s'ouvrit pour lui laisser le passage. David battit en retraite, essayant d'imaginer quelle forme prendrait l'intervention de Gracci. Il n'eut pas le temps de s'interroger davantage car un choc puissant courut le long de la façade. Malloy et ses amis martelaient la porte. Planches et charnières gémissaient sous l'assaut, et, si l'on ne faisait rien, les battants ne tarderaient pas à céder.

— Emmy ! cria le romancier. Venez m'aider ! Vite !

Saisissant tout ce qui lui tombait sous la main, il fit passer par la fenêtre chaises, tabourets, outils de menuiserie et morceaux de bois. La jeune femme vint le secourir ; à eux deux, ils jetèrent les enseignes sur la tête des assaillants. Des rugissements de haine accueillaient chaque nouvelle avalanche.

— On vous aura ! hurla Malloy. Bon Dieu ! On vous collera sous la grande scie, entre deux planches !

David voulut pousser l'établi dans le vide, mais il était trop large pour passer par la fenêtre. L'atelier ne recelait plus aucun projectile. Les coups de boutoir reprirent, faisant trembler le parquet.

— Les charnières vont lâcher, balbutia Emmy. Le chambranle est à moitié pourri. Est-ce qu'on ne devrait pas essayer d'arracher les planches pour sortir par derrière ?

— Je crois qu'ils encerclent le hangar, observa David. Écoutez, ça tape de tous les côtés...

Ils tendirent l'oreille. On martelait les parois aux quatre points cardinaux. Chacun y mettait du sien, essayant de s'ouvrir un passage à coups de hache pour investir le refuge.

— Ils seront ici dans cinq minutes, murmura la jeune femme. C'est fichu, on ne s'en sortira pas.

Au moment où David allait répondre, le ronronnement d'une hélice retentit, annonçant l'approche d'un hélicoptère. Le romancier s'approcha de la fenêtre, essayant de localiser l'appareil. Il apparut au-dessus de la ligne des arbres, il se déplaçait à 150 km/h en piquant légèrement du nez. C'était un Huey vert olive, sûrement une machine de surplus rescapée du Viêt-Nam. David lâcha un juron. C'était stupide ! Qu'espérait donc Gracci ? Leur lancer un harnais et les récupérer sur le toit du hangar ? Il leva les yeux pour inspecter le plafond au-dessus de sa tête. Il ne vit pas de trappe.

« Trouver une échelle, pensa-t-il confusément, arracher le revêtement et se glisser dehors... »

Ça prendrait une éternité !

Emmy s'était penchée afin d'examiner l'appareil qui se déplaçait en cercle, frôlant les toits pour localiser la grange.

— Ce n'est pas la police ! lança la jeune femme. Il n'y a aucune immatriculation sur le fuselage... D'où sort ce truc ?

Le vacarme du rotor couvrit ses paroles. Le souffle des pales chassait la poussière le long des rues, aveuglant les badauds. David aperçut Maggie, l'épicière, qui se débattait dans la tourmente, les bras levés.

Tout de suite après, il entendit vrombir les abeilles...

Un énorme essaim traversait la ville à toute vitesse. Cela vibrait, sonnait, déchirait, avec une curieuse stridence métallique. Il ne comprit ce qui se passait qu'en voyant la patronne du drugstore exploser au milieu de la rue. Son gros corps se volatilisa brusquement dans une buée écarlate, son torse se désagrégeant à la manière d'une statue touchée par une balle à pointe creuse. La rafale poursuivit son chemin derrière elle, pulvérisant la façade de la boutique. Alors, seulement, David aperçut le canonnier de flanc, debout dans la découpe de la porte grande ouverte de l'hélicoptère, les mains rivées aux poignées de la M.60 crachant ses douilles de laiton. Le vrombissement du rotor couvrait le bruit de l'arme, et, en l'absence d'explosions, les maisons de bois avaient l'air de se défaire sous l'effet d'un tremblement de terre ou d'une tornade. Le Huey se déplaçait vite et bien, tournant autour du village sans cesser d'arroser les toits et les rues. Les bâtisses de planches se disloquaient sous les rafales, sciées sur toute leur hauteur par les balles blindées à haute vélocité. Toutes les planches de la scierie volèrent dans les airs en un chaos d'esquilles et de sciure vaporisée. La grande scie circulaire fut arrachée de son axe et se mit à rouler dans la grand-rue, tel un pneu lancé par des gosses facétieux.

Dès les premières rafales, Malloy et ses acolytes avaient laissé tomber le bélier pour faire face à l'agresseur. Déjà, les bûcherons couraient, la cartouchière jetée sur l'épaule, levant vers le ciel de gros 30.06 à chargement par levier. Les balles allumèrent des étincelles sur le fuselage de l'hélicoptère qui effectua aussitôt un nouveau passage. Les abeilles de fer bourdonnèrent plus fort, et David vit les hommes se soulever du sol en battant des bras. La rafale les éparpillait, les jetait en l'air ou les projetait dans le fouillis des décombres. Malloy se retrouva seul au milieu de la rue labourée. De grosses échardes étaient plantées dans son dos et ses cuisses, mais il ne semblait pas s'en rendre compte. Il avait mis l'hélicoptère en joue, et tirait méthodiquement, les jambes écartées, la tête rentrée dans les épaules, faisant craquer le levier de chargement à un rythme régulier.

Et, tout à coup, sa tête disparut... ses bras s'envolèrent, détachés du tronc mais tenant toujours le fusil. Seul son corps demeura au milieu de la rue, incomplet, oscillant sur lui-même comme s'il réfléchissait pour savoir s'il allait tomber sur le ventre ou sur le dos.

Le Huey fit encore deux passages, le temps d'éparpiller les dernières maisons. Autour du hangar où David et Emmy avaient trouvé refuge, il n'y avait plus désormais une seule bâtisse intacte. Groinstown se réduisait à un monceau de décombres dont certains commençaient déjà à brûler.

Puis la mitrailleuse se tut, et l'hélicoptère s'immobilisa en vol stationnaire à la verticale du village dévasté. Le canonnier avait abandonné son arme pour examiner le hangar à l'aide de grosses jumelles militaires. David s'avança dans la découpe de la fenêtre et ébaucha un signe de la main pour signaler qu'il était toujours en vie. Aussitôt, le Huey glissa sur tribord et fila au-dessus de la forêt, rasant la cime des arbres. En quelques secondes, il était hors de vue.

Un silence effrayant planait sur le village, seulement troublé par les craquements des maisons qui achevaient de se défaire. La main d'Emmy se referma sur le bras du romancier, lui broyant le biceps.

— Bordel ! cracha la jeune femme. *Qu'est-ce que c'était ?* C'est toi qui as déclenché ça ? Comment ? Comment ?

Elle saisit David par les revers de sa veste de cuir et le secoua sans obtenir de réponse. De la paume, elle tâta les poches du vêtement, et localisa le cube plastifié du module.

— C'est quoi ? siffla-t-elle en l'examinant. Un mouchard ? Une balise ?

Elle jeta le boîtier sur le sol et l'écrasa d'un coup de talon.

— C'est Gracci, haleta-t-elle. C'est Gracci qui t'a donné ça ! J'aurais dû y penser ! Tu n'as jamais joué franc jeu ! Oh ! J'ai été idiote !

David se dégagea d'une bourrade. Il n'éprouvait pas le besoin de se justifier. La mort des gens de Groinstown le laissait complètement froid. « Ils l'ont bien cherché ! ricana le rat dans sa tête. Bon Dieu, il leur fallait une bonne fessée... Voilà qui va leur remettre les idées en place ! »

Sans plus s'occuper de la jeune femme, il descendit au rez-de-chaussée pour ausculter Jack. Le nain n'avait toujours pas repris connaissance et il saignait abondamment du nez. David se demanda si le petit homme ne souffrait pas d'un nouveau traumatisme crânien. Il résolut d'aller chercher de quoi le panser et le vêtir. Des vêtements d'enfant feraient sans doute l'affaire.

Il sortit du hangar et regarda autour de lui. Groinstown n'existait plus. Les maisons se réduisaient à des piles de planches en vrac. Des armoires, des lits, avaient roulé dans la rue. Les rafales avaient ouvert de profonds sillons dans le sol, scié les poutres et les charpentes, transformé les voitures en passoires de métal. Des femmes s'enfuyaient, poussant leurs enfants devant elles. Des bûcherons blessés battaient en retraite, la tête enveloppée dans un torchon, jetant à David des regards épouvantés comme s'ils se demandaient qui était véritablement cet étranger capable de déchaîner la foudre lorsqu'on lui cherchait noise. Tous filaient vers les bois, se soutenant l'un l'autre, sans se soucier de secourir les blessés ou d'éteindre les incendies naissants. David remonta lentement la rue principale. La grande scie circulaire arrachée de ses montants avait terminé sa course dans la calandre d'un camion, coupant le pare-chocs et le radiateur en deux. Des corps jonchaient le sol, déjà recouverts de poussière jaune. Maggie l'épicière était encore reconnaissable à son tablier démodé. David s'étonna de ne rien éprouver, ni horreur ni culpabilité. « C'est à cause de moi, se répétait-il. C'est à cause de moi... » Mais rien ne venait, ni la honte ni la peur.

« Tu n'as rien à te reprocher, lui susurra le rat. C'étaient des tarés, ils t'auraient lynché s'ils avaient pu te mettre la main dessus. On devrait te décorer pour ce que tu viens de faire. C'est une œuvre de salubrité publique ! »

Enjambant la dépouille de la matrone, il s'avança dans les décombres du drugstore. Des silhouettes prirent la fuite à son approche. Il s'agenouilla, écartant les planches en vrac, fouillant au milieu des objets éparpillés. Où se trouvait donc le rayon des vêtements ? Il avait pourtant vu des chemises et des jeans sur une étagère lorsqu'il était entré dans la boutique !

Les décombres empestaient la bière et le mauvais whisky. Bouteilles et tonneaux avaient été réduits en miettes, mêlant leur contenu. Il finit par dénicher ce qu'il cherchait : une chemise et un pantalon de gamin. Il poursuivit néanmoins ses fouilles, récupérant tous les objets qui pourraient se révéler utiles au cours de l'ascension.

Le silence était tel qu'il entendit Emmy s'approcher.

— Il n'y a plus une seule voiture utilisable,

annonça-t-elle. J'ai ramassé ça, ça pourra toujours servir.

Elle tenait un fusil à pompe et une cartouchière de cuir.

— Vous voulez continuer ? interrogea David.

— Bien sûr, répliqua la jeune femme. Pas vous ? Si on trouve Orroway, vous pourrez au moins vous raconter que ce carnage aura servi à quelque chose !

— Ne me faites pas la morale, grogna David. Je ne pouvais pas savoir que Gracci déclencherait l'opération « Attila » ! Jusqu'au dernier moment j'ai cru que l'hélico allait nous jeter une échelle de corde.

— Okay, soupira Emmy. Vous verrez ça avec votre confesseur. À mon avis, il vaut mieux décrocher au plus vite. Essayez de rassembler un paquetage à peu près correct et venez me retrouver au hangar. Voyez si vous pouvez dénicher des cirés, il nous faudra sûrement dormir en forêt.

David poursuivit son exploration un moment encore, extirpant des boîtes de conserve aplaties qu'il essayait d'entasser. Puis une crainte absurde s'empara de lui : celle d'apercevoir le visage de P'pa au milieu des débris. Une tête noire, goudronneuse, qui surgirait des planches pour lui faire un horrible clin d'œil.

« Hé ! dirait-elle. T'as vu ça, fiston ? On leur a bien botté le cul à ces ploucs ! »

Il savait que c'était absurde, mais il préféra s'écarter. Il jeta les conserves dans un sac et revint sur ses pas. À l'intérieur du hangar, Jack reprenait connaissance. Il était très pâle et roulait des yeux égarés.

— Qu'est-ce qui s'est passé ? balbutiait-il. Il y a eu un bombardement ou je suis en train de perdre la boule ?

Personne ne lui répondit.

Emmy récupéra le sac à dos dans l'épave du 4x4 et le bourra de provisions. La valise d'acier contenant les « médicaments » et les flacons de glucose avait été massacrée à coups de hache, si bien qu'il ne restait plus rien de l'équipement de première urgence fourni par Corckland Industries. Bouteilles, ampoules, injecteurs formaient un magma de tessons et de ferraille tordue au fond des alvéoles de mousse.

— Nous n'avons plus de roue de secours, constata la jeune femme. Tiendrez-vous le coup jusqu'au sommet ?

— J'essaierai, soupira David. Si je perds les pédales, assommez-moi.

— Ne dites pas de conneries, siffla Emmy. Il n'y a qu'au cinéma qu'on assomme les gens à tout bout de champ. Dans la réalité, lorsqu'on flanque un coup de crosse sur la tête d'un bonhomme, on a toutes les chances de le transformer en légume pour le restant de ses jours !

Pendant qu'ils parlaient, Jack avait enfilé les vêtements d'enfant sortis des décombres du drugstore.

— Mais j'ai pas de chaussures, répétait-il toutes les trente secondes. Bon sang ! Où sont passées mes godasses ?

Quand ils estimèrent avoir rassemblé le paquetage nécessaire, Emmy donna le signal du départ.

— La fumée va provoquer la venue du shérif, dit-elle. Je ne veux pas me retrouver nez à nez avec cet abruti. Allons-y. Personne ne nous poursuivra dans la forêt.

David n'en était pas aussi sûr, mais il obéit.

Ils se mirent en route, Jack fermant la marche. Le nain saignait toujours du nez, il était très pâle.

Laissant le village derrière eux, ils s'engagèrent sous le couvert.

17

À partir de là le terrain montait en pente vive, vous cassant rapidement les jarrets. David éprouva un brusque coup de fatigue et dut s'asseoir sur une pierre. Son pantalon avait tendance à glisser sur ses hanches, il en déduisit qu'il avait encore maigri. Jack avançait en titubant. Il s'assit dans l'herbe et refusa de se relever.

— Si vous voulez que je continue, faudra me porter ! grogna-t-il.

Emmy s'impatientait. David devina qu'elle était prête à abandonner le petit homme sur place. Seule la crainte de prendre un mauvais chemin la retenait de continuer sans lui. Jack parut lire dans ses pensées, car il ricana :

— M'en fous... Vous trouverez jamais tout seuls. Vous allez perdre des heures à tourner en rond pour sortir de la réserve. Les passages, j'les ai foutrement bien cachés !

— Portez-le ! ordonna la jeune femme à David.

— Merde ! Pourquoi pas vous ? protesta le romancier. Je tiens à peine sur mes jambes !

— Parce que moi je tiens le fusil ! répliqua Emmy, et qu'il est hors de question que je vous confie une arme, vous n'êtes pas fiable.

David ne se sentait pas la force d'argumenter. Il saisit le nain sous les aisselles et le jucha sur ses épaules. Il ferma un instant les yeux, espérant que la drogue allait gommer sa fatigue et lui injecter un surcroît de force. Le rush ne tarda pas à se manifester, emplissant ses muscles d'une jeunesse factice.

— Okay, marmonna-t-il. Ouvrez la marche.

— Attention à l'embranchement, précisa Jack du haut de son perchoir. Si vous loupez le bon chemin, vous finirez dans le cul-de-sac des mares de boue.

David planta ses talons dans les gravillons du sentier et reprit son ascension. Ils marchaient depuis vingt minutes quand ils perçurent des détonations assourdies. C'était un fusil qui tonnait ainsi, quelque part devant eux. Emmy s'immobilisa. En raison de la pénombre qui régnait dans le sous-bois, David ne voyait plus grand-chose. Les yeux tournés vers le sol, il se contentait de suivre le chemin en essayant d'oublier le fardeau qui pesait sur ses épaules. Le sang qui coulait du nez de Jack tombait en gouttes tièdes sur sa tête.

— C'est un calibre 12, observa le nain. Ça vient de

la réserve... C'est bizarre, personne n'a le droit de se servir d'une arme dans ce coin-là.

Ils reprirent leur progression, Emmy allant en tête, le fusil levé. La côte, de plus en plus raide, freinait leur avance. À certains endroits, les racines des arbres avaient été dénudées par le ruissellement et sortaient de terre en un fouillis menaçant. De nombreux troncs semblaient sur le point de basculer. Certains penchaient d'ailleurs dangereusement et David songea qu'il aurait suffi de quelques coups de masse pour les arracher de leur gangue de glaise.

— Le chemin de gauche, fit Jack en lui tapant sur la tête. Prenez à gauche. Quand nous arriverons près des grilles il faudra se cacher, sinon le garde ne nous laissera jamais entrer. Il est interdit de visiter la réserve à pied.

— Il n'y a qu'un seul garde ? demanda Emmy.

— Oui, Beau Winfield, un ancien Ranger du Texas.

— On ne peut pas espérer lui graisser la patte ? fit la jeune femme.

— Non, dit le nain. C'est pas le genre du bonhomme. Si on se fait voir, il nous tirera dessus sans sommation. Il ne peut pas blairer les braconniers.

Ils aperçurent enfin une barrière de barbelés qui s'élevait à quatre mètres au-dessus du sol.

— Faut faire gaffe, murmura Jack. Elle est électrifiée et équipée de signaux d'alarme. Posez-moi par terre, je vais vous guider.

À peine David l'avait-il fait descendre que Jack se figea.

— Hé ! souffla-t-il, c'est pas normal... regardez la grille du parc. Elle est grande ouverte !

David plissa les paupières pour lutter contre la pénombre. Il distingua un bungalow à toit goudronné que flanquait une haute tour de guet en tout point semblable à un mirador et dont le sommet crevait les frondaisons. Les fenêtres de la maison avaient été munies de barreaux entrecroisés, probablement à cause des ours en maraude. La porte, elle, était en acier renforcé.

— C'est à cause des grizzlys, expliqua Jack. L'odeur de la nourriture les rend fous. Ils éventrent les poubelles et s'attaquent aux voitures s'ils reniflent un simple sandwich.

— On fait le tour ou on entre par là ? interrogea Emmy. Pourquoi perdre du temps ? Le garde est sûrement en train de cuver son vin, il ne nous verra même pas passer.

— Non, coupa Jack, vous ne comprenez pas... Beau ne boit pas. Si la grille de la réserve est ouverte, c'est qu'il se passe des choses graves.

Sans plus s'occuper de ses compagnons, le nain s'avança dans l'allée. David le suivit. Les grandes portes métalliques béaient. Derrière, on avait installé une barrière mobile pour contrôler le flot des voitures. Une casemate peinte en vert tenait lieu de cabine de péage. L'installation trahissait un certain délabrement, comme les parcs d'attractions au bord de la faillite. Tous les panneaux portaient des traces de griffes, et la porte de la remise à ordures avait été arrachée de ses gonds. David songea à ce que devait être la vie du dénommé Beau, retranché dans son bungalow tandis que les ours tenaillés par la fringale tournaient autour de la maison.

— C'est pas normal, répétait Jack.

Emmy s'impatientait. Il était manifeste qu'elle aurait préféré profiter de l'aubaine et passer sans s'arrêter, mais le nain avait déjà escaladé les marches de ciment menant à la maison.

— C'est pas fermé, constata-t-il en poussant la porte.

Ils entrèrent prudemment, prêts à battre en retraite à la moindre alerte. La première chose qu'ils remarquèrent fut le poste émetteur-récepteur, sur lequel on avait tiré une balle à ailettes. Les entrailles électroniques de l'engin étaient ressorties par l'arrière pour s'incruster dans le mur. Un homme en uniforme était affaissé derrière le bureau. Un chapeau du style « Police Montée » rabattu sur les yeux. On lui avait tiré en pleine poitrine, et le projectile avait arraché le dossier du siège entre ses omoplates. Son chien reposait à ses pieds. Il n'avait plus de tête. David s'approcha du cadavre, lui toucha le poignet. Il était tiède.

— Qui a fait ça ? murmura Emmy.

— C'est moi, dit une voix féminine depuis le pas de la porte. J'en avais assez de parler en pure perte... et puis c'était dans mon horoscope de ce matin : *Aujourd'hui vous prendrez une décision capitale*. Je suis capricorne, et vous ?

David se retourna. Une grande femme se tenait sur le seuil. Elle était très maigre, en chemise de nuit, des bigoudis sur la tête et des pantoufles aux pieds. Assez curieusement, elle avait bouclé autour de sa taille une cartouchière de cuir, et portait un lourd fusil en bandoulière. Ses pantoufles, ses mollets, étaient crottés de boue.

— Je suis Bridget Winfield, dit-elle, l'épouse de ce monsieur. Voulez-vous du café ? Je vais m'en faire un, cette petite promenade m'a creusée. J'ai l'habitude de le faire assez fort, à la cubaine, j'espère que ça ne vous dérange pas ? J'aime bien entendre mon cœur battre dans mes oreilles : poum-poum-poum.

Elle souriait d'un air engageant. David lui donnait une cinquantaine d'années, mais elle était si décharnée qu'il était difficile de déterminer son âge réel. Sa chemise de nuit flottait autour d'elle, révélant les taches brunes de ses mamelons et de son pubis. Elle ne paraissait pas s'en soucier.

— Venez dans la cuisine, dit-elle, nous serons plus à l'aise. Je n'ai pas encore eu le temps de nettoyer ici. J'ai entrepris de faire le ménage en grand... La réserve d'abord, ensuite le bungalow. Il y a longtemps que j'aurais dû m'y mettre.

« Nous nous sommes chargés de Groinstown, faillit lancer David. Ça vous fera toujours un peu de boulot en moins ! »

Ils la suivirent dans la cuisine. Sur le plan de travail trônait une boîte d'*Amazing Diet* entamée. Bridget cala son fusil dans un coin de la pièce et s'activa pour préparer le café. Les ronces et les basses branches avaient laissé de grandes éraflures sur ses bras nus.

— Asseyez-vous ! ordonna-t-elle. J'ai d'excellents

cookies qui sortent à peine du four. C'est mon péché mignon, je suis capable d'en engloutir un kilo à moi seule en regardant *Service des Urgences* à la télévision.

David et ses compagnons s'installèrent à la table, ne sachant quelle attitude adopter. La maison était d'une remarquable propreté. Des maximes brodées au point de croix décoraient les murs. Bridget préparait le café « à l'ancienne » dans une cafetière d'émail rouge munie d'un gros filtre métallique. De temps à autre, elle s'interrompait pour jeter un coup d'œil par la fenêtre.

— Les barreaux, c'est à cause des ours, expliqua-t-elle. Il faut être constamment sur ses gardes. Dès qu'ils reniflent la moindre nourriture, ils rappliquent et tentent d'entrer dans la maison. Vous savez qu'ils n'hésitent pas à se mettre le museau en sang à force d'essayer de passer la tête entre les barreaux ? Ce sont de sales bêtes... L'une d'elles a tué Mitty, mon petit chat. Il jouait dehors... là, au bas des marches, avec un bouchon, et d'un seul coup j'ai vu cette énorme masse brune jaillir d'un fourré pour l'attraper entre ses mâchoires. C'était horrible ! J'ai eu si peur que je n'ai même pas pu hurler. Quand Beau est rentré, il m'a trouvée là, toute raide derrière la fenêtre. J'avais fait pipi sous moi, comme une gamine, vous vous rendez compte ?

Elle saisit la cafetière brûlante à main nue, et fit le service. Le breuvage avait presque atteint le point d'ébullition, mais elle l'avala d'un trait sans prendre la peine de souffler dessus. Ce qu'elle venait de raconter rappelait à David la conversation des buveurs de bière surprise au drugstore de Groinstown.

— Vous savez, reprit Bridget Winfield. On nous met de fausses idées dans la tête quand on est enfant. Les ours en peluche, tout ça... Les teddy-bears... Ça vous fausse la perception, on s'imagine qu'il s'agit de gentils compagnons. En réalité, les ours sont des bêtes horribles, pleines de griffes et de crocs, ne pensant qu'à manger. J'ai compris ça quand Mitty est mort. Je ne vois pas l'utilité de repeupler la contrée avec d'aussi épouvantables bestioles ! À mon avis, on devrait au contraire les chasser jusqu'à complète extinction de la race !

Elle but une nouvelle rasade de café bouillant. Des cloques étaient en train d'apparaître sur ses lèvres, là où le liquide avait brûlé la muqueuse. David songea en grimaçant aux ravages subis par son tube digestif. Depuis combien de temps prenait-elle de l'*Amazing Diet* ? Allait-il lui-même finir ainsi ? Était-il en train de contempler l'image de sa propre mort ?

— Les cookies ! s'exclama Bridget en levant les bras au ciel. Je perds la tête, j'oubliais les cookies !

Elle ouvrit un placard pour y prendre une grosse boîte de fer remplie d'appétissants biscuits.

— J'adore ça, dit-elle en riant. Ça m'a même posé de sacrés problèmes. Depuis mon mariage avec Beau j'avais pris trente-trois kilos... Heureusement, en descendant faire des courses à la station, j'ai rencontré un jeune homme très bien, dans un salad-bar. C'était un ancien obèse... il m'a parlé d'un produit de régime miraculeux, et hop ! ma vie a changé.

Les yeux dans le vide, elle répéta une douzaine de fois : « Et hop ! », sur un ton monocorde assez sinistre.

— Et c'est là que Mitty est mort, balbutia-t-elle tandis que les larmes se mettaient à ruisseler sur ses joues. J'ai dit à Beau de tuer tous ces sales ours, mais il n'a rien voulu entendre. C'était un lâche, comme tous les hommes. J'ai compris qu'il faudrait que je me charge du travail toute seule... Et c'est ce que j'ai fait. Je vais remettre un peu d'ordre dans ce foutoir. Ça oui !

D'un air décidé, elle ouvrit un tiroir et entreprit de regarnir sa cartouchière. Ses bras étaient d'une maigreur effarante. David se demanda où elle trouvait la force de soulever son fusil.

— Après la mort de Mitty, Beau ne voulait plus que je vienne ici, marmonna-t-elle. Il croyait que j'allais accepter de rester cloîtrée à Groinstown, au milieu de tous ces tarés, mais pas question ! Quand j'ai lu l'horoscope, j'ai pris ma décision. On ne peut pas aller contre la volonté des astres, n'est-ce pas ? D'ailleurs, tenez, j'ai gardé la page !

Elle fouilla dans l'une des poches de la cartouchière et tendit à David une feuille de papier froissée. Le journal datait non pas du matin, comme elle l'avait affirmé, mais de la semaine passée. Elle avait dû quitter son domicile et errer près de sept jours dans la nature sans même en avoir conscience.

— Vous voulez visiter la réserve ? interrogea-t-elle, soudain sur la défensive. Vous aimez les ours ?

— Pas du tout, se dépêcha de déclarer David. Nous voudrions rejoindre la caverne qui se trouve au sommet... vous voyez ? Nous sommes assez embêtés, du reste, d'avoir à côtoyer les grizzlys.

Bridget manipulait son arme nerveusement. Jack et Emmy s'étaient raidis sur leurs sièges.

— Je vais vous escorter, décida la femme du garde. Je ne voudrais pas qu'il vous arrive un accident. Ces sales bêtes ne respectent rien.

D'un air décidé, elle introduisit trois cartouches dans le magasin du fusil.

David se demanda s'il existait un risque qu'elle les prît pour des ours.

— Je suis le même régime que vous, lança-t-il dans une pitoyable tentative de complicité.

— L'*Amazing Diet* ? fit Bridget dont le visage s'éclaira. C'est formidable, n'est-ce pas ? Ça ne vous fait pas seulement maigrir, ça vous rend plus intelligent. Les gens de Groinstown feraient bien d'en prendre trois fois par jour ! Depuis que j'ai perdu tous mes kilos superflus, mon cerveau travaille à toute vitesse, jour et nuit... Je n'ai même plus besoin de dormir. Quand j'aurais mis de l'ordre dans la réserve, j'irai à la Maison Blanche, pour m'occuper des États-Unis, j'ai plein d'idées pour remettre le pays sur pied !

Le 12 à pompe calé au creux du bras, elle se dirigea vers la porte.

— On y va ? lança-t-elle.

Ils la suivirent sans oser échanger une parole. Dès qu'ils furent dehors, Bridget reprit son monologue. Elle répétait toujours la même chose et agitait beaucoup trop son arme. David tressaillit en apercevant la masse d'un ours en travers du chemin. L'animal avait été abattu d'une balle en pleine tête. Un nuage de mouches bourdonnait au-dessus de la dépouille.

— À présent, ils ne me font plus peur, commenta Bridget. C'est bien fini. Maintenant que Beau n'est plus là pour m'en empêcher, je vais leur faire payer la mort de Mitty. J'ai plein de cartouches et je ne suis pas maladroite avec un fusil.

Cent mètres plus loin, ils durent faire un détour pour contourner une nouvelle carcasse.

— Je les appâte avec du ragoût, expliqua Bridget. Ils sont assez stupides et plutôt gloutons. Il suffit que je pose la marmite sur le sol et que j'attende. Ils ne sont jamais très longs à pointer le museau.

Elle grimpait sans cesser de parler, infatigable en dépit de son état physique. David pensait qu'elle aurait continué à marcher avec trois balles dans le corps ou les deux bras arrachés.

— À partir de maintenant il faut faire attention, murmura-t-elle soudain en s'immobilisant. Nous entrons sur le territoire des abeilles. Il n'y a guère que les ours qui peuvent s'y aventurer sans risque. Ne faites pas de mouvements brusques qui pourraient effaroucher l'essaim. Elles sont des milliers ; si elles nous tombaient dessus, elles nous recouvriraient de la tête aux pieds. Je pense que j'y survivrais, mais vous c'est moins sûr.

David tendit l'oreille. L'air était plein de bourdonnements qui ricochaient d'un arbre à l'autre. Des taches jaunes virevoltaient sous le couvert, sifflant à vos oreilles comme des balles perdues.

— Attention ! répéta Bridget. Gardez les bras le long du corps, et si l'une d'elles vous pique, ne commencez pas à gesticuler ou à courir, vous déclencheriez une catastrophe. Essayez d'encaisser en serrant les dents. Vous saurez faire ça ?

Ils hochèrent la tête.

— Beau avait un costume spécial, dit Bridget, avec une voilette, mais je ne sais pas où il l'a fourré. Et puis nous sommes trop nombreux, il aurait fallu tirer au sort.

David ne tarda pas à repérer les essaims évoqués par la jeune femme. Ils occupaient les crevasses des arbres creux, grosses masses frémissantes qui palpitaient d'une vie sourde, instable, au bord de l'éclatement. On devinait qu'il suffirait d'un rien pour les disperser. Une pierre adroitement jetée au centre de l'agglomérat... un coup de pied ébranlant une racine et faisant courir sa vibration jusqu'au cœur de la cavité. Alors ce serait l'explosion, la grosse fourrure se changerait en une nuée de projectiles furieux sillonnant les airs à la recherche d'une cible... Alors...

David secoua la tête et fit un effort pour ignorer les cailloux blancs du chemin qui lui criaient : « Ramasse-moi ! Fais un beau carton ! En plein dans le mille ! En plein dans le mille ! »

Ils marchaient en file indienne, lentement, la bouche fermée, frissonnant dès qu'un bourdonnement leur rasait l'oreille. Parfois les abeilles ricochaient sur leurs vêtements avec un petit choc dur. Ils n'osaient lever la main pour se protéger. Les éclaireuses les encerclaient, prenant leurs mesures, essayant de déterminer leurs intentions. David, qui allait en second, en avait vu deux ou trois s'abattre sur les épaules de Bridget et enfoncer leur dard dans sa chair. L'épouse du garde forestier n'avait pas sursauté.

Depuis, il retenait son souffle, terrifié à l'idée que les abeilles pourraient s'introduire dans ses narines. Il regrettait à présent de n'avoir pas pensé à les obturer au moyen d'un morceau de kleenex. La peur faisait mijoter sa rage, l'amenant doucement au point de rupture. Il savait qu'il devait sortir au plus vite de la zone dangereuse avant qu'il ne puisse plus interdire à ses mains de ramasser des cailloux pour en lapider l'essaim.

« Écrase-les, lui susurrait le rat. Fais-en de la bouillie. Qu'est-ce que tu attends ? »

Vingt minutes s'écoulèrent ainsi, puis les « ruches » s'espacèrent et l'on put avancer sans avoir à s'ouvrir un chemin dans un brouillard de corps minuscules.

La grille qui clôturait la réserve se dressa soudain devant eux.

— Voilà, annonça Bridget. C'est ici, vous pouvez l'escalader, j'ai coupé l'électricité qui circulait dans les fils parce que ça me faisait peur. Continuez tout droit, la grotte est plus haut, mais personne ne grimpe jamais jusque-là à cause des émanations de soufre. N'y restez pas trop longtemps.

— Vous ne nous accompagnez pas ? demanda David.

— Non, fit Bridget. J'ai encore la vaisselle à faire et tous ces ours à tuer.

— Merci de nous avoir accompagnés, fit le romancier en s'approchant de la clôture.

— Bonne promenade, lança l'épouse du garde forestier qui s'éloignait déjà. Faites bien attention aux abeilles quand vous redescendrez.

Ils la regardèrent disparaître entre les arbres, le vent plaquant sa chemise de nuit crottée contre son corps.

— Ça fait froid dans le dos, marmonna Jack. J'espère qu'elle ne fera pas un carton sur nous au retour.

Emmy escalada la clôture, provoquant d'interminables échos métalliques qui coururent sur le périmètre de l'installation. Jack et David l'imitèrent, avec moins de souplesse. Pendant qu'il se hissait vers le sommet, le romancier fut assailli par la crainte de voir surgir un ours des buissons, *là*, à la dernière minute, alors que le danger semblait presque écarté.

« Ce serait bien ma chance ! » songeait-il en jetant des coups d'œil frénétiques par-dessus son épaule.

Mais il atterrit de l'autre côté sans encombre. À partir de là, la végétation devenait plus rare. De nombreuses crevasses fendaient le sol. Une boue grise suintait. David y plongea les doigts, elle se révéla très chaude : 50, voire 60 degrés Celsius. L'air avait un arrière-goût désagréable, une vague odeur de produit chimique comme le smog lorsqu'il s'abat sur Los Angeles, les jours de grande chaleur. Jack trépignait, mal à l'aise.

— Il faut encore que vous me portiez, dit-il à David. Je suis trop petit. Le soufre stagne au ras du sol, et je vais en prendre plein les poumons. Si je dois marcher normalement, je serai à moitié asphyxié avant d'atteindre le sommet.

David l'aida à grimper sur ses épaules et reprit patiemment son rôle de saint Christophe. À certains endroits, la boue lui brûlait la plante des pieds à travers ses semelles. Une odeur irritante d'œuf pourri flottait aux alentours, remuée par le vent qui vous la rabattait parfois au visage. Ils toussèrent, les bronches à vif. L'herbe se faisait rare, les fumerolles paraissaient avoir stérilisé l'endroit.

— C'est complètement empoisonné, expliqua Jack. Si on veut camper ici, il ne faut pas commettre l'erreur de s'allonger sur le sol pour dormir, sinon on crève dans la nuit, sans même s'en rendre compte. Le truc, c'est de grimper dans un arbre, ou de se suspendre en position verticale contre un rocher, avec deux crampons et une ceinture passée sous les bras. Y'a déjà eu pas mal d'accidents.

— C'est encore loin ? demanda Emmy.

— Non, à trois cents mètres devant, répondit le nain.

David n'avait aucune idée de ce qu'ils feraient une fois là-haut. Comment réagirait Orroway lorsqu'il les verrait débarquer ? Serait-il beau joueur ou entrerait-il dans une épouvantable colère ?

— Là ! dit enfin Jack. Le trou, sur la gauche.

David leva la tête. Un orifice assez grand pour servir de garage à un Lear Jet s'ouvrait en face de lui. Des fumerolles jaunâtres s'en échappaient ainsi que des coulées de boue. C'était vaste et noir, pas le moins du monde pittoresque. La lave refroidie donnait à la caverne l'allure d'un déversoir ou d'une sortie d'égout. Comme dans la vallée aux « marmites », la boue chaude formait de grandes mares fumantes entre lesquelles il fallait louvoyer.

David s'arrêta au seuil de la grotte. C'était sombre et il ne distinguait pas grand-chose.

— Vous voyez l'église ? lança-t-il à Emmy. Est-ce qu'elle est là ?

— Je ne sais pas, murmura la jeune femme. Je ne vois rien.

Un panneau d'allure officielle interdisait l'accès du site aux touristes en raison du danger d'éboulement et des émanations corrosives. Une barrière de barbelés montée sur un cadre en bois avait été tendue en travers du passage, plus symbolique qu'efficace. Il ne fut pas difficile de l'écarter.

— Il me faut mes gouttes ! grommela David. Je n'y vois strictement rien. Attendez !

Emmy avançait entre les crevasses, le fusil levé, tournant la tête de droite et de gauche. David s'instilla rapidement deux gouttes de dilatateur oculaire et se lança sur ses traces. Jack protestait parce qu'on l'avait déposé à terre, mais personne ne l'écoutait plus. La voûte de pierre amplifiait le bouillonnement des mares et retenait la chaleur des résurgences. Une atmosphère d'étuve régnait au sein de la gigantesque bulle basaltique.

— Il y a quelque chose, haleta soudain Emmy. Là... devant. Une porte !

David s'agenouilla. Ses pupilles dilatées enregistrèrent effectivement la découpe d'une porte d'acier incrustée dans la paroi. Il se mordit la lèvre. Ainsi c'était là l'entrée du royaume souterrain d'Orroway ! Le chimiste avait coupé la grotte en deux, se réservant la seconde moitié des lieux... Comment survivait-il dans ce cul-de-basse-fosse ? Où se cachaient les bouches de ventilation ?

— Qu'est-ce qu'on attend ? s'impatienta Emmy.

— Il y a une serrure, observa David.

— Ce n'est rien, fit la jeune femme. Je peux l'ouvrir. Je sais faire ça.

Elle s'agenouilla et tira de la poche de son jean une trousse renfermant un assortiment d'outils métalliques. David scrutait la porte, grise, parsemée de boulons et un peu oxydée. Un judas muni d'une grille permettait de regarder de l'autre côté, mais l'obscurité du passage ne permettait pas de voir grand-chose. À peine un vague scintillement sur un hublot... ou une fenêtre ? Y avait-il quelque part des détecteurs d'approche ? Des caméras de surveillance ? Orroway était-il déjà averti de leur intrusion ?

— Ça y est ! annonça Emmy en s'écartant.

David tendit la main, saisit la poignée et pesa dessus de tout son poids. Au moment où la porte s'ouvrait, il entendit l'écho d'une série de détonations lointaines... Comme si des pétards explosaient derrière lui, dans la forêt, pas des coups de fusil, simplement de gros « poum » assourdis par la distance.

Le battant à peine poussé, on butait sur un mur plein, un cul-de-sac. Une plaque de verre avait été encastrée à hauteur d'homme, tel un écran de télévision.

Et, brusquement, une musique retentit, violente, emplissant la caverne de son vacarme, une musique de cirque, agressive et braillarde, qui fit reculer David.

Enfin, l'écran s'illumina, et le romancier put constater qu'il s'agissait en fait d'une simple plaque de verre protégeant un tube au néon fixé dans la paroi. Le tube scintillait d'une lumière rouge, aveuglante. On lui avait donné la forme d'une inscription, à la manière des enseignes pendues au-dessus des bars. Et cette inscription disait : *Gotcha !*

J't'ai eu !

— Il n'y a rien ! hurla Emmy en écartant David d'un coup d'épaule. Ça ne mène nulle part ! Il nous a possédés !

David recula, hébété. Quelque chose d'indéfinissable... une intuition lui soufflait que tout cela n'avait aucune importance pour le moment. Son esprit tournait à plein régime, essayant de rapprocher deux faits apparemment sans importance. Pendant qu'Emmy expédiait des coups de pied dans la porte, il se dépêcha de retourner à l'entrée de la grotte.

L'ouverture de la porte... Les explosions...

— Qu'est-ce que vous faites ? lança Emmy, vous avez l'air complètement halluciné.

— Orroway, souffla David. Il vient de nous piéger...

— J'ai pu m'en rendre compte, merci de l'information ! grogna la jeune femme.

— Non ! balbutia David. Pas ça... Il y a autre chose. Quand j'ai ouvert la porte, vous n'avez pas entendu des pétards exploser au loin ?

— Je ne sais pas, avoua Emmy. Peut-être. C'était sans doute Bridget qui faisait un carton sur les ours.

— Non ! Ce n'était pas assez fort, coupa David. C'était des pétards... ces capsules explosives qu'on utilise au cinéma pour imiter les impacts de balle sur le corps des acteurs. Des capsules mises à feu électriquement.

— Vous êtes encore une fois en train de perdre la tête ! lâcha Emmy. Où voulez-vous en venir ?

— Vous ne comprenez donc pas ? haleta David qui sentait la sueur lui couler sur le front. L'ouverture de la porte commandait la mise à feu de petites amorces inoffensives installées dans la forêt...

— Dans la forêt ?

— Oui, dans les arbres morts... là où se trouvent les ruches ! Les détonations ont dû éparpiller les essaims. Ce doit être la panique chez les abeilles, elles vont se répandre et s'attaquer à tout ce qui bouge... Elles vont nous tomber dessus d'une seconde à l'autre !

La jeune femme pâlit. Jack se mordit le poing.

— Si vous avez raison, nous sommes foutus ! hoqueta-t-il. Il n'y a pas un seul point d'eau à proximité.

— La grotte ! dit la jeune femme. Cachons-nous derrière la porte.

Ils se précipitèrent dans la caverne, mais ce fut pour constater qu'à part Jack, personne ne pouvait tenir dans le réduit s'ouvrant derrière la porte. De plus, le battant comportait une grille faisant office de judas, et les abeilles n'auraient aucun mal à s'engouffrer par cette ouverture.

David sentait ses jambes trembler sous lui. Il savait ce qu'un essaim gagné par la panique est capable de faire. Si toutes les ruches avaient pris leur vol en même temps, le ciel n'allait pas tarder à s'assombrir au-dessus de la forêt.

— Elles arrivent ! hurla Jack qui sautillait à l'entrée de la caverne. Les voilà ! Bordel ! Les voilà !

— La boue ! lança David. Il ne reste plus que la boue ! Essayons de nous rouler dedans... ça constituera peut-être une armure ?

— Mais elle est bouillante ! protesta Emmy.

— Pas partout, observa le romancier en s'agenouillant. Ramassez-la au bout de la coulée.

Sans plus attendre, il plongea les mains dans le suintement grisâtre qui filtrait de la crevasse. Le liquide pâteux lui semblait d'un contact supportable, mais la voix de la raison lui souffla qu'il s'agissait peut-être d'une illusion due aux méfaits du Sourire Noir.

— Vous êtes dingue ! hurla Emmy. Elle est bouillante ! Vous êtes en train de faire comme Sarah Meads ! Vous allez cuire sur pied !

— Dépêchez-vous ! lui jeta David. Vous n'avez plus le choix. Même si elle fait 70°, nous avons une chance de nous en sortir !

— Les voilà ! vociférait Jack d'une voix hystérique. Merde ! Il y en a des millions !

David ne lui prêta aucune attention. Au moyen de ses paumes jointes, il s'aspergeait de boue chaude, se recouvrant d'une carapace gluante qui lui dégoulinait dans le cou et s'infiltrait sous sa chemise. Pour aller plus vite, il s'était agenouillé dans la résurgence. Quand il plongea la tête dans le magma grisâtre, il songea une dernière fois : « Je suis peut-être en train de me tuer ? »

Englué de la tête aux pieds, aveugle et sourd, il se recroquevilla en position fœtale, les mains croisées sur la tête. La boue lui emplissait les narines et il essayait tant bien que mal de respirer entre ses lèvres serrées.

Il n'avait plus aucun moyen de savoir ce qui se passait autour de lui, mais il imaginait le brouillard bourdonnant de l'essaim envahissant la caverne. Emmy et Jack avaient-ils eu la présence d'esprit de l'imiter ou s'étaient-ils contentés d'agiter les bras pour tenter de repousser l'assaut des milliers de dards cherchant une cible ?

La tête lui tournait. Il comprit que les vapeurs de soufre stagnant au ras du sol étaient en train de l'asphyxier, mais il ne pouvait rien faire, que respirer cet air toxique qui lui ravageait les poumons.

Il ne réalisa même pas qu'il perdait connaissance.

18

Quand il revint à la vie, la boue avait séché sur lui. Ses paupières étaient collées et il ne pouvait même plus ouvrir les yeux. Son larynx et ses poumons lui faisaient l'effet d'avoir été taillés dans du carton. Il ne savait depuis combien de temps il était ainsi. Les abeilles tournaient-elles toujours entre les parois de la caverne ou bien avaient-elles enfin regagné leurs ruches ?

Il décida d'attendre le plus possible. Il n'avait pas vraiment mal mais il ne se sentait pas très bien. La carapace de boue durcie lui donnait l'impression d'avoir été enterré vivant. Il avait beau tendre l'oreille, il ne percevait aucun son. Quand il fut de nouveau sur le point de perdre conscience, il se redressa, faisant craquer la coquille de glaise qui l'enveloppait. Son premier réflexe fut de libérer son visage. Il roula sur le dos, fixant anxieusement la voûte de la grotte. Aucun essaim n'y tournoyait. Les abeilles avaient battu en retraite.

Il se redressa, et chercha autour de lui. Tout au fond, il aperçut un corps étendu. Une silhouette verdâtre qui appartenait sûrement à Emmy. Il s'en approcha. La jeune femme l'avait imité, mais elle n'avait pas eu le temps de s'enduire correctement — ou bien la chaleur de la boue l'avait fait reculer — et son visage présentait de grosses cloques sur le front et les joues. Elle était vivante, car elle gémissait. Des centaines d'abeilles mortes jonchaient le sol ; toutes les tueuses qui avaient péri en abandonnant leur dard dans la chair de leurs victimes.

David tituba pour sortir de la caverne. Sur la pente, entre les crevasses, il trouva Jack. Le petit homme, cédant à la panique, s'était enfui en agitant les bras. Les abeilles ne l'avaient pas épargné. Une enflure monstrueuse distendait son visage, ses membres et son torse. Il avait de toute évidence subi des centaines de piqûres. Il respirait à peine. Les abeilles n'avaient pas hésité à s'introduire dans sa bouche pour lui piquer la langue et les lèvres. David le traîna jusqu'à un rocher contre lequel il l'adossa. Cet effort eut raison de sa résistance, et il dut lui-même se coucher près du nain. Les écailles de boue qui tombaient de ses mains lui révélèrent les cloques dont sa peau était parsemée. Il ne s'agissait pas de piqûres, mais d'une brûlure de l'épiderme très étendue, provoquée par la température trop élevée de l'argile. « Je suis à moitié cuit ! pensa-t-il avec un ricanement de dérision. Un poulet à la glaise ! Dès que je vais bouger, ma viande va s'arracher toute seule de mes os ! »

Il était trop las pour essayer d'aller chercher du secours. Il n'avait pas mal, mais toute énergie l'avait quitté. Il songea qu'Orroway avait gagné la partie, cette fois. *Gotcha*... Il les avait bien possédés, on ne pouvait pas revenir là-dessus. Ils s'étaient cru des enquêteurs astucieux, alors qu'ils ne faisaient, en réalité, que suivre une piste soigneusement balisée !

Gotcha !

Il émit un rire sourd qui se changea en quinte de toux. Personne ne viendrait à leur secours, pas même Bridget qui n'avait plus assez de cervelle pour se rappeler leur existence. D'ailleurs, elle avait probablement été victime, elle aussi, des abeilles en folie.

La nuit n'allait plus tarder à tomber maintenant. De ce côté de la barrière ils étaient au moins protégés des ours. « Crétin ! lui souffla la voix du rat. Si tu avais encore le module de communication, tu pourrais lancer un appel au secours ! »

Un appel au secours ? Rien n'était moins sûr. Pourquoi Sebastiano Gracci se serait-il donné le mal de le transporter à l'hôpital puisqu'il avait lamentablement échoué ?

Je crois savoir où se cache Orroway... C'est ce qu'il avait chuchoté à l'appareil. Dieu ! Comment avait-il pu être aussi bête ?

Il ferma les yeux et somnola un moment. Quand il se réveilla, il lui sembla que Jack ne respirait plus, mais il n'eut pas la force de lui prendre le pouls.

Alors qu'il dérivait à la lisière de la conscience, une silhouette entra dans son champ de vision. Une silhouette de cosmonaute ! Il essaya de rire, mais rien ne sortit de sa bouche. Au moment où la créature s'agenouillait devant lui, il comprit enfin qu'il s'agissait d'un inconnu en costume d'apiculteur, le visage dissimulé par un voile de protection aux mailles serrées.

— Croyez-vous au diable, mon fils ? dit l'homme en ébauchant un signe de croix du bout de ses doigts gantés.

Ce furent les derniers mots qu'entendit David avant d'entrer dans un long tunnel peuplé de rêves étranges.

Il crut plusieurs fois qu'il allait se réveiller, mais, rituellement, quelque chose le tirait en arrière, et il retombait dans la nuit. Tantôt il rêvait qu'il marchait vers la lumière, le long d'un souterrain étroit, tantôt qu'il escaladait la paroi d'un puits. À la dernière seconde, à l'instant où il parvenait à se désengluer des ténèbres, le rat se jetait dans ses jambes ou lui mordait les mains pour le faire reculer.

« Tu vas rester avec moi, ricanait-il, comme ça tu apprendras ce que c'est d'être condamné à l'obscurité ! »

Enfin, il parvint à garder les paupières levées plus de quelques secondes, suffisamment pour apercevoir un homme maigre au crâne rasé assis à son chevet. C'était un vieillard flottant dans un treillis décoloré. Un septuagénaire dont le cou s'ornait d'une plaque d'identité militaire et d'un crucifix en métal oxydé pendus à la même chaîne. Ses doigts marbrés de taches hépatiques égrenaient un chapelet. À deux reprises, le romancier eut l'impression que le bonhomme lui administrait l'extrême-onction, et il en conçut une grande frayeur, puis son état s'améliora et il put garder les yeux ouverts sans avoir à mener un combat au-dessus de ses forces.

— Il y a combien de jours que je suis là ? demanda-t-il enfin à l'inconnu.

— Trois, mon fils, dit le vieux. Je suis le père Joseph Doggerty, ancien aumônier militaire du 6e Aéroporté devenu prédicateur itinérant. Comment vous sentez-vous ?

David réalisa qu'il était couché sur un lit de camp et enveloppé de pansements enduits d'une quelconque pommade. On l'avait placé sous perfusion de glucose. Emmy était dans le même état, de l'autre côté de la pièce, mais elle semblait toujours inconsciente. Le toit voûté du lieu lui fit penser qu'ils se trouvaient dans une sorte de wagon.

— Ne craignez rien, dit le prêcheur. Vous êtes hors de danger. Les forces des ténèbres ont essayé plusieurs fois de vous arracher au monde des vivants, mais vous avez su leur résister. J'ai eu très peur pour vous. La boue vous a sérieusement brûlé les mains et le visage. Pour ce qui est du corps, vos vêtements vous ont protégé. La jeune femme n'a pas repris connaissance, mais son cœur bat normalement. J'ai dû ensevelir le petit homme... celui qu'on surnommait Jack le Putois. Il était déjà mort quand je vous ai trouvés.

— Où sommes-nous, mon père ? s'enquit David.

— Dans ma caravane, au pied du volcan, expliqua Doggerty. N'ayez pas peur, on ne peut pas nous repérer, j'ai tendu un filet de camouflage au-dessus du véhicule. Ces derniers jours, deux hélicoptères ont survolé la forêt. L'un appartenait à la police, l'autre ne portait aucune immatriculation. C'était un Huey, qui m'a rappelé de tristes souvenirs. Je ne leur ai pas fait signe. J'ai pensé que vous ne teniez sans doute pas à voir ces gens.

— Vous avez eu raison, soupira David.

Du regard, il explora ce qui se révéla être une caravane délabrée, grand wagon rafistolé avec les moyens du bord. Des crucifix et des images saintes en tapissaient les parois. Tout au bout de la pièce on avait installé une église portative qui se repliait à l'intérieur d'une malle-cabine. Le couvercle, grillagé, faisait office de confessionnal. Un grand christ en plastique phosphorescent occupait le fond du bagage.

— Je sais qu'il se passe des choses étranges depuis quelque temps, dit le prêtre en hochant la tête. Le Diable s'est installé au bord du lac et il fait communier les innocents au moyen d'une hostie profanée... Je sais tout cela. Vous n'avez pas affaire à un aveugle. Hier, le feu du ciel est tombé sur Groinstown, une ville de mécréants et de jouisseurs. Les signes se multiplient. Êtes-vous un chevalier exterminateur lancé sur les traces du Malin ? J'ai fait un rêve dans lequel on m'annonçait la venue d'un ange armé d'un glaive de flammes.

David se retint de pouffer. Avec ses bandelettes, il faisait un exterminateur plutôt lamentable, mais la fièvre qui brillait dans les yeux du vieillard le dissuada de prendre les choses à la légère.

— Comment savez-vous cela, mon père ? demanda-t-il.

Doggerty se signa. Il n'avait presque plus de dents, et David lui donnait près de quatre-vingts ans. Ses doigts étaient des brindilles desséchées aux ongles jaunes, recourbés.

— On m'avait mis à l'hospice, dit-il, sous prétexte que j'étais trop vieux, que je perdais la mémoire au point d'oublier la moitié des prières, mais je savais que j'étais encore bon à quelque chose. Une nuit j'ai eu la révélation et je me suis enfui sur les routes ; pour traquer le Malin... j'ai erré longtemps, et j'ai fini par le trouver ici. Près du lac, célébrant sa messe impie, distribuant ses hosties de mort. J'ai vu bien des jeunes gens perdre l'esprit, j'ai essayé de les mettre en garde, mais ils ne m'ont pas écouté. En bas, on me prend pour un vieux fou. Je me suis exilé ici, pour faire retraite et attendre un signe du Tout-Puissant. Je n'ai plus assez de force pour me lancer tout seul dans la bataille... Je crois qu'on vous a envoyé pour m'aider. C'est ça, n'est-ce pas ? Et le Diable a tenté de vous détruire.

David se redressa sur un coude. Il savait que Doggerty, à travers ses figures de style fleuries, parlait d'Orroway.

— Ils ont pactisé avec Satan, murmura le vieux. Les gens du lac... ils ont dressé cette ville impie bâtie sur le profit, ils s'y exhibent à moitié nus et y mènent une bacchanale incessante. Le shérif s'est moqué de mes avertissements, il m'a dit que j'effrayais les touristes et que je devais arrêter de prêcher sur la plage. Alors le mal s'est répandu. Ils se sont mis à manger l'hostie profanée, la mauvaise farine qui ouvre les portes de l'Enfer au fond des têtes. Ils disent que c'est la Connaissance Suprême, mais ils se trompent. Le Diable les fait se prendre pour Dieu et les égare en des contrées d'où l'on ne revient jamais. J'ai longtemps erré au bord du lac, et je les ai observés. Personne ne faisait attention à moi, personne ne se méfiait de moi, mais j'ai compris bien des choses...

David aurait aimé lui poser des questions plus précises, mais la fatigue le rattrapait. Doggerty s'en aperçut.

— Reposez-vous, mon fils, chuchota-t-il. Il faut que vous repreniez des forces pour le combat qui vous attend.

Le romancier dormit jusqu'au soir. Doggerty essaya alors de lui faire avaler un peu de soupe en lui expliquant comment il s'était enfui de l'hospice en dévalisant l'infirmerie.

— J'avais une bataille à mener, déclara-t-il, et je savais qu'il y aurait forcément des blessés. La caravane appartenait à mon frère, je l'ai... réquisitionnée pour la plus grande gloire du Christ.

David voulut se lever pour faire quelques pas à l'extérieur. Le prêtre ne s'y opposa pas et se contenta de décrocher la bonbonne de glucose suspendue au-dessus du lit de camp. Au passage, David se pencha sur Emmy. La jeune femme dormait d'un sommeil paisible. Doggerty l'avait enveloppée dans une charpie enduite de pommade bitumineuse. L'enflure due aux piqûres d'abeilles était en voie de régression.

Soutenu par le prêtre, il descendit le marchepied de la caravane. Une vaste toile de camouflage recouvrait le campement, retenue au sol par des piquets. Cet artifice rendait la roulotte invisible du ciel et la protégeait des rayons du soleil.

— Mon frère avait l'habitude de braconner l'élan, expliqua Doggerty. Il se cachait de cette manière, dans les zones de chasse interdite. J'ai pensé qu'il ne serait pas mauvais d'opter pour une certaine clandestinité.

David s'assit sur un siège de toile pliant. On était bel et bien à flanc de volcan, sur un terrain terriblement incliné. On dominait la réserve, la forêt et le lac. D'où il se tenait, il pouvait distinguer la tonsure de Groinstown.

— Comment avez-vous compris que le diable se cachait au bord du lac ? demanda-t-il, les mains serrées sur le flacon de glucose.

— Les gens parlent, dit Doggerty. Et surtout : ils se confessent... Ils en révèlent bien davantage à un prêtre itinérant qu'au curé de leur paroisse. Un homme de Dieu qui taille la route, on se dit qu'on peut tout lui avouer, que demain il sera déjà loin, peut-être même dans un autre État. Alors on se laisse aller. On avoue l'inavouable.

— Vous avez confessé quelqu'un qui utilisait cette... hostie profanée ?

— Non, ceux-là c'est trop tard, on ne peut plus les atteindre. Leur âme est perdue. Mais j'ai recueilli les aveux de l'un des disciples du Malin. Un jeune homme égaré, en proie à un grand trouble intérieur. Il venait d'une famille très pieuse, et, un temps, il avait désiré se venger d'elle en piétinant les valeurs qu'on lui avait inculquées. Il avait juré la mort de l'Amérique. Au moment où je l'ai rencontré, il n'était plus aussi certain de sa détermination... Il hésitait. Je crois qu'il prenait conscience de ce qu'il était en train de faire. Il voulait être absous pour ses crimes.

— Vous voulez dire que c'était l'un des dealers d'Orroway ? laissa échapper David.

— Je sais qu'il portait la fausse parole, fit Doggerty. Il donnait la communion du mal à des innocents. Bridget Winfield, la femme du garde forestier, m'a avoué avoir reçu de lui un produit sacrilège qu'elle absorbait chaque jour. Elle me l'a décrit, et quand elle m'a dit qu'il portait une chaîne de baptême autour du cou, j'ai compris que tout n'était peut-être pas perdu. Bridget m'a dit où il opérait. Je n'ai fait que me transporter sur les lieux et prêcher, en le regardant droit dans les yeux. J'y allais presque tous les jours, et je parlais, debout sur une caisse d'oranges. Au début, il détournait la tête, ou s'enfuyait lorsqu'il me voyait débarquer... et puis mes paroles ont fait leur chemin, et, un jour, il m'a demandé si je voulais l'entendre en confession. Il avait réfléchi, il avait peur.

— Que vous a-t-il dit ?

— Qu'il travaillait pour le diable et qu'il était horrifié par ce qu'il était en train de faire. Les morts, la folie... Il ne supportait plus de se sentir responsable de tout cela.

— Comment s'appelait-il ?

— Je ne peux pas vous révéler cela, je dois observer le secret de la confession. Mais je peux vous donner certaines indications sur son maître... sur celui qui tire les ficelles.

David ne tenait plus en place, il essayait malgré tout de ne pas brusquer le vieillard.

— Vous allez l'anéantir ? interrogea Doggerty. Vous êtes venu pour cela ? Orroway est son nom d'homme, mais il en a d'autres plus terribles que je ne prononcerai pas à voix haute. Vous allez l'abattre ?

— Oui, murmura David. Jusqu'à présent il n'a fait que me promener de fausse piste en fausse piste. Vous pouvez peut-être me remettre dans le droit chemin.

— Ce sera un combat formidable, fit le prêtre en se signant. Nous dirons une messe et je vous donnerai des médailles.

— Le garçon... rappela doucement David. A-t-il parlé de l'endroit où l'on fabrique l'hostie ?

— Oui. Derrière la porte rouge. Il faut descendre dans la salle des machines... et là, il y a une porte rouge. C'est un monde de glace, mais il n'y a rien d'étonnant à cela, car Satan, contrairement à ce qu'on imagine, dégage un froid mortel.

— Un monde de glace ? Ici ?

— Oui. La patinoire. La patinoire de la station, ce grand bâtiment qui n'est pas encore ouvert au public. C'est là. Le jeune homme y travaillait... Je n'ai jamais eu la force d'y entrer. Je suis trop vieux pour entreprendre un duel avec le Malin.

— Une porte rouge dans la salle des machines ? répéta David. Qu'est-ce que ça signifie ?

— Je ne sais pas. C'est sans doute l'entrée des Enfers, balbutia le vieillard. Il prétendait que c'était une porte blindée, énorme... avec un digicode. Un mot de passe à composer sur des touches alphabétiques.

— Quel mot ?

— *Gotcha.*

David s'affaissa entre les bras de son fauteuil.

— Alors c'est bien là, murmura-t-il. Il n'y a plus aucun doute.

Il se rappelait la patinoire devant laquelle il avait bien dû passer trente fois depuis son installation à l'hôtel de l'Ours Rugissant. C'était juste à côté de l'agence de location où Emmy était allée chercher le 4x4. Ils avaient traversé la Californie du haut en bas et de bas en haut pour tenter de localiser quelque chose qui se trouvait sous leur nez depuis le début. La patinoire.

— Venez, ordonna Doggerty. C'est assez pour aujourd'hui, vous vous fatiguez, il faut reconstituer vos forces pour le grand affrontement. Allons nous coucher.

David obéit.

Il croyait qu'il mettrait longtemps à s'endormir, mais il se trompait. Il savait qu'il avait encore maigri et qu'il lui restait peu de temps avant de ne plus pouvoir quitter le lit. S'il ne parvenait pas à mettre la main sur Orroway, il n'aurait plus qu'à se faire hospitaliser dans une clinique de L.A. où l'on traitait les cas d'anorexie les plus sévères. Là, avec un peu de chance, il survivrait à coups de perfusions, condamné à une existence de grabataire somnolent, demi-cadavre desséché n'ayant plus que la peau sur les os. Son esprit s'en irait peu à peu, rongé par les fantasmes de la drogue, n'entretenant plus que des contacts épisodiques avec la réalité. Il resterait ainsi, le temps que s'épuise son crédit, puis on l'évacuerait vers un hospice où il végéterait jusqu'à ce que la dénutrition ait enfin raison de ses fonctions vitales. Un coup de fusil n'était-il pas encore préférable ?

Il songea que s'il ne parvenait pas à rencontrer Orroway, il avait au moins une chance d'être tué dans l'affrontement final, et que cette solution n'était peut-être pas si mauvaise.

Il dormit dix heures, d'un sommeil tissé de délires absurdes. Au matin, Doggerty le réveilla d'une secousse.

— Mon petit, haletait-il. La jeune femme a disparu... Il faut vous lever. J'ai cherché partout... Elle n'est nulle part.

David se dressa, arracha les aiguilles des perfusions et tituba vers le lit de camp d'Emmy. Il était vide.

— Elle a volé des vêtements que je gardais dans cette cantine, expliqua Doggerty. Je ne comprends pas pourquoi elle est partie sans un mot.

David, lui, comprenait très bien. Emmy n'avait jamais été inconsciente. Toute la journée, elle avait feint le coma profond pour écouter ce qui se disait et se donner le temps d'arrêter une stratégie. Elle avait entendu les révélations du prêtre au sujet de la patinoire, et ce matin, dès l'aube, elle s'était mise en marche pour regagner la station. Elle allait traverser la réserve, couper à travers les bois pour éviter Groinstown et rejoindre le lac. Ensuite...

Ensuite elle préviendrait les gens de Corckland Industries. Des hélicoptères se poseraient sur la plage, chargés de vigiles et de gardes du corps à l'aide desquels elle investirait la patinoire...

« Ils enlèveront Orroway, songea David. Ils rafleront tout le matériel... et ils te laisseront te débrouiller tout seul avec tes problèmes, parce qu'ils n'auront plus besoin de toi ! »

— Mon père, lança-t-il, combien de temps faut-il pour rejoindre le lac, à pied ?

— D'ici ? Je ne sais pas... quatre heures. Oui, quatre bonnes heures, à condition de ne pas s'arrêter en chemin.

Une bouffée de haine s'empara de David. Peut-être que les ours avaient attaqué Emmy au cours de sa traversée de la réserve, qu'ils l'avaient mise en pièces, ou bien... Ou bien Bridget l'avait abattue d'un coup de fusil en pleine tête ! La sale petite garce ! Elle se fichait pas mal de ce qui lui arriverait s'il ne pouvait pas obtenir d'Orroway cette hypothétique ampoule d'antidote.

— Mon père, dit le romancier, excusez-moi de vous presser, mais je pense qu'il serait bon de se mettre en route... Pouvez-vous décrocher votre voiture et me conduire au lac ?

Le vieil homme se signa.

— L'heure a sonné ? balbutia-t-il. Ainsi, c'est en cette minute que commence le Grand Combat. Nous ne pouvons pas partir comme ça, mon fils. Il faut prier, vous confesser... Je vais dire une messe et vous donner l'absolution, comme aux croisés partant pour Jérusalem reconquérir le tombeau du Christ.

David serra les mâchoires pour dissimuler son impatience. « Qu'est-ce que tu attends ? lui souffla le rat. Flanque une bonne branlée à ce vieux croûton, pique-lui les clefs et saute dans sa bagnole. Tu dois rattraper cette salope avant qu'elle ne te coiffe au poteau. Pense un peu à l'hôpital, aux perfusions. Tu as vraiment envie de finir comme ça ? Dans la peau d'un mort-vivant qui rapetisse un peu plus tous les jours ? »

Il savait que le rat avait raison, mais il savait aussi qu'il ne pouvait pas brutaliser le vieux. D'ailleurs, il ignorait tout du chemin à suivre.

Il fallut faire comme le souhaitait Doggerty. S'agenouiller, prier, avouer des fautes imaginaires. David, qui n'avait pas mis les pieds dans une église depuis trente ans, ne se rappelait pas un mot des prières en usage dans le culte catholique. Il songeait au temps qui filait, assurant une avance confortable à la jeune femme. Qu'allait-elle faire sitôt de retour à la station ? Passer à l'hôtel pour se changer d'abord, puis contacter Corckland au moyen de son appareil trafiqué. Elle se contenterait de prononcer un mot de code, une phrase magique signifiant qu'elle avait localisé Orroway et que l'opération de « récupération » pouvait être déclenchée. Combien de temps faudrait-il aux hélicoptères pour atteindre les rives du lac ? Corckland disposait-il de bases avancées dans la région... à moins d'une ou deux heures de vol ? Tout était possible avec un tel géant de l'industrie pharmaceutique. De plus, l'habitude des acheminements aériens urgents avait sûrement amené la société à développer une infrastructure de communication extrêmement performante, ce qui lui permettrait de réquisitionner une escadre n'importe où...

La messe dite, Doggerty remit à David plusieurs médailles bénites qu'il dut passer autour de son cou. Ce n'est qu'ensuite — une fois les vêtements sacerdotaux soigneusement pliés au fond d'une cantine — qu'on détela la vieille station-wagon à flancs de bois accrochée à la caravane.

Le prêtre avait donné au romancier un treillis blanchi par l'usure qui lui allait à peu près bien. Une fois qu'il eut passé ses chaussures, David ôta les pansements qui lui couvraient la figure. Sa peau pelait déjà sur le front, le nez et les oreilles, mais les bandages le faisaient un peu trop ressembler à l'Homme invisible, et tout le monde risquait de se retourner sur son passage. L'onguent noirâtre dont il était enduit avait au moins le mérite de le déguiser en mécanicien crasseux.

Doggerty s'installa au volant.

— Il faut descendre vers la réserve et longer le grillage jusqu'à la porte de sortie, dit-il. Elle sera cadenassée. J'ai des outils dans le coffre. Il faudra que vous fassiez sauter la chaîne.

— On ne peut pas couper au plus court en ouvrant un passage au milieu des barbelés ?

— Non, la forêt est trop dense. La voiture ne passerait pas. Nous sommes obligés de rejoindre le circuit de visite goudronné réservé aux visiteurs. Quelqu'un qui se déplacerait à pied n'aurait pas ce problème, bien sûr... il lui suffirait de descendre tout droit, en se faufilant entre les arbres. Vous pensez à la jeune femme ?

— Oui, fit David.

— Vous croyez qu'elle va prévenir le Malin de notre arrivée ?

— C'est à peu près ça.

Doggerty mit le contact. La station-wagon toussa en frémissant de toutes ses tôles.

— Heureusement qu'il suffira de suivre la pente, observa le vieux. De cette manière nous avons au moins une chance de ne pas tomber en panne.

— Quand nous traverserons Groinstown, ne vous arrêtez surtout pas, dit précipitamment David. J'y ai... affronté le Démon. Ça leur a laissé un mauvais souvenir.

— Nous ferons comme vous voulez, mon fils, dit sentencieusement le vieillard. Vous êtes saint Michel, je ne suis que l'écuyer.

L'automobile s'élança en cahotant sur la pente de lave durcie.

19

La vieille voiture louvoyait au long des boucles décrites par le circuit touristique à travers la réserve. David essayait de maîtriser le bouillonnement d'impatience qui l'habitait et de ne pas regarder la montre du tableau de bord.

Doggerty conduisait en marmonnant des prières. De temps à autre il lâchait le volant pour se signer.

Un chapelet accroché au rétroviseur se balançait au rythme des cahots, avec un irritant petit crissement.

Ils atteignirent enfin la sortie du parc. Bridget Winfield, alertée par le bruit du moteur, apparut sur le seuil du bungalow. Elle était toujours vêtue de sa chemise de nuit lacérée par les ronces. Quand elle s'approcha du véhicule, David put constater qu'elle avait le visage entièrement déformé par l'enflure des piqûres d'abeilles. Un œdème généralisé lui fermait à demi la bouche et les paupières ; malgré cela, elle essayait de sourire.

— Alors ? s'enquit-elle, vous avez fait une belle balade ? Pas trop d'ours dans le secteur ?

David la rassura du mieux qu'il put. Le spectacle de ce visage ravagé lui nouait l'estomac.

— Vous avez été piquée par les abeilles ? demanda-t-il. Vous souffrez ?

— Non, pas du tout, fit la jeune femme avec un haussement d'épaules. C'est sans importance, j'en ai vu d'autres. Attendez... Ne partez pas, je suis en train de faire des cookies. Vous en prendrez bien quelques-uns !

Elle s'absenta une minute et revint, tenant un sac de papier brun taché de graisse.

— Ils sont tout chauds ! articula-t-elle péniblement de sa bouche déformée. Il y en a aux noix de pécan, au chocolat et aux raisins. Vous les mangerez en pensant à moi.

— Avez-vous vu passer la jeune femme qui était avec moi ? interrogea David sans trop y croire.

— Oui, dit Bridget. Elle était pressée. Elle m'a demandé si je pouvais lui prêter une voiture ou une moto. Je lui ai dit non. Elle avait l'air contrarié mais elle n'a pas insisté. Elle a continué à pied, en coupant par la forêt.

Doggerty démarra. Dix minutes plus tard, ils traversaient les ruines de Groinstown. David s'était ratatiné sur son siège afin qu'on ne puisse le voir de l'extérieur. Aux différents rugissements de moteur, il comprit que des bulldozers étaient à l'œuvre, essayant de dégager les décombres. Le prêtre ne s'arrêta pas, et personne ne fit obstacle à la course de la voiture. En moins de trois minutes, la station-wagon avait regagné la forêt.

À cause des racines affleurant la surface du sol, et qui fonctionnaient à la manière d'innombrables ralentisseurs, il était impossible de rouler très vite. Le véhicule cahotait interminablement, et David avait l'impression que ses vertèbres étaient peu à peu en train de s'emboîter les unes dans les autres.

Il leur fallut près d'une heure pour atteindre Bumpass Hell, la vallée des « marmites de boue », et encore quinze minutes pour arriver à l'hôtel de l'Ours Rugissant. Ursula Pooshkie poussa un cri de terreur en apercevant David.

— Mon Dieu ! hoqueta-t-elle. Que vous est-il arrivé ? Vous êtes complètement brûlé ! Asseyez-vous, je vais appeler Doc' Bouvier.

— Plus tard, fit le romancier. Avez-vous vu Emmy Fielding ? Est-elle venue ici passer un coup de fil ?

— Oui, balbutia Ursula. Elle était en piteux état elle aussi, je lui ai demandé ce qui lui était arrivé, mais elle a filé. Elle est allée sur le parking, elle a fouillé dans le coffre de sa voiture, puis elle est partie...

— Il y a combien de temps de cela ?

— Une heure environ... David, que se passe-t-il ? Vous avez une tête effrayante... laissez-moi...

Mais l'écrivain avait tourné les talons. Une heure... Cela signifiait que les hélicoptères de Corckland Industries étaient déjà en vol. Selon l'endroit d'où ils avaient décollé, ils pouvaient atterrir d'une minute à l'autre.

Il rejoignit Doggerty qui attendait à l'entrée du parking.

— Alors ? s'enquit le prêtre.

— Elle est là-bas, à la patinoire, dit David. Elle a prévenu ses employeurs. Cela veut dire qu'une équipe de sécurité va débarquer pour prendre d'assaut le repaire d'Orroway. Nous avons très peu de temps.

Doggerty mit le contact et traversa la ville. Le bâtiment de la patinoire surgit bientôt. Un calicot, tendu en travers du fronton, annonçait : *Ouverture Prochaine*. Au-dessus de l'entrée, des lettres de bois imitant des bûches inégalement taillées disaient : *Venez Patiner Sur Le Lac De La Vallée Engloutie ! Un Décor Comme Vous N'en Avez Jamais Vu !*

Doggerty freina.

— C'est là, murmura-t-il. Je vais prier pour vous. Prenez cette bible et gardez-la sur votre cœur, elle assurera votre protection.

David le remercia machinalement, et se pencha pour examiner le bâtiment rose à colonnes doriques. Il n'avait aucun plan.

— Je vais entrer, décida-t-il. J'improviserai une fois dans la gueule du lion. Si je ne ressors pas, prévenez le shérif.

— Ça ne servira à rien, mon fils, dit doucement Doggerty. Il ne m'écoutera pas.

— Vous avez raison, dit David. En tout cas, merci de votre aide.

Il ouvrit la portière et jeta un rapide coup d'œil en direction du ciel. Pour l'instant l'horizon était vide, aucune escadrille d'hélicoptères ne survolait le lac. Doggerty était sorti lui aussi, sa bible entre les mains, il s'agenouilla au bord du trottoir, le visage tourné vers le soleil.

— Je vais prier pour vous, répéta-t-il.

David lui adressa un bref signe de remerciement et traversa la route. Ses jambes le portaient à peine et il comprit que la dénutrition continuait son œuvre. Dans deux jours, il aurait bien du mal à tenir encore debout. Sans le support de la drogue, il se serait déjà effondré.

Il escalada les marches menant au seuil de la patinoire. Tout était neuf et sentait encore la peinture. Il vit tout de suite qu'on avait fait sauter le cadenas fermant la porte à double battant. Emmy était bien là... Il entra. La pénombre le gênait, il dut tâtonner le long du mur pour se guider. Était-il encore utile de prendre des précautions ? Quelque chose lui soufflait qu'Orroway attendait sa visite. Il prit le temps de s'orienter. C'était une construction très imposante avec des vestiaires, une salle de douches, un restaurant, un bar, des boutiques d'équipement sportif, un stand de location. Des dizaines de patins s'alignaient sur les présentoirs, leurs lames jetant des éclats durs dans le clair-obscur des lieux. Toute l'installation relevait-elle de la frime, ou bien Orroway comptait-il réellement exploiter la patinoire ?

David avançait. Il avait beau faire attention, ses pas éveillaient des échos interminables sous la voûte en poutrelles d'acier. Les décorateurs avaient essayé d'installer une sorte de paysage sylvestre, à base d'arbres artificiels et d'écureuils empaillés. Pour accéder à la piste elle-même, il fallait descendre un sentier serpentant entre deux haies de buissons plastifiés. De gros champignons rouges à pois blancs jaillissaient du sol, comme dans une forêt de dessin animé. Des lapins, dressés sur leurs pattes de derrière, vous regardaient passer en souriant. Tout ce bazar empestait le vernis et la colle. David atteignit enfin la piste de patinage. Des projecteurs trouaient la pénombre, dirigés vers la glace, dans un souci de mise en scène. Le froid qui montait de l'eau gelée le fit frissonner tant le contraste avec la température du dehors était grand. Tout autour de lui, les murs disparaissaient sous un décor de forêt. Des séquoias s'élançaient vers les poutrelles, entourant la piste qui prenait soudain l'allure d'un lac perdu au milieu des bois. Et David comprit soudain la signification de l'annonce figurant au fronton du bâtiment : venez patiner sur le lac de la vallée engloutie...

Quand on se penchait au-dessus de la glace, on distinguait, à une quinzaine de mètres sous la surface, les toits de plusieurs maisons submergées. C'était un village recouvert par les eaux. Un hameau prisonnier de la banquise, hors d'atteinte. L'effet était saisissant, d'autant plus que les fenêtres des bicoques étaient allumées, irradiant une lueur bleutée au sein de la glace.

David s'agenouilla. On avait érigé au fond du bassin un véritable village grandeur nature, avec ses jardinets, ses barrières blanches, ses boîtes aux lettres, son église..., puis on avait noyé le tout sous des tonnes d'eau. Le système de réfrigération avait fait le reste.

Au moment où il allait se redresser, il écarquilla les yeux. *L'église...* L'église engloutie... c'était la mission de San Juan Capistrano évoquée par Portland Fichter ! La fameuse mission qu'ils étaient allés chercher au fond de la grotte de l'Ours Rugissant ! Elle était là... sous ses pieds ! Orroway l'avait reconstituée au fond du bassin.

David se mordit l'ongle du pouce. Il était à peu près certain de distinguer des ruches autour de l'édifice. Tout était là... quinze mètres au-dessous de lui, scellé dans la glace. Bien qu'il se sût talonné par le temps, il ne parvenait pas à rompre le charme, à détourner les yeux du hameau prisonnier des eaux. Ce serait à coup sûr une attraction formidable si la patinoire ouvrait un jour ! Un gag digne de ce qu'on pouvait voir à Vegas.

Il ne put s'empêcher de poser le pied à la surface de l'eau gelée pour s'offrir le plaisir de se déplacer à la verticale du village englouti. Il aurait pu voler une paire de lames sur une étagère, mais il n'y tenait pas car il n'avait jamais été très bon patineur. Il préféra avancer maladroitement, en battant des bras. Le froid traversait les semelles de ses chaussures, lui engourdissant les orteils. Il arriva tant bien que mal au centre de la piste, gagné par un ravissement enfantin. Il avait l'illusion de marcher dans les airs. Il voyait tous les détails des toits, avec leurs tuiles rouges... Il voyait l'église de pierre ocre, avec sa cloche et ses fenêtres sans vitraux. La lumière bleue en sortait en longs pinceaux, ajoutant à l'atmosphère de mystère de cette fantasmagorie du plus parfait mauvais goût.

Et soudain, au moment où il s'y attendait le moins, une silhouette se profila dans l'encadrement d'une fenêtre... et lui fit signe.

Une silhouette... là, sous la glace.

Il crut qu'il délirait, que la drogue prenait de nouveau le contrôle de son cerveau. Allons ! C'était impossible ! Personne ne pouvait habiter au cœur du village englouti ! Personne... à moins que ?

Il s'ébroua et se dépêcha de sortir de la piste. Mal

lui en prit, car il perdit trois fois l'équilibre avant d'atteindre la terre ferme, et s'étala sur le ventre.

Les paroles de Doggerty lui trottaient dans la tête. Une porte rouge dans la salle des machines...

Il s'agissait probablement du système de réfrigération installé dans les sous-sols, tout autour du bassin. Il ouvrit plusieurs portes, avant de découvrir l'escalier menant à la machinerie. Une lumière crue tombait du plafond, faisant luire l'acier des tuyaux. D'énormes compresseurs bourdonnaient. On avait l'impression de s'aventurer dans les entrailles d'un congélateur géant. Une odeur désagréable flottait et il faisait chaud. De toutes parts, des canalisations vibraient, véhiculant des gaz sous pression. David se faufila entre les machines ; à présent, il s'en voulait d'avoir perdu du temps sur la piste.

Il finit par trouver ce qu'il cherchait : la porte rouge se découpant dans la paroi telle une écoutille de sous-marin ou le battant d'un sas de décompression. Le boîtier d'un digicode en occupait le centre. Il composa rapidement le mot de passe. *Gotcha*. Il y eut une série de déclics sourds, puis la porte s'ouvrit, actionnée par des vérins. Elle mesurait trente centimètres d'épaisseur et semblait conçue pour résister à des pressions fantastiques. Un gros bourrelet de caoutchouc la ceignait, assurant l'étanchéité du passage. David s'immobilisa, abasourdi par ce qu'il découvrait. Le battant d'acier donnait directement accès au bassin de patinage. Il ouvrait au fond de la cuve, au niveau du village englouti. Un tunnel taillé dans la glace se déroulait sur une vingtaine de mètres, menant à l'entrée de la vieille mission.

David enjamba l'encadrement d'acier. Aussitôt, le battant étanche se referma dans son dos et les vérins cliquetèrent, verrouillant la sortie. Il fit trois pas, la tête levée vers la voûte du tunnel d'où gouttait une eau glacée. C'était un couloir de deux mètres de circonférence, dont les parois, creusées à coup de pioche dans la glace, laissaient pleuvoir une étrange averse intérieure qui finissait par former des mares sur le carrelage. David se força à marcher. La banquise le surplombait, énorme bloc translucide haut comme une maison de quatre étages. Il se sentait minuscule, au bord de l'écrasement. Sans trop savoir s'il n'était pas en train de succomber à une hallucination, il s'avança vers le portail de l'église. Il réalisa bientôt que le corridor se divisait en plusieurs embranchements, chacun des tunnels permettant d'accéder à l'une des maisons du village englouti. Il comprit enfin qu'il venait d'entrer dans le laboratoire secret d'Orroway, là où s'élaborait le Sourire Noir. Un laboratoire au-dessus duquel des dizaines de jeunes gens patineraient d'ici quelques semaines ! Un laboratoire que tout le monde considérerait comme un simple décor de plastique ! Presque une décoration d'aquarium !

Au moment où il grimpait les marches du parvis, la porte s'ouvrit et un homme apparut. Il était très maigre. Ses cheveux et sa barbe grise étaient taillés au ras de la peau. L'espace d'une seconde, David eut l'illusion d'être en train de se contempler dans un miroir.

— Tu ne me reconnais pas ? fit l'homme. C'est moi, Marvin... Marvin Orroway. Tu trouves que j'ai changé ?

David se passa la main sur le visage. Les gouttes d'eau gelée qui tombaient du plafond avaient trempé son treillis.

— Entre, dit Orroway. Je savais que tu allais venir. La fille est déjà là.

— Emmy ?

— Oui... Elle me cassait les oreilles. Je l'ai neutralisée. Je la connais bien, chez Corckland elle était toujours à fouiner dans mon labo, à fureter. C'est une mouche à merde, une intrigante. Elle ne t'a pas dit qu'elle avait même essayé de coucher avec moi pour me soutirer des informations ? Elle a la promotion chevillée au corps. J'espère que tu ne t'es pas entiché d'elle au moins ? Si elle t'a laissé la grimper, ne te fais pas d'idées, elle simulait.

Il parlait très vite, à la manière des drogués sous amphétamines, et les mots se bousculaient sur ses lèvres comme s'ils jaillissaient d'une bande magnétique tournant trop rapidement.

Il s'effaça, laissant David pénétrer dans la mission. C'était une construction fruste, reconstituée tant bien que mal. Les fresques naïves décorant les parois avaient beaucoup souffert.

L'intérieur du bâtiment était cloisonné en alvéoles séparés par des cloisons de plexiglas, ce qui donnait à l'endroit l'apparence d'une ruche. La lumière bleue illuminait un paysage de laboratoires et d'ordinateurs qui aurait pu être celui de n'importe quelle entreprise de cosmétique. Le complexe de production semblait désert.

— C'est dingue, murmura David.

— Ça te plaît ? interrogea Orroway. J'ai essayé de concevoir quelque chose qui serait dans ton style... Un vrai truc dingue, comme dans les histoires que tu inventes. Je me suis inspiré de *Conan Lord et le secret de l'iceberg*... Tu sais, ce paquebot qu'on retrouve avec soixante ans de retard, complètement pris dans la banquise, alors que tout le monde le croit au fond de la mer... À un moment, le héros s'approche d'un hublot et voit les passagers dans le salon des « première classe », raides comme des statues, gelés dans leurs costumes du début du siècle. Il doit récupérer un document qui se trouve dans le portefeuille de l'un d'entre eux, mais pour cela il faut qu'il se creuse un tunnel dans la glace pour parvenir jusqu'à eux... C'est un roman complètement fou. Tu l'as écrit en 83.

— C'est possible, murmura David. Je ne m'en souviens pas. J'en ai tellement écrit !

— Moi je sais, fit Orroway. Je les ai relus tant de fois que je les connais presque par cœur.

David ne savait quelle attitude adopter. L'invraisemblable décor l'avait décontenancé. Mais plus il y réfléchissait, plus il était forcé de s'avouer que c'était là un magnifique camouflage pour un laboratoire clandestin. Il hésitait encore à regarder Orroway dans les yeux. Cette caricature de lui-même l'effrayait. Il n'y retrouvait aucun souvenir du gros garçon fiévreux qui gribouillait des dessins sur les murs de la maison des collines.

— Assieds-toi, ordonna Orroway. Il faut qu'on parle. Il y a si longtemps.

David obéit. L'homme qui lui faisait face devait à peine peser quarante-cinq kilos. Il portait une sorte de pyjama de coton noir, à la mode vietnamienne, montrant par là qu'il ne souffrait nullement du froid et de l'humidité. Quant à ses lèvres, elles étaient d'un bleu foncé presque noir.

— C'est le moment de l'explication finale, ricana Orroway. C'est toujours comme ça dans tes bouquins. Trente pages avant le mot *Fin*, Conan Lord et son ennemi se retrouvent face à face et se mettent à papoter. Ça se passe généralement dans un avion en flammes, ou bien dans un bateau qui sombre. Tout le monde fiche le camp en hurlant, mais eux restent là, à se regarder dans les yeux.

— Pourquoi tout ça ? coupa David. La mission ? Pourquoi avoir racheté ces ruines ? Et la maison des collines... elle t'appartient, bien sûr.

— Oui, fit Orroway. Je savais qu'ils auraient recours à toi pour me retrouver. Ça m'a amusé de voir si tu serais aussi malin qu'à l'époque du *Gotcha*. Un petit plaisir que je me suis accordé. C'est un peu vaniteux, j'en ai bien conscience. Il est des choses que je faisais il y a un mois qui me semblent totalement puériles aujourd'hui. J'ai évolué. Le Sourire Noir a changé ma façon de voir. Il faut que tu sois indulgent. Je n'ai plus les mêmes motivations. Je regrette le piège que je t'ai tendu dans la montagne... les abeilles... ça aussi c'était infantile, tellement *romanesque*. Mais je l'ai mis en place il y a longtemps, avant que je ne résolve mes conflits intérieurs.

Rien qu'à voir ses yeux, David comprit qu'il était sous l'influence de la drogue. Il y avait dans son regard cette même expression de satisfaction hautaine qu'il avait surprise sur les photos de Sarah Meads. Orroway était encore plus camé que ses victimes.

— La mission, soupira le chimiste, tu parlais de la mission ? C'est une vieille histoire. Je vais te la raconter puisque tu t'es donné la peine de traquer cette bicoque à travers toute la Californie. Ça date de mes dix ans, quand mes parents avaient l'habitude d'aller passer l'été à San Juan Capistrano. Je n'étais pas gros à l'époque... Pas du tout, mais je savais que mon père fondait de grands espoirs sur moi. Il voulait que je devienne quelqu'un d'extraordinaire, à la mesure du clan Orroway. Je sentais que je n'aurais pas le moindre droit à l'échec, et ça me bouffait la tête... Il y avait cet ermite, un vieux dingue qui se promenait tout nu au milieu des abeilles. Un illuminé qui vendait du miel miraculeux. Dans le pays on racontait que si on parvenait à l'imiter sans se faire piquer, on acquérait aussitôt une sorte de pouvoir magique... C'étaient des conneries, des légendes de Mexicains, mais quand on est gosse on est tout prêt à gober ce genre de choses. Alors je l'ai fait, sans rire ! Un jour, je me suis déshabillé et je me suis promené au milieu des ruches, pour devenir quelqu'un d'exceptionnel. Les abeilles ne m'ont pas piqué, pas une seule fois. L'ermite m'a aperçu, il est venu vers moi. Il puait, je m'en souviens parfaitement. Il m'a dit que j'avais triomphé de l'épreuve et que je ferai de grandes choses... que j'étais prédestiné. Il m'a fait manger du miel miraculeux, jusqu'à ce que la gorge me brûle. Puis il m'a béni en me racontant que je changerai la face du monde... C'était un vieux maboul, mais j'avais dix ans. Je l'ai cru. *Je voulais le croire*. Et j'ai vécu dans l'attente de la révélation.

— Tu attendais quoi, exactement ?

— Exactement, je n'en sais rien. Mais je pensais que j'allais me découvrir un don... Alors, pour accélérer les choses, j'essayais la musique, le dessin, le chant, le sport... l'occultisme, la voyance. Chaque fois j'étais persuadé que j'allais faire un triomphe, émerveiller les foules, et chaque fois c'était le bide total. Mes parents ont commencé à me regarder d'un drôle d'œil. J'étais terriblement angoissé, alors je mangeais du miel. Toujours du miel, comme si c'était une potion magique. Je m'inscrivais à tous les concours : piano, violon, chant, sculpture. Mais jamais personne ne criait au génie en contemplant mes œuvres... Je tirais les cartes, mais mes prédictions étaient toujours fausses. Bon Dieu ! Ça m'a miné la vie. À dix-huit ans, quand tu m'as connu, j'étais obèse et au bord du suicide. Mes parents me méprisaient. Je n'étais plus montrable et il devenait évident que je ne serais jamais l'enfant prodige dont ils rêvaient, le surdoué qu'on interviewe dans les revues scientifiques. Ils préféraient déjà que j'évite de passer par Boston. Je les détestais. À la fac je m'étais donné une dernière chance : devenir un grand écrivain... J'avais rédigé un manuscrit de trois mille pages racontant mes malheurs. Tu te souviens des anecdotes que je te racontais dans la maison des collines ?

— Non, avoua David.

— Ça ne m'étonne pas, ricana Orroway. Tu ne m'écoutais pas, je le voyais bien. Tu t'ennuyais avec moi. Tu venais là parce que personne ne t'aimait, toi non plus, mais au fond tu te barbais en ma compagnie. Moi, je t'admirais.

— J'étais un gamin, plaida David. Je ne me rappelle que du jeu... des parties de *Gotcha*.

— Les parties ! siffla Orroway. Là aussi ça t'amusait de m'écraser. Ce que j'ai pu te détester quand tu paradais dans les locaux du club ! Quelle tête à claque tu faisais, si tu avais pu te voir ! Tu n'avais aucun recul... Dieu ! Ce n'était qu'un jeu de gamin un peu bête et tu prenais ça tellement au sérieux ! On aurait vraiment dit que tu venais de traverser la jungle au milieu des Viets, alors que tu n'avais fait que courir derrière un gros type poussif et visible comme le nez au milieu de la figure : moi !

— On est toujours très con à dix-huit ans.

— Quand on s'est perdu de vue, j'ai cru que j'étais libéré, murmura Orroway. Tu n'étais plus là en contrepoint. J'étais de nouveau seul dans le miroir. J'ai écrit, mais tous mes textes ont été refusés. C'est à ce moment-là que tu t'es mis à publier. D'abord j'ai été soulagé parce que tu n'écrivais que des romans de gare... je considérais ça comme un échec. Ça m'amusait, je me croyais vengé. Tu étais tombé du piédestal, tu étais plus bas que terre ! Puis j'ai commis l'erreur d'en lire un... et je n'ai pas pu m'arrêter avant la fin. Pire : j'ai couru acheter les autres pour les dévorer, à la file. Il y avait là-dedans quelque chose de terrifiant... une imagination à faire peur, démesurée. Une sorte de pouvoir visionnaire qui réduisait à rien ce que j'essayais d'écrire... Je t'ai haï. Vraiment, jusqu'à la folie. Il m'a semblé que tu faisais ça pour m'humilier. Je ne pensais plus qu'à ça. Je t'imaginais en train de te moquer de moi avec tes éditeurs... Je rêvais que c'était toi, et toi seul, qui écrivais les lettres de refus accompagnant les manuscrits qu'on me retournait. J'en étais arrivé à croire que tu complotais pour me maintenir dans l'ombre.

Il se tut pour reprendre sa respiration. Il parlait maintenant très lentement, d'une voix monocorde, dépourvue de passion, sans qu'un trait de son visage ne bouge. En le regardant, David avait l'impression d'écouter un homme placé sous Penthotal. Orroway s'humecta les lèvres. Sa langue était aussi noire que sa bouche.

— Tu sais, dit-il avec un sourire triste. En réalité c'est toi qui es responsable de tout ça... C'est à cause de toi que j'ai voulu devenir un grand chimiste, que j'ai voulu maigrir, que... Pour me venger.

Il eut un rire sec.

— Tu sais que j'ai failli dix fois te tuer ? lança-t-il. J'avais déjà maigri à l'époque, et tu ne pouvais plus me reconnaître... Je te prenais en filature à Venice, une seringue dans la poche. Je me disais que j'allais m'approcher de toi et te l'enfoncer dans le dos. Je t'aurais injecté de quoi provoquer une belle crise cardiaque. Tu ne t'en es jamais douté, hein ? Et puis il y a eu l'époque où j'allais aux séances de dédicace, dans les librairies. Je m'approchais de toi, je te tendais le livre, et tu ne me reconnaissais même pas... Tu te contentais d'inscrire une phrase idiote sur la page de garde et de signer. Et pendant tout ce temps je caressais la détente du revolver, au fond de ma poche. Tu ne l'a pas senti, ça non plus ! J'aurais pu te fusiller, là, au milieu de tes bouquins. Pan ! Pan !

Ses mains bougeaient nerveusement sur les accoudoirs du fauteuil de cuir noir.

— Oui, quand on y réfléchit bien, répéta-t-il, c'est toi qui es responsable de tout. Le Sourire Noir, je l'ai inventé pour maigrir, bien sûr, mais aussi pour obtenir la sérénité. C'était à la fois une cure amaigrissante et un anxiolytique. Tous les gros sont des inquiets. J'ai essayé de me fabriquer un médicament sur mesure. Je l'ai fait pour me débarrasser de la haine que tu m'inspirais... pour ne pas céder au désir de te tuer.

— Tu l'as essayé sur toi, n'est-ce pas ? interrogea doucement David. Comment survis-tu depuis tout ce temps ?

— Par perfusions glucosées, répondit Orroway. Par injections de vitamines et de stéroïdes. Ça me permet de ralentir l'amaigrissement et de continuer à fabriquer un peu de chair.

— Alors il n'existe pas d'antidote ?

— Bien sûr que si... Je suis tout à fait capable d'inventer un produit et son contraire.

David tressaillit.

— Si l'antidote existe, haleta-t-il, pourquoi ne te l'es-tu pas injecté ?

— Bon sang ! soupira Orroway, tu seras donc toujours le même cul-de-plomb ? Tu n'as rien compris au processus ! Maigrir, ce n'est que la première partie du programme... ensuite vient la sérénité, le contrôle total. La certitude d'avoir atteint le point suprême. J'ai inventé le zen injectable ! Tu comprends ? Le bouddhisme par intraveineuses ! Le Sourire Noir ne rend pas fou comme la coke ou le crack , bien au contraire, c'est un instrument de connaissance supérieure. De la sagesse sous forme liquide... Une sagesse qui nous permet d'atteindre au fameux sourire du Bouddha. Avec le Sourire Noir, on résout tout seul les conflits qui nécessitaient jadis une interminable analyse. Tous les psys seront bientôt au chômage.

— Allons ! trancha David. Tu sais bien que c'est une illusion ! On m'a injecté le Sourire Noir, contre mon gré, je sais de quoi je parle. On décolle... on croit atteindre le point suprême, mais c'est du délire. En réalité on ne contrôle rien du tout, on perd les pédales, oui ! Ta connaissance supérieure, c'est de la fantasmagorie, elle s'évapore au réveil.

— C'est parce que tu n'es encore qu'au début de la route, dit Orroway. Regarde-moi. Le Sourire Noir me permet en ce moment même de contrôler la haine que j'éprouve. S'il ne coulait pas dans mes veines, je me jetterais sur toi pour te tordre le cou. En fait, tu lui dois la vie. Tu lui dois ma clémence, mon pardon.

— C'est du délire ! gronda David. Tu vas crever... Regarde-toi, tu pèses à peine plus qu'une momie. Injecte-toi l'antidote pendant qu'il en est encore temps, et rends-en la formule publique afin qu'on puisse soigner tous ceux qui sont intoxiqués à l'*Amazing Diet* !

— Non, fit Orroway. Nous ne parlons plus la même langue toi et moi. Notre logique est différente. Tu raisonnes en humain, moi je suis... au-delà. Et tous ceux qui prennent de l'*Amazing Diet* sont à mon image. Abandonner la cure, ce serait redevenir comme toi... un petit homme, sans pouvoir, sans connaissance. Un rien-du-tout qui gigote à ras de terre.

— C'est du délire mystique, comme en génère le LSD. Rappelle-toi : tu as fabriqué l'*Amazing Diet* pour te venger de Corckland Industries !

— Dans un premier temps, oui... C'était encore pour moi l'époque de l'aveuglement. Je voulais la vengeance, la haine me commandait. Mais au fur et à mesure que le Sourire Noir m'a ouvert l'esprit, j'ai compris que je devais continuer pour le bien des hommes. L'entreprise de destruction devenait mission d'amour.

— Tu déconnes ! trancha David.

— Non, répliqua Orroway. Je voulais être plus intelligent que toi, plus créatif, te surpasser, c'est vrai. J'ai pensé que la chimie m'y aiderait... et je me suis donné les moyens d'y arriver. Ce n'est qu'en atteignant ce but que j'ai réalisé à quel point tu n'étais rien du tout. Maintenant je sais que je n'avais aucune raison de te jalouser. Tu n'es qu'un pauvre petit bonhomme. Un écrivaillon de drugstore. La prophétie de l'ermite s'est réalisée, j'ai été jusqu'au bout de mon destin. Je suis un novateur.

Ses épaules s'affaissèrent, ses forces le quittaient. David entendait ses poumons siffler. Il comprenait parfaitement la logique d'Orroway. Il se rappelait l'effrayante illusion de supériorité qui l'avait lui-même assailli sur la route, quelques jours plus tôt, lorsqu'il avait failli se prendre pour une divinité en visite sur terre.

« Mon Dieu ! songea-t-il en contemplant Orroway recroquevillé dans son fauteuil. Dans un mois je serai dans le même état. »

— Est-ce que tu accepterais de me donner l'antidote ? demanda-t-il dans un souffle.

Orroway secoua la tête.

— Ce ne serait pas te rendre service, chuchota-t-il. Ce serait te couper dans ton ascension, te faire dégringoler... te pousser dans le vide, t'empêcher d'atteindre le sommet de l'échelle. Attends un peu et tu seras comme moi. Détaché des choses de l'ambition, de l'envie, du désir de possession matérielle.

— Je n'ai pas ton exigence de pureté, dit prudemment David. Je crois que je ne suis pas fait pour la sérénité. Je suis un homme de violence et de bas plaisirs.

— Ah oui... fit rêveusement le chimiste. Le rat... ton vieux compagnon. Tu m'en parlais dans la maison des collines. Le Sourire Noir pourrait t'affranchir de lui, tu sais.

David luttait contre l'impatience qui le poussait à saisir son interlocuteur par les revers et à le secouer. Le temps passait terriblement vite, et, en ce moment même, les hélicoptères de Corckland étaient peut-être en train d'atterrir sur la berge du lac.

Une goutte d'eau glacée tomba sur son front, le faisant frissonner.

— Il pleut dans ta foutue église, dit-il avec irritation.

— C'est normal, observa Orroway. Quand la jeune femme est arrivée, j'ai compris que les gens de

Corckland ne tarderaient pas à la suivre. J'ai enclenché le dégivrage accéléré du bassin.

— Qu'est-ce que tu racontes ? balbutia David en se dressant. Tu délires ?

— Non, fit Orroway. La glace est en train de se liquéfier. La patinoire va se transformer en piscine.

David abandonna son fauteuil et courut vers la porte à double battant. Lorsqu'il l'entrebâilla, il put constater que le sol du tunnel de glace était à présent recouvert d'eau sur à peu près dix centimètres de hauteur. Il bondit en arrière et s'approcha d'une fenêtre ouverte dans la muraille du bâtiment. Là aussi l'eau dégoulinait. Il leva la main pour la poser sur la vitre... mais il n'y avait pas de vitre. Ce qu'il avait pris pour du verre était en réalité de la glace !

— Merde ! hurla-t-il. La maison n'est pas étanche ?

— Bien sûr que non, fit Orroway avec un sourire. Tu te croyais dans un sous-marin ? On a reconstruit ces bicoques au fond du bassin, puis on les a recouvertes d'eau. Ensuite on a laissé cette eau geler. Quand le bloc a atteint la dureté maximale, nous avons ouvert la porte rouge par laquelle tu es entré, et nous avons creusé un tunnel d'accès. Cette église a été évidée à la main, par mes hommes. Nous sommes dans une taupinière... une taupinière de glace.

— Quelle idée de fou ! rugit David. Et ça, uniquement pour m'épater ?

— Non, la synthèse du Sourire Noir ne peut s'effectuer qu'à très basse température, répondit Orroway. Chez Corckland je travaillais dans une chambre frigorifique, habillé comme un explorateur polaire. Aujourd'hui je ne souffre absolument plus du froid. J'ai dominé mon corps.

David courait d'une ouverture à l'autre, palpant la glace à pleines paumes. Partout elle fondait. L'eau ruisselait le long des murs, formant de grandes flaques sur le sol. Il crut entendre craquer le ciel au-dessus de sa tête.

— C'est la « banquise » qui se fend, expliqua Orroway. Ne t'agite pas. Assieds-toi et parlons encore. Ça me fait plaisir d'évoquer le passé.

— Fichons le camp d'ici, répliqua le romancier. Viens.

— Non, dit le chimiste. C'est impossible. Quand tu as franchi la porte rouge, j'ai brouillé la combinaison depuis cette console. Personne ne peut plus l'ouvrir, pas même moi. Les gens de Corckland vont mettre des heures à la forcer. Le temps qu'ils y arrivent, le bassin se sera liquéfié et nous serons noyés depuis longtemps. Je ne veux pas retomber dans leurs mains, je ne veux pas que mon produit soit utilisé à des fins douteuses.

— Tu es dingue.

— Non, ils pourraient me faire parler contre mon gré, me contraindre à leur donner la formule. Ils disposent de toute une panoplie chimique pour arriver à leurs fins, je sais de quoi je parle. Je ne veux pas courir ce risque. Je vais attendre ici, tranquillement. Je n'ai pas peur. Si tu avais atteint mon stade de connaissance, tu serais comme moi, détaché de tout.

— Il n'y a vraiment aucun moyen de sortir ? haleta David.

— Si, ricana Orroway, creuser un tunnel dans la glace vers le haut... à la verticale. Tu veux que je te prête une pioche ?

— Je suis certain que tu peux ouvrir cette foutue porte ! rugit David en se précipitant vers l'ordinateur.

— Non, dit Orroway. J'ai déclenché la procédure de liquidation. L'ordinateur est en train d'effacer tous les programmes, de détruire toutes les souches. Le laboratoire va se vidanger, puis le matériel lui-même explosera, les circuits électroniques s'enflammeront, et il ne restera plus rien d'utilisable. J'ai tout préparé. Ils auront beau fouiller dans les cendres, ils ne récupéreront pas le quart d'une équation.

— On dirait que ça t'amuse de jouer au savant fou ! aboya David.

— Oui, avoua Orroway. C'étaient nos lectures de jeunesse, tu te rappelles ? Je rêvais de devenir quelqu'un comme le Docteur No.

David aurait voulu le gifler, mais la pluie gelée qui ruisselait sur sa tête le rappela à l'ordre. La glace fondue s'infiltrait par tous les interstices du toit. De grandes auréoles détrempées maculaient le plâtre des murs et les fresques bibliques du chœur.

— Regarde dans le fond, dit le chimiste. Au-dessus de l'autel. Ça représente le Déluge ! Tu vois, j'avais tout prévu !

Luttant contre la panique qui montait en lui, David se rua hors de la mission, dévala le parvis et courut jusqu'à la porte blindée. L'eau lui montait déjà aux chevilles. Stupidement, il se mit à frapper des deux poings sur le battant sans éveiller le moindre écho. La voûte du couloir de glace laissait tomber une pluie de plus en plus serrée. Il leva la tête. La surface lui parut beaucoup plus lumineuse que tout à l'heure, et il constata qu'on avait allumé tous les projecteurs disposés au-dessus de la piste. Une main en visière pour se protéger de l'« averse », il crut distinguer des ombres courant sur la glace. Il y avait des gens là-haut ! Des gens qui devaient le regarder et peut-être lui adresser des signes.

Et soudain, il réalisa qu'il s'agissait des hommes de Corckland. Ils avaient investi la patinoire et cherchaient un moyen d'accéder au laboratoire. Ne sachant que faire, il réintégra l'église. Alors qu'il allait et venait d'une fenêtre à l'autre, une alarme clignota sur le pupitre d'un ordinateur. Orroway se pencha pour lire ce qui s'inscrivait sur l'écran.

— Qu'est-ce que c'est ? demanda David.

— Ce sont les détecteurs de chaleur qui viennent de s'activer, répondit le chimiste. Ça veut dire qu'ils attaquent la porte au chalumeau. C'est stupide, le temps qu'ils arrivent à la découper la glace aura fondu et le bassin sera plein d'eau. S'ils ont le malheur de percer l'acier, toute cette flotte leur jaillira en pleine figure avec la force d'une lance d'incendie.

La pluie, à l'intérieur de l'église, s'était intensifiée. Les gouttes clapotaient sur les capots des ordinateurs.

Orroway se leva, brancha une petite cafetière électrique.

— Que fais-tu ? aboya David.

— Tu vois bien, dit Orroway. Je me dépêche de

faire du café avant qu'un court-circuit ne nous prive d'énergie. Finalement, le café c'est le seul vice dont je n'ai pas pu me défaire. Tout le reste m'indiffère, mais le café... je serais capable d'en boire un litre à moi tout seul.

Il avait ouvert une boîte de métal rouge, flairait l'odeur de la poudre brune, une expression d'extase sur le visage. Un nouveau craquement retentit.

— C'est la glace qui se fissure, répéta Orroway. Arrête de gigoter, installe-toi en attendant que le moka passe. Je suis heureux que nous puissions parler. Vraiment. Nous allons faire la paix et nous en aller réconciliés. Ce sera bien. Il nous reste juste assez de temps pour fumer le calumet de la paix. Ça m'aurait embêté de mourir sans t'avoir revu. J'aurais aimé disposer d'un peu plus de temps, bien sûr. Là, on a l'air de se croiser sur un quai de gare, entre deux trains.

David s'était rassis, abasourdi. Il regardait Orroway s'activer autour de la cafetière, tandis qu'une impression d'irréalité grandissante le gagnait. Existait-il un espoir pour que tout cela ne fût qu'un rêve né de la drogue ?

Le chimiste avait ouvert un petit placard. Il en sortit un gâteau à la carotte dont il se mit à débiter de fines tranches. Il avait disposé des tasses blanches sur un plateau avec des gestes de célibataire méticuleux.

— C'est peut-être ça la béatitude du Bouddha, rêva-t-il. Boire du *Jamaïca Blue Mountain* en grignotant du cake à la carotte pour le restant de l'éternité ?

Il fit le service. Au moment où David se saisissait machinalement de sa tasse, une goutte d'eau glacée tomba au beau milieu du breuvage. Le pyjama d'Orroway était trempé.

— J'ai tellement de choses à confesser, dit le chimiste en se rasseyant. Tu sais que pendant des années je n'ai pensé qu'à me venger de toi ? J'ai fait trois ulcères. La haine me rongeait l'estomac. J'ai entrepris à ton insu tout un tas de choses mesquines, pour te nuire. Je passais mes nuits à ruminer des scénarios de vengeance. Comme je disposais de l'héritage de mes parents, j'avais imaginé de racheter en sous-main ta maison d'édition pour t'en chasser. Je voulais te faire vivre un calvaire, refuser tes manuscrits, t'imposer des corrections incessantes. J'aurais raconté partout que tu étais un auteur fini, que tes livres ne se vendaient plus. Je t'aurais fabriqué une légende d'écrivain alcoolique et impuissant, sans idées, réduit à faire pondre sa copie par des nègres. C'était un complot qui m'excitait beaucoup... et j'ai été à deux doigts de passer à l'action.

— Tu y as renoncé ?

— Oui, trop compliqué à réaliser... trop long. Il me fallait des satisfactions rapides. C'est à cette époque que j'ai commencé à faire le guet au bas de chez toi, à suivre les filles que tu rencontrais. Quand j'avais obtenu leurs coordonnées, je leur téléphonais d'une voix très sérieuse, ennuyée. Je leur disais des choses du genre : « J'ai appris que vous fréquentiez David Sarella, j'ai le regret de vous apprendre qu'il souffre d'une affection sexuellement transmissible particulièrement dangereuse... Vous n'êtes pas la première qu'il infectera, et je considère qu'il est de mon devoir de vous prévenir. » Ça marchait deux fois sur trois. C'était assez infect, mais j'étais fou. J'ai connu la haine à l'état pur. Ensuite, je suis entré dans ma période « assimilation à l'adversaire » comme disent les psychiatres. J'ai entrepris de te copier. La barbe, la coupe de cheveux, même les vêtements. Je découpais les photos de ton appartement dans les revues et je réagençais le mien en fonction. J'achetais des objets identiques. Et puis je me suis amusé à faire croire aux gens que j'étais toi... quand je draguais une fille dans un bar de célibataires, je me présentais sous le nom de David Sarella. Je jouais ton rôle, je lui montrais « mes » livres, « ma » machine à écrire, « mes » brouillons... Je m'amusais à faire de toi quelqu'un d'imbuvable, de prétentieux. Ensuite, nous passions au lit, et là je simulais l'impuissance... je devenais violent, j'insultais la fille, je la flanquais dehors sans lui laisser le temps de se rhabiller. J'espérais que de cette manière elle irait raconter partout que David Sarella était un porc doublé d'un bande-mou.

— Tu n'as jamais pensé que tu étais en train de perdre la tête ? interrogea David.

— Si, avoua Orroway, mais la psychanalyse ne pouvait rien pour moi. Tu sais que j'en étais arrivé à te ressembler réellement ? Même allure, même silhouette. J'empruntais ta personnalité pour organiser des séances de dédicace chez les libraires. Je m'installais derrière une pile de tes bouquins et je signais à ta place. Les gens n'y voyaient que du feu. La barbe et les lunettes noires constituaient un parfait déguisement. Je gribouillais des ordures sur la page de garde des romans, je faisais des propositions obscènes aux lectrices, j'insultais les libraires. J'ai à mon actif une demi-douzaine de jolis petits scandales de ce genre. Je prenais un plaisir incroyable à salir ton image. Je le regrette aujourd'hui. Le Sourire Noir m'a ramené à la raison. J'ai honte de toutes ces manigances. David... Nous sommes presque vieux, nous allons mourir dans quelques minutes, il faut nous réconcilier. Tends-moi la main.

David se retenait de hurler. Les gouttes de « pluie » avaient refroidi son café. Il essayait désespérément de trouver le moyen d'échapper au piège dans lequel il était tombé.

— Aujourd'hui je suis riche et je n'ai besoin de rien, observa Orroway. Je suis comme un sadhou indien. Un bâton, un bol pour mendier un peu de riz suffiraient à mon bonheur.

— Mais tu n'as pas mis cela sur pied tout seul ! lança David. Quelqu'un t'a bien aidé ?

— Oui, mais c'étaient des gens trop pragmatiques, des combinards qui croient au pouvoir terrestre. Ils m'ont contacté à une époque où je pensais qu'il était capital d'abattre l'Amérique... aujourd'hui j'ai dépassé tout cela. Comme le Bouddha, j'ai tué tout désir en moi. Je vais mourir en emportant mon secret — comme tu dis si souvent dans tes livres ! — et personne ne sera capable d'arriver à synthétiser le Sourire Noir. Le stock va s'épuiser, peu à peu. Il n'y aura donc qu'un petit nombre d'élus, mais est-ce plus mal ainsi ?

— Tu déconnes ! aboya David. Ces gens vont mourir ! Tous ceux que tu as intoxiqués meurent déjà d'anorexie ou bien ils se suicident sans même en avoir conscience.

— Ce n'est pas important, dit Orroway en détachant les syllabes. Cela te paraît scandaleux parce que tu es encore du mauvais côté de la rive. Mais eux... eux se moquent bien de mourir puisqu'ils ont connu l'infini de la béatitude. Lorsqu'on a atteint le point suprême, on vit plus intensément en une minute qu'un homme normal dans toute son existence ! Après cela la mort n'est rien... L'horreur, ce serait de redevenir comme avant ! De redescendre ! De réintégrer la vie quotidienne... C'est cela la vraie mort ! La mort clandestine qu'on veut nous faire prendre pour la vie !

À la même seconde, un court-circuit se produisit et un ordinateur explosa dans une gerbe d'étincelles. Orroway parut sortir de sa transe.

— Je vois que tu n'es pas prêt, dit-il tristement. Je ne veux pas te forcer à m'accompagner. J'espérais que nous pourrions partir ensemble, réconciliés, mais sans doute était-ce trop exiger ?

D'un revers de la main il chassa quelques miettes de gâteau à la carotte accrochées à son pyjama.

— Viens, dit-il. Si tu veux avoir une chance de t'en tirer, il faut me suivre.

David se dressa. Orroway traversa l'église et ouvrit une petite porte donnant sur l'extérieur. Un nouveau tunnel commençait là, taillé dans la glace et à demi disloqué. De grandes fissures sillonnaient sa voûte, là où la « banquise » était en train de se défaire. L'eau en provenance des ruissellements couvrait le sol. David en eut jusqu'à mi-mollet.

— Il n'y en a plus pour longtemps, fit Orroway. Les blocs vont se désagréger et tous les tunnels seront noyés par la fonte des glaces. Si tu veux vraiment partir, il faut te décider maintenant.

— Je suis décidé, dit David. Mais l'antidote ?

— Ah ! oui, grommela le chimiste, j'allais oublier.

Tiens, je l'avais préparé à tout hasard quand la fille m'a dit qu'on t'avait injecté le Sourire Noir.

Il tira de la poche de sa tunique détrempée un tube métallique.

— Il y a une ampoule dedans, expliqua-t-il. Injecte-toi le produit en poussée lente, car il est très épais. Ne joue pas les héros en essayant de le faire analyser par un labo... ils n'y arriveraient pas. De toute manière, tu conserveras des séquelles de ton aventure. On n'élimine pas mes créations aussi facilement. Réfléchis bien avant de l'utiliser. Renoncer au Sourire Noir c'est tourner le dos à la sagesse. On peut très bien survivre avec du glucose et des vitamines. Regarde-moi. Tu maigriras, c'est vrai, tu finiras dans un lit, mais quelle importance ? Tu vivras dans ta tête, et plus intensément que la plupart des individus. La déchéance physique n'est rien en comparaison des territoires où tu entreras. Réfléchis bien, je t'en prie. Quand tu auras absorbé l'antidote, ce sera comme si tu claquais la porte du Paradis. Je ne te rends d'ailleurs peut-être pas service en te le donnant...

David referma précipitamment la main sur le tube d'acier. Orroway haussa les épaules et désigna le bout du tunnel. Une petite maison de dessin animé se dressait là, avec ses volets percés de cœurs et ses couleurs pimpantes. Une trépidation explosa au-dessus de leurs têtes, en provenance de la surface.

— Ils ont dû se rendre compte que la glace fondait, fit le chimiste, ils vont essayer de forer un tunnel pour accéder au laboratoire. C'est idiot.

Une nouvelle fissure s'ouvrit, laissant pleuvoir une véritable cataracte d'eau froide.

— Dépêche-toi, fit Orroway d'un ton grondeur, le tunnel sera bientôt noyé.

Il courut maladroitement vers la petite maison. Lorsqu'il fut au pied de la bicoque, David réalisa que fenêtres et volets étaient peints en trompe-l'œil. La chaumière était en réalité un cube d'acier totalement étanche.

— Voilà, dit Orroway en manœuvrant le volant qui commandait l'ouverture de la porte. C'est ma capsule de survie... Je l'ai installée en prévision d'un accident. L'eau ne peut pas y pénétrer, et elle contient assez d'air pour permettre à un homme seul d'attendre des secours pendant une heure.

Il poussa le battant bordé de caoutchouc. David distingua une forme recroquevillée sur le sol. C'était Emmy. Elle était menottée à une barre d'appui en acier.

— Tu as déjà compris le dilemme, n'est-ce pas ? ricana Orroway. Une heure d'air pour un homme seul... mais une demi-heure à deux ! Tu as souvent recours à ce genre de trucs dans tes romans ! J'ai pensé que ça t'amuserait de t'y retrouver confronté. À ta place je tordrais le cou de cette fille avant qu'elle ne commence à pomper mon oxygène, mais c'est toi que ça regarde, pas vrai ?

— Ne l'écoutez pas ! hurla Emmy en se débattant. On va venir nous chercher. Assommez-le ! Qu'est-ce que vous attendez ? Assommez-le et traînez-le ici !

— À ta place je n'en ferais rien, observa le chimiste. À trois, nous disposerons à peine de vingt minutes d'air chacun. Ce sera insuffisant pour attendre l'arrivée des secours. De plus, je ne pense pas que les gens de chez Corckland se soucient beaucoup de cette petite maison. Ils vont se ruer vers l'église, puisque c'est le bâtiment le plus important et que je vais les attendre en leur faisant des signes à la fenêtre. Le temps qu'ils se rendent compte qu'il n'y a rien à récupérer dans les incinérateurs du laboratoire, vous serez morts asphyxiés.

— Salopard ! vociféra Emmy en tirant sur les menottes.

— Mon vieux David, dit Orroway, je suis désolé que ça se termine. J'avais encore tant de choses à te raconter... Je regrette toutes ces années perdues. Rentre vite au sec, moi je retourne boire mon café. Ah ! J'allais oublier : la clef des menottes. Fais-en ce que tu veux. À ta place je ne la libérerais pas, elle serait bien capable de te tuer pour augmenter sa réserve d'air.

Il eut un petit geste de la main et tourna les talons.

David le regarda s'éloigner au long du couloir de glace, dans son pyjama noir dégoulinant, frêle silhouette déjà voûtée par la décalcification osseuse.

— Rattrapez-le ! criait Emmy. Bon sang ! Rattrapez-le, il n'aura pas la force de se défendre !

Mais David ne l'écouta pas. Il continuait à fixer Orroway qui courait vers l'église. Au moment d'entrer dans la mission, le chimiste se retourna.

— Si tu en as assez d'attendre pour rien, il y a un truc ! cria-t-il.

— Quoi ? interrogea David. Qu'est-ce que tu racontes ?

— Un truc, répéta Orroway. Pour remonter... à toi de deviner !

Il s'esclaffa et disparut dans l'église. David se glissa dans la maison aveugle, tira la porte sur lui et manœuvra le volant. Il ne pouvait attendre plus longtemps, car l'eau qui ne cessait de monter menaçait de pénétrer dans le réduit.

La porte refermée, les ténèbres s'installèrent entre les quatre murs. Le romancier tâtonna le long des parois à la recherche d'un interrupteur, mais il n'y avait rien. La maisonnette n'était qu'une boîte d'acier renforcée, un simple conteneur.

— Cessez de vous agiter ! lança Emmy. Vous bouffez notre oxygène.

David se laissa choir sur le sol. La « pluie » glacée tambourinait sur le toit métallique.

— Il m'a piégée, fit la jeune femme. Il m'a piquée avec un aiguillon électrique et j'ai perdu connaissance. Quand je me suis réveillée, j'étais ici. Vous êtes complètement stupide... j'espérais que vous auriez assez de jugeote pour le capturer.

— Vous n'auriez rien tiré de lui. Il ne voulait plus collaborer avec vous.

— Quelle importance ! Avec le secours de la chimie on fait parler n'importe qui de nos jours !

— Je crois qu'il s'en doutait.

— Vous êtes un crétin ! Vous auriez pu devenir riche !

— Taisez-vous, grommela David. Vous bouffez mon oxygène.

— Ce que vous faites est criminel ! insista Emmy. Pensez à tous ces gens intoxiqués par le Sourire Noir et que nous aurions pu soigner.

— Vous vous en fichez pas mal ! rétorqua le romancier. Ce que vous voulez, c'est raffiner l'*Amazing Diet*, un peu, pas beaucoup, juste assez pour le rendre commercialisable. Vous l'avez dit vous-même : le marché est énorme. Il y a des milliards de dollars à gagner.

— Libérez-moi ! ordonna Emmy. Vous avez la clef des menottes !

— Non, fit David. Je n'ai pas confiance en vous. Pour l'instant vous êtes très bien comme ça.

Il se tut, ignorant les imprécations de la jeune femme. Il transpirait déjà et l'air lui paraissait moite, irrespirable. Les bruits d'eau et les craquements s'intensifiaient. À la hauteur des clapotements, il estima que la maison était à moitié noyée, et il eut une bouffée de panique claustrophobe.

Il fit un effort pour ordonner ses pensées. Il n'était pas perdu au fond de l'océan Arctique, que diable ! Qu'y avait-il au-dessus de sa tête ? Quinze mètres de glace en train de fondre. Une « banquise » fissurée, laissant sourdre une eau dont la température ne devait pas dépasser un degré, voire un degré et demi... Au fur et à mesure que les blocs fondraient, les tunnels seraient noyés. Il était illusoire d'espérer nager en direction de la surface. D'abord parce que le liquide était trop froid, ensuite parce qu'il aurait fallu se déplacer dans le labyrinthe des quartiers de glace à demi immergés. À tout moment, on risquait de se trouver pris en sandwich entre deux fragments d'iceberg et impitoyablement broyé. Sans combinaison protectrice, sans masque respiratoire, combien de temps pouvait-on espérer tenir dans de telles conditions ?

D'autre part, attendre ne constituait pas une solution beaucoup plus engageante. Une demi-heure c'était vite passé. Rien ne prouvait que les gens de

Corckland Industries étaient équipés de combinaison de plongée. Ils n'appartenaient pas aux NAVY SEALS tout de même ! David essaya de les imaginer, se glissant dans le bassin en pleine fragmentation, chaque plongeur essayant de s'ouvrir un chemin au milieu des blocs de glace en suspension... Il y aurait des crevasses qui se termineraient en cul-de-sac, d'autres qui se comprimeraient brusquement, écrasant l'intrus ayant commis l'erreur de s'y glisser...

Il leva la tête. Le floc-floc avait atteint le toit de la maison de fer. Il songea à Orroway, au cœur de l'église. Vivait-il encore... ou bien son corps flottait-il déjà au-dessus des ordinateurs court-circuités, entre les fresques naïves décorant les murs de la vieille mission ?

— Faites du bruit ! cria Emmy. Donnez des coups de poing contre les murs pour qu'on s'aperçoive que nous sommes là !

— Avec tous ces craquements ils n'entendront rien ! dit David. De toute façon, les bruits se propagent très mal dans l'eau. Restez calme, économisez l'air.

Il consulta les chiffres phosphorescents de sa montre-bracelet. Encore vingt-cinq minutes ? Combien de temps faudrait-il au bassin pour être totalement liquéfié ? Et qu'avait crié Orroway au moment de disparaître dans l'église ? Il avait parlé d'une surprise... d'un truc pour remonter plus vite ?

Mais quoi ?

« Ça sort probablement d'un de mes romans ! songea-t-il. Cette patinoire, j'aurais pu l'inventer, je le sais bien ! C'est digne de moi... Orroway a pris un malin plaisir à me plagier. S'il y a quelque chose dans ce caisson, ça vient forcément des aventures de Conan Lord. »

Il s'évertua à chercher, mais tout se brouillait dans sa tête. La centaine de romans nés de sa plume se mélangeaient en un magma d'incohérence où il était bien en peine de dénicher quelque chose d'utilisable. Et pourtant il était sûr d'être sur la bonne piste. Orroway lui avait jeté un nouveau défi.

— Rez-de-chaussée des Abîmes... balbutia-t-il soudain.

— Qu'est-ce que vous racontez ? grogna Emmy.

— *Rez-de-chaussée des Abîmes*, dit précipitamment David. C'est un de mes romans. Il y a une capsule de survie au fond de la mer... elle est retenue au rocher par des rivets explosifs, comme les carlingues des avions de chasse. Il suffit de faire exploser ces rivets pour qu'elle remonte toute seule à la surface. C'est ça ! C'est ça !

Sans écouter les protestations de la jeune femme, il se mit à explorer le sol à tâtons. Il finit par découvrir ce qu'il cherchait : une minuscule trappe qu'on pouvait soulever en glissant ses ongles dans l'interstice. Lorsqu'il eut rabattu le couvercle, son index rencontra un gros bouton. Il l'enfonça. Des détonations ébranlèrent le sol, venant des quatre coins de la maison. Tout de suite après, le caisson d'acier s'éleva.

— Qu'est-ce qui se passe ? interrogea Emmy.

— Nous ne sommes plus enracinés au fond du bassin, expliqua David. Nous allons remonter doucement, au fur et à mesure que le passage se libérera. Si aucun bloc de glace ne nous arrête, nous avons une chance d'avoir atteint la surface avant d'être complètement asphyxiés.

— Vous croyez ?

— Je ne peux rien vous affirmer... Tout dépendra de la fragmentation de la « banquise ». Lorsque nous n'aurons presque plus d'air, nous ouvrirons la porte et nous essaierons de nager vers la surface. Okay ?

— Okay, dit sombrement Emmy.

Durant le quart d'heure qui suivit ils restèrent silencieux, attentifs aux mouvements de la maison de fer. Le caisson progressait d'un mètre, puis s'immobilisait, bloqué par un bloc de glace. Cinq minutes s'écoulaient, puis, à la faveur d'un remous, le passage se libérait, et la curieuse boîte étanche remontait encore de deux mètres.

David se sentait mal. La sueur ruisselait sur tout son corps et ses tempes bourdonnaient.

— Je n'en peux plus, gémit la jeune femme. Libérez-moi. Si vous perdez connaissance, je ne pourrai pas attraper la clef des menottes, vous n'avez pas le droit de m'imposer ça.

David capitula. De toute manière, il restait si peu d'air à l'intérieur de l'habitacle qu'il ne risquait plus grand-chose. Il tâtonna pour trouver les poignets d'Emmy et la serrure des bracelets de métal.

— On attend encore avant de sortir ? interrogea la jeune femme. À combien sommes-nous de la surface maintenant ?

— Sûrement pas très loin... cinq ou six mètres, fit évasivement David. Mais ce n'est pas ça le problème. Le truc ce sera de trouver un couloir de remontée une fois que nous serons sortis. Il faudra essayer de ne pas s'affoler. Je ne suis pas très bon nageur.

— Peut-être, fit Emmy, mais vous au moins, grâce à la drogue, vous ne sentirez pas le froid. Quelle va être la température de l'eau ? Un degré ?

— Environ. Nous allons nager au milieu des blocs de glace. Mourir gelé en Californie, ce serait amusant, non ?

— Vous avez le même humour de chiotte que votre copain Orroway, grinça la jeune femme.

Un raclement les interrompit, puis le caisson s'éleva encore d'un mètre.

— Je n'en peux plus, j'étouffe, haleta Emmy. Il faut y aller tant qu'il reste encore un peu d'air.

Ils rampèrent vers la porte. Leur poids fit pencher la maison, les déséquilibrant. David se redressa et posa les mains sur le volant commandant l'ouverture du battant.

— Il faudra sortir très vite, dit-il, car dès que l'eau va s'engouffrer, la maison redescendra vers le fond du bassin. Compris ?

— Compris.

À ses mouvements, il devina qu'elle se plaquait de l'autre côté de l'ouverture. Serrant les dents, il tourna le volant à toute vitesse. La porte s'ouvrit d'elle-même. Comme elle était inclinée vers le bas, l'eau entra en bouillonnant, compressant la bulle d'air vicié prisonnière des parois. David n'attendit pas et sauta dans le trou à la seconde même où le caisson se retournait pour obéir aux lois de la pesanteur. Il eut l'impression de prendre un cyclone en marche. Les turbulences le malaxèrent comme si elles voulaient lui arracher la chair des os. Il se débattit. Par bonheur, le bassin était toujours illuminé. L'eau semblait remplie de débris de verre, on eût dit qu'un énorme lustre avait éparpillé ses pendeloques entre les parois carrelées. David donnait de furieux coups de pied pour se propulser vers la surface. Emmy avait vu juste, il ne souffrait pas du froid. Sa tête heurtait de gros glaçons, cherchant à se rapprocher de la lumière des projecteurs. À deux reprises il se cogna le crâne contre une plaque de glace et faillit céder à la panique.

À travers le mur translucide, il distinguait des formes agenouillées au bord du bassin. Alors que ses mains jaillissaient à l'air libre, son torse se retrouva coincé entre deux fragments, et il crut que sa cage thoracique allait craquer sous la pression, mais il parvint à les repousser et à remplir ses poumons d'oxygène. On le hélait de tous bords. Des hommes lui tendaient des gaffes, lui jetaient des cordes. De grandes plaques de glace dérivaient, séparées par des ruisseaux charriant une poussière de givre. L'eau avait la consistance de la crème glacée. David tenta de se déplacer dans ce labyrinthe où les turbulences faisaient s'entrechoquer les fragments de banquise. La peur d'être broyé entre deux blocs ne le quittait pas. Il toucha enfin le bord de la piste. Un homme en treillis brun se pencha pour l'aider à prendre pied.

— La fille... balbutia David. Il y a une fille derrière moi... Emmy Fielding... elle est là-dessous.

Il se laissa tomber sur le sol, toussant et crachant. Au nom d'Emmy, l'homme l'avait lâché pour courir vers ses équipiers. Une confusion extrême régnait à l'intérieur de la patinoire.

David essaya de se redresser, mais il n'avait plus de force. Il vit qu'on tirait quelque chose hors de l'eau, à l'autre bout du bassin. Était-ce Emmy ou Orroway ?

Quelqu'un lui jeta une couverture sur les épaules.

— Venez, lui souffla à l'oreille le père Doggerty. Filons pendant qu'ils ne s'occupent pas de vous.

Le vieil homme l'aida à se relever et le soutint à travers le couloir d'accès, en direction de la sortie. Ils croisèrent d'autres hommes en treillis qui parlaient dans des radios portatives. Certains étaient affublés de gilets pare-balles, à la façon des policiers du SWAT. Ils étaient également armés, et leurs tenues portaient le sigle de Corckland Industries.

Dès qu'ils eurent franchi le porche, le romancier reçut l'éclat douloureux du soleil en plein visage. La rue était encombrée de voitures chevauchant les trottoirs. Le shérif LeRoy s'agitait, mais personne ne prêtait la moindre attention à ses vociférations. Doggerty remorqua David jusqu'à la station-wagon. Au moment où l'écrivain se laissait tomber sur le siège, une silhouette entra dans le soleil. Une odeur de cigare cubain flotta dans l'air. David leva les yeux. C'était Sebastiano Gracci. Ses hommes le suivaient de près, l'air tendu.

— Alors ? lança le Sicilien en s'accoudant à la portière. Vous l'avez logé ?

— Il est là-dedans, murmura David, l'index pointé vers le gymnase. Tout est là, le labo, Orroway... dépêchez-vous, il y a foule, vous risquez de faire la queue.

— Ne vous inquiétez pas pour ça, dit Gracci en se relevant, j'en fais mon affaire.

David n'eut pas le temps de le voir s'éloigner, Doggerty avait déjà démarré, lançant la voiture à travers les pelouses pour couper au plus court. En quelques secondes, ils avaient tourné le dos à l'attroupement.

— Je vous ramène à l'hôtel, dit le prêtre. Il n'y a guère que cette bonne Ursula qui puisse vous remettre sur pied.

« Hé ! voulut protester David. Je voulais savoir si Emmy s'en était tirée... » Mais il perdit connaissance avant que le premier mot ne soit sorti de sa bouche.

20

Il reprit conscience à l'hôtel, étendu sur un lit. Ursula Pooshkie et Doggerty étaient penchés sur lui. Ursula, très pâle, lui bassinait le visage avec un linge. Le prêtre, plus pratique, avait cassé une capsule de nitrite d'amyle et la promenait sous son nez. À eux deux, ils extirpèrent David du treillis dégoulinant qui lui collait à la peau.

— Mon Dieu ! gémit Ursula, qu'il est maigre !

— Allez lui chercher du café, ordonna Doggerty, très sucré, avec beaucoup de lait condensé.

L'hôtelière sortit précipitamment. Dès qu'elle fut dans le couloir, David se redressa sur un coude.

— Dans le treillis, haleta-t-il. Dans la poche-poitrine de gauche... il y a une ampoule de médicament. Pouvez-vous me l'injecter ?

Doggerty hocha la tête.

— Bien sûr, mon fils, dit-il en se penchant sur le vêtement trempé. Je devrais bien trouver une seringue stérile dans la trousse de premier secours que j'ai volée à la maison de retraite.

David se laissa retomber sur l'oreiller. Il était sans force, vidé de toute énergie. Il sentit vaguement que le prédicateur lui nettoyait le bras avec un coton imbibé d'alcool. La douleur de l'aiguille pénétrant dans sa veine fut suivie d'une pénible impression de dilatation due à la viscosité du produit. Il ferma les yeux et se laissa aller.

Il émergea du coma trois jours plus tard. On l'avait placé sous perfusion. Quand il se leva, aidé par Ursula qui jouait les infirmières avec une application touchante, il fut effrayé par sa maigreur. La balance lui indiqua qu'il ne pesait plus que 66 kilos. Il fut incapable de tenir debout plus de trois minutes.

Il regagna sa couche en se demandant s'il n'était pas bel et bien en train de mourir. La barbe grise, qu'il n'avait plus taillée depuis bien longtemps, lui donnait l'air d'un vieillard précoce. Il n'avait plus le courage de rien, ni de lire ni même de regarder la télévision. Il attendait que défilent les heures en fixant le plafond, en proie à de fréquentes somnolences. Ursula le nourrissait à la cuillère. Des repas légers d'abord, puis de plus en plus consistants. Il atteignait vite la plénitude stomacale, car son système digestif s'était rétracté. Des rêves absurdes le visitaient, dont il ne gardait aucun souvenir. Tous les matins, Ursula le déshabillait et le soutenait jusqu'à la balance. David ne savait pas exactement ce que le père Doggerty avait révélé à l'hôtelière, et, au vrai, il s'en souciait peu. Le lundi de sa seconde semaine de convalescence, la pesée révéla un accroissement de trois cent cinquante grammes. Le mécanisme s'était enfin inversé. Ursula en eut les larmes aux yeux.

— Vous êtes tiré d'affaire ! gémit-elle en étreignant David sans se soucier de sa nudité. Ça a marché, vous allez reprendre du poids !

Elle ne se trompait pas. À partir de ce jour, l'écrivain commença à grossir. L'antidote avait manifestement neutralisé les effets du Sourire Noir et l'horrible sensation de faiblesse qui l'avait si longtemps cloué au fond de son lit diminua peu à peu. Son premier réflexe fut de se tondre la barbe et les cheveux à six millimètres de la peau, à son habitude. C'est en effectuant cette opération qu'il réalisa que ses lèvres avaient pris une curieuse teinte violette. « Tu conserveras des séquelles... », avait prédit Orroway ; cette coloration inesthétique en faisait sûrement partie.

Quand les gens du Département d'État vinrent l'interroger, il s'appliqua à jouer les mourants et à répondre aux questions d'une voix inaudible. Les deux types de la Trans Am s'installèrent à son chevet et posèrent un magnétophone sur son oreiller, pour tenter de capter ses chuchotements. Il leur raconta ce qu'il savait de l'affaire, sans rien omettre.

— Toutes ces informations sont bien sûr classifiées, lui notifièrent-ils. Vous n'avez pas le droit de les rendre publiques, que ce soit de vive voix ou par le truchement d'un livre. Dans le cas contraire vous vous exposeriez à de graves poursuites.

Ils récitaient leur leçon, mais David lisait dans leurs yeux qu'ils le croyaient à l'agonie. Il ne fit rien pour les détromper. Tant qu'on ignorerait qu'il avait bénéficié d'une injection d'antidote, on le laisserait en paix car on le compterait au nombre des victimes du Sourire Noir, c'est-à-dire de ces morts-vivants dont les fonctions vitales s'enrayaient les unes après les autres au fur et à mesure que la dénutrition lésait leurs organes.

Les deux fonctionnaires prirent congé avec des mines de circonstance. Il était manifeste qu'ils n'auraient pas parié un dollar sur sa survie.

Quand il put enfin tenir sur ses jambes, David descendit sur la véranda. Là, il s'installa au soleil, une couverture sur les genoux. Il réapprenait à souffrir de la chaleur, du froid, de la faim. Ursula venait souvent le voir pour lui apporter des jus de fruits. Le soir, le romancier se joignait à Doc' Bouvier et Briar Kingstone pour vider quelques bières en grignotant des sandwiches à la dinde. Il prenait plaisir à la compagnie des vieillards. Il se sentait fragile, dans ses os, dans sa chair, aussi démuni que le doc' que l'ostéoporose rendait chaque semaine un peu plus bossu. Et il prenait un plaisir morose à cet effritement. Peut-être parce que cette sénilité imaginaire le plaçait en retrait des choses du monde ?

Il se voyait, fumant la pipe au bord du lac en radotant à propos de tout et de rien. Disant du mal des jeunes et des citadins, de la vie à L.A... En quelques mois de ce régime, il parviendrait à se fabriquer une bonne petite bedaine, des dents cariées et une belle calvitie. Quelle importance, puisqu'il y aurait gagné la paix et la sagesse ?

À d'autres moments ces pensées l'effrayaient, car il croyait y détecter des résurgences de la « philosophie » générée par le Sourire Noir, et il se promettait de réagir contre l'apathie qui le gagnait.

Un soir, Doc' Bouvier entreprit d'évoquer « l'affaire de la patinoire » à laquelle il avait pris part en tant que médecin légiste.

— Vous savez que ça a dégénéré en tuerie ? lança-t-il à David. La gazette locale en a parlé, mais vous étiez dans le coma, et ensuite Ursula n'a pas voulu qu'on vous montre les journaux.

— En tuerie, vraiment ? fit David d'un ton distrait.

— Je n'exagère pas ! fit Bouvier, piqué par le manque d'intérêt de son interlocuteur. Il y a eu des coups de feu, des morts. D'après ce que m'a dit le shérif, des gens de la Mafia auraient essayé de s'emparer des débris que les gens des laboratoires repêchaient au fond de la piscine. Ça paraît incroyable, mais ils se sont entre-tués pour deux valises blindées pleines de disquettes fondues et de tubes à essais cassés ! La jeune femme qui était avec vous... cette Emmy Fielding a été gravement blessée dans la bataille. Je l'ai vue se cramponner à l'une des valises qu'on essayait de lui arracher. On aurait cru qu'elle protégeait le trésor de la reine de Saba ! Le type lui a tiré une balle à bout portant, là... en pleine poitrine.

Pour souligner son effet dramatique, il avait planté son index arthritique au-dessous de sa clavicule, comme s'il essayait de forer un trou dans une motte de beurre.

— Elle est... morte ? demanda David.

— Non, elle est toujours hospitalisée à Cedar-Sinaï. Il paraît qu'on lui a enlevé le poumon droit. Tout ça pour une valise pleine de détritus !

Il ricana, fit semblant de curer sa pipe.

— Je vous passerai les journaux, dit-il, la bouche en coin. Je les ai gardés, maintenant que vous êtes rétabli vous pouvez les lire. Ça a été une drôle d'histoire, non ? Je sais que les gens du Département d'État sont venus vous voir et que vous n'avez pas le droit d'en parler, mais tout de même, quel scandale, cette fabrique de drogue cachée au fond de la patinoire ! Qui aurait cru ça ! On est nulle part à l'abri. Et il y a encore pire : on a dû enfermer la femme du garde forestier à l'asile. Elle avait assassiné son mari et fusillé tous les ours de la réserve ! Quant aux gens de Groinstown, un hélicoptère a bombardé leur village ! Si ça continue comme ça, j'irai vivre au sommet de la montagne avec ce vieux dingue de père Doggerty !

David parcourut la gazette dans les jours qui suivirent. Le rédacteur restait très vague sur les tenants et les aboutissants de l'affaire, mais il ressortait de son article que Sebastiano Gracci avait été tué au cours de l'affrontement avec les forces de sécurité des laboratoires Corckland. Le nom d'Emmy n'apparaissait pas, et elle était présentée comme « une enquêtrice chargée de la surveillance des secrets industriels du groupe pharmaceutique ». Nulle part on n'évoquait le Sourire Noir. Quant à l'*Amazing Diet*, personne ne semblait en avoir entendu parler.

David replia le journal sans chercher à en savoir davantage. Toute curiosité était morte en lui.

Le lendemain, alors qu'il se promenait sur la rive du lac, Ursula lui apporta un fax émanant de Bert Sweeton, son éditeur.

Le message disait : *Vous étiez sur le coup, vieille canaille ! Ici on ne parle plus que de vous. J'espère que vous êtes en train de nous pondre un super-bouquin sur cette histoire ? Je propose d'appeler ça* Black Smile. *Quand m'amènerez-vous le manuscrit ?* David ne se donna pas la peine de répondre.

Il envisageait d'acheter une camionnette et de s'improviser tatoueur itinérant. Il se voyait très bien, officiant au bord des autoroutes, œuvrant pour une clientèle de motards. Il fit part de son projet au père Doggerty avec qui il déjeunait, une ou deux fois par semaine, lorsque celui-ci descendait prêcher en ville.

— C'est une idée formidable, lui déclara l'homme de Dieu. Vous pourriez vous spécialiser dans les sujets religieux. Je vous donnerai des images saintes qui vous fourniront mille idées de dessins. Nous pourrions prendre la route... Je prêcherais et vous inscririez sur la peau des fidèles les préceptes de Notre-Seigneur Jésus.

À la fin de l'été, David finit par faire l'amour avec Ursula. Il trouva cette expérience terriblement attendrissante.

21

Il rentra à L.A. parce que Bert Sweeton, son éditeur, le menaçait de le poursuivre en justice pour rupture de contrat. Il retrouva Venice avec l'impression de débarquer sur une planète étrangère peuplée de poupées gonflables.

Il redéploya ses paravents et s'assit dans un fauteuil, son carnet à couverture de caoutchouc sur les genoux.

Un soir, on frappa à la porte. C'était Emmy. Elle avait terriblement maigri et paraissait presque vieille. Elle marchait à petits pas, un peu courbée. Lorsqu'elle parlait, elle devait s'interrompre au milieu d'une phrase pour reprendre son souffle.

— Vous travaillez toujours pour Corckland ? demanda David.

— Oui... mais dans les bureaux, à présent, répondit-elle avec un sourire las. Rien de très passionnant. Je suis heureuse que vous soyez toujours en vie. Le Sourire Noir ne vous a donc pas tué ? Cela signifierait-il que vous êtes le petit frère de Superman ?

Elle fit une pause avant d'ajouter :

— Ou bien vous avez finalement réussi à obtenir ce fameux antidote, c'est ça ? Il existait donc ?

Avant que David ait eu le temps de fabriquer un mensonge, elle leva la main.

— Ne me dites rien, lança-t-elle. Tout ça ne me regarde plus, je ne suis désormais qu'une secrétaire installée dans un joli bureau. J'ai troqué mon revolver contre un traitement de texte. Je sais que je dois m'attendre à une retraite anticipée, et que je finirai sans doute bibliothécaire dans une bourgade de l'Oregon. Je me suis faite à cette idée. On m'a rabattu mon caquet, cela devrait vous faire plaisir...

— Je ne vous ai jamais détestée, dit David. Disons que je vous trouvais trop... jeune ?

Emmy soupira.

— Je ne suis pas venue ici pour parler du bon vieux temps, dit-elle. En fait, je voulais vous avertir d'une chose...

— Oui ? fit David.

— Cela doit rester entre nous, murmura la jeune femme. J'insiste là-dessus. Officiellement l'affaire est classée.

— Où voulez-vous en venir ? s'impatienta le romancier.

— À cela, dit sourdement Emmy. Le type qu'on a repêché dans la piscine, ce type barbu qui portait des lunettes noires... ce n'était pas Orroway.

— Quoi ?

— Je n'invente rien. Ses empreintes digitales ne correspondaient pas. On en est tout à fait certain aujourd'hui. L'homme que nous avons rencontré au fond de la patinoire n'était qu'une doublure.

— Mais... vous ne vous en êtes pas rendu compte ? balbutia David. Moi, c'est excusable, je n'avais pas revu Orroway depuis vingt-trois ans, mais vous ?

Emmy haussa les épaules. Ce simple geste la fit grimacer de douleur.

— Il faisait sombre, plaida-t-elle. Il avait terriblement maigri et portait la barbe. Avec les lunettes noires, il était méconnaissable. Même sa voix était inidentifiable. À cause de la drogue il parlait trop vite, d'un ton suraigu. Quand je me suis trouvée face à lui, j'ai été frappée par le fait que c'était presque votre sosie... Je n'ai pas vu plus loin, et puis il m'a tout de suite neutralisée et j'ai perdu connaissance. Vous savez comme moi qu'à partir d'un certain seuil d'amaigrissement on ne reconnaît plus personne. Ce type, c'était juste une tête de mort avec de la barbe et des lunettes, c'est tout.

— Une doublure ?

— L'un des hommes d'Orroway. Un drogué en phase terminale qui récitait une leçon bien apprise. Un simple porte-parole. Je voulais que vous le sachiez. Orroway est toujours en liberté, quelque part dans la nature. Tout ce que nous avons fait n'a servi à rien. La partie continue, mais elle se déroulera entre lui et vous, comme au bon vieux temps du *Gotcha*... moi, je suis hors course.

Elle se leva péniblement. Il ne restait plus grand-chose de la jeune femme d'acier avec laquelle David avait traversé la Californie un mois plus tôt.

Elle prit congé avec un petit geste désabusé, et il sut qu'il ne la reverrait jamais.

Il resta là, abasourdi et inquiet, soudain persuadé de voir grouiller des choses à la lisière des ténèbres.

Quelques jours plus tard, un livreur du Federal Express lui apporta un paquet. C'était un exemplaire des aventures de Conan Lord. Un roman, qui, bien sûr, n'existait pas, et qu'on avait intitulé *Le Retour du Docteur Smile*. Sur la page de garde on avait tracé ces mots :

Je serai toujours derrière toi. Je t'apprendrai la sagesse. J'attendrai que tu sois prêt. Ne perds pas patience, je te guiderai sur la voie.

Et c'était signé : *Marvin Orroway*.

L'illustration de couverture, elle, représentait un personnage satanique en blouse blanche, un savant fou dans la plus pure tradition de l'imagerie populaire. Décharné, barbu, affublé d'une grosse paire de lunettes de soleil, il souriait d'un affreux sourire noir.

22

David savait qu'il allait devoir vivre avec cette menace, et il ignorait tout de la manière dont il s'y prendrait. Dans les premiers temps, il eut tendance à s'enfermer chez lui. Il téléphonait à l'épicier mexicain du coin de la rue pour se faire livrer des produits de première nécessité, puis il s'embusquait derrière la porte, l'œil rivé au judas afin d'espionner l'arrivée du livreur. Là, une fois le garçon sur le palier, il le scrutait, cherchant à détecter un quelconque maquillage, une perruque. Pour un peu, il aurait exigé une expertise de ses empreintes digitales.

Il ne faisait plus grand-chose et pourtant le temps filait à toute vitesse. Il avait débranché le téléphone et le fax pour échapper aux persécutions de son éditeur. De temps à autre, il s'avançait jusqu'à la baie vitrée et inspectait la rue entre les lames du store. Il imaginait Orroway en planque, quelque part sur le *sidewalk*. Déguisé en policier, en vendeur de hot-dogs. Pour tromper l'attente, il prenait des notes, relevait la fréquence des passages, griffonnait les portraits-robot des badauds.

« C'est idiot, se répétait-il, Orroway doit s'occuper de ses affaires, il ne peut pas s'offrir le luxe de camper sous mes fenêtres, tout de même ? »

Mais qu'en savait-il ? Le *Gotcha* continuait, pénible, angoissant. Au bout d'une semaine de ce régime, il sentit qu'il allait devenir fou s'il ne sortait pas. Il enfila une tenue de jogging et alla courir à petites foulées à la lisière des vagues. Sur la plage, au moins, personne ne pouvait l'approcher à son insu, et cela le rassurait un peu. Il ne pensait pas avoir à craindre la balle d'un tireur embusqué, ce genre d'exécution n'aurait pas amusé ce bon vieux Marvin.

Il regrettait d'être rentré à L.A. Ursula Pooshkie lui manquait. Il se demandait de plus en plus fréquemment s'il n'allait pas acheter une cabane de bûcheron, dans la forêt, au-dessus du lac de l'Ours Rugissant, et s'y barricader pour écrire des westerns à la mode, pleins de sang, de sexe, et de détails scabreux sur la vie de l'Ouest.

Un jour, en revenant de sa séance de jogging, il découvrit qu'on était entré chez lui. Quelqu'un avait déchiré les pages du carnet à couverture de caoutchouc noir. Quant au stylo, on s'en était servi pour tracer des graffitis sur les murs blancs.

Bientôt ! disaient les inscriptions. *Bientôt...*

Pour finir, le visiteur inconnu avait enfoncé le *Bright Flood Shadow* dans la paroi à coups de marteau, le rendant inutilisable. L'encre indélébile avait débordé de la crevasse ainsi ouverte et coulé jusqu'à la moquette.

David ne sut que faire. Grelottant dans son survêtement imprégné de sueur, il scruta les recoins du loft sans se décider à bouger. On n'avait pas fracturé sa serrure, mais cela ne prouvait rien. N'importe quel cambrioleur habile sait aujourd'hui se servir d'un « parapluie » et peut se jouer en quelques minutes d'un verrou dit « de sûreté ».

Son premier réflexe fut de bondir sur le téléphone, puis il réalisa que prévenir la police ne servirait pas à grand-chose. Pourtant, il fallait qu'il parle à quelqu'un, aussi forma-t-il le numéro d'Emmy chez Corckland Industries. Elle répondit aussitôt. Il lui exposa sa mésaventure sans chercher à dissimuler son inquiétude.

— Qu'est-ce que vous attendez de moi ? fit la jeune femme d'une voix impatiente. Je croyais ne plus jamais vous entendre.

— Je ne sais pas, avoua David. Peut-être pourriez-vous me conseiller sur l'achat d'un système d'alarme ?

— Allons, soupira Emmy, vous savez comme moi qu'aucun système d'alarme n'arrêtera Orroway... s'il s'agit bien d'Orroway, toutefois.

— De qui pourrait-il s'agir ? s'étonna le romancier.

— De vous, tout simplement, fit son interlocutrice. Le Sourire Noir est toujours en vous... À dose infime, mais pendant un moment il a bel et bien eu le contrôle de votre cerveau, rappelez-vous. Comment pouvez-vous être sûr qu'il ne provoque pas dans votre tête des courts-circuits de la conscience ? Des bouffées hallucinatoires ?

— Qu'est-ce que vous racontez ? grogna David. Vous voulez dire que j'agirais en état second, c'est ça ? Que je me serais cambriolé moi-même ?

— Pourquoi pas ? murmura Emmy. C'est en vous, on n'y peut rien. Vous désirez mon opinion personnelle ?

— Allez-y...

— Vous êtes en train de jouer les deux rôles : Sarella et Orroway. Vous suivez la même pente que votre petit copain. C'est exactement ce qu'il faisait, il se déguisait en David Sarella.

— C'est grotesque, je suis certain que vous n'y croyez pas vraiment, vous dites ça juste pour m'emmerder !

La jeune femme raccrocha, laissant David plongé dans un profond malaise. Il avait absorbé l'antidote, c'est vrai, mais la doublure d'Orroway, là-bas, au fond de la patinoire, l'avait mis en garde contre d'éventuelles séquelles. Il s'en souvenait fort bien. Ne subissait-il pas l'effet retard du produit, comme ces vieux coloniaux qui font des poussées de malaria à date fixe ? La tête bouillonnante, il se lança dans le dédale des paravents, arpentant le labyrinthe du loft. Devait-il vraiment croire à cette histoire de dédoublement de la personnalité ? Non, c'était absurde. Seuls les romanciers en panne d'imagination avaient encore recours à cette vieille ficelle. Il savait parfaitement qu'il se trouvait sur la plage lorsqu'on avait saccagé ses instruments de travail. Quelqu'un s'était introduit chez lui... Quelqu'un d'autre.

Le soir même on sonna. C'était Emmy. Elle portait une boîte de carton qu'elle déposa aux pieds du romancier. Après quoi, elle fit le tour du loft, examinant les déprédations. Elle s'arrêta longuement devant les graffitis.

— C'est votre écriture, annonça-t-elle à la manière d'un diagnostic irréfutable.

— Allons donc ! protesta David. Ça ne prouve rien, mon écriture est très facile à imiter... un écolier pourrait la contrefaire sans risque. Vous ne me ferez pas admettre que je suis en train de perdre la tête.

Donnant un léger coup de pied dans le carton, il demanda :

— Qu'avez-vous apporté ? Un système d'alarme ?

— Non, une caméra vidéo de surveillance. Installez-la au pied de votre lit. Elle est programmée pour enregistrer une séquence de quatre secondes toutes les deux minutes. Cela nous permettra de voir si vous êtes sujet aux transes ambulatoires. Il y a quatre heures de bande, ça devrait couvrir la nuit.

— Qu'est-ce que vous espérez ? Me filmer en train de me transformer en Mister Hyde ?

— Pourquoi pas ? Je me demande ce qui me pousse à faire ça. Nous n'avons même pas couché ensemble.

Elle montra à David comment actionner l'engin et s'en alla, un irritant petit sourire au coin de la bouche. Il n'était pas très difficile de comprendre qu'elle croyait l'écrivain bon pour la camisole.

David eut beaucoup de mal à trouver le sommeil. Le cliquetis de la caméra braquée sur le *futon* le faisait tressaillir chaque fois que la bande se mettait à défiler. Il avait laissé la lumière allumée et se retournait d'un flanc sur l'autre, tandis que le camescope l'épiait en ronronnant. C'était une situation parfaitement absurde. À 2 heures du matin, n'ayant toujours pas fermé l'œil, il décida d'absorber un somnifère.

Le lendemain, pâteux et inquiet, il s'installa devant son téléviseur pour visionner la cassette. Durant quatre heures, il dut se regarder dormir et s'agiter. Il se jugea laid à faire peur, surtout vu sous cet angle. Les courtes séquences donnaient au film un aspect surréaliste des plus déconcertants. On eût dit un documentaire sur la vie des aliénés en secteur de grand isolement.

Un peu avant midi, il décrocha le téléphone pour appeler Emmy.

— Il n'y a rien, lui annonça-t-il. C'est à peu près aussi chiant que ces films d'art et d'essai français qui passent à Greenwich Village.

— Recommencez ce soir, dit la jeune femme. Au fil

du temps, vous finirez bien par surprendre quelque chose d'intéressant.

Il obéit, malgré ses réticences, et, pendant une semaine, passa ses après-midi à se regarder dormir.

Il commençait à s'interroger sur ses facultés mentales quand un incident bizarre se produisit. Pendant qu'il dormait, le courant fut coupé dans l'immeuble, si bien que la caméra, alimentée par batteries, se trouva réduite à filmer les ténèbres du loft. David, qui, comme chaque soir, avait avalé un somnifère, n'avait pas eu conscience de la panne et ce n'est qu'au réveil qu'il découvrit de nouveaux graffitis sur les murs.

Je me rapproche, disaient les inscriptions. *Je suis venu te voir dormir. Je suis tout près de toi maintenant, en faisant attention tu sentiras mon souffle sur ta nuque.*

Cette fois, Emmy accepta de se déplacer. Ils visionnèrent ensemble la cassette qui devenait noire aux alentours de 3 heures du matin.

— C'est l'évidence même, lâcha la jeune femme. Vous avez pris conscience de l'extinction des feux et vous en avez aussitôt profité pour vous lever... Vous avez écrit sur les murs dans l'obscurité, au nez et à la barbe de la caméra.

— Vous n'avez aucune preuve de ce que vous avancez, siffla David. Quelqu'un a très bien pu couper le courant de l'immeuble à partir de la cave, puis crocheter ma porte et se faufiler chez moi...

— Cela supposerait qu'il savait que vous aviez installé une caméra au pied de votre lit pour vous filmer en train de dormir, rétorqua Emmy. C'est absurde. Votre théorie pue la mauvaise foi à plein nez. Regardez les choses en face, et admettez que vous perdez la boule. Vous jouez au bon petit garçon tant que le camescope vous regarde, mais sitôt l'obscurité tombée vous devenez un vrai diable.

— Non, s'entêta David. Mais quelqu'un qui tenterait de me persuader que je deviens fou agirait effectivement de cette manière. C'est Orroway qui a coupé le courant. Ensuite il est entré pour gribouiller sur les murs.

— Si vous le dites ! soupira Emmy en se levant.

— Attendez, lança David. Il me faut une certitude.

— C'est du temps perdu, rien ne vous convaincra, marmonna la jeune femme.

— Si, insista le romancier. Est-ce que vous pourriez me procurer une paire de menottes qui ne s'ouvrirait qu'à une heure donnée ? Des menottes à serrure programmable en quelque sorte ?

— Oui, ça existe. On s'en sert pour les transports spéciaux. Vous savez : ces types qui se baladent un attaché-case enchaîné au poignet. On peut programmer l'ouverture des bracelets comme sur une horloge digitale. Une fois que l'heure d'ouverture est enregistrée, plus personne ne peut la modifier. Qu'est-ce que vous voulez en faire ?

— Je scellerai un anneau dans le mur et je m'enchaînerai chaque soir, de cette manière je serai certain de ne pas pouvoir me lever pendant la nuit... et si quelqu'un recommence à écrire sur les murs, j'aurai alors la preuve que ce n'est pas moi. Là, vous serez bien forcée de me croire !

Emmy hocha la tête.

— Exact, dit-elle. Mais si un incendie éclate, vous ne pourrez pas vous échapper. Et si les pompiers montent ici, ils vous prendront pour un adepte du bondage.

— Je m'en fous, je dois être fixé, une fois pour toutes.

— Okay. Occupez-vous de faire poser l'anneau, je vous apporterai les menottes demain soir.

Dans l'après-midi, David fit venir un ouvrier qui scella dans le mur, juste au-dessus du *futon*, un anneau d'acier capable de supporter les ruades d'un bronco à l'attache.

— Il faut que ce soit très solide, insista bêtement l'écrivain, s'attirant du même coup un regard égrillard.

— Vous en faites pas, mon prince, ricana le bonhomme. Même une championne de culturisme l'arracherait pas du mur. Une fois que vous l'y aurez ficelée, vous aurez bien du bonheur tous les deux.

L'ouvrier parti, David s'assit sur le matelas pour contempler bêtement le cercle de fer. Les sous-entendus d'Emmy continuaient à lui trotter dans la tête. Devait-il prendre au sérieux cette histoire de séquelles ? C'est vrai qu'il avait eu des idées étranges ces temps derniers. Des lubies insolites. Il avait même pris des notes pour un roman sans queue ni tête, sans rapport avec son style habituel. Un truc qui aurait horrifié Bert Sweeton. Cette « fantaisie » qui ne lui ressemblait pas lui avait laissé un sentiment de gêne.

Il avait besoin de savoir. Tant qu'il n'aurait pas réglé cette affaire, il serait incapable de mener une vie normale. À deux reprises, déjà, Sweeton lui avait expédié des lettres fulminantes exigeant la livraison d'un manuscrit dans les semaines à venir.

Ne supportant pas de passer une nuit de plus dans l'indécision, David retint une chambre d'hôtel par téléphone et quitta l'immeuble. Il dormit au Hyatt Regency, d'un mauvais sommeil encombré de cauchemars. Quand il revint chez lui, aucune dégradation n'avait été perpétrée en son absence.

« Hé ! s'exclama le rat dans sa tête, c'est normal puisque tu n'étais pas là ! »

Emmy l'appela en fin de matinée pour l'avertir qu'elle avait trouvé ce qu'il réclamait et qu'elle passerait dans la soirée.

— Pensez que vous ne pourrez pas vous lever pour pisser ! ricana-t-elle. Prenez vos précautions.

David disposa une bouteille de plastique vide à la tête du lit, et attendit.

La jeune femme sonna sur le coup de 20 heures. Elle apportait une paire de menottes chromées d'apparence futuriste. Un cadran à affichage digital tenait lieu de serrure. Elle s'agenouilla sur le matelas et referma l'un des bracelets sur l'anneau scellé dans le mur après s'être assurée que le travail avait été bien fait.

— Vous êtes toujours décidé ? s'enquit-elle. C'est un peu rocambolesque.

— Plus que jamais, fit David en s'allongeant sur le lit. Que dois-je faire ?

— Rien, à part me tendre votre poignet, expliqua-t-elle. Je ne vous détaillerai pas le fonctionnement de l'engin, comme ça aucun doute ne subsistera dans votre esprit. À quelle heure voulez-vous que les bracelets s'ouvrent ?

— Disons 7 heures ?

— Okay.

Elle manipula deux boutons qui émirent des « bips » stridents, puis claqua la menotte sur le poignet de l'écrivain. La serrure s'enclencha.

— Voilà, annonça-t-elle. Maintenant, si vous voulez vous libérer avant l'heure programmée, il vous faudra abattre le mur.

Elle se redressa et mit le camescope en batterie. Son air ironique agaça David qui ne put se retenir de l'attaquer.

— Qu'est-ce qui vous amuse ? aboya-t-il.

— Vos gesticulations pseudo-rationnelles pour tenter de vous convaincre que vous êtes victime d'une machination, lâcha-t-elle. C'est du temps perdu, vous feriez mieux de vous faire hospitaliser à Pescadero. Ce qu'il vous faut c'est un bon scanner, n'oubliez pas que vous avez absorbé un antimétabolique puissant. Vous avez peut-être des lésions encéphaliques graves.

— Vous savez bien qu'Orroway est toujours dans la nature ! protesta David. Je ne vois pas ce que mes craintes ont de tellement absurde !

Emmy haussa les épaules, rafla ses clefs de voiture sur le bar et marcha vers la porte sans se retourner.

— Bye, fit-elle. Et surtout n'abîmez pas mon joujou, ce genre de truc coûte la peau des fesses.

Elle claqua la porte du loft, enclenchant automatiquement les verrous, et David écouta le bruit de ses talons décroître dans la cage d'escalier. Maintenant qu'il était seul, il se sentait un peu bête ainsi entravé. L'acier se réchauffait au contact de sa peau. Il se pencha pour examiner les bracelets, mais n'y comprit pas grand-chose. Le bras gauche levé, il s'installa du mieux qu'il put pour affronter les heures à venir. Au cours de l'après-midi, il avait disposé à portée de main de quoi passer le temps jusqu'à l'aube : le téléphone, la radio, son lecteur de disques compacts, des livres, trois sandwiches au pastrami et un pack de bière danoise.

Tout était en place : la lumière allumée juste ce qu'il fallait pour contenter la caméra, la télévision au pied du *futon*, la télécommande sous sa main droite.

Il regarda deux films à la suite, mais en réalité il était trop nerveux pour s'intéresser aux images. Il tressaillait au moindre craquement, et les vibrations du congélateur lui faisaient faire des bonds chaque fois que le compresseur se mettait en marche.

Vers minuit, il fut pris de somnolence, et sa tête roula sur l'oreiller de bois. Il crut tout d'abord qu'il rêvait et ne réagit pas immédiatement en entendant crisser le verre. Cela venait de très loin... Il ne savait d'où. Une partie de son esprit s'en trouva soulagée. Cela signifiait que quelqu'un était bel et bien en train de s'introduire dans l'appartement, par conséquent il n'était pas fou... mais l'autre moitié de son cerveau s'alarma parce que menotté comme il l'était, il n'avait aucune chance de pouvoir se défendre en cas d'agression.

D'un seul coup il fut réveillé. Le crissement continuait. C'était le bruit caractéristique d'un diamant mordant le verre... et cela provenait de la baie vitrée.

Il s'injuria mentalement. Toute son attention s'était focalisée sur la porte, et jamais il n'avait pensé que le visiteur pourrait utiliser une voie détournée. Quel crétin il faisait ! L'homme avait escaladé la façade jusqu'à la terrasse. Quatre étages, c'était à la portée d'un enfant. Il s'appliquait depuis quelques minutes à découper un trou dans le verre pour accéder à la poignée commandant l'ouverture de la baie vitrée.

David tenta de se redresser sur le matelas. À cause du labyrinthe de paravents, il ne distinguait pas l'autre bout de la pièce. Ce foutu assemblage de papier de riz et de cadres en bois de koto lui bouchait la vue. Il se maudit de cette fantaisie qui lui servait surtout à épater les filles et les journalistes.

Sa main libre empoigna le téléphone. Il allait former le 911, prévenir la police... et tant pis pour ce que penseraient les patrouilleurs lorsqu'ils le découvriraient menotté. Peut-être qu'en chuchotant, il pourrait parler sans que le visiteur indésirable l'entende ?

Au moment même où il portait le combiné à son oreille, il déchanta. Il n'y avait pas de tonalité. L'homme avait pris la précaution de couper la ligne avant d'entamer son escalade. David laissa retomber l'appareil. Quelque chose l'empêchait de crier au secours... il ne savait quoi. Qu'attendait-il ?

Il ouvrit la bouche, prit une inspiration profonde.

Puis il comprit qu'il voulait savoir... Il ne donnait pas l'alerte parce qu'au fond de lui brûlait le besoin d'apercevoir enfin Orroway. C'était là, obscur et pervers, et il n'y pouvait rien.

Il s'assit, haletant. À l'autre bout de l'appartement, le morceau de verre découpé tomba sur le sol, puis le raclement de la porte vitrée l'avertit qu'on faisait coulisser le panneau sur son rail. D'autres possédaient des volets métalliques, des fenêtres capables d'encaisser sans mal une décharge de *riot-gun*, mais David n'avait rien changé à l'installation initiale du loft, sans doute parce qu'il n'y avait pas grand-chose à voler chez lui et que tout le quartier le savait.

L'homme était dans la pièce... David croyait l'entendre respirer. Il ne se pressait pas. Il se tenait là-bas, quelque part derrière les paravents, invisible, prenant son temps.

— Orroway ? dit enfin le romancier. C'est toi ?

Personne ne répondit, mais le cambrioleur ne prit pas la fuite pour autant. Il agissait sans précipitation ni crainte, comme s'il savait que sa victime était immobilisée, et donc inoffensive.

— Ça ne peut être que toi ! renchérit David. Ça t'amuse de jouer au fantôme ? Tu viens prendre ta revanche ?

Comme il prononçait ces mots, il prit conscience d'une impossibilité flagrante : comment Orroway aurait-il pu savoir qu'il était menotté ? Ça ne tenait pas debout. Ce dingue de Marvin aurait dû normalement ignorer ce détail et prendre la fuite au premier appel.

À moins qu'on l'ait prévenu bien sûr... à moins qu'Emmy ne l'ait averti de l'immobilisation mécanique de David Sarella, le romancier qui se croyait fou...

À moins... À moins que le visiteur mystérieux ne soit Emmy en personne !

David se recroquevilla. Emmy ? Mais pourquoi ?

« Pour se venger ! lui chuchota le rat. Parce qu'elle a perdu un poumon par ta faute... parce qu'elle n'est plus rien. Parce qu'elle te tient pour responsable de son échec ! »

David n'osa prononcer le nom de la jeune femme, de peur de précipiter les choses. D'ailleurs il n'était sûr de rien, tout se mélangeait dans sa tête.

Il n'avait plus de salive. Depuis quelques secondes une ombre se dessinait derrière les feuilles en papier de riz des paravents. Une silhouette avançant pas à pas dans le labyrinthe, une forme floue sans identité. Elle se rapprochait.

David tira sur les menottes. C'était stupide et il ne réussit qu'à s'arracher la peau du poignet. Là-bas, derrière l'écran, l'ombre s'était immobilisée. Trois mètres à peine la séparaient du *futon*. Encore une dizaine de pas et elle émergerait en pleine lumière.

L'écrivain écarquilla les yeux. Il lui semblait que le fantôme tenait quelque chose à la main, un objet cubique qu'il agitait et d'où montait un clapotis.

Une demi-minute s'écoula, la silhouette se courba. Au bruit métallique, David devina qu'elle dévissait un bouchon. Et tout de suite l'odeur le frappa au visage. De l'essence !

L'ombre cachée derrière les paravents tenait un bidon d'essence à la main. Elle s'amusait à faire clapoter le carburant pour décupler la frayeur de sa victime.

David regarda le *futon* sur lequel il était couché. Une parfaite éponge qui ferait un merveilleux bûcher. Il suffirait au criminel d'asperger le matelas et de craquer une allumette. Sa proie ne pourrait que s'agiter stupidement au milieu des flammes puisque les menottes la tenaient scellée au mur comme un prisonnier dans une oubliette moyenâgeuse.

Cette fois, David tenta de crier ; seul un couinement éraillé sortit de sa gorge. L'ombre agitait toujours le bidon... Floc-floc-floc. Que tenait-elle dans l'autre main ? Un briquet ?

Qui était-ce ? Orroway ? Non, il n'y croyait plus. Emmy ! C'était Emmy, et elle allait le faire griller là, pour se venger. C'était elle la folle ! Elle !

Il s'était agenouillé et tirait comme un diable sur le bracelet d'acier. Le sang coulait de son poignet entamé. Alors qu'il se préparait déjà à mourir, la silhouette tourna les talons et s'éloigna à reculons, toujours à l'abri des paravents. Au bout d'une minute la baie vitrée fut refermée, et David comprit que le visiteur s'en était allé.

Bon sang ! Pourquoi ? Pour s'amuser à le faire mourir de peur ?

Il s'abattit sur le lit, couvert de sueur, claquant des dents, au bord de la crise cardiaque. Il ne parvenait pas à se persuader qu'il s'en était sorti, que le danger s'était éloigné. Ne s'agissait-il pas plutôt d'une ruse ? L'ombre n'allait-elle pas revenir au moment même où il se croirait tiré d'affaire ?

Il demeura aux aguets toute la nuit. De temps en temps, il décrochait le téléphone, mais la ligne était toujours coupée. Les heures s'écoulèrent ainsi, jusqu'à 7 heures du matin. À cet instant précis, les menottes émirent un claquement sec, et il put enfin extraire son poignet du bracelet métallique. Il bondit sur ses pieds et traversa le dédale des paravents en direction de la baie vitrée. On avait soigneusement refermé la porte coulissante. Un morceau de verre rond reposait sur le sol.

Il n'y avait rien à faire, aucune preuve à collecter. Le visiteur n'avait rien laissé traîner derrière lui... qu'une vague odeur d'essence.

David ouvrit la baie et fit quelques pas sur la terrasse, les yeux tournés vers la mer. Il tenait à peine sur ses jambes. Qui donc était venu ? Orroway ? Emmy ? Le doute lui mangeait l'esprit.

Il fit demi-tour, gagna le coin toilette pour laver sa

blessure et improviser un bandage. Après quoi il fit du café.

À 8 heures on sonna à l'interphone. C'était Emmy.

— J'ai appelé, dit-elle, ça ne répondait pas. J'ai fini par m'inquiéter. Qu'est-ce qui vous est arrivé ?

Elle regardait le pansement. David entreprit de lui conter les événements de la nuit. Il le fit en la fixant droit dans les yeux, avec l'espoir de surprendre une expression révélatrice. Un aveu.

— Vous dites qu'il tenait un bidon d'essence ? répéta Emmy, et qu'il avançait à l'abri des paravents...

— Comme s'il ne voulait pas être reconnu, insista le romancier. Je ne l'ai pas vu, ç'aurait pu être n'importe qui. Orroway... vous...

— Moi ? Vous perdez la tête, siffla son interlocutrice. Regardons plutôt la cassette vidéo.

— Ça ne servira à rien, grogna David. La caméra était braquée vers le lit, elle tournait le dos aux paravents.

Il fallut satisfaire le caprice de la jeune femme. Pendant une heure ils se repassèrent les gesticulations de David en proie à la terreur.

— Ça ne prouve rien, décida Emmy. On ne voit que vous sur l'écran. Vous avez très bien pu couper le téléphone ce matin, après l'ouverture des menottes, et percer la baie vitrée avant que j'arrive.

— Je n'ai pas envie de discuter, dit le romancier. Reprenez vos gadgets et laissez-moi.

— Okay, comme vous voulez, soupira Emmy, mais vous êtes en train de perdre les pédales. J'ai essayé de vous aider, maintenant ne vous donnez plus le mal de m'appeler, compris ?

Elle ramassa les menottes, glissa le camescope sous son bras et tourna les talons. David ne fit rien pour la retenir. Si elle voulait sa peau, elle reviendrait forcément.

23

Dès qu'il fut seul, il s'empressa de plier tous les paravents dont il ne supportait plus la vue. Il se promit de les vendre à un restaurant chinois ou à un quelconque club de massage. Conan Lord aurait su quel piège tendre à son ennemi, mais David Sarella restait les bras ballants, les yeux tournés vers la baie vitrée où s'ouvrait désormais un trou de la grosseur du poing.

« Légitime défense, lui chuchota le rat. Tu es en état de légitime défense, tu y as pensé ? Ça te donne le droit d'anticiper sur l'adversaire.

— Qu'est-ce que tu racontes ? rétorqua David.

— C'est pourtant simple, ricana le rongeur. Tue-la le premier. Emmy, la petite Emmy... règle-lui son compte avant qu'elle ne te fasse la peau.

— Tu es fou ! protesta le romancier.

— Non, dit le rat. C'est toi qui es fou. »

David s'assit en tailleur sur le béton de la terrasse, effrayé par ses propres mécanismes mentaux. Avant qu'on ne lui injecte le Sourire Noir, il n'aurait jamais eu ce genre de pulsion. N'était-ce pas là la preuve flagrante que quelque chose avait pourri en lui ? « Vous avez besoin d'un scanner », avait déclaré Emmy ; il songea qu'elle n'avait peut-être pas entièrement tort.

Et pourtant l'idée faisait son chemin. Il était maintenant presque certain d'avoir identifié la silhouette de la jeune femme derrière le paravent. Cette conviction gagnait en épaisseur de minute en minute. En tant qu'agent de sécurité, Emmy savait tout des systèmes d'ouverture ou de protection, elle avait facilement pu s'introduire dans l'immeuble, déchirer le carnet noir, enfoncer le stylo-plume dans le mur à coups de marteau. Si on la laissait faire, elle ne s'arrêterait pas à mi-chemin.

David se mordit l'ongle du pouce, rongeant la corne jusqu'au sang. Il avait encore le floc-floc de l'essence dans les oreilles. Dieu ! le *futon* imbibé de carburant aurait fait un joli barbecue, c'était sûr, et il se serait tordu là-dessus, enveloppé par les flammes. L'agonie devait vous paraître interminable dans de telles conditions. Floc-floc...

Il frissonna. La mort d'Emmy lui semblait tout à coup nécessaire. Inévitable. Mais comment s'y prendre ? La renverser en voiture ? La pousser du haut d'un pont ? Elle était affaiblie, malade, ce serait beaucoup plus facile qu'un mois auparavant. Avec un poumon en moins, on devait vite s'essouffler. Il pourrait peut-être l'étouffer au moyen d'un sac en plastique ? Un sac poubelle solide, quadruple épaisseur, conçu pour résister aux morsures des chiens errants. Il faudrait répéter le mouvement, s'entraîner sur un mannequin ayant la même taille que la victime, le fabriquer au besoin.

Il remuait ses pensées de mort en regardant les cerfs-volants bourdonner dans le vent, sur la plage de Venice. Il y en avait de toutes les tailles, de toutes les formes, certains très compliqués, à cinq ou six étages.

« Cette fois tu es vraiment en train de devenir fou, pensa-t-il sans réellement s'émouvoir. Si tu te fais prendre, il faudra plaider non coupable au procès. Faire valoir que tu agissais sous l'emprise d'une drogue hallucinatoire. »

Les mains tendues, il mima l'agression : le sac qu'on rabat sur la tête de la victime, qu'on serre autour de la gorge pour empêcher l'air de passer. Ne pas oublier de se tenir en retrait, hors de portée des coups de griffes.

Il se redressa, rentra dans l'appartement et prit conscience des graffitis zébrant les murs. Il fallait effacer ça au cas où la police viendrait l'interroger. Quelques litres de peinture blanche feraient l'affaire.

Il sortit acheter les outils nécessaires au supermarché et se mit à l'ouvrage, un rouleau de mousse fiché au bout d'un manche à balai.

Il dut passer plusieurs couches sur les inscriptions, mais il n'était pas mécontent de travailler. S'agiter lui faisait du bien. Il avait ouvert la baie vitrée en grand, pour aérer le loft et chasser l'odeur de peinture. Il essayait de ne pas prêter l'oreille aux propos du rat qui ne cessait de marmonner des choses inquiétantes du fond de sa cachette.

Une petite ombre se faufila par la porte ouverte, le faisant tressaillir. Il se figea, le rouleau entre les mains, le cœur battant. Durant une seconde, il crut qu'il s'agissait bel et bien du rongeur fantôme, sorti de sa tête pour mieux le tourmenter, mais ce n'était que le chat du Japonais amateur de cerfs-volants, cette bestiole qu'Emmy avait failli occire lorsqu'elle avait piétiné le puzzle ramené de la maison des collines.

Il haussa les épaules et reprit son travail, effrayé de la facilité avec laquelle il se mettait à accepter l'incroyable. Le rat... l'espace d'un moment, il avait réellement cru se trouver en face du rongeur imaginaire avec lequel il entretenait des conversations de plus en plus longues. Une sueur glacée lui restait de cette brève panique, et ses mains tremblaient sur le manche à balai. Le chat noir trottinait dans son dos, flairant les objets abandonnés sur le sol, les bâches, les pinceaux. David s'agaçait de le savoir là et se retournait pour le surveiller. Il ne comprenait pas pourquoi il agissait ainsi, car le matou lui était au demeurant parfaitement familier. Très souvent — presque chaque jour, en fait — il venait somnoler sur la terrasse, ou faire le tour du loft. Le romancier avait fini par considérer que l'animal faisait partie de la copropriété et que chaque habitant de l'immeuble en possédait un morceau. Alors pourquoi, aujourd'hui ?

« C'est à cause du rat, pensa-t-il soudain. Le rat a peur du chat. C'est normal, il s'énerve. Fais sortir cette saloperie de greffier avant qu'il n'arrive un malheur. »

La sueur lui gouttait dans les yeux. Des images absurdes mais terrifiantes explosaient dans son esprit : le chat noir lui sautant sur les épaules et lui ouvrant la boîte crânienne à coups de griffes pour en déloger le rat... Des images atroces comme seul un fou est capable d'en produire. Il posa le rouleau en équilibre contre le mur et se tourna lentement vers le matou. La bestiole s'était frottée aux pots de peinture et des traînées blanches maculaient son pelage. Elle examinait l'homme d'un air dubitatif, probablement parce qu'elle avait senti sur lui l'odeur de la peur et de la colère.

« Fais attention ! hurlait le rat ratatiné dans la tête de David. Il va sauter ! Il va t'ouvrir le crâne pour essayer de m'attraper ! »

L'écrivain s'assit à croupetons, les paumes reposant sur les cuisses pour enrayer les tremblements. Il ne savait plus très bien de quoi il avait peur : du chat... ou de la folie qui grondait en lui. Cette fois il en était certain : le poison du Sourire Noir coulait toujours dans ses veines. Au fil des mois ses processus mentaux se désagrégeraient, et il finirait dans une cellule capitonnée, submergé par les cauchemars.

Il ne devait pas faire de mal au chat. Surtout pas. Il pensait « chat », mais il savait qu'il aurait dû remplacer ce mot par « Emmy ».

Son bras se détendit sans qu'il ait conscience d'avoir ordonné ce geste. L'animal vint se frotter à sa main, renifla ses doigts. L'odeur de peinture le grisait et il ronronnait très fort.

« Maintenant ! chuinta le rat. Attrape-le par la peau du dos et lance-le contre le mur, ça lui cassera les reins ! Vite, pendant qu'il ne se méfie pas ! »

La main de David se referma sur le cou du petit félin, frôlant le collier de cuir. Il y avait une sorte de breloque près de la boucle du fermoir, une clochette...

Non, ce n'était pas ça. D'ailleurs ça ne faisait pas de bruit. Jamais, jusqu'à présent, il n'avait détaillé la bête avec autant d'attention. Parfois, il avait risqué une caresse distraite, mais en règle générale il avait toujours évité de la prendre dans ses bras.

Le chat ronronna de plus belle. David avança les doigts vers le collier, toucha du bout de l'index le petit médaillon. C'était rond et épais. Trop épais pour une simple plaque d'identité. Et soudain, il sut à quoi cela ressemblait. Il avait eu un objet similaire entre les mains alors qu'il réunissait de la documentation pour l'un de ses romans. C'était un micro espion, une pastille émettrice qu'on pouvait se procurer pour cent dollars dans n'importe quelle officine spécialisée dans la « sécurité » industrielle. La réception se faisait au moyen d'une banale radio FM, et la portée de l'engin tournait autour d'une trentaine de mètres. C'était parfait pour écouter les conversations d'une belle voisine, et...

Voisine... voisin... voisin ?

Le chat noir appartenait à Matsumaki, le Japonais du rez-de-chaussée, cet ancien ingénieur de Silicon Valley qui vivait de ses rentes et ne sortait de son antre que pour essayer ses cerfs-volants sur la plage. L'Asiatique trompait-il sa solitude en écoutant les conversations des copropriétaires ? Possible. David ne savait rien de ce bizarre bonhomme, sinon qu'il fabriquait des cerfs-volants horriblement compliqués en regardant les *telenovelas* diffusées par les chaînes mexicaines de Tijuana. C'était un personnage dont l'étrangeté restait plutôt moyenne en comparaison des individus hautement allumés qui hantaient Venice, aussi ne s'était-il jamais intéressé à lui.

Il retira sa main. Le chat se roula sur le sol. Il voulait jouer. David songea à toutes les fois où la bestiole s'était glissée chez lui pendant qu'il téléphonait ou bavardait avec une amie. Combien de filles l'avaient câliné ou gratté entre les oreilles ?

Il savait également qu'il était facile d'attirer un matou à un certain endroit en vaporisant de l'essence de valériane sur les murs ou la moquette. Les chats raffolaient de cette odeur, ils la suivaient à la trace. Matsumaki était-il venu ici pour asperger le sol avec un tel produit ?

Le chat... David le revoyait, allongé sur la terrasse. Il se tenait là, aplati contre le verre chaque fois qu'Emmy était venue échafauder des plans. Si noir qu'une fois la nuit tombée il devenait invisible. C'était une bête tellement intégrée au décor qu'on n'y prêtait plus attention. Oui, elle était là quand la jeune femme avait apporté les menottes électroniques, David se rappelait maintenant l'avoir entr'aperçue couchée contre la porte-fenêtre. La sensibilité du micro était sûrement très grande, elle avait permis à Matsumaki de capter toute la conversation.

« C'est le Japonais, pensa David avec un hoquet. C'est lui qui se promenait derrière les paravents, le bidon d'essence à la main. Il savait que je ne pouvais pas lui sauter dessus. C'est lui aussi qui a coupé la ligne téléphonique... mais pourquoi ? »

Et, tout à coup, la révélation le frappa, lui arrachant un gémissement de stupeur.

Matsumaki... c'était Orroway.

Bien sûr. Il aurait dû y penser plus tôt. Orroway se rapprochant de sa victime à son insu, pas à pas, selon la grande tradition du *Gotcha*. Quelle ironie ! David l'avait cherché partout alors qu'il était là depuis le début, sous ses pieds. Un Japonais anonyme, frêle, d'une discrétion de fantôme, et auquel personne ne faisait plus attention depuis des lustres... Comme il avait dû s'amuser ! Il les avait tous promenés d'un bout à l'autre du pays, bien installé au milieu des tiges de balsa et des rouleaux de papier crépon au moyen desquels il confectionnait ses cerfs-volants.

David ne l'avait guère croisé plus de cinq ou six fois au cours des trois dernières années. Il en gardait l'image d'un homme frêle, aux longs cheveux d'ébène, et dont les yeux disparaissaient derrière de grosses lunettes noires à verres « miroir ». On l'avait décrété « japonais » à cause de son nom, de sa peau jaune et de sa voix zézayante. Rien de plus. Mais n'importe qui pouvait se barbouiller de fond de teint abricot et contrefaire une diction d'Asiatique en agrémentant sa conversation de quelques formules de politesse nippones volées à la méthode Assimil. Qui se souciait de lui ? Personne. Il recevait peu de courrier, se faisait livrer ses provisions à domicile, sortait sur la plage au petit matin. Probablement n'habitait-il l'immeuble que sporadiquement, lorsque ses « affaires » lui en laissaient le temps ?

Orroway. Comme il devait être fier de sa ruse, si énorme qu'elle ne risquait même pas d'effleurer l'esprit d'un homme sensé !

David alla mécaniquement se laver les mains. Le chat, mécontent de son indifférence, avait pris le chemin de la terrasse. Le romancier comprenait aujourd'hui pourquoi Emmy n'avait jamais trouvé de micros chaque fois qu'elle avait passé le loft au détecteur. Orroway n'avait pas été assez bête pour en poser à demeure, il préférait attendre un peu et envoyer le chat en espion voltigeur, une fois les vérifications d'usage effectuées. Il connaissait la musique. Le matou grimpait sur la terrasse, se couchait contre la baie vitrée, et captait chaque murmure.

Il fallait prévenir Emmy. Tenter de la convaincre.

Il sortit dans l'intention de passer son coup de fil d'un lieu public, et, pour brouiller les pistes, remonta jusqu'à L.A. pour se perdre dans la Galeria. Là, il appela Corckland Industries d'une cabine.

— Encore vous ! grommela Emmy, ça vire à la persécution.

— Je dois vous parler, souffla David. J'ai découvert où se cache Orroway. Cette fois j'ai mis dans le mille. J'ai besoin de vous.

Il y eut un moment de silence, comme si Emmy hésitait à raccrocher.

— Corckland vient de me virer, dit-elle d'une voix lasse. Licenciement pour cause de maladie. Je ne suis plus apte à tenir mon rôle dans la société, paraît-il. On m'a apporté mon chèque d'indemnités il y a dix minutes. Je suis en train de vider mes tiroirs.

Elle fit une nouvelle pause avant de soupirer.

— Venez chez moi, dans une heure. Nous parlerons de votre problème. Je vais avoir du temps libre.

Elle lui donna l'adresse, le numéro de téléphone, puis coupa la communication.

Elle habitait Downtown, une jolie résidence pour célibataires. David tourna une demi-heure autour du pâté de maisons en rongeant son frein. Il faisait les cent pas sur le trottoir quand la jeune femme gara sa voiture. Des cartons encombraient le siège arrière, voisinant avec une lampe et des lithographies sous verre. Emmy ouvrit la portière et descendit précautionneusement. Depuis sa sortie de Cedar-Sinaï, David la trouvait plus fragile... plus humaine. Elle donna les clefs au portier et entraîna le romancier vers l'ascenseur.

— Alors ? fit-elle. Qu'avez-vous encore inventé ?

Ça commençait mal. Il s'efforça de rester calme et d'exposer froidement sa théorie. Emmy ne cilla pas.

— Le Japonais du rez-de-chaussée ? dit-elle simplement en ouvrant la porte de la cabine au vingtième étage. Et il utilisait un chat espion ? Vous imaginez la tête que ferait un psy si vous lui racontiez ça ?

— C'est justement là toute la force du stratagème, martela David. C'est si invraisemblable que ça devient sans danger. J'ai besoin de vous. Vous savez ouvrir n'importe quelle serrure, je vous ai vue à l'œuvre. Nous irons perquisitionner chez lui pendant qu'il essaiera ses foutus cerfs-volants sur la plage. Merde, vous avez une revanche à prendre, non ?

Il s'en voulait d'avancer cet argument qu'il jugeait peu charitable, mais il était à bout. La jeune femme déverrouilla la porte de son appartement. David entra sur ses talons sans prêter attention au décor.

— Je vais quitter L.A., annonça Emmy. Je vais acheter un ranch et élever des chevaux... ou bien je prendrai la gérance d'un stand de yaourts glacés dans un parc d'attractions.

Elle eut un rire triste.

— Non, reprit-elle. Ce n'est même pas vrai, je serais incapable de faire ça. Je pense que je vais plutôt ouvrir une agence de sécurité industrielle. Je résoudrai tous les problèmes du fond de mon fauteuil, sans jamais mettre le nez dehors.

— Alors je vous engage, lança David. Considérez ça comme votre première affaire. Il faut que nous allions voir. On ne peut pas laisser Orroway en liberté.

Emmy s'assit, ôta ses chaussures d'un coup de talon et se versa un fond de whisky.

— Je n'ai plus le droit de boire, dit-elle distraitement. L'alcool fait gonfler mes bronches et m'empêche de respirer. Dans une minute je vais me mettre à siffler comme un vieil asthmatique ou une cornemuse trouée.

David observa qu'elle trempait ses lèvres dans le breuvage en prenant garde de ne rien avaler.

— D'accord, dit-elle au bout d'une minute. Nous

irons demain matin. À quelle heure sort-il sur la plage ?

— Huit heures pile. Il teste ses prototypes pendant une heure environ. Après il rentre, je suppose qu'il a trop mal aux bras pour continuer plus longtemps.

— Et vous n'avez jamais eu le moindre doute ?

— Non. Avec les cheveux longs et les lunettes noires, on voit à peine son visage. Et puis il se tient toujours courbé, dans une attitude déférente. Il est très maigre. Beaucoup plus aujourd'hui que lorsqu'il s'est installé.

— Qu'espérez-vous trouver chez lui ?

— Des bonbonnes de glucose, des vitamines, des stéroïdes, tout ce qui lui permet de survivre aux méfaits du Sourire Noir. Une trousse à maquillage, du matériel de liaison radio... Je pense qu'il est si faible qu'il doit mener une existence végétative la plupart du temps. Il vit dans mon ombre, donne ses ordres par radio. Peut-être sort-il par-ci par-là, mais ce n'est même pas certain.

— Je pense que c'est une bonne analyse, approuva Emmy. Nous verrons demain. Combien comptez-vous payer mes services ? Maintenant que je suis au chômage, je dois penser à ces choses.

24

Ils passèrent à l'action le lendemain matin. Embusqué derrière le store vénitien, David surveillait la plage depuis le lever du soleil. Quand il aperçut « Matsumaki » sur le *sidewalk*, son cerf-volant sous le bras, il s'empara du téléphone cellulaire codé que lui avait confié Emmy et composa le numéro de la jeune femme. Elle attendait dans une voiture de location, trois cents mètres en amont, sur la rocade. Elle n'avait pas voulu venir avant la sortie du « Japonais », de peur d'éveiller sa curiosité et de lui donner ainsi l'envie de rester à l'écoute.

— Ça y est, dit simplement David.

— Dans dix minutes, lâcha Emmy. Je déclenche le chrono.

David traversa le loft et s'avança sur le palier. Son cœur battait très vite. Il essuya ses paumes moites sur sa chemise, descendit l'escalier sans hâte. La porte de la rue bourdonna enfin, laissant le passage à la jeune femme. Elle s'était déguisée en « routarde », allant jusqu'à jucher un sac à dos crasseux sur ses épaules.

Sans dire un mot, elle s'agenouilla devant la porte du rez-de-chaussée, et tira une trousse de cuir remplie d'outils de la poche intérieure de son blouson.

— C'est là ? demanda-t-elle.

David confirma d'un signe de tête. Le battant était blindé et muni d'une serrure de sûreté, mais Emmy ne paraissait pas s'en inquiéter outre mesure. Elle promena un détecteur le long du chambranle pour localiser d'éventuels contacts magnétiques reliés à une alarme. Il n'y avait rien. Pourquoi Orroway se serait-il protégé de manière outrancière, du reste ? Probablement ne possédait-il rien de plus que David.

Emmy tâtonna trois minutes durant.

— Ouvert, murmura-t-elle enfin.

David hésita à pousser le battant. Il redoutait quelque piège extravagant. Une trappe, un fusil déclenché par cellule photoélectrique, un chien tueur aux cordes vocales sectionnées, tout un fatras issu de ses lectures d'adolescent.

— Qu'attendez-vous ? s'impatienta Emmy.

Ils entrèrent. L'appartement se présentait sous l'aspect d'un loft semblable à celui de David. Il n'y avait ni séparation ni meubles. Juste un grand panneau de contre-plaqué jeté sur des tréteaux, et qui servait de table de travail. Des dizaines de cerfs-volants couvraient les murs, ou pendaient du plafond suspendus aux poutrelles peintes en blanc. « Matsumaki » dormait , lui aussi, sur un *futon* et son lit était entouré de paravents.

Après avoir vérifié que le « Japonais » se tenait toujours sur la plage, ils ouvrirent les placards en s'assurant au préalable qu'aucun repère n'avait été posé pour signaler le passage d'un intrus.

David ne s'était pas trompé. Ils mirent tout de suite la main sur un assortiment de flacons de glucose et de vitamines.

— Il y a tout le matériel de perfusion nécessaire, observa Emmy. Il survit comme ça, allongé sur son lit. Il est sans aucun doute assez faible, miné par la dénutrition. Le Sourire Noir lui ronge la carcasse depuis plus longtemps que vous. Se hisser au quatrième a dû lui demander des efforts considérables. Je pense qu'il a tout bonnement utilisé une échelle. Il ne risquait pas grand-chose puisque vous étiez attaché.

David ne répondit pas. Différents appareils électroniques s'entassaient au chevet du lit. Cela ressemblait à des récepteurs radio à scanner, du type utilisé par les routiers cibistes.

— Avec ça, murmura la jeune femme, il peut facilement capter le micro du chat, et expédier des messages à travers trois ou quatre États. Il dispose même d'un brouilleur pour protéger ses communications. C'est légal, on s'en sert sur les téléphones sans fil. Des milliers de gens, à L.A., possèdent des installations semblables, il n'y a pas de quoi alerter le FBI. Les flics y verraient une inoffensive distraction de grabataire.

Le temps passait.

— Allez faire le guet devant la fenêtre, proposa Emmy. Je vais continuer la fouille, j'ai l'habitude de ces expéditions.

David obéit. Caché derrière les lames du store, il observait Matsumaki à la lisière des flots. L'homme maigre luttait contre le vent, penché en arrière, ses longs cheveux flottant dans la bourrasque. On avait l'illusion qu'il allait s'envoler à la suite de sa machine.

— J'ai ses papiers, chuchota Emmy. Si ce sont des faux, ça ne se voit pas. Il faudrait relever ses empreintes digitales, mais il y a si peu d'objets ici qu'en voler un risquerait de donner l'alerte.

Elle respirait fort, handicapée par son unique poumon.

— Tout est là, haleta-t-elle. Diplômes, photos de

famille, lettres du pays. Il s'est fabriqué une superbe couverture. Son certificat de naissance affirme qu'il est né ici de parents japonais ayant obtenu la nationalité américaine avant la déclaration de guerre. Je pense que tous ces documents sont vrais. Ils ont appartenu à quelqu'un qui est mort aujourd'hui. Peut-être l'un des utilisateurs du Sourire Noir.

— Dépêchez-vous, supplia David.

Le vent était en train de tomber. Il redoutait que Matsumaki n'écourte ses essais.

— Il a endossé la personnalité d'un mort, répéta la jeune femme. Un homme solitaire qu'aucune famille n'embarrassait. Une de ses victimes, certainement. Ou un collaborateur. C'était la meilleure solution.

Elle ne dit plus rien pendant quelques minutes. Elle remettait en place tout ce qu'elle touchait, prenant des repères à l'aide d'allumettes qu'elle disposait sur le sol.

David se dandinait dans le coin de la fenêtre, s'attendant à voir Matsumaki rembobiner les ficelles de sa machine d'une seconde à l'autre.

— Je l'ai, dit enfin Emmy.

Il se retourna. Elle avait extrait d'un trou ménagé sous les lattes du parquet un coffret de maquillage. Une valise, en fait, abondamment pourvue en fond de teint jaune.

— Alors c'est bien Orroway, balbutia David.

— Fichons le camp, dit Emmy. Nous avons ce que nous voulions.

Elle rangea la boîte et poussa l'écrivain dehors. Cette fois il lui fallut moins d'une minute pour verrouiller la porte.

— Je sors la première, dit-elle, rejoignez-moi dans cinq minutes. Je conduis un minibus bleu.

David fit comme elle voulait. Lorsqu'il quitta l'immeuble, ses jambes tremblaient. Il longea le trottoir en essayant de ne pas regarder Orroway qui luttait toujours contre le vent, sur la plage.

Le minibus était garé trois cents mètres plus haut, il y monta. Emmy démarra aussitôt, tournant le dos à Venice.

— Qu'allez-vous faire ? interrogea-t-elle.

— Je ne sais pas, avoua David. Il me paraît si démuni... presque ridicule. Ce bonhomme tout maigre qui se peint en jaune pour me faire la nique. Ça a quelque chose de pathétique, non ?

— Vous n'allez pas vous attendrir sur ce salopard, tout de même ? gronda la jeune femme. Il a failli nous faire crever à dix reprises. Regardez dans quel état nous sommes aujourd'hui : vous à moitié fou, et moi avec autant de vitalité qu'un invalide de guerre !

— Qu'est-ce que vous préconisez ? hasarda David.

— Il faut le liquider, souffla Emmy. Ne compter que sur nous. Si nous mettons les autorités dans le coup, il s'en sortira. On le retirera de la circulation pour le faire travailler dans un laboratoire expérimental, comme les savants nazis à la fin de la guerre. Il ne sera jamais jugé, je peux vous l'assurer. Corckland et le Département d'État se le disputeront, et si nous avons le malheur de protester, on nous fera taire.

— Merde, bégaya David, le tuer... vous n'y allez pas de main morte. Comment ferez-vous ça ? Vous l'étoufferez sous un oreiller pendant qu'il dormira sur son futon ? Vous injecterez du poison dans ses bonbonnes de glucose ?

— Pourquoi pas ? Ce serait une bonne idée, grommela Emmy. Il est si faible qu'il suffirait de peu de chose pour lui faire passer l'arme à gauche.

— Je ne le ferai pas, lâcha David. J'en suis incapable.

— Vous êtes un dégonflé, cracha la jeune femme. Après tout je m'en fiche, c'est vous que ça regarde. C'est vous qu'il continuera à persécuter. Pensez-y. L'histoire du bidon d'essence ne vous a donc pas suffi ? La prochaine fois il inventera autre chose, et ce coup-là il ira jusqu'au bout.

Elle conduisait à grands coups de volant rageurs.

— Démerdez-vous avec vos fantômes, conclut-elle en engageant le minibus sur un parking. Moi, dans trois jours je serai de l'autre côté du pays. Descendez, j'ai des courses à faire et nous n'avons plus rien à nous dire.

Elle abandonna David au bord du trottoir et fila vers une destination inconnue.

Il dut rentrer en taxi. Dans les jours qui suivirent, il lui téléphona une dizaine de fois sans qu'elle daigne décrocher. Il envisagea un temps de déménager tout en sachant qu'Orroway n'hésiterait pas à le suivre. Sous quel aspect referait-il surface cette fois ? Non, fuir ne servait à rien, Emmy avait raison.

Il avait le plus grand mal à trouver le sommeil et ne faisait plus confiance aux serrures. Il savait qu'Orroway se préparait pour l'estocade, pour le dernier acte du *Gotcha*.

Un matin, à 7 heures, il fut réveillé par un coup de fil menaçant de son agent, Patti Grizzle. Elle venait de recevoir un fax de « Monsieur Anacin », le patron des éditions du Chat Hurlant. Le vieux avait passé une nuit blanche à boucher les trous de son programme de parution bouleversé par les défections successives de David. Il était à cran. Il avait tempêté que « le père Sarella » devait passer séance tenante aux bureaux s'il ne voulait pas se retrouver assigné en justice.

— Tu n'écris plus rien, lança Patti. Le vieux va te couper les vivres et t'envoyer ses avocats. Essaye de t'arranger à l'amiable avec lui. J'ai tenté de le vamper mais il ne veut rien entendre. Bon sang ! Secoue-toi !

David se tondit les cheveux et la barbe, passa des vêtements propres, et prit le chemin des éditions du Chat Hurlant. Contrairement à ce qu'il craignait, l'entrevue ne se déroula pas trop mal, et si l'on ne fuma pas le calumet de la paix, on s'entendit néanmoins pour négocier un nouveau délai.

Il rentra chez lui, épuisé par la tension nerveuse. Alors qu'il essayait de trouver une place pour se garer, il avisa un attroupement au bas de l'immeuble. Deux voitures de police barraient le chemin, et des rubans orange plastifiés interdisaient l'accès du hall aux badauds.

Comme il s'ouvrait un passage dans la foule, un flic le reconnut et l'interpella.

— Monsieur Sarella ! Vous habitez ici, je crois...

C'était un jeune inspecteur aux cheveux roux avec

un méchant coup de soleil sur le nez. Il se présenta sous le nom d'O'Malley, lieutenant au LAPD.

— Que se passe-t-il ? s'enquit le romancier.

— On a assassiné l'un de vos voisins, dit le flic. Le gars du rez-de-chaussée. Un certain Ito Matsumaki. Ça s'est passé il y a une heure à peine. Venez par là.

Prenant David par le bras, il l'aida à se frayer un chemin.

Orroway reposait sur le dos, dans le hall de l'immeuble. Il avait la bouche grande ouverte et tirait une langue énorme. Sa grimace était plus grotesque qu'effrayante, elle donnait l'illusion qu'il allait se relever en éclatant de rire.

— On l'a étranglé avec la ficelle de son cerf-volant, expliqua le jeune policier. Il n'a pas dû beaucoup se débattre, c'est à peine s'il pesait quarante kilos tout habillé. Vous le connaissiez bien ?

— Non, bafouilla David. On ne le voyait presque jamais.

Il faillit ajouter : « J'étais chez mon éditeur quand c'est arrivé, j'ai un alibi ! », puis il comprit qu'Emmy avait tout prévu, et poussa un soupir de soulagement. Au cours des derniers jours elle avait pris la planque, patiemment, attendant pour passer à l'action que David puisse bénéficier d'un alibi solide. Oui, c'est ainsi qu'elle avait procédé, de sa propre initiative. Elle s'était ensuite embusquée dans l'escalier pour guetter le retour d'Orroway. Elle l'avait surpris au moment où il rentrait, son cerf-volant dans les bras. Le double fil de nylon de l'engin avait constitué un merveilleux garrot. Il était entré si profondément dans les chairs qu'il avait en partie sectionné la carotide. En dépit de cette blessure, Orroway avait très peu saigné.

« Gotcha », songea David, mais il n'éprouvait aucune joie réelle. Il lutta contre le rire nerveux, sinistre, qui montait en lui.

— Personne n'a l'air de savoir grand-chose sur ce type, bougonna O'Malley. Encore un crime de junkie.

David regardait fixement le cadavre trop maigre. La perruque avait glissé, révélant un crâne chauve ou rasé de près. Le médecin légiste était en train de l'examiner, lui aussi.

— Hé ! grogna-t-il soudain en regardant le bout de ses doigts. Hé ! les gars ! Ce mec déteint !

Il avait levé la main, montrant aux patrouilleurs le fard jaune qui souillait sa paume. Les policiers se rapprochèrent, formant cercle autour du corps.

David resta à l'écart. Il lui sembla que le toubib déboutonnait la chemise d'Orroway.

— Merde ! siffla le doc', il est aussi chinois que moi. C'est juste du maquillage sur la figure et les bras. Encore un cinglé.

25

Il n'y eut pas d'enquête véritable, et David fut très peu importuné. L'affaire Matsumaki demeura une énigme. Tous les documents saisis dans l'appartement se révélèrent authentiques. Comme l'avait supposé Emmy, ils appartenaient à quelqu'un dont on ne retrouva pas la trace. Les empreintes digitales du mort avaient été envoyées au FBI ; si on les identifia comme celles de Marvin Orroway, le LAPD n'en sut jamais rien car le dossier lui fut aussitôt retiré.

On ne put rien reprocher à David Sarella puisque dix personnes aux éditions du Chat Hurlant affirmèrent sous serment qu'à l'heure du meurtre l'auteur en question était en train de se faire injurier par son directeur de collection, Bert Sweeton, au siège de la maison, à trente kilomètres de la scène du crime.

On vida le loft du rez-de-chaussée. Les cerfs-volants furent dispersés, David recueillit le chat noir.

Trois semaines plus tard, il reçut une lettre anonyme postée à Chicago, le pays des abattoirs.

Deux lignes tapées à la machine rayaient la feuille de papier :

Ça m'a semblé la meilleure solution. Mais vous reste-

rez toujours un dégonflé. Lisez, apprenez, détruisez, comme on dit dans les romans de gare.

Il songea qu'il n'entendrait sans doute plus jamais parler d'Emmy Fielding.

Il acheta un nouveau *Bright Flood Shadow*, fit restaurer son carnet à couverture de caoutchouc. Le chat sur la banquette arrière, il prit la route du Lassen National Volcanic Park. Il avait prévenu Ursula Pooshkie de son arrivée, et la vieille dame avait battu des mains comme une *cheerleader* à la fin d'un match victorieux.

Pendant qu'il roulait, il lui arriva à plusieurs reprises de regarder le chat qui ronronnait, roulé en boule sur une vieille couverture mexicaine. Le micro espion pendait toujours à son collier de cuir, petite médaille accrochant les reflets du soleil.

— Hé ! dit tout à coup David à voix haute. Orroway, *tu m'entends ?*

Composition réalisée par S.C.C.M. - Paris XIIe

IMPRIMÉ EN FRANCE PAR BRODARD ET TAUPIN
Usine de La Flèche (Sarthe).
LIBRAIRIE GÉNÉRALE FRANÇAISE - 43, quai de Grenelle - 75015 Paris.
ISBN : 2 - 253 - 07686 - 4

30/7686/6